有爱的青春陪伴者

甜甜的恋爱不属于我

My love is sweet

江小绿\ 著

天津出版传媒集团

天津人民出版社

图书在版编目（ＣＩＰ）数据

甜甜的恋爱不属于我 / 江小绿著. -- 天津 ： 天津
人民出版社, 2021.4
ISBN 978-7-201-17107-4

Ⅰ. ①甜... Ⅱ. ①江... Ⅲ. ①中篇小说－中国－当代
Ⅳ. ①I247.5

中国版本图书馆CIP数据核字(2020)第271282号

甜甜的恋爱不属于我
TIANTIANDE LIANAI BUSHUYU WO

江小绿　著

出　　版	天津人民出版社
出 版 人	刘　　庆
地　　址	天津市和平区西康路35号康岳大厦
邮政编码	300051
邮购电话	（022）23332469
电子信箱	reader@tjrmcbs.com

责任编辑	玮丽斯
特约编辑	欧雅婷
装帧设计	颜小曼　孙欣瑞
责任校对	周　萍

制版印刷	长沙鸿发印务实业有限公司
经　　销	新华书店
开　　本	880毫米×1230毫米　1/32
印　　张	9
字　　数	342千字
版次印次	2021年4月第1版　2021年4月第1次印刷
定　　价	39.80元

目录

目录

第一章
我和你天下第一好 /

周鲤从座位上被老李拎起来时，正盯着面前的恐怖电影看得沉醉入迷。

课桌右上角是厚厚的课本和复习资料堆成的天然屏障，一部手机横在底下。

她缩着脑袋，全神贯注，就连讲台上的说话声停止，老李面无表情地把指间的粉笔精准地丢到盒里，死亡凝视她长达三分钟之久，她都毫无察觉。

整个教室的人都顺着数学老师李青天的视线把目光放到了周鲤身上。

中间一排，穿着粉色卫衣的女孩，自以为隐蔽地把身体藏在书后头，丝毫没察觉自己已经成了全场中心。

下一秒，她的衣服帽子被人拎了起来。

周鲤一抬眼，正对上老李怒视的双目，腿当即便软了，哆哆嗦嗦。

"李……李老师……"

"周鲤，这都什么时候了！你竟然在课堂上看电影！还敢带手机来学校，简直恶劣至极！"

李青天劈头盖脸地呵斥着，随即去夺她架在书前面的手机，结果正好一张惨白女鬼脸出现在屏幕上，滴着血的双眼透过屏幕直勾勾地刺来，中年男人手一抖，差点吓得心脏病发。

他气得胸口剧烈起伏，嘴唇颤抖，接着所有人都听到了来自教导主任愤怒的咆哮——

"你下课给我来办公室一趟！"

数学课是上午最后一节，下课铃一响，大家都开开心心结伴携手去食堂吃饭，唯有周鲤，耷拉着脑袋走出教室，浑身大写的"丧"，在氛围轻松的走廊上显得格格不入。

"哟，周鲤。"身后有男生上来拍了下她的肩膀，调侃，"陈觋显又请一天假你就被抓了，怎么回事？"

"干吗呢？我们家鲤鲤已经很难过了，你闭嘴。"旁边的女生大刺刺地揽着周鲤往怀里抱，满脸怜爱，眼神像是在看自己亲闺女。

男生受不了，大喊："蒋布谷，你肉不肉麻、恶不恶心哪。"

"好闺密之间的友谊你这个直男不懂！"蒋布谷回道，见对方还要说话，立刻提高音量先发制人。

"赶紧给你好兄弟打电话！陈砚显怎么回事，好端端的请什么假，都没人帮忙看着老师，害得我们鲤鲤小可爱落入李青天的毒掌之中。"

"你们别开玩笑了……"周鲤垂头丧气，"都这个时候了，还在这里乱说。"

"对不起，对不起，看我这张嘴。"蒋布谷连忙作势道歉，只是话里笑意满满，诚意倒不见几分。

周鲤历来不喜欢别人开她和陈砚显的玩笑，虽然在所有人眼中，两人纯洁的友谊关系已经好到超出平常，主要是陈砚显单方面对她的纵容太过明显。

那人向来清冷孤高，在班里对谁都淡淡的，唯独面对周鲤时有求必应，是人都能看出来猫腻。

也只有周鲤心无旁骛，死心眼地认定陈砚显只是朋友。

下楼左拐，抵达一层教师办公室，李青天早已等候多时，周鲤敏觉地瞥见他桌上装满茶水的保温杯，觉得自己今日是难以熬过去了。

饿着肚子罚站了快半小时，周鲤乖乖地认错了数次，面前的人依旧在慷慨激昂地谴责她的"罪行"，已经十分严厉地说到了叫家长，仍旧没有罢手歇息的迹象。

周鲤一听，头重脚轻，想到届时将要面临的悲惨命运，空荡荡的胃里都开始咕噜咕噜冒酸水。

谁来救救我吧！周鲤内心泪流成河，绝望地注视着面前声情并茂的教导主任，被骂到生无可恋，只能在脑中疯狂地虔诚祈求。

仿佛是听到了她的呼唤，下一刻，门被敲响，犹如天籁般，伴随着声音：

"李老师——"

头顶高亢的训斥顿住。

两人纷纷转头望去，只见陈砚显抱着一堆试卷站在门口。

男生校服整齐，身形挺拔，白皙俊朗的面容被衬得温和有礼。

"我把昨天的试卷给您送过来。"

陈砚显是班里的数学课代表，还是万年的年级第一，高考状元夺冠热门选手，学校所有老师都把他放在手心里捧着，宠爱有加。

见到自己的得意门生，李青天神色瞬间改变，从凶神恶煞换成了慈眉善目。

"好好，辛苦你了，放这里就行。"

陈砚显应着，听话地走进去把手里抱着的试卷放到桌子一旁，却没出去，站在了周鲤身边。

李青天等了等，疑惑出声："你还有什么事吗？"

"李老师，"陈砚显犹豫了下，迟疑道，"关于那个手机，其实是我昨天带到学校借给周鲤的，电影也是我下的，如果您要处罚，就罚我吧。需要叫家长或者写检讨，我都配合。"

李青天愣住，直直地看了他许久，脸上露出怀疑。

"是这样的吗？陈砚显，你不是为了帮周鲤故意出来顶罪的吧？"

说着，李青天意味不明地扫了周鲤一眼，她顿时吓出了一身冷汗。

陈砚显面色镇定，沉着冷静："是这样的，李老师，班里同学都知道那个手机是我的。"

他眉眼间的笃定认真不似作假，李青天脸上疑虑渐消，拧眉沉思片刻，才重重叹气，望着他发愁："这……陈砚显啊陈砚显，你也不能仗着自己成绩好随意乱来，就算不会影响自己也要顾及着身边同学。你看看周鲤，她这成绩，上课再开开小差估计连大学都没得上了……"

"李老师，我知道错了，之后一定会好好辅导周鲤同学学习的。"陈砚显乖觉顺从地开口。

李青天听完，神情再次僵硬。

"那什么……"他沉吟了半晌，欲言又止道，"也不用太花心思去辅导，首先还是要兼顾自己的学习情况。陈砚显同学，学校对你寄予厚望，你清楚吧？"

"我明白，我一定竭尽全力。"

"嗯，非常好。"他拍着陈砚显的肩膀，笑得慈爱满足，全然忘记了旁边还有个先前被骂得狗血淋头的周鲤。

历经一番波折，两人终于从教师办公室"逃生"。

三月天，外头绿意盎然，枝头吐出新芽，花坛里开着一簇簇不知名的小花，凉风拂面，全是淡淡清香。

周鲤顿觉神清气爽，揉了揉发麻的双腿，仰望着面前的"恩人"。

"陈砚显，你来得真及时！刚才多亏了你！"说完，她立刻想起什么，皱起脸问，"你不是请假了吗？怎么会过来？"

陈砚显瞥了她一眼，口吻随意："卫修杰给我打电话了，说你的情况十万火急，急需营救。"

"你特意从家里赶来的吗？我简直太感动了——"

"也不是特意，就顺便……"陈砚显含糊地解释，话还没说完，就见周鲤拉住了他的袖子，感动得两眼泪汪汪，声音里饱含着真心实意。

"陈砚显，你真是我最好的朋友！我和你天下第一好！"

他别开脸，看向了别处，神色恢复成以往的冷静。

"你先回教室吧，我还有点事。"陈砚显语气平平地说，随即朝前走。

周鲤连忙跟上追问："什么事？需要我帮忙吗？你要去哪儿？"

"没事，去校门口。"来时太匆忙，他连自行车都忘了上锁。

"啊，那我先回去了？"

"嗯。"

两人在楼梯口分别，一个往上，一个往右。

周鲤一口气不停歇地爬到三楼，心里记挂着蒋布谷给她带的午餐，今天周三食堂有红烧排骨……

她气喘吁吁地走到教室门口，刚停下平复了几秒，还没来得及出声，就听到里头传来的笑闹声。

午后闲暇，被日复一日重点习题淹没的学生只能从枯燥贫乏的生活里找乐子。

异性之间稍微的一点朦胧情感最容易唤醒大家的八卦欲望，每个班里总有那么几对被众人舆论强行安上情侣关系的男女同学。很不幸，大家最近盯上了周鲤，有事没事就喜欢开她和陈砚显的玩笑。

无论周鲤怎么解释都没人听。

想着，她肩膀一塌，身心俱疲。

"周鲤回来啦！"

"不容易啊，老李竟然这么快就放过你了。"

"咦，我上楼之前看到陈砚显了，肯定是他去教导主任办公室把你救出来的，他可是独得老李恩宠。"

"猜对了！"卫修杰一听就得意起来，往身后讲台上一站。

"还是我给陈砚显打的电话！我就开个玩笑，没想到人二话不说从家里赶到学校，这绝对是真爱啊！"

"哦——"教室里响起一阵起哄的嘘声。众人对视，眼神意味深长，彼此心知肚明。

"我们小可爱又一次被骑士从恶龙手里解救。"有人拖长了腔调调侃。

哄笑声不绝于耳，周鲤又急又气，脸涨得通红。

"够了啊，再说我要生气了！"她恨恨地往桌上一拍，然而却毫无威慑力。

"生什么气，这难道不是事实，我们哪里说错了吗？"对方比她还无辜。

另外一人接着道："周鲤，心里有鬼才不敢让人说。"

"就是，要说你和陈砚显什么都没有，大家信吗？平日里你俩关系这么亲密。"

"我们只是好朋友！"周鲤梗着脖子，努力辩解。

"可能是另外一层意思的好朋友，你懂的……"有人表情夸张地挤眉弄眼，逗笑了大片人。

瞧着面前一张张得意笃定的脸，她脑子一热，话冲口而出——

"胡说什么呢！我要是和陈砚显谈恋爱我把头给拧下来！"

刚从从校门口回来走到教室的陈砚显有些无语。

随着周鲤的豪言壮语落下，空气有一瞬的安静，时间像是停滞了几秒，有人眼尖先看到周鲤身后不远处的陈砚显，瞥见他比起以往似乎更加阴沉的脸色，立即噤声。

其他人纷纷觉察，正襟危坐，方才还热闹嘈杂如菜市场的教室顿时清静。

陈砚显走进来，视线淡淡扫过底下一圈人，最后停在周鲤身上，眼眸像蒙了层雾气，影影绰绰看不清里头情绪。

他声音冷淡："你们都太闲了是不是，要不我和李老师申请一下这周多做几张试卷，充实课余生活？"

"这大可不必！"众人脸色顿时变得惊恐，连忙拒绝。

"陈大课代表，我马上就去学习！"

"对对对！保证不会再有下次！我们一定会好好爱护周鲤同学的！"

只听见连番保证，底下翻书声哗啦啦传来，和先前在周鲤面前完全是两个样子。

周鲤用力地抿紧嘴角，气鼓鼓地回到了自己座位上。

陈砚显没有驻留，跟在她身后，在她后面的一张座位坐下。

两人动作不轻不重，在这独特氛围中又被拉长放慢，就连椅子摩擦地面的声音都清晰可闻。

周鲤打开文具盒，从里头拿出一支粉色兔头笔埋头在桌上写着什么，陈砚显面色沉静翻开书。随着他们如常的神情举止，周遭的窥视目光渐渐散去，八卦之心收敛，开始各忙各的。

没过一会儿，陈砚显桌上多出来一个小纸团，是从前头扔过来的，降落后还不安分地抖了两下。

他放下手里的笔，捡起纸团，熟练地展开，上面用黑色墨水写着一句话，字体像是小孩子，卡通秀气。

"陈砚显！你不知道他们刚才有多过分！"

女生的愤怒似乎透过纸张跃出，陈砚显想到那时的情景，神色稍缓，刚想提笔写什么时，下一个小纸团又很快被丢了过来。

"竟然污蔑我们两个在谈恋爱！你说说这像话吗？简直荒谬至极！都逼得我发毒誓了！"

满目加粗的感叹号，旁边还画了个愤怒的简笔表情，看得出当事人的不可置信和难以接受。陈砚显沉默，须臾，重新把手里的纸揉成一团，塞进桌肚里。

周鲤等了许久，一直到下午放学都没有收到陈砚显的回应。她倒也习惯了，自己乱七八糟的事太多，有时候陈砚显没耐心会干脆不理她。

有人陆陆续续出去吃饭。一中有晚自习，周鲤上午让老李训斥了一通，被勒令回家反省，同时写三千字检讨要家长签名交上来。

周鲤慢腾腾地收拾好书包，蒋布谷挽着她一起下楼，食堂和校门有一段两人同路。经过操场时，那里有人在打篮球，气氛火热。一群男生奔跑跳跃，校服衣角被风扬起，划成一道漂亮的风景线。

其中又以中间那个高挑身影最为打眼，男生运球的姿势干净利落，长腿轻轻一跃，一个完美的三分球就进了篮筐。

夕阳余晖下，他微扬的侧脸白皙隽秀，挺直的鼻梁和下颌勾勒出冷淡线条，几缕刘海散落额间，身上校服穿得很整齐，拉链规矩地拉到锁骨上方，薄唇轻抿。

周围传来小小的喝彩欢呼声。场边站着不少看球的人，有女生按捺不住鼓掌，一双眼发亮地凝在了他身上，嘴上和同伴兴奋交流。

"一班陈砚显好帅啊！"

"众所周知，谢谢。"

"而且人家不仅长得帅成绩还好，不愧是高三头牌。"

"那双腿，那张脸，绝了！"

她们的讨论声不小，蒋布谷和周鲤经过时听得一清二楚。蒋布谷推了推周鲤，挑眉打趣："你瞧瞧，陈砚显现在可是多少学妹的梦中情人。"

"真是不可思议。"周鲤摇摇头，不禁感慨。

蒋布谷无语："这有什么不可思议的。只有你，每天对着这么一个大帅哥无动于衷。"

周鲤沉默。她认识陈砚显的时候，他还只是个同她差不多高，长相不错的普通男生而已。

不知道从什么时候起，身边的人都开始夸他帅。虽然周鲤自以为，陈砚显和以前那个他并没有太大区别，只不过脾气变大了些，五官长开了点，个子突然拔高了二十厘米而已。

她正沉思着，一件外套从天而降，牢牢地盖住她的脑袋。

接着，一个散漫、熟悉的声音传来："周鲤，帮我拿下外套。"

正是方才讨论的男主角——

陈砚显。

周鲤伸手把头上的校服外套扒拉下来，鼓起腮帮子，说："我没空，我要回去了。"

"我今天也回家，待会儿一起。"他拧开矿泉水盖子仰头喝了口，黑亮的眸子盯着她，带着运动过后的雾气，湿漉漉的。

周鲤叹气："好吧。"

谁叫两人的家只隔了几条马路，上学路上遇到也是常事。

陈砚显他们打的是半场，还有几轮就可以分出胜负。周鲤乖乖地抱着衣服站在场边等他，莫名感受到了来自四面八方的视线。

她立即转头望过去，气势十足，捉住了几道打量的目光，对方十分心虚地移开眼，继续看向篮球场。

周鲤暗自哼哼，只可惜蒋布谷先去了食堂不在，不然她可真想吐槽一番。

你瞧瞧你瞧瞧，小学妹果然眼神都不太好，明明她和陈砚显之间清清白白、坦坦荡荡，怎么那些人都露出了一副八卦难耐的样子。

没在篮球场边等多久，陈砚显就结束了赛事，额上带着薄汗朝她走过来。

周鲤把怀里抱着的校服递给他，两人往外走。想起接下来回家要面对的种种，周鲤不由得悲从心起，满面愁容地叹了口气。

陈砚显仅瞥了她一眼，就知道她脑子里想的什么。

"上次帮你下电影的时候就说了，让你课间时再看，你偏不听，要云挑战老师的底线。"陈砚显穿好外套，拉链规整地拉到头，略显冷漠地睨她。

"我看到一半剧情高潮部分，忍不住嘛。"周鲤被他这样不留情面说了一通，原本七分伤心顿时变成了十分，只觉得自作孽不可活。

周鲤丧气，脚步落了几拍，两人稍稍拉开点距离，一前一后。

她一时不说话了，背着书包垂着脑袋，不知不觉快到校门口。

陈砚显抿了抿唇，突然出声："要不要喝奶茶，我请你。"

"算了。"周鲤皱眉纠结，咬着唇反思许久，艰难地吐出三个字，"我不配。"

"今天黑糖珍珠好像第二杯半价，你真的不要吗？"陈砚显往前看了看说。

话刚落地，就听到旁边有人迅速答，熟练流利——

"要一杯，常温，顺便加一份红豆布丁，谢谢。"

陈砚显去买了奶茶，端着过来把其中一杯递给她。

周鲤拿着吸管戳破纸盖，用力吸了一口后，脸上颓废的表情瞬间被满足取代，打起些精神。

傍晚天色柔亮，前面路口亮了红灯，几排车辆有序地停靠，三两行人各自匆匆走过。

两个人并肩，一边喝着奶茶，一边沿着马路走。周鲤看了眼陈砚显不紧不慢的步调，了然于心，问："你爸妈又不在家？"

"嗯。加班。"

"那你晚上又要吃外卖了。"她又皱起了小眉头，一脸苦恼，"不健康。"

"那我吃什么？"他随口回了句。

谁料，周鲤却陷入了深思中。

"不然……你来我家吃好了？"想了半天，她最后憋出这么一个回答。

陈砚显眸光深深地看向她，她自顾自接着道："我妈每次都大手大脚，饭菜经常做多了吃不完。如果你来了我就不用怕浪费，还要特意把那些剩饭剩菜打包下去喂流浪猫了。"

她讲到这里，深觉这是个好主意，抬起头看他，话音兴奋上扬："陈砚显，你觉得怎么样？这是不是一个完美的解决办法？"

"我觉得不怎么样……"陈砚显默然片刻，面无表情地说。

天黑时，整个学校都安静了下来，笼罩在夜色中，唯有每个教室亮着灯，像是一个个发光的小格子。

晚自习有点闹，周鲤晚上没来，前面空荡荡的，陈砚显做着题，有些心不在焉。

下课后，李青天叫陈砚显去了办公室一趟，上午的试卷已经批改完毕，他让陈砚显发下去，先每个人自己修订错题，明天再着重讲解。

陈砚显按组把试卷给第一排那个人往下传，到他们这一组时，周鲤是第三个，空缺，他自己把试卷递给后面的人，手里拿着周鲤的那张放到她桌上。

薄薄的一张卷子，上面的数字鲜红，分数少得可怜。

陈砚显摇摇头，移开眼时又看见她乱糟糟的桌面，不由得随手给她收拾了一番。

书本试卷归类放好，文具收进笔袋，摊开的笔记合起用保温杯压住。

先前凌乱无比的桌子顿时变得整齐有序，陈砚显不自觉地露出一个微笑，等发现周遭的打量视线时已经来不及了。

他眸色沉静地看过去，那些人立即躲避着收回目光。

陈砚显拉开椅子坐下，刚翻开试卷，肩膀就被人从身后拍了两下，刻意压低的声音传来。

"喂，陈砚显，你是不是真的喜欢周鲤？"

他动作一顿，不动声色地垂下眼："和你有什么关系？"

"当然有关系。"那人一噎，接着变得底气十足起来，"你要是不喜欢她，我就去追了。"

"你？"陈砚显听完，扭头看对方，眉头不自觉地拧到了一块。

说话那人叫方志豪，性格蛮横霸道，长得人高马大，在班里大家一般不愿意招惹他。

见陈砚显盯着自己，方志豪瞪大了眼，黝黑的脸似乎因为激动莫名泛了红："怎么，不行吗？"

陈砚显搭在椅背上的手不自觉地摩挲着掌心，低眸沉思，几秒后启唇，轻巧缓慢地吐出一句："我觉得不行。"

方志豪张着嘴不可置信，刚愤怒地提气想质问，又听陈砚显淡淡开口："你成绩太差，会影响她考大学。"

方志豪备受侮辱，狠狠咬牙，手握紧在桌上用力捶了一拳头。

"关你屁事！"他恼羞成怒，丢下狠话，"我明天就去找周鲤告白，你给我等着！"

后面传来桌椅拉动的声音，动静颇大，似乎是人走了，陈砚显不在意，自顾自拿起笔检查试卷。旁观了全程的卫修杰却不甘寂寞地凑过来，说："兄弟，你真的不采取点什么措施吗？"

陈砚显莫名地看着他。

"我上次还看见大扫除时，方志豪帮周鲤去倒垃圾，两人在后头嘀嘀咕咕说了好一会儿话……"卫修杰指腹抵住下巴，望向前方轻轻眯起眼，揣测道，"虽说方志豪他哪儿哪儿都比不上你，但万一周鲤就刚好喜欢这一款呢？不是说萝卜白菜各有所爱，她喜欢大萝卜还是小白菜我不知道，但她不喜欢你那是肯定的——"

"哐当！"

卫修杰话刚说完，尾音还未消，陈砚显就拎起一本书扔过来，正中他的脸。他捂住鼻梁。

"你找打吗？"陈砚显危险地瞥向卫修杰。

卫修杰心虚，自知戳中陈砚显不可言说的那个点，立刻麻溜地收拾东西滚蛋了。

座位上，陈砚显抬手揉了揉眉心，周身沉闷得犹如黑云压境。

第二天，周鲤一大早来到教室时，只觉得好像有哪里不对劲，怪怪的。

她手脚很轻地放下书包，刚想转头跟陈砚显说些什么，就见后排方志豪腾地站了起来，望着她，涨红着脸，唇微动。

"周鲤。"坐在那儿的陈砚显蓦地出声，打断空气中莫名的氛围。

"李老师叫你去他办公室一趟。"他黑眸幽深。

周鲤讷讷地张唇："啊？"

"快点。"陈砚显垂下眼，冷声催促。

她挠了挠头，心想可能是昨天的事情，随即"哦"了声，从包里翻出检讨书转身出去。

教室门口，周鲤身影消失，方志豪扭头瞪着陈砚显，先前那一瞬鼓起的勇气和决心不知为何消失得无影无踪。

"我不会放弃的！"他酝酿数次，最后只丢出一句苍白的狠话。

陈砚显眼里划过不屑，脸却绷紧。

周鲤从李青天办公室回来，刚刚她竟然得了一番夸奖，表扬她认错态度良好，自觉性高，还知道一大早就主动把检讨交上来。

她满头雾水，猜测是不是最近学生太闹，把李青天都折腾得神经错乱了。

周鲤一回去就立即和陈砚显分享这件事，只可惜他好像兴致不高的样子，并且一上午都对她爱搭不理，不知道吃错了什么药。

中午吃完饭，周鲤刚准备趴桌上午休一会儿，面前突然落下一片阴影。

她抬头，只见方志豪笑容灿烂，手里拎着一大袋水果放到她桌面。

"周鲤，你不是喜欢吃橘子吗？给你。"

"不用了！怎么突然给我买橘子……"周鲤惊讶，连忙推辞。

只可惜方志豪不容她拒绝，把东西往她怀里一塞便带着他那群兄弟走了，临出门前还不忘回头对她露出一个神秘微笑。

满脑袋问号的周鲤对着面前的橘子干瞪眼，橘子个头极大，一个个黄灿灿的，满满一袋，够她吃一个星期了。

周鲤无奈，准备等方志豪回来还给他时，旁边蒋布谷已经敏锐地凑了过来，眼疾手快地扒拉开了袋子，从里头摸出橘子迅速剥开放进嘴里。

"甜！"她眯着眼睛满足道。

"这是我准备还给方志豪的！"周鲤压低声音，有些生气。

"你有没有搞错？"蒋布谷看她一眼，不可思议，"人家方小霸王送出的东西你还敢退回去，不怕他打你？"

"啊……"周鲤受到惊吓，喃喃，"不至于吧……"平时和他接触他好像不是这样的人啊。

"怎么不至于，不信你问问其他人。"蒋布谷已经吧唧吧唧吃了起来，一边剥着橘瓣往嘴里送，一边点头夸赞，"这橘子不错，甜。"

"真的吗？"周鲤将信将疑，也忍不住伸出试探的手，刚准备拿个橘子出来吃，后头突兀传来桌椅碰撞声，响动刺耳，她回头。

陈砚显坐在那儿，莫名其妙地瞪着她，眼底似乎藏了怒火和控诉。

周鲤脑中一呆，本能地察觉到他情绪不佳，脸上愣愣的，随手从旁边袋子里摸出一个橘子递到他面前，讨好道："陈砚显，你心情不好吗？要不要吃个橘子，很甜的。"

陈砚显咬牙，沉着脸："不吃。"

"有吃橘子的时间不如去多做几道题，上次数学考了几分心里没点数吗？"

周鲤表情一僵，被他嫌恶的语气弄得有点受伤，低下眼，慢慢收回手。

"好吧。"她叹了口气，转过身，"你不吃就算了。"

周鲤和蒋布谷互相对视，摸不清陈砚显这是怎么了，刚想把桌上那袋橘子一起收起来，就听到后头那声音再次毫不留情地响起：

"你也不准吃。"

周鲤飞速地扭头看他，用眼神控诉。

陈砚显面不改色："无事献殷勤非奸即盗，谁知道方志豪打什么主意，待会儿等他回来你把东西还给他。"

周鲤咬唇，许久，隐忍地点点头。

"喔。"她小脸认真严肃，开始收拾着把那袋橘子整整齐齐系好放在桌旁。

蒋布谷看着那个打得死死的结，再看了眼手里已经快要吃完只剩最后一瓣的橘子，恋恋不舍地咽了咽口水，摇头直叹气。

下午上课前，方志豪回来了。周鲤提起那袋橘子走过去还给了他，因为愧疚，不好意思地解释了一会儿。两人说着话，周鲤站在桌边低眉顺眼，方志豪仰头看她，脸上全是掩盖不住的欣喜。

蒋布谷坐在那儿胆战心惊。

她目光僵硬地直直盯着陈砚显手里那支笔。

"咔嚓！咔嚓！"

男生垂眼，神色阴晴不定，大拇指按着圆珠笔，一下又一下。

终于，只听清脆的一声。

那支笔在他手里断掉了。

蒋布谷肩膀不自觉一抖，仰头注视着周鲤面带笑容、一无所知地走过来，迅速转过身子，在心底为她默默祈祷。

周鲤和陈砚显冷战了。

足足三天，这是两人认识以来的第一次。

事情发生得莫名其妙。

原因是以往总有求必应的陈砚显，突然一改先前，对周鲤横眉冷眼不说，还特别刻薄。周鲤被这样对待了几次，几乎是忍住泪，在心里发誓再也不和他说话了。

紧接着，她就发现自己的生活陷入困境——

上课开小差没人帮忙看着老师，于是只好在底下正襟危坐，眼睛一刻不敢放松地紧盯黑板。

电影没人帮忙下载，追到一半的恐怖故事被追剧情中断，戛然而止。

老师布置的练习题不会，只能自己坐在位置上抓耳挠腮。

课间时间习惯性转头过去和他闲聊，脖子扭到一半，才想起来两人正在冷战，于是硬生生地扭回来，独自苦闷地趴在桌上发呆。

诸如此类，数不胜数。

周鲤憋闷不已，痛苦不堪，在课堂的随机测试中也心不在焉。直到试卷发下来，她准备拿笔写名字时，才发现自己的中性笔已经没墨了。

蒋布谷只剩最后一支笔，歉意地朝她摇摇头。前面坐着的同学方才出去还没回来，旁边的同桌隔了一条走道，连叫两声都没有反应，沉浸在试题里。

周鲤偷偷瞥了眼讲台上面无表情、视线时不时扫过来的李青天，感觉自己举步维艰。她咬咬牙，身体不甘不愿地往后一靠，稍侧过脸，声音低若蚊蚋："能不能……借我一支笔？"

说完，她内心忐忑了几秒，不确定陈砚显会不会趁机羞辱她一通。如果这样，她已经脑补出数十种和他绝交的方式了。

短短时间，后头传来细碎响动，没多久，一支黑色签字笔被递到身旁，陈砚显一言不发，右手举着笔没看她，压低眼睫检阅着试卷。

周鲤看着他眉目沉稳的侧脸，蓦地，眼眶突然一热。

跟朋友吵架太难受了。

周鲤和陈砚显的友谊，可以追溯到六年前，两人刚从小学升初中的时候。

恰逢周父工作变动，周鲤随着他们转学到另一个城区。陌生的环境，从小玩到大的小伙伴都被分开，周鲤到新学校报到的第一天，一个人都不认识，偌大的教室她独自坐在那里，周围空了一片。

陈砚显就是这时候进来的。那会儿他和卫修杰就玩在了一块。夏天尾声的阳光是金黄色的，两人勾肩搭背地从一片灿烂明亮中走来，男生在笑着说话，越过周鲤，最后在她身后拉开椅子，伴随着书包落下"咚"的一声，不轻不重，有什么东西好像变得安定。

开学第一堂课便是摸底考试。

两人说的第一句话，是在窸窸窣窣的纸张翻动声中，一只手从后头伸过来轻拍她的手臂，还未经历变声期的男生嗓音清澈：

"同学，能借给我一支笔吗？"

那时的陈砚显和现在不太一样。

他个子不高，五官秀气干净，虽然仍有点冷淡寡言，但接触久了，会发现他其实是个温和无害的男孩子。

陈砚显初时有点慢热，直到两人被安排到前后桌熟悉起来，他便成了她在班里交到的第一个也是唯——个朋友。

那段时间因为陈砚显，周鲤很快适应了陌生学校和同学，好长一段时间他们都会在上下学的路上偶遇，周鲤还特意让母亲多做了一份早餐，看到他时会分给他。

就因为这类似于"雏鸟情结"的莫名心态，即便后来周鲤认识了很多新的人，她也一直把陈砚显当成自己最好的朋友。

安静的教室里，周鲤拿着笔，越想越难过，她决定做点什么来挽回两人的友谊。

哪怕陈砚显肆无忌惮地伤害了她。没关系，她有宽广的心胸可以包容自己的朋友。

下了课，周鲤去学校超市买笔，拿了笔，又特意在货架上挑选许久，最后选中一盒小小爱心形状的糖果，一起去收银台结了账。

回到座位时，她不自觉地低头摩挲着糖果盒子，咬咬唇，拿起那支借来的笔转过身。

"还你。"她低声说，未等陈砚显反应过来，又立刻把另一只手里紧紧攥着的小盒子放到他桌上。

"别生气了。"她哄道。

面前的人许久都没有回应。

周鲤忍不住抬起眼偷看，只见陈砚显神情难辨，眸子紧紧盯着她放下的那盒糖，嘴角抿直。

"你知道我为什么生气吗？"须臾，他出声问。

周鲤唇微张，露出茫然的表情："啊？"

"算了。"许久后，陈砚显自嘲一笑，想不通自己为什么要和她计较。

明明她还什么都不懂。

晚自习前，陈砚显和卫修杰打完篮球，距离上课还有十分钟，回去的路上不经意经过奶茶店，门外挂出了每周新品：焦糖黑砖小芋圆。

陈砚显停住脚步。

陈砚显提着一杯奶茶走到教室时，班里人都来齐了，老师还没到，一片乱糟糟。

他搜寻到周鲤的身影，唇角上扬，还未来得及走过去，就看到她桌上摆着的那杯奶茶，以及方志豪碍眼的笑脸。

卫修杰没料到陈砚显突然停下来，脚底急刹车，差点撞到陈砚显后背，抱怨刚脱口而出，便见陈砚显把手里拎了一路的奶茶毫不留恋地丢到了垃圾桶，盯着那一处目不转睛。

他心口一跳，预感到了有某种大事要发生的前奏。

周鲤是个不记仇的，浑身装满小女生的柔软可爱，内里又大大咧咧得宛如男孩。

她十岁以前住的地方是个大院，邻里之间就隔了一堵墙，关系十分亲密。

各家小孩上学放学都玩在一块，不巧的是，除了周家，其余几个都是小子，周鲤同他们混到小学毕业，每天在外面疯跑瞎玩。那个年纪的女孩喜欢的芭比娃娃、动画片都与她无缘，倒是和一群男生在家看鬼片看得津津有味。

那会儿周父周母正是事业上升期，工作忙得不见人影，等重视起她的教育问题时，她已经被彻底放养成了半个男孩子，小姑娘的细腻娇羞在她身上找不出一分。

因为课间陈砚显和她说话了，周鲤便自认为那盒糖已经表达了自己的满满诚意，在她这里，两人已经是和好如初。

于是，在陈砚显面无表情地回座位上时，她热情地直起身子，同他打招呼："陈砚显！"

陈砚显没理她，眼神冷冽，瞥了她一眼后袖口擦过桌角，自顾自落座。

似乎有极轻的一阵风拂过，由内凉到外。周鲤僵在原处，不由自主地打了个寒战。

整个晚自习周鲤都提不起劲来，她试图和陈砚显讲话，小心翼翼地扭过头去，刚开了个头："陈……"

"别打扰我，我在做题。"那人低着脸，眉眼淡漠，不带任何情绪。

顿时犹如一盆凉水兜头而下，浇得她透心凉。

周鲤转回头，不知道发生了什么，情绪低落到极点，垂着脑袋，硬是挤出了几滴眼泪。

"鲤鲤……你还好吗？"看见了她伸手揉眼睛的动作，像是在拭泪，蒋布谷凑过来担忧地问。

"没事。"周鲤已经整理好情绪，只是难掩失落，低头抠着笔帽上的装饰，无精打采。

这天晚上格外安静，陈砚显几节晚自习都没有说话，一直在后头做着试卷。周鲤能听到清晰的"唰唰"声，笔尖划过纸面，也像是划在她心上。

她忍着难受，心想，这次一定不会先低头去哄他了。

一中食堂伙食不太好，分量不少，味道却有些一言难尽，吃到嘴里分辨不出来食材，勉强能充饥的那种。

早餐那些粉面少有人问津，最紧俏的是食堂大师傅亲手做的牛肉饼，每次都要提前去排队才能有一线希望。陈砚显挑食得很，除了这个其他一概不吃，宁愿就着开水啃面包也不吃食堂的早餐。

周鲤闹钟一响就早早爬了起来，眼巴巴地揣着她的小零钱袋在食堂窗口排队，足足等了快十分钟，才好不容易抢到最后两个饼，护在怀里急匆匆跑往教室，生怕凉了。

陈砚显在座位上，依旧是那副冷淡的样子。周鲤摸了摸抱在胸前的饼，上头还有余热，温温地焐着手。

她耷拉着眉眼走过去，挪动着靠近，直至抵到陈砚显桌前。

他抬起头，不含感情地注视着她。

周鲤动动唇，把怀里捂着的牛肉饼轻轻放到他桌上，有点低三下四："我去食堂买的牛肉饼，还热着……"她小心翼翼地抬眼，打量他的神情，"你还没吃早餐吧？"

许久，"嗯"的一声响起。

刚吃完一个面包的陈砚显低低应了一声，在她忐忑不安的目光中，拿起面前装着牛肉饼的纸袋，慢慢拆开咬了口饼。

正如她所说，还是热的。

他看了眼周鲤薄红未褪的脸颊。

应该不只是早早起床去买，还是一路跑回来的。

陈砚显一口一口地吃着饼，动作缓慢斯文。

周鲤注视着他，脸上不由得带了满足，双手捧着腮帮子问："你今天心情好点了吗？"

她以为他这几天态度恶劣是心情不好。

陈砚显沉默不语地吃着东西，直到手里那个饼吃完，他才把纸袋一点点折起，抬眸看她，在这短暂又漫长的过程中做出了决定——

"周鲤，你跟我出来一趟。"

陈砚显自顾自起身，往外走去。周鲤虽然困惑，却还是跟在他身后，按住心里涌起的各种疑虑。

早晨，雾气未散，整个校园笼罩在其中，显得清冷安静。三楼走廊上的人不多，走到尽头，周遭顿时空旷。

周鲤看到陈砚显停住脚步，忍不住出声："你找我有什么事吗？"

他转过身，目光一动不动地落在她身上。

须臾，他平静地开口："周鲤，你要不要做我的女朋友？"

周鲤整整沉默了三分钟之久，脑子经不起冲击，顿时涌进来一堆乱七八糟的念头，首当其冲的便是自己前几天当众立下的毒誓。

她站在那里，木着脸。

空气静默，时间无声地流逝，陈砚显依旧耐心地等待着她的回复。

周鲤终于慢吞吞地抬眼，看着他。

她咽了口唾沫，提心吊胆地试探："如果我拒绝的话，我们还能像现在一样做朋友吗？"

陈砚显呼吸一窒，明显隐忍了几秒才维持冷静，回答："不能！"

闻言，周鲤肩膀立刻塌了下来，苦恼思索，心中天人交战，一边是自己即将面对的"疯狂打脸"，一边是失去陈砚显这个好朋友的后果。几番拉扯，她小脸都皱到了一起，泫然欲泣。

"你为什么要我做你的女朋友？"片刻后，她困惑又不解，仰起脸苦恼地问他。

"没有为什么。"陈砚显垂放在身旁的手不自觉地握紧，察觉时又飞快地松开。

周鲤再次陷入困境，像是被困在瓶子里的小虫子，在窒息压迫感中急得徒劳打转。

陈砚显冷眼旁观，竟然还出声催促："考虑好了没有？"心跳一分一秒，变得绵长。

周鲤被逼上绝境，无路可走，眼中都蒙上了泪水，纠结到最后干脆破罐破摔，狠狠咬了下唇，深呼吸。

"那……那好吧。"她委委屈屈地答应了他。

回到教室，临近上课，里头人多了点，各自埋头复习吃早餐，和往常没有任何区别。

心怀鬼胎的两人走进来，一前一后地坐下。周鲤整个人都乱糟糟的，神思空白，她的脑容量装不下此刻各种纷乱问题：

陈砚显到底怎么回事？

他为什么突然变成这样？

自己在全班面前立下的那斩钉截铁的誓言，要怎么办啊？

周鲤越想越愁，双手抱头无声地痛哭，由于太过专注而导致一不留神就呜咽出了声。旁边的蒋布谷察觉，立即倾身过来，关怀地问："鲤鲤，你怎么了？发生什么事了吗？"

"不不不！"周鲤眉心一跳，条件反射性地朝她摆手，"我没事！我们什么事情都没有发生！"

蒋布谷眼神怀疑地盯着她："真的吗？你有事要和我说。"

"当然，比珍珠还要真。"周鲤握紧了双手，无比诚恳真挚。

这次匪夷所思的事件过后，两人的关系虽然产生了质变，实际相处却好像一如既往，和平时没有任何区别。

唯一让周鲤感到欣慰的是陈砚显终于恢复如常，对她脸色好了不少不说，态度也变得和缓。她十分感动，觉得自己的牺牲付出是有回报的。

午休前一堂课是数学，老李在台上三下五除二讲完了整张试卷，一群人开始埋头自己更改错题。周鲤满脸茫然，坐在那儿，脑子里回荡的只有老师口中频频出现的那一句——

"这道题大家都懂就不用讲了吧，相同题型说好几遍了。"

她扒拉着试卷，苦恼地抓头，正疯狂虐待自己之时，一道清朗的声音自身后传来："你转过来，哪题不会我给你重新讲一遍。"

周鲤一瞬间双眼放光，如蒙大赦，立即揪着试卷转身，手指在上头一路点下来，竟是有大半都不会。

陈砚显闭眼，揉了揉额角，心情平复下来。

"好，我们先从第一题开始……"他接过周鲤手里的纸笔，一边演算，一边讲解。

他声音不急不缓，把公式分析得浅显易懂，周鲤脑中乱成团的线慢慢找到头绪，她点着脑袋，露出恍然大悟的表情。

直到下课铃声响起，周鲤还沉浸其中，意犹未尽。陈砚显一口气帮她把所有不懂的题顺完，午休时间已经过去十几分钟。

她还在埋头改着错题，陈砚显看了眼黑板上的钟表，出声："我去食堂打包两份饭，你要吃什么？"

"随便。"周鲤头也不抬，口吻生无可恋，"没有小排骨的周三吃什么都无所谓。"

陈砚显无语两秒。

"知道了。"

陈砚显转身出去，周鲤手中的笔停了一瞬，不禁回忆起糖醋排骨的味道，暗自咽了咽口水后，重新面对现实，心中哀叹，继续忍着饥饿艰苦奋斗。

沉浸在题海中的时间飞快，不知过去多久，饥肠辘辘的周鲤忽然闻到一阵熟悉的香味，是她想念的红烧排骨。

周鲤猛地抬头，笑容刚扬起，还没来得及说话，眼前就出现了方志豪腼腆的笑脸。他对上周鲤闪闪发亮的眼睛有些赧然，挠了挠头，把手里拎着的饭盒放到她面前。

"周鲤，看到你还没吃饭，就顺手帮你打包了一份，刚好去的店里做了排骨。"他一脸不在意地说。

周鲤只盯着那个饭盒咽口水，正在致命诱惑中摇摆之际，门口再度传来响动。陈砚显手里提着一个袋子，看着面前的两人，视线下移，落到周鲤桌上的饭盒上，面色喜怒不定。

"没有排骨，买了番茄炒蛋和红烧肉。"陈砚显神色恢复淡然，把提着的袋子放到她面前，方志豪那个饭盒也就顺理成章被挤到一旁。

方志豪忍不住气愤："我先给周鲤带的，你的就留给你自己吃吧！"

"是吗？"陈砚显语气轻飘飘的，看向周鲤，"可我觉得她会喜欢我买的。"

"我买到了她最喜欢吃的排骨，你这是什么？"方志豪嫌弃地推了两下陈砚显带来的饭盒，面露不屑，"她凭什么会选你的？"

陈砚显扯唇一笑，笑意却不及眼底，黑眸盯着周鲤。

"因为我们关系不一般。"他放慢了语调，显得格外意外深长，饱含着某种含义。

周鲤唯恐陈砚显把两人私下见不得人的关系公布于众，脸色一紧，立即忙不迭点头附和："对对对，很不一般！"

她抓住陈砚显的袖子，情真意切："我和他天下第一好。"

方志豪走后，陈砚显似笑非笑地瞧着周鲤。周鲤微微心虚，松开手，垂下眼帘。

"你知道该怎么做，嗯？"他伸出两指，轻轻地敲了敲她的桌子。

周鲤有些茫然："啊？"

"怎么拒绝方志豪，和他说清楚，让他不要再对你示好。"陈砚显索性耐心教她，把事情仔仔细细地说明白。

周鲤反应过来，涨红了脸："他……他就是给我买过两次吃的而已，哪里有什么示好……"当即便又联想起蒋布谷说的狂热追求，她越加难堪，感觉自己受到了侮辱。

"你们在乱想什么，肮脏龌龊！我这就去和他说清楚！"周鲤倏地站起，握紧拳头义愤填膺，像个小炮弹一样冲到方志豪桌前，气焰又弱了下来——

"你……你出来一下，我有事要和你说。"

两人站在走廊上，方志豪还有些失落，又按捺不住紧张，掺着期待："周鲤，你找我有什么事情？"

"我就是想和你说……"她挠挠头，略显苦恼，"不要再给我送吃的了，大家都是同学，没必要这么客气。"

"为什么？"方志豪瞬间气愤，提高了音量，"是不是因为陈砚显？"

"这个和他没有关系。"周鲤皱起眉头，认真又温暾地阐述，"我们只是普通同学，并不是特别好的朋友，所以你的好意会让我觉得有压力和不习惯，大家以后跟平常一样就行了。"

方志豪无精打采、垂头丧气地回到教室时，像是一只斗败的公鸡，一落座就蔫蔫地趴在桌上，埋头不起。

陈砚显收回打量的目光，视线落在面前气鼓鼓瞪着他的周鲤身上，嘴角破天荒地荡出点笑意，嗓音温和："做得不错，这周末奖励你。"

周鲤忍了忍，很想维持住愤怒，却还是忍不住问："什么奖励？"

"到时候你就知道了。"陈砚显思索两秒，微微一笑。

这周末，天朗气清，周母将早餐刚摆上桌，就见周鲤穿戴整齐背着小包出门，在玄关处急匆匆地换鞋。

"妈，我今天约了同学，先走了。"

"哎，你不吃早餐啊？"

"来不及了——"周鲤人已经到了楼梯口，声音遥遥传来。

周母看了眼墙上时钟指向八点半，深感意外。

周鲤下了出租车，走进陈砚显说的那家书店时，距离两人约定的时间已经过了最后一分钟。她慌忙搜寻，终于在最里头的位置发现了他。

这家书店分为两部分，前面是各类书籍，后面则类似于咖啡厅，灯光亮度合适，气氛安静，靠窗处摆放着棕色实木桌椅，四处可见绿植。

她跑过去，气还没喘匀："不好意思，我来晚了一点点。"

"没事。"陈砚显很是态度和蔼，竟然还问她，"吃早餐了吗？"

周鲤平复两秒，才试探地答："还没。"

"那我帮你点一份吧，这家店蛋糕还不错。"陈砚显低头拿过桌上的点单本，帮她点了一块黑森林蛋糕和两杯咖啡。

周鲤惊疑不定地坐下，放好她的小包包，密切注意着他的脸色。

要知道，陈砚显可是最讨厌别人迟到的，早上她不小心睡过头，在车上一路都提心吊胆。

周鲤把这一切归功于他今天心情好，随后，不由得想起了此行目的。

"对了，你说的奖励是什么？"周鲤杏核大眼里饱含期待，双手捧着脸颊，笑容不自觉地溢了出来。

陈砚显嘴角微微一弯，然后拉开书包拉链，不慌不忙地从里头拿出一沓厚厚的试卷放到她面前，神情柔和："这是历年真题和我自己整理的重点，你把这些做完，数学应该能勉强过关。"

周鲤看着面前这一堆快要高过她下巴的试卷，感受到了从未有过的绝望。

半晌，她垂死挣扎，弱弱地问："不做行吗？"

陈砚显摇摇头，温柔又残酷地说："周鲤，你要和我上同一所大学的。"

这无疑又是一个惊雷，周鲤张着唇许久都合不上，不可置信地叫道："陈砚显，你疯了吧！"

她惊恐地摇着脑袋，喃喃自语："不可能，你不如干脆杀了我。"

"我分析过了，你除了数学，其他几门都不差，总分也在年级前一百，和A大去年录取分数线只相差了一百多分而已，最后这几个月用尽全力拼一把，也不是不可能。"陈砚显岿然不动，冷静地、条理分明地给她分析。

周鲤却越听越绝望，抱着头闭着眼，自我催眠："不听不听。"

陈砚显深吸了口气，沉声叫她："周鲤。"

她哭丧着脸，慢慢放下手，望着他满眼哀求。

"我真的不行……"她慌乱辩解，"像我这种脑容量有限的人，和你们高智商学霸是不能比的，学渣逆袭的故事也只会发生在脑子聪明的人身上，而且……而且我爸妈只要我能考上大学就已经很满足了。"

"周鲤，你难道不想和我在一个学校读书吗？"陈砚显见状表情柔和下来，放缓语气，低低诱哄。

"发生什么事情你可以随时随地找到我，早晚都能见面，周末可以一起出去，放假坐同一趟火车回家。无论遇到什么困难，我都会想办法帮你解决——"

随着他话语一点点落下，周鲤陷入深思。她展望了一番他所描述的场景，纠结许久，最后目光落在面前这沓试卷上面，瞬间一个激灵，回到现实。

"那个，其实我觉得……不在一所大学也没什么关系……"她试探着道。

陈砚显脸色一变，方才的暖意融融就像是假象。

他面无表情，语气冰冷："那我们就绝交吧。"

周鲤立马改口："你说得对！我也觉得上同一所大学挺好的！"她哭着说，"不就是考个大学，我一定能行的！"

一上午两人埋头做题，时间过得飞快。中午两人在店里吃了午餐，周鲤点的是意面，陈砚显叫了份黑椒牛肉饭。

东西端上来，牛肉饭分量不错，意面盛在精致的盘子里，小小的一团，周鲤没吃几口就见了底。

她眼睛不由自主地盯向陈砚显盘子里的肉块，手捏紧叉子，咽了咽口水。

陈砚显掀起眼皮看了看，拿筷子给她夹了几块肉，又问："够吗？要不要再给你舀点饭？"

周鲤思考了几秒，果断点头，把盘子往前挪了挪："好的，我要那边沾着酱的米饭。"

陈砚显无言，顺着她手指向的地方，拿勺给她匀了一半。

吃饱喝足，两人继续复习。

在又做完一张试卷过后，周鲤直起身子伸了个懒腰，陈砚显同时放下笔，揉着手。

他看了眼腕表，带着几分散漫随意："四点了，要不要去看个电影？"

"啊，这么晚了吗？"

"嗯，刚好看完可以回家吃饭。"陈砚显抬头看她，"劳逸结合，一下灌输太多你的脑子承受不了。"

"有理。"周鲤迫不及待，已经开始着手收起摊满桌的试卷复习教材。

"顺便买两杯奶茶，电影加奶茶才是绝配。"

电影时长一百分钟，看完夕阳刚刚沉在天边，晕染开了深深浅浅的红，傍晚显得格外温柔。

公交站在电影院下面，两人并肩往那个方向走去。沿着马路，和人群擦肩而过，周鲤手上还有未喝完的奶茶跟吃剩的爆米花，刚想找个垃圾桶丢掉时，发现自己鞋带散开了。

她赶紧把手里的东西交给陈砚显，蹲下来系鞋带。

周鲤穿的是运动鞋，三下五除二就系好了，刚准备起身，听到后面传来一声带着惊奇的试探："陈砚显？"

陈砚显闻声转过了头。

那人似乎确认了，语气变得肯定起来："真的是你啊。好巧，你一个人吗？"

周鲤这下听出来了，是他们班的劳动委员，一个平日里最喜欢八卦起哄的男生。

她立即抬头，维持着系鞋带的姿势不变，朝陈砚显挤眉弄眼，使着眼色。

他不动声色地垂下目光，落在她僵持在鞋带上的手上，然后移开，看向劳动委员，语气淡淡道："有什么事吗？"

他站在那里，脸上没有太多表情，显得生人勿近的样子。

劳动委员本能地一怵，觉得他今天心情可能不太好，顿时迫不及待地想溜走，根本无心注意周围。

"没事没事……就看到你打个招呼。"劳动委员连连摆手过后，指了指另一个反方向，谨慎地询问，"那我先走了？"

"路上小心。"陈砚显绷着下颌，稍一点头，态度柔和了很多。

劳动委员受宠若惊，转身离开时，困惑地挠了挠后脑勺——今天这个人怎么有点奇奇怪怪？

周鲤在地上蹲得脚都快麻了，也没听到陈砚显叫她起来，但交谈声似乎停了一段时间。她忍不住做贼般一点点扭过头，身后已经空无一人。

周鲤"腾"地站起来，气势十足。

"人都走了，你干吗不叫我！"她气呼呼地质问。

陈砚显没回答她，只定定地注视她，在橙红色余晖的映照下，他眸里如盛着光，像是变成沉静的琥珀色。

"和我在一起见不得人？"他反问了句，周鲤一时愣住。

街边人流不息，不知名的高大树木开出粉色花朵，在微风中招摇，一声汽车鸣笛唤醒了她。

周鲤脸上呈现出一种难言的纠结，须臾，她心虚地抬眼，讨好地朝他伸出了一根手指头。

"陈砚显，我们……能不能约定一件事情？"

"嗯？"陈砚显盯着她，静候下文。

"就是，出于各方面考虑，我们目前这个特殊关系，可以先不让别人知道吗？"

"理由。"他言简意赅。

"我怕他们拧我脑袋……"周鲤缩了缩脖子，声音很弱，样子有点可怜。

陈砚显闭眼，想起她那天的大放厥词，揉眉心："可以。"

"那……"她又犹豫了下，吞吞吐吐，掀起眼皮偷看他，才说，"我们能不能像以前一样？"

"比如？"陈砚显拧眉思考片刻，慢慢地问。

"就……和从前一样上下课，坐前后桌，你帮我买奶茶下电影，我帮你带早餐，就像我们没在一起一样……"

说到后面，周鲤声音越来越小，大概是心虚得不行了，话音渐渐消失，垂头避开眼压根儿不敢再看他。

陈砚显看着面前缩头缩脑的小姑娘，气笑了。

这声突兀而短促的笑，让周鲤骤然受惊抬起头，担心陈砚显会不会被她气傻了。

只不过面前的人还算正常，陈砚显面无表情地盯着她，眼神深沉。

"周鲤。"他语调缓慢，像是一根弦慢慢在周鲤心上拉开，"原来你答应做我女朋友，只是想骗我继续和你做朋友？"

铮！那根弦断掉了。

周鲤仓皇地睁大眼睛。

"当然不是！"她极力辩解掩饰心虚，为表真诚，当即保证立下誓言，"我会履行作为女朋友的义务，绝对不是骗人！"

陈砚显眼中露出深思，似乎在评判这个答案，许久没说话。

周鲤忐忑地注视着他，就像是糊弄了作业等待着老师检查的学生。

好在，片刻后陈砚显仿佛不甘不愿地点了下头。

"好吧。"

周鲤长出一口气，过关了。

有了这个约定，她踏实不少，在学校也心安理得起来，对上别人的目光不再心虚躲闪，反正陈砚显已经答应她像从前一样相处。

而他也正是这么做的。

高三时间紧凑忙碌，最后冲刺的几个月更是关键，老师、家长每天都在耳提面命，即便有不少学生习惯自由散漫，在这种氛围之下，也不免肃然几分。

周鲤就是其中之一。

这段时日是她有记忆以来最认真刻苦的阶段，陈砚显稍有时间就抓着她补习，就连周六周日也不放过。

这样持续一段时间，周鲤竟也习惯，如果突然做完手里试卷闲下来，第一感觉不是终于解放，而是空虚，思索着哪里还有没做的习题，投入到新一轮奋战中。

考试成绩在稳定进步，老李一改原先，在课堂上把周鲤当成了重点例子激励大家，两只手各拿一张试卷，一边是周鲤刚开学时的成绩，一边是最近考试的成绩，分数天差地别。

他和蔼可亲，言语间充满自豪与骄傲，和那天在办公室把周鲤骂得狗血淋头的教导主任判若两人。

"老李上辈子是一条变色龙吧。"课间休息，蒋布谷嘬了口奶茶里的珍珠，忍不住吐槽。

周鲤有道题不会，刚好转过身子趴在陈砚显桌上演算，她聚精会神没抬头，一旁的卫修杰搭话。

"这是优生待遇，像你这种……"他目光扫视蒋布谷，嘴里"啧啧"两声，"我估计这辈子是得不到老李的好脸色了。"

蒋布谷深感侮辱，伸手一拍桌，气愤冲上头："你以为谁都是周鲤，身边有个陈砚显啊！"

这句话落地，那两人动作同步般仰起头看她。

被这样注视着，蒋布谷有些胆怯，缩了缩肩膀。

周鲤不满地哼唧："布谷，既然你这么说，我就一定要邀请你周末来和我们一起补习了，一天量不大，也就二三四……"她掰着手指头，最后朝蒋布谷伸出一只手掌，张开，"五张试卷吧！"

蒋布谷连连摆手，面带惊恐地后退："不了不了，我甘愿做一个轻松且快乐的学渣。"

"这不就行了。"周鲤拿笔头戳了下她额头，义正词严，"一切都必须靠自身的努力，当然——"她看了眼陈砚显，又崇拜地吹嘘，"也离不开身边朋友的倾囊相助。"

"行了。"陈砚显手点向她的稿纸，"这里，第三步写错了。"

进入4月，天气越发暖和。

最新一次的模拟考分数出来，周鲤考出了有史以来从未有过的高分，冲进年级前五十，距离A大历年录取线缩短到一百分以内。

除了数学有显著进步，其他的科目分数也比以往高出不少，周鲤很明白原因是什么——以前心思还是放在贪玩上，对各科老师布置下来的任务敷衍了事，不感兴趣的课上还偷偷开小差，考试前连复习都懒得做，每次凭运气拿分，混个班里二三十名，便已满足。

周家就周鲤一个独生女，两人都在事业单位，存款还有各种理财保险足以让女儿这辈子衣食无忧。

周鲤天性简单自在，喜欢各种各样的动漫影片，放假爱窝在房间里打游戏，有奶茶和美食就十分满足，可以说是胸无大志，却又有属于自己的一套认知习惯，会随着周遭变化适应环境，没有太多烦恼。

她单纯，善良，随遇而安，热爱生活。

周父周母并不想强迫她。

而陈砚显就像是一记有力重击，不由分说地打破她的规则，逼着她努力奋进。没办法，被人给予厚望地放到了跑道上，她只能奋力向前奔跑，拼尽全力，哪怕最后结果不尽如人意也无愧于心。

这个分数出来，同学们纷纷艳羡又夹着小嫉妒地朝周鲤道贺，周家更是炸开轩然大波。

纵然周鲤最近表现得十分热爱学习，早晚都埋在书桌前不离开，但周父周母怎么也没想到，她真的会有进步，并且还这么大。

周父戴着眼镜坐在沙发上，看着周鲤拿回来的成绩单仔细研究，不住地满意点头："不愧是我的女儿，遗传了我的高智商，随随便便一用功就上去了。"

周鲤不想揭穿他当年踩线考上大学的事情，但周母忍不住了："周生才，把你这副嘴脸收一收，当年考上重点的可是我，要遗传鲤鲤也是随了我才对！"

"啧，你说你——"

眼见着两人就要吵起来，周鲤连忙告退，溜之大吉："爸妈，我晚自习要开始了，先走了。"

"哎，这才几点啊……"

周鲤出门时，确实离晚上自习时间还早，她扯着书包带子，走在马路上有些低落。

虽然这次成绩进步显著，但距离 A 大还有很远一段距离，她心中不由得挫败，逼得周鲤在校门口买了两根热狗吃下去才勉强消下去几分惆怅，心情稍微回升。

因为来得早的缘故，教室里没有几个人，就连陈砚显都不在座位上。

周鲤放下书包，捧着桌上的保温杯去教室后头打开水。

饮水机放在门口，旁边就是走廊，周鲤刚弯腰接满水，就听到有人叫她，很小声，像是在做贼似的。

"周鲤学姐，学姐……"

"咦？你们怎么来了？"周鲤转过头，看到一张熟悉的脸，是上学期经常和她一起检查纪律的高二小学妹。

此刻对方带着四五个女同学站在门边，探头探脑地对她招手："学姐，你出来一下，我们想拜托你一件事情。"

学校有棵很大的桂花树，每到 9 月，香味就充斥着各个角落，树下围着一圈白瓷花坛，学生们有空时偶尔会来这里聊天小坐。

此时，周鲤坐在正中间，怀里抱着满满一堆零食，手拿着薯片在吃，刚咂巴两下嘴，旁边很快有人把插着吸管的牛奶递过来，格外殷勤。

"学姐，你答应了吗？"小学妹甲问。

"倒是件小事情，举手之劳而已。"周鲤脸上深思，有些想不通，"不过我想不明白，你们这么做有什么好处啊，自己亲手送过去不是更好，也让他记住你，知道你长什么样子啊。"

"我们不敢啊！那被当场拒绝不是更加难看！"小学妹甲回答。

"就是，能让他收下礼物看到我们写的信就已经很满足了！"小学妹乙附和着。

"况且也不一定要陈砚显学长记住我们，就是忍不住想要做些什么，想要对他好而已。"小学妹丙插话进来。

"对对对！"

小学妹丙的回答引发了一阵赞同附和，接着一双双手举着包装好的礼物送到周鲤面前：

"学姐，这是我昨晚亲手做的饼干，特意没有放很多糖，你一定要转交给他。"

"这个这个，学长好像经常不吃早餐，巧克力是我爸爸从国外带回来的，空腹可以充饥。"

"我做了个小蛋糕，草莓口味的，不知道学长会不会喜欢……"

看着面前一张张娇羞的脸庞，周鲤把想说的话都咽了回去，长叹一声。

陈砚显那人何德何能。

她又惋惜地打量了一圈青春可人的小学妹，暗自摇头。

可惜了，年纪轻轻，眼光却不怎么好。

周鲤是在操场上找到陈砚显的。此时傍晚，有夕阳余晖，有红霞，微风轻拂，青翠的足球草坪和红白相间的跑道色彩明艳，男生穿着校服坐在高高的台阶上，身影显得隽秀挺拔。

她抱着一堆包装精美的礼物盒子，有大有小，错落地堆在胸前，快要抵到下巴。

周鲤走到陈砚显跟前，呼吸微喘，刚站定就迎来他抬头。

陈砚显的目光从她身上扫过，还未来得及询问，便见她如释重负般把那一堆礼盒通通送到他怀里，大松一口气在那儿揉着发酸手臂："累死我了。"

她捶按着肩膀随口说："陈砚显，这些都是给你的。"

"什么东西？"陈砚显疑惑地低头，在看清上面精致的蝴蝶结时心中涌起某种猜测，脸色沉下来，打开其中一个礼盒，只见最上面躺着一张粉色卡片，混着淡淡香气，其含义昭然若揭。

陈砚显脸上没有任何表情，手指轻动，稳稳地拿起那张卡片打开，几秒钟的时间把上面的内容浏览完。

周鲤还在一边感慨："陈砚显你这是走什么运了，竟然有这么多人托我带东西给你。你是不知道，那些小学妹可讨人喜欢了，说起话来也很可爱……"她捂着胸口，回忆起方才被人亲手喂饮料零食的情景还有些飘飘然。

陈砚显绷紧嘴角没说话，手里一把合起盒盖，按着额头长长吸了一口气，又重重吐出。

"周鲤。"他沉声打断她的喋喋不休。

"啊？"周鲤茫然地止住话头。

"你现在可不可以闭嘴。"他停顿了一下，面无表情，"然后带着这堆东西，立刻、马上消失在我的视线中。"

第二章
牵手是义务 /

周鲤最后抱着东西走的时候背影稍显落寞，似乎还透着不解和委屈。陈砚显眼前浮现出她方才听完那句话瞬间露出的表情，撇嘴转身时，像是受了满满气的可怜虫。

一阵疲惫从心底涌起，须臾，他用指腹按了按突突跳动的太阳穴。

周鲤把礼物都物归原主，面对一双双失落难过的眼睛，爱怜不已，只恨不得打爆陈砚显的头。

"你说说，陈砚显这个臭脾气，除了我没人能忍了吧？"回到教室，周鲤坐在位置上忍了几秒钟，没忍住，不由得扭头跟蒋布谷吐槽。

蒋布谷手里动作一顿，缓缓转过脸："讲句实话……"

周鲤打起精神静候下文。

蒋布谷表情木然，不含感情地慢慢倾吐："像陈砚显这种外表绝优、成绩逆天的学霸，如果脾气再温柔体贴，那才是反人类的存在吧，多少少女将会前赴后继一颗真心付之东流。"

"再说……"她又上上下下打量了周鲤一番，带了几分嫌弃，"他脾气也没那么差吧，一般不去招惹他在他，底线边缘疯狂试探，他还是个正常的好人。"

"你说得好有道理，我竟然无法反驳。"周鲤有气无力地趴在桌上，朝她竖起了大拇指。

虽说才在背后说过陈砚显坏话，但晚自习刚过去十分钟，周鲤便已经忘记了先前那件事情，拿着本子又毫无芥蒂地转头去问他题目了。

看着她这个样子，蒋布谷不知该说她一声豁达大度还是没心没肺。

周二值日，周鲤依然被分配倒垃圾。她在打扫干活这一块向来没有天赋，由她擦过的玻璃、扫过的地、抹过的黑板，基本都需要别人二次返工，因此每次都只能沦落到倒垃圾。

学校购买的垃圾桶体积颇大，她两只手提着稍显费力地穿过走廊，在下楼梯时正巧碰到上楼的方志豪。

"我帮你吧。"他看了眼周鲤手上的垃圾桶，愣了下说，然后未等她回答，就已经伸手接过。

男生力气大，毫不费力地就将垃圾桶提了起来，周鲤只好松手跟在他身后，连忙道谢。

"方志豪，你真是一个热心的好同学。"她夸人时很诚恳，黑亮的眸子睁得圆圆的，十分灵动可爱。

方志豪心一热，又想起先前的事情，对她的示好不满地冷哼一声。

周鲤一顿，大致是心虚理亏，跟在一旁也不说话了。

倒完垃圾回来，两人走到教室门口，虽然方志豪全程绷着张脸，手里却把空桶也拎了一路，没让周鲤拿。

为此，周鲤心中不由得加深几分歉意，想了想，在上衣口袋里掏了几下，找到两包中午没吃完的小袋麻辣豆干。

"方志豪，谢谢你。"在方志豪把垃圾桶放回原位后，她朝他送出了自己的谢礼。

"这个给你吃。"

方志豪怔了几秒，随后默默伸手接过。

搞完卫生周鲤就去吃饭了，今天仍然还有晚自习。为了节约更多的时间，现在周鲤都不回家吃饭，直接在学校食堂解决。

这会儿人不算多，用餐高峰期已经过去，食堂阿姨很大方地给周鲤打了两大勺的菜。周鲤把青椒里的肉都挑出来吃干净，然后去放盘子。

她刚走出食堂大门，油烟味还未散去，前方就冲来一道慌乱的身影。下一秒，周鲤的手被抓住。

"鲤鲤，陈砚显和方志豪在篮球场打起来了！你快去看看！"

周鲤大惊失色，被蒋布谷一路狂奔拉到篮球场时，战斗似乎已经平息。一群男生围在中间，蒋布谷扒拉开来，里头的情景呈现在眼前。

方志豪站在那儿，手吃痛地揉着肩膀，看起来没受伤，而陈砚显就严重得多，他坐在地上抱着膝盖，似乎痛到站不起来。

周鲤心狠狠一跳，立即冲上前。

"陈砚显，你没事吧？脚受伤了吗？"她慌乱地轻轻碰了下他的脚踝，头顶立即传来一声轻嘶。

"很痛吗？"她担忧地抬头问，眼睛都快红了。

陈砚显神情微不可察地柔和下去："没有，可能扭到了而已。"

"我送你去医务室？"她仰起脸，放轻了声音，像是对待某种易碎品。

"好。"陈砚显点头，刚伸出手，就被周鲤用力地扶住，她慢慢地把他从地上拉起来。

站直的过程中，陈砚显伤到的那只脚不小心触地，又痛得吸了口气。周鲤连忙把他的手放在自己肩上让他环住自己，整个人搀着他谨慎地往前走。

围观的人渐渐散了，有打球的同学忍不住担忧想说什么，陈砚显目光一一扫过，他们不约而同地噤了声。

医务室。

校医检查过后，给出的结论是轻度扭伤。冷敷包扎后，陈砚显的脚踝不复先前的吓人，他伸直腿，背靠着墙壁，周鲤坐在床边惊魂未定。

"你们怎么突然打起来了？到底发生了什么事？"

"没打。"陈砚显风轻云淡地解释，"打球的时候发生了点小摩擦，不小心撞到了。"

"真的吗？"周鲤怀疑地盯着他，他同她对视，眸色沉静。

"嗯。"他点了下头。

陈砚显还需要在医务室休息一会儿，周鲤去给他倒水擦手，端着盆穿过走廊时，突然听到有人叫她。

"周鲤——"

她转过头，看到了方志豪。

他站在那里望着周鲤，欲言又止。

"我说是他先动手的，你信吗？"空旷安静的走廊，他有些不满地辩解，"本来大家打球打得好好的，他却突然针对我，我实在忍不了才去撞他的——"虽然力气可能有点大，但谁知道陈砚显刚巧就崴脚了！

他暗自恨恨骂道，心机鬼！

"我知道了。"周鲤听完沉默许久，才出声。

方志豪见状一下激动起来，音量不自觉地提高："你不信我？"

"我相信你。"周鲤解释，顿了顿，又开口，"但我也相信他。"

面前高大的男生一瞬间露出挫败的表情，面上罕见地带了几分颓丧。

"周鲤，你为什么这么相信陈砚显，凭什么？"就凭他一副花瓶的样子？毒舌又阴险？方志豪气得握紧拳头。

凭什么？

他的质问让周鲤愣了几秒，随后想到了一件很久之前不相干的事情。

周鲤上学早，班里同学基本比她大个一两岁，上初一时她瘦瘦小小，还是个小学生的模样。

那会儿治安还不比现在，她刚转学过去对附近都不熟悉，每次都是一个人背着大书包回家。

从学校到家的路上要穿过一条稍显偏僻的巷子，开学才半个月，周鲤就被一群人盯上了。

是附近一群职高的学生混混，堵在那里问她要钱。对方身上传来的陌生气息和烟味压迫感十足，她怕得要死，乖乖地给出了仅有的一点零花钱。

事情并没有因此结束，周鲤的乖乖配合反而助长了他们的气焰，她成了目标，隔三岔五就会被勒索。

那会儿正是周父周母最忙的时候，经常加班不在家，周鲤还被对方威胁不准告诉任何人，并且准确地报出了她家地址。

周鲤年纪小被这种伎俩吓得魂不守舍，惶惶不可终日，甚至还想过离家出走不连累家人。

陈砚显偶然撞见那次之前，周鲤已经被勒索五六次了。

几个高大男生围着中间那个女生，她个头小，瘦弱的肩膀快被背上大书包压垮，整个人任由着他们推搡，表情绝望，眼里含着泪，像是一个没有生命力的布娃娃。

怒火顷刻汹涌冲至头顶，陈砚显第一次失了理智，什么报警叫人全部被抛之脑后，不管不顾地冲了上去，狠狠挥拳。

那天他被打得挺惨，对方也没讨着好，被他不要命的架势吓到，放了几句狠话便要离开。

陈砚显勉强站稳，抹掉嘴角的血，恶狠狠地咬牙威胁："以后再敢欺负她，我见你们一次打一次。"

他们不敢去医院，后来是在药店买了消毒碘酒和基本药品，周鲤坐在药店外面的椅子上一边给陈砚显处理伤口一边哭。陈砚显一副毫不在乎的模样，却破天荒地没了风度，一个劲地骂她蠢，任人欺负。

陈砚显送周鲤上下学了一个月，确保那群人不会再来骚扰她时才渐渐放松戒备。吃了几十天周母爱心早餐的他，伤也很快恢复，身高似乎也隐隐往上蹿了一点。

周鲤对陈砚显的依赖信任，在自己都没有察觉时，早已渗透到骨子里，仿佛是一种与生俱来。

"对不起。"最终，周鲤还是对方志豪说。

陈砚显的脚伤到了，行动不便，做什么都力不从心。周鲤简直化身为他的小丫鬟，打水、买饭、充当人形拐杖，服侍得尽心尽力。

　　她这个样子，令陈砚显不由得感动，连神色都柔缓不少，两人的相处达到了前所未有的融洽。

　　周五放学那天，周鲤送陈砚显回家。他的脚已经好得差不多了，医生说再去换最后一次药就可以拆掉绷带自行恢复。

　　他现在走路只有一点轻微疼痛，除了上下楼梯不便，基本可以活动自如了。

　　傍晚时分，周鲤特意避开放学高峰期，等到学校人都走得差不多时，才收拾东西和陈砚显一起回去。

　　她在一旁搀扶着他，慢慢走下楼梯。两人挨得极近，陈砚显一低头就可以看到她毛茸茸的头顶，鼻间好像闻到了她衣服上的洗衣皂淡香，和她身上的气息混合在一起，变成了一种特有的、裹挟着温热的奶甜味。

　　空无一人的楼梯间，脚步声是唯一的动静。陈砚显似乎听到了自己的心跳声，那颗心在胸腔中迟缓地剧烈跳动着。

　　时间被拉长，像电影里的慢镜头，他的目光落在身边人的脸上，里面含着他自己都毫无察觉的温柔和喜爱。

　　不知不觉，两人接近楼梯拐角，周鲤专心搀扶着陈砚显注意脚下台阶，陈砚显的视线凝在她身上，谁也没有注意到前面走来的人。

　　突然，一道熟悉的嗓音炸开，带着惯有的训斥和严肃："陈砚显、周鲤，你们两个怎么还在这里？"

　　陈砚显陡然惊醒，移开目光看向来者。他神色克制沉静，唇动了动，却没说话。

　　周鲤抬起头，一脸正经地望着李青天，解释道："李老师，陈砚显同学脚不方便，我扶他下楼。"

　　"怎么这么晚？"李青天的目光还是怀疑揣度地在两人之间巡视打量。

　　周鲤理直气壮地回道："因为刚下课的时候人多，怕不小心撞到。"

　　理由合情合理。

　　李青天点点头，背着手越过他们走了，不忘留下一句："早点回家，不要在路上逗留。"

　　"好的，谢谢李老师关心！"

　　周鲤扬起嗓子应了声，落落大方的样子衬得旁边一言不发的陈砚显格外狼狈。待人走后，他才瞥向她，语气淡淡："你倒是毫不心虚。"

　　"我们身正不怕影子斜。"她眼底坦荡，翘起小下巴的模样似乎还颇为得意。

　　陈砚显脸色一瞬间阴沉下来，一把从她臂弯里抽出自己的手甩开她。

　　"我自己走！"

他蹒跚在楼梯间的背影显得有几分狼狈，周鲤露出不忍，虽然不明白他怎么突然又生气了，但还是连忙上前重新扶住他。

"哎，你别逞强，万一摔了可丢脸了。"她真心真意地劝诫。

谁料陈砚显好像气得更厉害了，狠狠地瞪着周鲤，却又被周鲤把控住了身体，颇有种纸老虎张牙舞爪之感。

周鲤一边扶着他往下走，一边用老李的语气苦口婆心地教育："你说说你，脾气还是这么差，现在还好，等以后出社会了可怎么办……"

陈砚显已经气到极致冷静下来，漠然无比："你放心，我以后进入社会，生存能力一定比你强。"

周鲤胸口一痛："讲话就讲话，怎么还人身攻击呢！"

"你给我闭嘴！"

臭脾气！周鲤在心里恨恨地骂道，手上却还是尽职尽责地搀扶他下楼，十分卑微。

她不由得为自己的善良落泪。

这是什么感天动地的绝美友谊！

陈砚显回到家时，不出意外里头空无一人，墙壁显得冰冷，空旷安静的房子没有任何鲜活气息。

他脚受伤这件事情，过去了三天，家里没有一个人发现。

冰箱里只剩一把面条和几个鸡蛋，陈砚显这两天没办法去超市采购，屋里的存货以肉眼可见的速度消减下去。谢玲和陈宗久早已把公司当成了家，三天两头不回来是常事。

他扶着冰箱门久久凝视着里头泛着冷白灯光的空柜，最终还是拿出手机，滑开了外卖平台。

周围的商家基本都吃过了，陈砚显眼里划过厌烦，正准备随便点一份时，机身发出轻微的振动，周鲤的名字浮现在屏幕上。

"陈砚显，你家里有人吗？"

"没。"他低垂着头按手机，睫毛在眼窝投下一片阴影。

"那你吃什么呀？"

"叫外卖。"

"我妈妈今天菜又做多啦，我给你打包一份过来好不好？"

那边很快发过来一张图片。

熟悉的格子小碎花桌布，上面摆着四菜一汤，鸡翅色泽鲜艳，花菜翠绿，葱花鸡蛋黄灿灿，在灯下泛着温暖的光。

他视线凝在图片上。

"半个小时后，你家楼下见！"

陈砚显许久未答，周鲤就当作他默认，径直发来这么一句话。

片刻，他敲着键盘，回复："嗯。"

回完信息，伫立在那儿的身影终于动了，陈砚显脚步有些不稳，提着书包回到自己房间，拿出复习教材在书桌上摊开。

做题的间隙，他忍不住去看手机，不知道第几次的时候，楼下终于传来熟悉的呼喊。

少女清脆响亮的嗓门，贯穿整个居民楼，透过窗户格外清晰。

他放下笔，走到窗边。

朦胧夜色下那张笑脸也灿烂可见，周鲤大力地朝他挥了挥手，随后指向一楼的防盗门。

不一会儿，楼道里响起"噔噔噔"的脚步声，陈砚显不紧不慢地走到门前，在叩门声响起时，握着门把用力一拧。

周鲤像条鱼似的从他胳膊底下穿了进来，把手里提着的保温盒放到餐桌上，熟门熟路地拉开椅子。

"快快快，我骑自行车来的，还热乎着呢。"

陈砚显在原地停了两秒，才慢慢走过去。

周鲤早已把饭菜都拿出来，摊开在了桌上。

几道简单的家常菜盛在盒子里，散发着热气，冷冰冰的屋子好像顷刻有了温度。

他坐靠在椅子上，垂着头，神色有点倦倦，伸出手指蹭了蹭鼻梁。

"你来的路上车不多吗？就你这骑车水平，阿姨也放心让你上路？"

周鲤方向感差是公认的事实，刚开始骑车时事故频发，后来她那辆粉色自行车就被收走了——周生才剥夺了她骑车权利。

"那都是什么时候的事了。"周鲤无语，"这两年我的水平都已经突飞猛涨——"

"突飞猛涨？"他抬起头注视着她，反问。

周鲤心虚，吞吞吐吐："猛涨到……可以短距离骑行的水平了。"她说完，还自顾自一点头，以表肯定，"嗯！"

陈砚显无语。

客厅里充斥着饭菜香味，筷子偶尔撞击碗的边缘，发出细微脆响。

陈砚显低头吃着东西，动作很静。周鲤坐在他对面双手托腮，眼珠子不受控制地溜达，打量着四周。

"这几天你爸妈都没回来吗？"

"嗯。"他专注于碗里的饭菜，随口应。

"那你……"周鲤想说什么，目光不受控制地下滑落到他脚上，又咽回去，发愁，深深叹了口气。

"多吃点。"须臾，她拍拍他的脑袋，神情变得怜爱，像是在看自家楼下被遗弃的小狗狗。

陈砚显知道她那个奇葩的小脑子又开始想些乱七八糟的东西了，一把拍开她的手，有些不耐烦。

"不要用这副表情看着我。"说完，他又缓和了点口气，"厨房还有没吃完的梨，你自己去洗两个。"

"好的，遵命！"周鲤最喜欢吃梨，闻言，就起身屁颠屁颠地朝厨房奔去。

陈砚显看着她的背影，无奈地摇头。

天色从深蓝变得墨黑，暮色降临，窗外开始亮起一盏盏灯。

陈砚显吃完，把饭盒洗干净，重新装好递给周鲤。

他不由分说地送她到楼下。

周鲤从一众高大车辆里推出自己的粉色自行车，把装着饭盒的手提袋放在车筐里，挥手同他告别："那我先走啦。"

"路上骑慢点，转弯时注意车辆。"陈砚显轻拧眉头，不放心地嘱咐。

周鲤连连点头。

"知道了，知道了。"

她推着车往前走，正欲踏上去时，鬼使神差地回头看了眼。

昏黄路灯下，陈砚显孤身一人站在那里，脸庞隐在阴影中看不太真切，背后是杂乱无章的车辆，安静的居民楼每一层窗口都亮着，充满着人间烟火气。

周鲤想起陈家，房间寂静，孤独感丛生，没有任何令人眷恋的温情。

她在心里叹了口气，重新停好车子走上前，在陈砚显微愣的神色中，倾身抱住了他。

"好朋友给你一个爱的抱抱。"周鲤叹息，拍了拍他的肩膀。

陈砚显心底涌起莫名暖意，手指刚动，想要说些什么时，周鲤已经一把松开他，手握拳捶向他肩头，语气严肃："你要坚强，要勇敢积极地面对生活，知道吗？"

方才的那点温情随着她大大咧咧的动作顿时消失得无影无踪，陈砚显收起嘴角的弧度，敛平，木着脸，声音平板听不出任何波动，径直下了逐客令：

"周鲤，你可以走了。"

直到女孩的身影消失在道路尽头，陈砚显才转身，步伐有些艰难地上楼，再次回到家里时，先前的寂寥冰冷明显被冲散了几分。

他手扶住额，不自觉地笑了下。

自由坦荡，真诚简单。

在感情方面迟钝得像傻子，又能格外敏锐地察觉出他人悲喜。

奇异矛盾的综合体，天真通透的代名词。

陈砚显的记忆中，让他感到温暖的时刻很少，而为数不多印象深刻的几次都与周鲤有关。

譬如今天，又比如几年前的那个生日。

陈砚显也曾对父母有过期待，但那是年纪小的时候才会有的美好憧憬，就像他十四岁时。

在空无一人的房子里从白天坐到黑夜，忙碌的大人全然忘了今天这个对他而言无比特殊的日子，连电话都是秘书帮忙接的。

在十点的钟声敲响时，他终于控制不住，发红的眼眶里掉出两滴眼泪。

他低头伸手抹掉。

家里的座机就在此刻响起，他嗓子有点沙哑，只发出一个字："喂。"

"陈砚显，你哭啦？"电话那头的人不敢置信，清脆的声音还有未褪的稚气。

他觉得丢脸，咬着牙用力抹眼睛："没！"

"哦……"她像是信了。

陈砚显放下心，周鲤一贯好糊弄。

"今天是你的生日，我在学校忘记和你说啦，生日快乐，新的一岁要开开心心！"

"嗯。"他轻不可闻地应着，情绪已经平复下来。说不清失落欢喜，他只觉得这一刻心底异常地平静，方才那个失控掉泪像是被全世界抛弃的人，同现在的他完全割裂分成两个独立个体。

他低眸盯着深红色的茶几桌面，手指从拨号按键上滑过。

"没什么事的话，我就先挂了。"

"好……"

在陈砚显欲挂机前一秒，又听到对方突然叫道："哎，等等——"

他动作顿住。

"陈砚显，你……一个人在家吗？"周鲤在那头试探地问。

过了很久，他才缓慢极轻地"嗯"了一声。

"没什么事了。"须臾，她似乎小心地说着。

陈砚显挂完电话，去洗手间，看着镜子里略显狼狈的脸，不堪入眼般地移开头，打开花洒。

洗完澡出来，时间再次滑走了一大格，他平静地把脏衣服放入洗衣机，拿出课本复习。

夜很静，凉风灌入窗户，书桌前一盏灯照亮了黑夜，他的面容被深夜寒冷的雾气侵蚀，映照不出丝毫暖意。

敲门声突如其来地响起，惊醒沉浸的人。

陈砚显稍显讶异地打开门，外头是温暖烛火，周鲤捧着蛋糕，一张笑脸映亮黑暗。

她五音不全，唱生日歌时却好像没有任何缺陷，腔调柔软可爱，像是书里画的头顶光环、长着翅膀的小天使，在挥舞着仙女棒围绕他唱歌。

可能是今夜太过脆弱敏感，陈砚显明明觉得这个比喻矫情极了，费力地搜索完整个脑子，却找不出更适合此刻的语言。

这一刻，她就是属于他的独家天使。

陈砚显站在空荡荡的客厅，沉浸在往日记忆里，脸上不自觉地露出笑意，随着嘴角扬起的弧度渐渐扩大，直至，眉眼彻底地舒展开来。

夜色静谧，空气中的饭菜香味未被冲散，雾气却已散尽。

那就，姑且纵容着她吧。

慢慢教。

进入 5 月，节奏骤然加快，时间像是被上了发条，让人丝毫不敢松懈。

周鲤瘦了一大圈，脸小下去了，看起来整个人长大不少，真正出落成少女的模样，身上也带上几分沉稳气息，不再像以前那样蹦蹦跳跳，整日想着玩。

班里同学话都变少了很多，没有以往那样吵闹，大部分时间都是埋头复习，一整天坐在椅子上除了吃饭、喝水、上厕所几乎不挪动，脸上的黑眼圈几乎是每个人的标配。

6 月份，高考近在咫尺，考试前一天陈砚显还在给周鲤画重点，满满一份数学题目，周鲤全部做完和他对完答案之后才上床休息。

一闭眼一睁开，就要踏上战场。

两天时间转眼即逝。十年寒窗，一朝结束，闯过这个关卡，人生似乎就进入了一个新的分水岭，正式跨入成年人的行列。虽然周鲤还没有满十八岁。

班里有毕业聚餐，定在学校附近一家餐厅。大概是都知道这应该是这批人唯一一次能全部聚齐的机会，班里没有任何人缺席，就连老师都来了好几个。

一个大包间，放了三四张桌子，里头坐得满满当当。房间里还有液晶屏幕和音响唱歌设备，男生今天特别嚣张，不仅叫了好几箱啤酒，有几个调皮的还大胆地去搂李青天肩膀，嬉皮笑脸地给他敬酒。

"李老师，虽然平时我们老是惹您生气，但这三年，还是非常感谢您对我们的照顾。"

平日里爬墙逃课的顽劣男生，话一出口，眼圈却莫名红了点，嗓音真挚，一说完，闷头喝完手里的整杯酒。

"这一杯，敬您。我干了，您随意。"

往日总是板着脸的李青天，仍然放不下严肃，神情却是柔缓许多，罕见的随和样子。

"好好享受大学生活，等出了社会，就是个真正的大人啦。"他拍着男生的肩膀，语重心长地嘱咐。

"还不一定能考得上大学呢！"男生毫不顾忌地一叫。

李青天脸色顿变，一巴掌就拍了过去。

"平时都怎么教你们的！有点出息，有点出息！"他一边训一边打，男生被打得"哇哇"直叫，跟猴子似的逃窜着躲远了。

一整个晚上气氛很好，吃得差不多时有人开始按捺不住去前头点了歌。房间里开始悠悠扬扬飘起了歌声，桌上有人还在聊天互相敬着酒，分别近在咫尺，大家开始惺惺相惜。

周鲤坐在蒋布谷和陈砚显中间，忙着埋头苦吃的同时还不忘和他们说话。中途被热情的同学碰了几次杯，周鲤跃跃欲试，喝了两次后被陈砚显把酒杯拿走了。

"不准喝了，再喝你就醉了。"

"胡说！"周鲤鼓着脸颊瞪他，"我自己都不知道自己的酒量，你就知道啦？"

周鲤是乖宝宝，从来不碰成年人的东西，这是她第一次喝酒，倍感新奇，有些得意忘形。

"我不知道你的酒量，但是我知道你的脑容量。"陈砚显纹丝不动地说。

周鲤气得瞪圆眼，黑溜溜的眸子气恼地定在他脸上，像只仓鼠，有点可爱。

他情不自禁地伸出手，捏向她气鼓鼓的脸。

"噗！"像是气球被戳破的声音，周鲤不可思议地睁大眼，鼓起的脸颊瘪了下去。

察觉到自己的失态，陈砚显眸光动了动，随即手里渐渐用力，拧着她的脸颊重重一扭。

"啊！痛痛痛——"周鲤立刻痛呼，伸手毫无章法地拍打着他的手背。

陈砚显若无其事地放下手，神色淡然："给你一个小小的教训。"

"你有病啊！"周鲤揉着自己发痛的脸颊，忍不住委屈地拿出手机一照，右半张脸都红了，看起来像是被人打了一巴掌。

她气到想要暴揍陈砚显一顿。

聚餐到最后，饭桌撤了，老师们早早回去了，没有了人管，这群刚脱离学校的半大少年彻底失去束缚，肆无忌惮起来。

灯光五彩斑斓，屋内变得昏暗，蒋布谷和卫修杰在兴致高昂地玩骰子，周鲤加入玩了几局。她性格使然，叫点数时总没底气，输得灌了两杯酒后，连连胆怯放弃了这项娱乐。

她自己回到了沙发上，拿牙签叉着盘里的水果吃着。陈砚显被卫修杰拉着脱不开身，分神看了她一眼，又继续和他们玩着骰子。

周鲤没有察觉时，旁边突然多了个人。方志豪站在那里低着头，声音难得地不复以往的气焰。

"周鲤，能不能出来一下，我有些话想对你说。"

包间外面的走廊，安静狭长，靠近楼梯处，几乎空无一人。

周鲤觉得自己头有点晕，努力提起精神望着身前的人，保持清醒地问："方志豪，你想和我说什么啊？"

"周鲤，要毕业了，以后我们就各奔东西，我怕我再不说就来不及了。"方志豪看着她，吞吞吐吐涨红了脸，深吸了一口气，才鼓足勇气开口，"其实……其实我一直觉得你特别好……"

走出来站了一会儿，周鲤脑袋越发昏沉，隐约中听见这么一句，随即不假思索地回道："谢谢，我也觉得。"

方志豪瞬间卡壳，原本要说的话也顿时忘得一干二净，干瞪着她，正好对上她澄澈干净的目光。他突然泄气，什么乱七八糟的旖旎心思都消散了。

许久后，他低低说了一句：

"周鲤，其实或许，我只是想要和你成为很好的朋友而已。"

方志豪注意到周鲤，是一次运动会，陈砚显参加了 3000 米长跑，和他是同一批选手。

那次比赛陈砚显只得了第三名，方志豪跑了第一。结束后他靠着栏杆喘着气恢复体力，周鲤和陈砚显就在他旁边，个子小小的女生手里拿了水和毛巾，一边拧开盖子递水，一边踮着脚帮陈砚显擦汗，嘴里还不停地安慰着陈砚显——没关系，第三名也很棒。

那天阳光特别亮眼，风里有草籽香味，方志豪始终记得那天周鲤的面容，白皙可爱，眼睛乌黑圆润，亮得像是某种小动物，浑身都是鲜活气息，不由自主地吸引人想靠近。

他盯着面前这张脸，神情变得前所未有的柔和，如果可以早点认识她，是不是就会和陈砚显一样，能被那样子在意地对待。

"周鲤……"方志豪鬼使神差地伸出手，想要摸一下她毛茸茸的头顶，还没有碰触到她，旁边蓦地横插来一声质问，声音冷冽、薄怒，透着浓浓的不满——

"你们在做什么？"

犹如惊雷震醒沉睡的人，方志豪手一抖，立即惊慌地收回。周鲤懵懵懂懂刚抬起头，就被陈砚显一把拽住，往外带。

夜色沉沉，出门一股凉风扑面而来，裹挟着初夏气息。

周鲤被陈砚显拽着手拉了出去，直到走到没有人的角落，他才停住脚步回身，面上是藏不住的怒意。

"他和你说了什么？"

什么？

周鲤极其缓慢地眨了下眼，涣散的思绪慢慢回归，脑中只回忆起方志豪最后那句话。

"他说……想要和我成为很好的朋友。"

随着话音一点点落下，脑中有些东西好像也清晰地浮现，周鲤突然之间想通了什么，看着陈砚显掩不住怒气的脸庞，慢慢露出恍然大悟的表情。

"原来如此——"

"什么？"陈砚显脸色一瞬间变得不自然，面色僵硬地问。

周鲤皱紧眉头，一张小脸板得严肃。

"陈砚显，你突然让我做你女朋友，是怕我被方志豪抢走吧？"

突如其来的质问，直击靶心。陈砚显前所未有地慌乱，呼吸急促，胸腔中的心脏跳得失了节奏。

他说不清恐慌还是兴奋，更多的是一种掩藏了多年的秘密被人发现的感觉，像是剥开了所有伪装，赤裸裸地放在太阳底下，所有弱点通通在她面前暴露出来。

他嘴唇嗫动："你……"

"你就是怕我和方志豪成了好朋友，就忽视了你，所以想用这种方式来证明你是特殊的。"周鲤蓦地开口，说完之后，还深深地叹了口气，一副痛心疾首的模样。

"陈砚显，你怎么能对你的朋友一点信心都没有？你在我心里，一直都是最特别、最独一无二的那个呀！"周鲤凝视着他，真挚诚恳，拳拳之心肉眼可见。

"任何人都不会把我抢走的。"

陈砚显恢复面无表情，一动不动地看着她，像是想要透过她的天灵盖看看她脑子里到底装的是什么。

许久，一阵凉风吹过。

他冷静下来，莫名地松了口气。

"周鲤。"陈砚显的声音凉凉的。

"你别以为这样说就不用履行女朋友的义务了。"

"哎？"周鲤迷糊的小脑子又转不动了，迷迷瞪瞪地睁着眼，瞅着他瞧。

周鲤试探迟疑地凑上去，冷不丁地，脑门被他用力弹了一下。

"你喝醉了，今天的话我就当没有听过。"

"我没醉！"周鲤不满地叫，瞥着他的脸色，猜测他是被自己戳破秘密于是拉不下面子，所以故意粉饰太平。

周鲤索性配合，捂着额头嘟囔道："你这是暴力行为。"

陈砚显懒得再理她，提步越过她，嗓音轻淡，很快消失在风里：

"我这最多算家暴……"

"什么？"周鲤正在专心揉额头，没听清，赶紧追上他的步伐。

陈砚显没搭理。

夜色下，两人一前一后的身影渐渐消失。

假期正式来临，高考结束，被关押了许久的学生像是彻底挣脱牢笼的小鸟。

天高海阔，任凭自由翱翔。

周鲤把那堆学习资料和课本书籍通通打包封存进了仓库，大扫除完开窗通风。午后阳光柔柔照入，白色纱窗飘动，她看着一尘不染空旷整洁的房间，不禁神清气爽，身心舒畅。

这几天过得昏天暗地，放纵且快乐。

从很小的时候起，周鲤的梦想就是可以不用上学，不用写作业，每天躺在家里看电视打游戏尽情玩耍。

然后当这一天真正来临时，她才发现梦想实现，那滋味比想象中还要美妙。

蒋布谷把她带进了一个新游戏坑，是最近半年才出的，基于"端游"改成的手游，一面市便引起现象级的热度，几乎风靡全国，玩家无数。

周鲤这半年两耳不闻窗外事，一心备战高考，直到前段时间才在蒋布谷的推荐下下载了这个游戏，结果一玩，便一发不可收拾。

她刚开始水平不行，蒋布谷带了她几天后突发噩耗——蒋家人实在看不下去蒋布谷每天窝在房间不出门，于是把蒋布谷丢进了一个夏令营。

周鲤在游戏里被虐得怀疑人生，蒋布谷于心不忍，把自己的小徒弟推荐给了她，状况才得以改善。

这个小徒弟水平很高，几乎媲美蒋布谷，所以蒋布谷老是说青出于蓝而胜于蓝，骄傲得意。

周鲤也觉得对方挺厉害的，就是话多了点，每次打游戏前总爱找她闲扯几句，还经常说她可爱。

天知道，周鲤游戏名是蒋布谷随手打的，如果不是改名卡昂贵的话，周鲤早就换了。

毕竟"绝世小可爱"这个名字，真的很让人羞耻，尤其是在每次送人头坑队友的时候，周鲤只想挖个坑把自己给埋了。

陈砚显最近没顾得上周鲤，抑或说不想搭理她，给彼此一个冷静期，好好思考一下人生也行。

他报了一个计算机编程的学习班，白天要上课，晚上回家自行练习，老师有布置下来作业，时间很紧。

学编程是他的计划之一，高考完这几个月空白假期很早就被他规划上了，包括培训班和老师也是经过多方考察，事实证明，教育资源和质量还不错。

他这段时间接收到许多新知识，消化起来耗费了不少精力。

高考成绩出来那天，阳光很好，陈砚显用电脑登录系统查了分数，看着上面的那个数字，那几秒的心情竟然很平静，意料之中也是意料之外，比起平时要好上一点，总体来说是个不错的结果。

他准备去问周鲤，刚拿起手机，来电就进来了。手机在手心嗡嗡地振动，像是某种强烈的征兆。

果不其然，一接通，女生兴奋到极点的声音在耳边炸开：

"陈砚显！我考上了！"

周鲤的分数刚好高出Ａ大录取分数线一点点，这次全靠数学超常发挥，拉高了总分，是她有史以来成绩最好的一次。

全校排名前二十。

去学校填志愿时，李青天望着周鲤的目光堪称慈爱，同时不忘拍拍陈砚显的肩膀，意味深长地说："要是你愿意再多费点心思，我们整个班的成绩估计都会提上来。"

"李老师，您言重了。"陈砚显面不改色地说。

与之相比，蒋布谷的成绩就有些不太尽如人意，勉强够上二本线，但她十分满意，已经开始憧憬自己的大学生活。

卫修杰要好很多，填报了本省的一所一本院校，分数刚刚过。

为庆祝"四剑客"小分队都考出了不错的成绩，蒋布谷提议去吃饭庆祝一下，得到了一致赞同。

学校附近有家店鱼的味道很好，都是现杀现做。点完菜，上来还要一段时间，卫修杰突然说要买点东西，拉着陈砚显起身。

两人走后，蒋布谷和周鲤干坐着有些无聊，恰好群里小徒弟在叫她们打游戏，于是一拍即合。

登录进去刚要排位，蒋布谷手机响了，她家里打来电话。她拿着手机去到外面接听，让周鲤和小徒弟先开。

陈砚显回来时，周鲤正沉迷于游戏里的厮杀，全神贯注连头也没抬一下。旁边的椅子被轻轻拉开，他的目光落在她的手机屏幕上。

一个叫作"小甜甜"的ID全程在和周鲤沟通交流，当她在游戏里被人杀了时还帮她报仇立即反杀回来，不忘留下一句："敢杀我家可爱，我看你是活腻了。"

他皱眉头。

周鲤却是一副习以为常的样子，只嘟囔一声："肉麻。"

蒋布谷打完电话，看见的正是这么一幕。

陈砚显不动声色地垂眼盯着周鲤的手机，而某人一无所知，手指激情十足地戳着手机屏幕奋战。

于是，蒋布谷也凑近看了眼周鲤的手机屏幕，紧接着了然地"哦"了声，说："这是我的小徒弟，我让甜甜帮忙带带周鲤。"

"男的女的？"陈砚显问。

周鲤似乎诧异他的突然出现，抬起头的同时不假思索地回了两个字："女的。"

蒋布谷思索几秒落后了半拍，声音弱弱地传出来："女的吧……"

那个"吧"字引得几人同时注目，周鲤有些不可思议地瞪圆眼睛，陈砚显更是直接撂下了脸。

蒋布谷连忙解释："游戏资料和名字都是女生啊，我就没有再问……"

说到后面，她有些心虚，因为最开始确实觉得对方是女的，但熟了之后又总感觉哪里有点违和。不过只是一起打游戏而已，也不想去主动探寻别人隐私。

"你现在确认一下。"陈砚显径直朝她吩咐。

蒋布谷有点怕陈砚显，向来都是言听计从，闻言立刻拿起手机找出那个账号，把消息发出去。

"甜甜，你是女生吗？"

在陈砚显的死亡注视下，蒋布谷有点慌，连措辞都没心思研究，直接开门见山地问。

刚好这局游戏结束，对方很快回复。

"不是啊，姐姐，我是男孩子！"

蒋布谷有些无语。

你一个男孩子用什么卖萌表情！叫什么小甜甜！

她欲哭无泪。

陈砚显已经看到了答案，脸色越发难看，而此刻，对方还在游戏房间里发着消息：

"小可爱，你后面怎么有点分神？"

"是不是对方那个猴子太讨厌了，没关系，我帮你报仇了。"

"谷谷还没回来吗？那我们两个继续玩吧。"

看着消息，周鲤微微苦恼无措，一直以来以为是女孩子的人突然变成男生，这种感觉十分奇怪，尤其是对方还顶着一个粉红色卡哇伊的头像，叫着她"小可爱"。

她还没想好要怎么回他，掌心的手机已经被人一把夺去。陈砚显嘴角紧抿，漆黑眼中藏着愠怒，帮她回复：

"不要再找我女朋友打游戏了。"

"不然见你一次打你一次！"

他在对话框里埋头输入，手指噼里啪啦地敲着键盘，最后不忘甩出两个字：

"变态！"

陈砚显发完，未等对方回复，就干净利落地点开对方主页删除好友，然后把手机扔回给周鲤，眉眼冷冽。

没有一个人敢说话。

蒋布谷手机接连振动，她偷偷垂下眼皮一瞄，是小徒弟发来的：

"姐姐，小可爱有男朋友了吗？"

"刚刚是怎么回事？"

"她把我删了！"

"……"

蒋布谷飞快地打着字，手指快要敲出幻影。

"你好好一个男生叫什么小甜甜！用什么少女头像！"

"天天找我姐妹打游戏是何居心！你知不知道她有男朋友了啊？"

"她男朋友现在很生气！"

嗯？

蒋布谷打完这句话莫名觉得不对，视线在周鲤和陈砚显之间来回巡视，眉头陡然一皱，发现事情不简单。

什么时候陈砚显成周鲤男朋友了？

"我就是喜欢粉色啊。"

"不是你让我带她打游戏的吗？"

"是，我错了。"

蒋布谷敲下这几个字后就没再回复，在桌子底下把手机关了，打量着面前的两人，清了清喉咙："那个……"

"游戏好玩吗？"陈砚显率先开口，打断蒋布谷的发言，目光看向的却是周鲤。

不知为何，明明觉得自己并没有犯什么错的周鲤却微微一心虚："还……还行。"

陈砚显点头，又接着问："这段时间天天在家忙着打游戏？"

"也不是。"周鲤乖乖地答，"也会看看电影动漫之类的。"

"生活挺充实。"陈砚显只淡淡评价了一句，听不出喜怒。

周鲤想到这段时间约他出来玩都被拒绝，不由得顶嘴道："你不也挺忙的吗？叫你出来玩都没时间。"

陈砚显闻言喝水的动作一顿，掀起眼皮看她一眼，轻轻放下杯子。

"你都叫我出来玩什么？"他细数，"上上周说去游戏厅，上周要去参加商场开业试吃活动，前两天想去捕鱼。"他不掩嘲讽，"周鲤，我是挺忙的，忙着听课，忙着完成作业，忙着学习新东西。当然不想浪费时间和你玩游戏。"

周鲤气死了，恨不得端起桌上装茶水的盆直接扣他脑门上。她胸口急促地起伏两下，咬咬牙放狠话："好，陈砚显，我以后再找你玩我就是狗。"

"多吃点鱼吧。"菜上来了，老板端着一大锅现杀现煮的鱼放在桌子中间。

乳白色的汤汁浓香诱人，陈砚显给周鲤夹了一筷子鱼，诚心诚意地说：

"不要气坏了身子。"

吃完饭时间还早，大概是见周鲤和陈砚显之间气氛太差，作为这次事件的始作俑者加导火线的蒋布谷十分不安，想缓和一下他们的关系，所以提议去商场逛逛。

天气已经热了，如今的活动只适合室内，原本她跟想说去游戏厅玩的，可方才被陈砚显这么一讽刺，她也不敢说了，急中生智换成商场。

一路上，周鲤都气鼓鼓的，不想和陈砚显说话，距离陈砚显一米远。直到逛了一会儿，蒋布谷和卫修杰两人去了卫生间，她和陈砚显斜对着坐在椅子上。

这样干坐着不免有些生硬，周鲤故意拿出手机点来点去就是不看陈砚显。陈砚显目光淡淡地落在她身上，语气自然："以后不要随便和陌生人玩游戏。"

"那和谁玩，你吗？"周鲤故意和他唱反调。

本以为陈砚显会生气，谁知道他听完，想了两秒后竟然认真地颔首："也不是不行。"

周鲤受宠若惊，只听他接下来又开口，仿佛做出了巨大牺牲：

"如果你实在想的话，倒也可以陪你玩两把。"

周鲤彻底放弃和陈砚显交流，眼睛没有目的地乱转，突然瞥见走道上的娃娃机，视线定在了那儿。

"陈砚显，你有没有硬币？"她挣扎两秒，盯着那一处。

陈砚显顺着她目光看过去，明了。

"想玩？"他问。

周鲤忙不迭地点头，陈砚显没动，只打量了周围几眼，然后伸手指了指娃娃机旁边那个垃圾桶。

"没有。不过那个垃圾桶里面好像被人扔了一个玩偶，你捡起来回家洗洗应该也和娃娃机里的长得差不多。"

周鲤定睛一看，垃圾桶里确实冒出一个卡通小鸡仔的头，和娃娃机里面的玩偶长得一模一样，只是脏得分不清本来的颜色。

她气到胸口痛，恰好蒋布谷、卫修杰他们回来了，她一头栽进蒋布谷怀里，脑袋猛蹭着蒋布谷肩膀打滚。

"哎哟——"周鲤揉着心口直哼哼，"头晕难受，布谷，我要被陈砚显气得厥过去了。"

因为这件事情，看电影时周鲤和陈砚显各坐两边，中间隔着蒋布谷和卫修杰，两人全程没有眼神动作交流，距离十分安全。

整个影厅很安静，两个小时悄然流逝。

电影散场，四个人随着人群出来。

卫修杰看了眼手表，说："快五点了。"

"啊，这么快！"蒋布谷出声道，"我得回家吃饭了。"

"那你们呢？"卫修杰看向一旁互不搭理的两人。

"我也准备回家了。"

"回去。"

陈砚显和周鲤几乎是异口同声，说完互相看了眼，未做出反应就听卫修杰道："那你们刚好可以一起走，我和蒋布谷打车回去。"

事情就这样不由分说地被定了下来，周鲤和陈砚显一前一后地往公交站走去，她走在前头，背影透着一股倔强和生闷气。

陈砚显不紧不慢地跟在她后面，双手抄兜，甚至不知从哪儿掏出来一颗水果糖，含在唇齿间，腮帮子被微微顶起。

公交站在马路对面，两人在红绿灯下会合，一同站在那儿等待着通行。

身旁的人存在感强烈，周鲤即便再不想搭理，也不可避免地分出一些心神到陈砚显身上，鼻间隐约闻到了橙子的香味。

她悄悄用余光一瞥，他好像在吃糖？

周鲤更加生气了，她在这边难受，他还在那里闲情逸致十足地吃糖？

大抵是周鲤的目光太过强烈炙热，引得陈砚显侧头望来，对上她亮得惊人的眸子。他稍作思考，然后手摸了摸口袋，再抽出来时，指间拿了一颗亮橙色糖纸包装的水果糖。

"想吃？"他手伸到周鲤面前，眉梢扬了扬，询问。

周鲤恨不得一把打掉他的手，愤慨地拒绝："不吃。"

她冷哼一声，把头扭了过去。

耳边突然听到一道若有似无的轻笑，陈砚显剥开那颗糖果，未等她反应过来便塞进了她嘴里。

橙子的酸甜味在口腔中炸开，周鲤唇间还残留着他指腹的温度。

"好吃吗？"陈砚显眼里带了三分笑意，晚风吹动他的额发，傍晚余晖下，他脸上有种少年的风华正茂。

"我特意买给你的。"

"难吃！"周鲤含着糖，大声说完，还不忘拆穿他，"你骗鬼呢，我看到你刚刚在路边做活动的商家那里拿的！"

"啊……"陈砚显低头摸了摸鼻子，声音里是藏不住的笑意，"被你发现了。"

两人斗嘴间，红灯跳转成绿色，等候已久的人潮匆匆。周鲤刚想要迈步，后面突然冲出来一个滑板少年，"咻"地上了人行道，与她险险地擦肩而过，带起一阵疾风。

她不可避免地往旁边躲，身体重心一歪，被陈砚显眼疾手快地拉住。

"没事吧？"

"没事。"她摇摇头，有些受惊。

被这样一耽搁，绿灯已经亮起了倒计时，周鲤脸上还有几分恍惚，站在那里未动。陈砚显见状，索性牵着她的手往前走，穿过人群车流，在绿灯的最后几秒通过了马路。

街道两旁，节奏缓慢下来，行人时不时迎面而过，道路宽阔而干净。

周鲤低头看了眼，有些新奇。

陈砚显修长的手指松松地扣住她的手腕，相贴在一起的肌肤温热，他掌心的触感和温度传来，看起来十分亲密。

她看了看，又看了看，忍不住出声："陈砚显，我们已经过完马路了。"

"嗯。"他随口应道，姿态没有任何改变，手依旧牵着她。

周鲤不由得提醒："你可以松开我了。"

"我们是男女朋友。"陈砚显神色极其自然地侧过头，接着手指微微张开下滑，径直拉住了周鲤的手，收拢，轻轻握住。

"牵手是义务。"

周鲤一时愣住。陌生奇异的感觉席卷而来，有点令人难以招架，她盯着两人紧握在一起的手，皱紧眉头，露出纠结的表情。

"可是我现在还是有点生气。"

陈砚显已经在往前走了，周鲤跟上他步伐，一边任由他牵着，一边叨叨：

"你今天太过分了，行为极其恶劣，深深地伤害了我幼小心灵，所以……"

"不牵了。"未等周鲤抱怨完，陈砚显忽地一把松开了她的手，嗓音淡淡，双手插进兜里整个人显得格外漠然。

周鲤也不知为何，备受侮辱，当即又走上前把他的手从口袋里抽出来，用力拉住。

"凭什么你说牵就牵，不牵就不牵？"她生气地命令，"给我牵着！"

陈砚显没说话，手却用力地回握住她，只是还没等他牵上两秒，她忽地把他一把甩开，大声说：

"陈砚显，你今天太让我生气了，牵手，想得美！"

到家时刚好饭点，周母穿着围裙从厨房端菜放到餐桌上，见周鲤推门进来，立刻出声招呼："回来了，去洗手准备吃饭。今天有你爱吃的排骨。"

"谢谢妈妈，妈妈真好。"方才在路上积攒的怨气一扫而空，周鲤扑过来抱着周母感动地说。

周母拍了拍怀里女儿的肩膀，笑得一脸满足。

水流哗啦啦，周鲤双手放在水龙头底下，冷水冲上来的瞬间，她有几丝走神，莫名地想到了和陈砚显牵手时的触感，清晰温热。

她恍神两秒，陡然清醒，摇了摇脑袋，给双手打上香皂，把手指根根搓洗干净。

7月底，录取通知书陆陆续续地收到，大家都上了心仪的学校。周父和周母在客厅拿着A大录取通知书翻来覆去地看，电话一个接着一个，几乎把家里亲戚朋友通知了个遍。

荔城夏天漫长而炎热，为了奖励周鲤这次超常发挥，周父周母决定带她出去旅游一次，刚好避暑。

旅游回来，没多久便要开学了。A大所在的宁市距离荔城三百多公里，坐火车五个小时，这是周鲤第一次自己出远门，周父周母不放心，一定要送她过去。

在网上提前订好票，周母早早就开始操心起女儿的行李，四件套、棉被枕头都打算从家里带，担心女儿到那边会伙食不适应，还准备了不少的罐装小菜。那副架势，恨不得把整个家都给她搬过去。

周鲤的强烈抗议被彻底无视，她干脆放弃，任由着父母折腾，两人似乎还乐在其中。

临行前一周，晚上，周鲤突然收到了陈砚显的消息。

"你打算几号去学校？"

"25 号，怎么啦？"经过这么久，周鲤早就消气了，语气还算软和。

"我一起订票。"陈砚显说。

不知为何，周鲤突然涌上一股心虚，她咬住唇，很小心地打出一句话：

"我爸妈要送我过去，我们已经订好票了。"

那头没有动静了，许久，只见陈砚显回了一个字：

"好。"

报到当天，天气依旧闷热，周鲤拖着行李箱，周父周母手里提着大包小包。

几人从火车站出来就径直打了个出租车，路上和司机聊了起来。司机得知周鲤是 A 大新生后立刻好一通夸，周父周母听得心里美滋滋，嘴上却谦虚道："哪里哪里，我们家小孩也是运气好才考上的。"

两人好像都忘记了先前在家里一个个净吹嘘自己智商的场景了。

A 大校门很有新潮的科技感，米白色浮雕墙壁上刻着四个金色大字，一进去，道路宽阔。

周鲤报考的是会计专业，办理完入学手续，提着行李先去宿舍。宿舍是四人间，里头已经有三个女孩子，都是本专业的学生。

互相介绍打过招呼后，周母帮周鲤收拾了一番床铺，周父忙着整理行李，这就显得干站在那儿的周鲤无所事事。

她连忙上去帮忙，被周母赶到一边："去去去，你来只会帮倒忙。"

旁边有女生见状笑出声："鲤鲤，你爸妈对你真好。"

天真可爱，家庭和睦，一看就是被细心呵护疼爱长大的孩子。

周父周母还要上班，买的当晚的卧铺回去。

傍晚时分，周鲤送他们出去，一路上两人还在不停地叮嘱：

"和宿舍的人要好好相处知道吗？未来要在一起四年，她们可能是你人生中最重要的朋友。"

"你妈妈说得对，大学时光要珍惜，还有，你再过两个月就满十八岁了，四舍五入也是个成年人了，以后做事说话要像个大人一样！"

周鲤只有点头的份，语气无奈："知道啦，爸爸、妈妈，你们就放心吧。"

她恨不得握住操心的父母的双手保证。

三人说话间，已经走到校门口，此刻夕阳洒出缕缕橙红色光线，晚风拂动树梢，天空是淡抹水彩的蓝。

有学生来来往往地出入，其中也有不少家长，就像是周家一样，不放心地送着孩子过来报名。

这就显得不远处走来的那道身影格外醒目，男生很高，肩背挺直，走路的姿势却很随意，一只手提着塑料袋，里头似乎装的生活用品。

他一个人，莫名地引人注目。

周鲤眼神先是在他身上扫过，感觉熟悉，不由得又盯着看了两秒。等看清那张脸时，她整个人都愣住了，与此同时，心底还涌起一股说不清道不明的滋味。

愧疚、欣喜，以及压都压不住的浓浓心虚，使得她在对上陈砚显投过来的视线时，恨不得原地消失。

两人的异样很快让身旁的周父周母察觉，他们顺着周鲤的目光看过去，只看到一个长相十分标致的男生，让人不由自主地多看几眼。

"陈砚显……"眼见他快要走到跟前，周鲤本能地打招呼，声音小得跟蚊子叫似的，脸上露出尴尬又心虚的笑。

"阿姨好，叔叔好。"陈砚显停住脚步，格外礼貌，神情温和又如常地朝周父周母问好。

周家父母见状，把目光移向周鲤，无声地询问。

被他们这样盯着，似如芒在背，周鲤也不知怎的，脑子一空，话就脱口而出："爸、妈，他是陈砚显，我高中同学。"

"哦哦，你就是陈砚显啊！"周母一听，立即露出欢喜的表情，先是感激了他一番，随后和周父共同热情地邀请他待会儿一起吃饭。

陈砚显礼貌地拒绝了："叔叔阿姨，我已经吃过了，待会儿还要去宿舍整理东西。"他示意手里的袋子。

周家父母一见，也不再执意相邀，正准备离开，看到周鲤仍旧站在那儿不动，神色期期艾艾的，不知道怎么回事。

"走了啊。"周母一拉周鲤袖子，提醒道。

周鲤跟着父母往前走去，只是又忍不住回头。陈砚显站在原地低垂着眸，没有看她。

这顿饭周鲤吃得心不在焉，直到把父母送上火车。回去的路上，她思考片刻，给陈砚显发消息。

"要出来吃夜宵吗？"她发出去，等了会儿没收到回复，想了想，又加上一句，"我请客！"

两分钟后，陈砚显回了。

"不吃。"

冷酷无情，言简意赅。

周鲤凝视几秒，默默关上手机。

刚开学尤为忙碌，各种社团活动，新的课程，陌生的同学舍友，还要忙着熟悉环境。

　　大学校园大得离谱，从宿舍到食堂就要走上十几分钟，再到教学楼、图书馆，周鲤轻微路痴，刚开始一个人出门时经常在原地打转，还要问路才找得到回宿舍的方向。

　　为此，她常被赵欢欢教训。

　　"你啊，被保护得太好了。"赵欢欢就是一开始说周家父母对周鲤好的那个女生，因为年长一些，总是以老姐姐身份自居。

　　宿舍的二妹在一旁嚼着薯片："要我说，鲤鲤就是年纪太小，她比我们小一两岁呢。"

　　"对呀，鲤鱼你怎么读书这么早？"另一个舍友徐玥忍不住开口问。

　　周鲤挠了挠头，直言："我爸妈那会儿好像工作太忙没时间带我，就想办法把我塞学校读书去了。"

　　"哈哈哈，果然是亲生的！"

　　答案引来一众嘲笑，周鲤无奈，暗暗叹气。

　　时间过得飞快，不知不觉已经开学快半个月，宿舍几人每天同出同进，很快好得几乎能穿一条裤子。赵欢欢特意建了一个微信群，名为"重金求偶仙女群"。因为她们声称单身的女生都是仙女。周鲤看了看"求偶"两个字，想说什么又咽回去了。

　　陈砚显整整十几天没怎么搭理周鲤，似乎忙得不可开交，每次的回复也都是惜字如金。周五下午，在周鲤第 N 次约他后，他终于答应和她一起吃饭。

　　地点是周鲤定的，宿舍几人常去的地方。乍然和陈砚显见了面，仿佛昨天才见过一样，主要是他神情太过自然，就好像这半个月的空白不存在。

　　"吃什么？"他拿着菜单，边看边随口问她。

　　周鲤的手指伸过去点了点："这个鱿鱼和蛋皮很不错。"

　　"常来？"他掀起眼皮轻飘飘一扫。

　　"我们宿舍几个人经常来吃。"周鲤打开话匣子，语气不自觉地上扬。

　　"对了，陈砚显你知道吗，我认识了很多新朋友。我们宿舍女生都特别好……"

　　全程几乎都是周鲤在说话，陈砚显动着筷子，时不时搭理两句。到后头，两人结完账出门时，周鲤才忍不住抱怨："你怎么这么冷淡啊？"

　　陈砚显差点气笑了，这么多天了她才反应过来。

　　他站在原地，朝周鲤伸出手。

　　"过来。"

　　"干吗？"她慢吞吞地走上前，刚到陈砚显身旁，就被他拉住了手。

　　"回学校。"男生语调带着点散漫，步伐随意。周鲤被他牵着往前走，莫名其妙地接受得很快，没了第一次的异样。

她想了想，手轻轻收紧，回握住他。

陈砚显身形微不可察地一顿，很快如常，在周鲤看不见的角度，嘴角不可控制地扬起。

晚霞烧红，两个人并肩而行，身后拖出了长长的影子。

陈砚显一直把周鲤送到女生宿舍楼下，像是散步似的，不紧不慢。路上两人各自说着近况，周鲤对自己的大学新生活感悟颇多，憋了这么久恨不得一股脑倒出来。陈砚显正常一点了，接着她话头也会说起自己的情况。

他填报的是计算机专业，课程忙碌，班里大部分是男生，宿舍几个人也挺合拍。末了，他说："有空带你见见。"

周鲤兴奋地应下，正望着他忙点头时，前方突然传来一道不太敢相信的声音——

"鲤鲤？"

周鲤顿住，顺着声音望过去。

前方整整齐齐站着三个人，像是要结伴出去的样子，手里端着盆和衣物，此刻她们正瞪大了眼睛一眨不眨地盯着他们。

"这位是……"赵欢欢先按捺不住，余光打量着陈砚显，迟疑地询问。

"这是……"周鲤突然卡壳，"这是我同学"几个字刚起了一个话头，目光突然落在两人还紧握在一起的手上，她忙咽了咽口水，试探地改口，"这是我的男朋友……"

第三章
接吻是什么感觉 /

周鲤竟然有男朋友这件事情，令 405 宿舍全体震惊，于是大家澡也顾不上洗了，先把她拉上楼仔仔细细地盘问，生怕她被坏人骗了去。

虽然先前在楼下看到的那个男生实在是一绝，脸、腰、腿无一不出挑，可正是这样，她们才更担心周鲤被骗。像那种条件的男生找什么样的校花大美女找不到，竟然看上了她们家周鲤？

"说，你们是怎么认识的？"

三人拖来椅子，把周鲤团团围住，一副严刑审问的模样。

周鲤坐在那儿，双手放在膝上，乖巧地道："我们是高中同学，很早就认识了。"

她这样一说，几人面上的警惕立刻消下来不少。

"那你们怎么在一起的？在一起多久了？怎么从来都没听你说起过？"赵欢欢三连问，语速急促迅速。

周鲤被她弄得头昏脑涨，整理了好一会儿。

"他让我做他女朋友我就答应了，在一起……在一起快半年，你们也没有问我嘛。"她挺理直气壮。

几人有点理亏，纷纷沉默了。

这也是事实，她们问都没问，都直接默认周鲤没有男朋友。毕竟像她这种看起来就没怎么长大的小女孩怎么会可能已经谈恋爱了！

而她们竟然都还是单身……

大学生活比高中自由太多，周鲤几乎是如鱼得水，彻底解放了天性，每天应付似的把课业完成，便充足快乐地挥霍起了剩下的时间。

陈砚显买了辆自行车，约她一起去试车。大一新生有早晚自习，两人活动的范围就定在了学校里头。

A大占地宽广，校内有公交车，从头到尾绕一圈也要快半小时，其中情人湖和未名谷是学生群体中流传的恋爱胜地，风景优美、地段偏僻，小情侣都喜欢到那边去。

开学大半个月，周鲤勉勉强强摸清了各处位置，没有再出现迷路这种乌龙，但活动范围也仅限于教室、宿舍、食堂三点一线，平时能躺着绝不坐着，能坐着绝不站着，像这种要走上大半天才能到的地方，她基本是不踏足的。

只不过周鲤发现自己从来都是用来打脸的。

陈砚显载着她穿过林荫路，一直往前晃晃悠悠。经过KFC甜品站时，他还破天荒地问她要不要吃冰激凌。

周鲤有点受宠若惊，为了珍惜他这难得的慷慨，特意要了两个。

因为第二份半价。

陈砚显不爱吃甜食，于是周鲤一手举一个，在后座啃舔着，十分美滋滋。

"待会儿要下坡，你抓好。"车速加快了起来，陈砚显稍稍转头叮嘱。

周鲤抽出一只手捏着他衣角，身子稳稳的。

"放心吧，绝对安全。"

周鲤的坐姿和别的姑娘不一样，人家都是侧坐着长裙飘飘，她穿着牛仔裤两腿跨坐在后座，脚踩着脚踏，任由着自行车晃荡，她自岿然不动。

陈砚显想起先前她双手撑着座椅跳上来的画面，摇摇头，服气了。

车子下坡，再拐了一个弯，周遭越发安静，面前出现远山和湖泊，两旁杨柳摆动，湖水清澈见底，草地间有鹅卵石铺成的小道，余晖洒在湖面，波光粼粼。

陈砚显把车子停好。

周鲤打量着眼前的风景，带了几分感慨："我们学校竟然还有这种地方。"

"你不知道吗？"陈砚显回身看她，又把目光放到了湖水间。

"当然不知道，我又没来过。"周鲤嘟嘟囔囔，看手里的冰激凌快要融化了，赶紧舔两口。

"不过听说学校有个情人湖，人家小情侣都喜欢去玩。"她边吃边摇着脑袋，语气不可思议，"跑这么远特意去看一个湖，疯了吗？"

陈砚显伸手指了指离她半米远的那个石头，立在湖边。

周鲤定睛一瞧，上头龙飞凤舞地刻着几个红色大字：

情、人、湖。

陈砚显这才不紧不慢地补充："人家小情侣也可以骑车，过来才十几分钟。"

"你好有心机……"周鲤凝噎两秒，眼神鄙视。

"嗯？"陈砚显眉梢微挑，等待下文。

"竟然用试车的借口叫我出来，让我大老远陪你来看一个湖。"周鲤叹气，痛心疾首，"陈砚显，你变了。"

陈砚显没说话。

"竟然也喜欢做这种无聊的事了，有这个时间去打打游戏看看动漫不美吗？"

陈砚显静默两秒，没再接话，只用眼神示意了下她手里的冰激凌，声音没有太大起伏："周鲤，冰激凌要流下来了。"

"啊！"周鲤顿时顾不上再说话，连忙低头吃冰激凌。

陈砚显见她这副狼狈样子，抑制住想摇头的冲动，还是不嫌弃地牵着她的手往前走。

晚风徐徐，送来草木香。周鲤刚解决完一个冰激凌，心满意足地感受着此刻情境，还是客观地评价："不过这个湖还是挺好看的，偶尔来走走倒也不错。"

陈砚显哼笑一声，挠了下她的手心："你只要一天不气我，我就满足了。"

"我哪有！"周鲤瞪他。

"好好好，你没有。"他态度很温和地连声认错。

周鲤蓦地有点受宠若惊，眼珠子骨碌碌地打量着他好一会儿，还是没出声。两人沿着湖走了一小段路，周鲤手里最后那个冰激凌也见了底。

她吃的时候不小心，一时疏忽掉下来几滴奶油流到指间，她满不在乎地准备用包着甜筒的纸随便擦擦。谁知道被陈砚显看到，他轻轻地叹了一口气，从口袋拿出纸巾。

"过来。"他拉着周鲤的手到跟前，嘴里轻声责备，"怎么这么不小心，这么大的人了。"

陈砚显垂着眼，握着她的手指，用纸巾仔细地擦拭干净，专注的面容莫名带了柔情万分的意味。

周鲤头皮一麻，打个寒战，立即"咻"地把手抽了回来。

"陈……陈砚显，你今天是不是吃错什么药了？"她缩着肩膀，抖了抖，还轻轻"咝"了一声，用惊疑不定的眼神谨慎地注视着他。

陈砚显的动作顿时僵住，须臾，才慢慢恢复，把手里的纸巾折起扔到垃圾桶，漫不经心地瞥她一眼。

"我就是吃错药了才会想对你好点。"他嘴角缓缓拉开冷笑，咬字清晰，"周鲤，是我高估你了。"

虽然周鲤不太明白他话里是什么含义，但不妨碍她知道这是在骂她。她鼓了鼓腮帮子，却还是没有再出声。

陈砚显拉着她在湖边遛弯，陷入到自己的思绪中，不知道该拿她怎么办才好。

前两天周鲤在舍友面前承认了他"男朋友"这个身份，陈砚显以为她有所长进，回去之后犹自笑了许久，还被舍友季涂询问是不是受了什么刺激疯了。陈砚显没理对方，脑子里只想着周鲤和他抱怨学校太大走路好累，立即在网上下单买了一辆自行车，一到货便来接她。

现在一想，他觉得自己简直蠢得可以。

随着时间流逝，陈砚显的脸色越来越差。周鲤不敢作声，只偷偷捶了两下发酸的小腿。

等到陈砚显终于调整好心态恢复平静时，被他牵着像遛狗一样的周鲤额头已经冒出细汗，她伸出手掌往头上一抹，气喘吁吁。

"陈砚显，你今天到底是吃错了什么药，奇奇怪怪、阴晴不定的，我累得腿都酸了。"

陈砚显一声不吭地注视着周鲤，周鲤充满疑惑地同他对视，大大的瞳仁里是清澈见底的困惑。

许久后，陈砚显终于看清了一个事实——

与其费尽心思带她出来玩，不如回去多看几本书，至少书本不会羞辱他。

"走吧。"陈砚显冷淡地说，松开周鲤的手，眼皮耷拉下来，视线从周鲤身上浅浅扫过，然后脚下改了方向，往自行车停的方向走去。

只不过这次他步调放慢许多，周鲤毫不费力就能跟上。她腿还有点酸酸的，不由得上前两步抓住了陈砚显的手臂，以作支撑，把身体的大半力气都放到他身上。

陈砚显不禁低眸看了她一眼，淡声问："有这么累？"

"你不懂。"周鲤微喘着气冲他摆手，吃了极大苦头的样子，"这已经是我一周的运动量总和了。"

"你该锻炼身体了。"陈砚显说，"以后每天早上起来跑步，我监督你。"

"疯了吗？"周鲤不可思议，仓皇地睁大眼。

他微微一笑，严师益友般语重心长："周鲤，你看你现在身体已经虚弱成了什么样子，暑假几个月没出过门吧？估计早就已经亚健康了，趁现在来得及还不赶紧锻炼。你年轻床上躺，老了就只能躺病床了。"

周鲤没接话。

"还有啊，不运动的话你到时候会越来越丑，越来越——"

"够了，够了。"周鲤连忙打断他，神情崩溃，"让我想想，让我想想。"

陈砚显任由她在一旁苦恼纠结，弯腰解开车锁，两只手扶着车头，嘴角带着点弧度，好整以暇地朝她出声：

"走吧，我们回去了。"

回去的全程，周鲤都无精打采、气焰不足，一边对自己的未来老年生活忧心忡忡，一边为每天早起跑步感到痛苦，左右为难，无法抉择。

陈砚显也没有说话，专心致志地踩着自行车，一直把她送到教学楼下，才停靠下来。

周鲤蔫蔫地松开手，刚低着脑袋转身准备去教室，陈砚显的声音从后头传来，宛如噩梦般的催命符：

"对了，明天早上六点记得设好闹钟，到操场了拍张照片发给我，不要偷懒，不然——"

"知道了，知道了！"周鲤生气地打断他，恼羞成怒，"科学家研究表示话太多了也对身体不好，陈砚显，你现在可以重视起来了！"

清晨六点，天刚蒙蒙亮，枕边的手机就疯狂振动，嗡嗡作响。周鲤在床上打了个滚，用枕头捂住脑袋后，从被子里伸出一只手，慢慢地摸索到手机，摁下关闭。

世界清静了。

她刚满足地要继续入梦，方才停歇的振动又疯狂作响。

这下，周鲤彻底睡意全无，抓了抓脑袋，怒气冲冲地拿过手机，在看到上面显示的姓名时，一瞬间蔫了。

"喂……"周鲤吞咽一下，无比心虚地弱唧唧出声。

"起床了没？"陈砚显的声音清晰地传来，有股清醒凉意。

周鲤一个鲤鱼打挺从床上起来，镇定自若地掀开被子："当然，我都已经准备好要出门了。"

对面似乎响起一声若有似无的轻笑，紧接着，只听陈砚显道："好的，那十分钟之后把照片发我手机上。"

周鲤火速扔掉手机，冲进洗手间，在一阵兵荒马乱之后，终于踩上运动鞋飞奔出来，一路边跑边扯着手腕上的橡皮筋绑好头发。她抵达操场时，天已经放亮，一片雾蒙蒙的蓝中隐约乍现出几缕明亮光线，像是稚嫩的朝阳，即将刺破天际苗壮生长。

朦胧光影里，跑道旁的梯形台阶上站着一道熟悉的身影，周鲤视线顿住，随即绽出欣喜笑容，朝他奔去。

"陈砚显，你怎么在这里？"她一口气不停地冲到他面前，兴奋地仰起脸，殷红的唇微张，小喘着。

陈砚显低头，眼皮懒懒地垂下来，几绺刘海遮住眉，显得懒倦而不经意。

"我来现场监督你。"他抬手看了眼腕表，不留情面，"你迟到了十分钟零九秒。"

周鲤体能很差，以前跑 800 米基本是班里拖后腿的那个，当初测试合格其实水分颇多，还多亏那段时间陈砚显陪着她狠练，体力值上涨了几分，但在考试结束后立即打回原形，甚至还有反弹倾向。

周鲤不过跑了两圈，就已经累得气喘吁吁了。陈砚显给她定下的目标是 1200 米，还有最后一圈，她要赖蹲在地上不肯跑了。

最后是陈砚显拉着她的手跑完的，像是牵着一头死活不肯耕地的老牛，连拖带拽，终于也坚持下来了。

两人坐在食堂吃早餐，周鲤喝着豆浆，脸色发白，仿佛遭了大罪。

"你第一节是什么课？"陈砚显问。

"英语。"周鲤回答，放下手里的碗皱起脸，"这个老师上课总喜欢叫人起来，我都不敢走神。"

"那你认真听讲就可以了。"陈砚显随意地开口。

周鲤暗自腹诽，就是想开小差才觉得痛苦啊！

早自习结束，班里同学各自分散，周鲤拿着书去找教室。英语课安排在第三教学楼，她爬了两层楼梯，早上还未恢复的腿隐隐发酸。

周鲤心想，这样下去身体好不好不知道，她的腿估计要罢工了。

405 宿舍几人只有周鲤选了这堂课。她来得早，大教室里还没有坐满，略显空荡。她抱紧怀里的书本，找了一个后排靠窗的位置，挺直背脊打量周围。

视线没转悠两下，她就泄了气，刚趴到桌上，旁边落下一片阴影，接着传来窸窣响动。

周鲤正想看看是哪个人放着大片空位不坐硬要挨着她时，一转头，就愣住了。

男生的轮廓很是熟悉，此时一双黑眸似笑非笑地望过来。

周鲤连忙直起身子，压低声音："陈砚显，你怎么在这里？"

"上课。"他翻开课本，朝她展示了一下，正是这节课的英语教材。

"你怎么也上这节课？"

"刚好选到了。"陈砚显漫不经心地说。

周鲤无语两秒，又很快开心起来。

"说起来我们好久没坐在一起上课了。"她托着腮，带了两分唏嘘感慨，"突然有点怀念高中的时候。"

大学也好，高度自由，有趣的活动和课程，设施齐全高大上的学校，但相比高中来说却好像少了几分感觉，那种所有人早晚都在一个教室，抬头不见低头见的时光，被封存在青春里，再也回不去了。

这样一想，眼前人就变得无比珍贵，像是一个特殊媒介，连接着现在和过去。

周鲤看着陈砚显，目光都变得柔软起来，只是温情不过三秒，就被他一句话打破——

"怀念什么？每天刷数学试卷时哭天抢地的痛苦号叫？"

"你记忆里就没有点美好的东西吗？"

"嗯？"

"我们那会儿每天上下学不也很开心吗？"周鲤泄气般地趴到桌上，下巴抵着手臂，喃喃自语，"我有点想校门口那家小芋圆了。"

陈砚显眸光柔了不少，轻轻出声："那我们下次回去吃。"

这堂课上没有点名，老师人很年轻，开朗随意，经常爱跟学生开玩笑，和众人打成一片。

他的课也生动有趣，但饶是如此，周鲤听了半节便开始昏昏欲睡，眼皮子重得像是灌了铅，脑子一点点混沌模糊。

早起睡眠不足和运动过量的效应慢慢席卷上来，周鲤身子一趴，头歪在桌上，睡得酣畅。

台上的老师正在积极寻求着学生互动，预备找个人起来读一段英国文学摘选，眼睛左顾右盼，最后定格在周鲤身上，刚起了个头："那边那个穿粉色大帽子外套睡觉的女同学——"

"老师。"倏忽有人打断了他。

女生旁边的男生站了起来，捧着书本，过分俊朗的脸上带了点笑，显得格外温和有礼。

"她有点不舒服在休息，这段让我来读一下吧。"

"也行……"站在那儿的老师硬生生顿了几秒才调整好表情，带着点趣味地打量着陈砚显。

陈砚显面不改色地开始读课文，发音准确，语速流畅，腔调低沉，带着一点少年特有的清朗，在此刻课堂上有种听电台广播的享受。

读完，教室里响起一阵掌声。老师伸出双手向下压了压，打趣道："大家声音小点，别吵醒了他的女同学。"

顿时，嘘声、起哄声四起，比起先前更为热烈。即便是稳重如陈砚显，在这般注目下，脸颊也隐隐发热。

他坐下来，不自然地低头摸了摸鼻子。

课在继续，四周恢复了安静。陈砚显转头看了周鲤一眼，她对方才的热闹动静一无所知，依旧睡得香甜满足，带了点婴儿肥的脸颊白里透红，嘴角在梦中不自觉地上翘。

陈砚显不由得生出恼意，伸手过去想用力地把她拧醒，触碰到她柔软的脸颊的瞬间，又仿佛中了邪，入迷似的捧着她的脸，大拇指指腹轻柔地滑过她的肌肤。

男生神情专注、怜爱，带着从未有过的眷恋。

周鲤感觉自己做了一个莫名其妙的梦，梦里陈砚显的脸笼罩着洁白朦胧的光晕，充满温柔地抚摸着她的脸颊，带着绵绵情意。

一脑补出那个画面，周鲤顿时起了一身鸡皮疙瘩，她摇摇头，把这荒谬的场景甩出去。

英语课已经结束。下课时，周鲤是被陈砚显大力推醒的，毫不怜惜，把她弄醒之后就冷淡地出门走了。

周鲤原本还想和他说两句话，此时望着他的背影，只觉得心凉。

这个样子，怎么可能出现梦里的场景，绝！不！可！能！

晨跑活动在第二天就莫名其妙地被陈砚显取消了，周鲤只当他良心发现，但经此一番，她确实更加注重适量运动，没那么犯懒。

徐玥这周在校外的咖啡馆找了个兼职，约好周四下午面试，周鲤陪她一起过去。

那家咖啡馆就开在学校旁边，走路二十几分钟。周鲤问陈砚显借自行车，两个系离得不远，他那会儿正在上课，让周鲤自己过去拿车。

周鲤抵达时他们已经下课了，教学楼里走出不少男生，周鲤是第一次来这边，新奇地四处打量着，等走到陈砚显教室外头，已经没有多少人了。

她轻而易举地看到了教室里的陈砚显，只不过情况有些出乎她的意料。

有好几个女生围在陈砚显座位前，而陈砚显低头自顾自在纸上写着什么，手中的笔飞快，拧着眉夹杂着淡淡不耐烦，不一会儿就停下动作，把纸抽出来递给她们。

"大概就是这样子，有什么不懂的多去请教一下老师。"

"谢谢。"女生们连声道谢。

陈砚显收拾着东西，似乎说了声不用，接着拉开椅子起身。正要出来那一刻，一位女生鼓起勇气站在他面前，仰起头，问："陈砚显，你待会儿要去吃饭吗？"

"有什么事？"他垂下眼睑，显得冷淡疏离。

"我想说如果要去的话，我们可以一起。"女生落落大方，一开始轻微的紧张消散之后便恢复了本来面貌，"本来和季涂他们几个约好了，但你还没确定，所以想再问你一下。"

陈砚显在女生说话间低头看了眼时间，抬起脸的那一刻瞥见了趴在窗户上的周鲤，心思立刻游离，没听清女生后面具体说了什么，只随口回了句"我有事"就提步往外走。

几个女生顺着陈砚显的目光看过去，只见一个女孩在门口朝他挥着手，甜美可爱的面容让人不禁想到了枝头饱满的红樱桃。

方才还不苟言笑的男生眉眼立刻软化下来，脸上带着连他自己都没察觉到的笑意。

两人走出大楼，直到身旁没有人了，周鲤才露出惊叹，微微感慨："陈砚显，没想到你在你们系还挺受欢迎的嘛。"

"怎么，"陈砚显低眸看她，脑中鬼使神差地冒出一个想法，"吃醋了？"

看到周鲤一瞬间变得不可思议的表情时，陈砚显才知道自己说错话了，他立刻敛起神色。

果不其然，下一秒周鲤的声音响起，带着震惊、荒谬、难以置信——

"陈砚显，你疯了吗？！"

陈砚显被周鲤这样一质问，头疼不已，两根手指捏着眉心，迫不及待要扔掉麻烦似的把自行车钥匙丢给了她，挥手示意她赶紧滚。

可周鲤丝毫没有自觉，反而执着地围着他打转，一脸真挚恳切地对他解释，仿佛一定要他还她个清白。

"陈砚显，我真的没有吃醋，你相信我，我只是有点感慨而已。"

"有什么好感慨的。"陈砚显不想听她讲话，低着头自顾自揉额，敷衍道。

"就是没想到你竟然还挺招人喜欢。她们是不是和你不太熟，不怎么了解你啊？"周鲤满眼认真地问。

陈砚显这下立即抬起头，气笑了。

"怎么，我这个人本性很恶劣？很让人讨厌？"他掀起眼皮，轻轻扫过周鲤，凉声问，"你是不是心里对我不满很久了？"

"没有没有，绝对没有！"周鲤心虚，被踩着尾巴似的立即摆手否认，说完又小心翼翼地打量他一眼，食指和拇指间比出大约一厘米的距离，"可能就有一点点的脾气不好罢了。"

陈砚显被她气得胸口痛，眼不见为净，赶紧挥手："滚。"

徐玥的面试成功通过，她每周末开始兼职。赵欢欢是个学霸，恨不得二十四小时泡在图书馆，高考时她是全系第一名的分数进来的，直叫周鲤钦佩不已。

这下整日待在宿舍的也就剩她和二妹，两人从早到晚没离开过床，两餐是叫的外卖。宿舍阿姨不让人上来，她们懒到把徐玥装杂物的篮子系上绳，从窗口丢下去给外卖小哥，待外卖小哥把饭菜装进去后再用绳子拉上来。

这个操作让不小心看到的人叹为观止，直摇头感慨当代女大学生的堕落生活。

周鲤和二妹蹲在桌前扒拉着外卖盒里的饭。二妹腮帮子里塞满排骨，突然想起什么，把骨头吐出来后咽下嘴里的东西，问她："对了，鲤鲤，你怎么不去约会啊？"

周鲤忙着啃排骨，抽空朝她摆了下手，头也不抬："别说了，他最近不知道又哪里不顺心，对我爱搭不理的。"

"不会吧，我那天瞧着他脾气像是不错的啊。"二妹有些不相信，睁大眼睛。

"那是你被他的外表迷惑了。"周鲤痛心疾首，连忙给二妹罗列陈砚显的劣迹，她正在口沫横飞细数着他的罪行时，放在桌上的手机嗡嗡振动，上面显示出陈砚显的大名。

在背后说人坏话的周鲤背脊陡然一凉，随即咽了咽唾沫，谨慎地伸手拿过手机接通，做贼心虚般地小声开口："喂？"

"在哪儿？"陈砚显径直问，一如既往地言简意赅。

"宿舍。"周鲤摸不清他要干什么，小心地回答。

"我们准备去外面吃饭，你要不要一起，顺便介绍我几个舍友给你认识一下。"

"我正在吃……"

那边的人沉默了几秒，须臾，陈砚显似乎有点气急败坏："那就不要吃了！"

"喔。"她正准备挂电话。

陈砚显深吸了口气，维持冷静："我说你现在不要吃了，换衣服，过来。"

他丢下一句"我把地址发给你"之后便结束了通话，周鲤握着手机用力地抿了抿唇，看着面前的排骨突然就不香了。

"你瞧瞧，你瞧瞧——"她把手机重重一放，满脸愤慨地对二妹吐槽，"这就是陈砚显的本来面目。你今天是见着了吧，真不是我瞎说。"

二妹艰难地咽了下口水，试探道："好像是真的有点脾气不好。"

"何止是有点！"周鲤恨恨地起身，一边骂一边打开衣柜，开始找出门的衣服。

不到十分钟，周鲤就收拾完毕，弯腰换鞋准备出发时，二妹忍不住发出疑惑："你就穿成这样去？"

她方才也不小心听了一耳朵，大概是知道周鲤要去见陈砚显舍友之类，她看着面前穿着卡通卫衣和牛仔裤的女孩子，头疼地起身。

"你就没个小裙子之类的？"

"为什么要穿裙子？"

二妹也不多说，直接打开周鲤的衣柜，在里头细细挑选过后，拿出了一条百褶裙和深粉色衬衣。

"穿这个。"

周鲤虽然不明所以，却还是乖乖换上。她从小到大有个最大的特点就是听话，软得不行，让人都不忍心欺负她。

换成裙子和衬衫后的人和先前顿时截然不同。周鲤个子一米六三，百褶裙到膝盖上几厘米，把她腰身收得盈盈一握，又细又长的双腿尽数展露，深粉色纱质衬衣甜美淑女，花边领，中间的丝带打了个蝴蝶结。

二妹把她的丸子头也拆下来重新梳了，放下一半长发，另一半用发卡别了起来，颊边几绺碎发散落，俏皮可爱。

二妹打量着她，莫名感动，有种吾家有女初长成的满足感。

"好了，就这样出发！"她推着周鲤出门，握拳打气，"去吧，闪瞎那群狗男人的眼睛！"

周鲤极度不自然，别别扭扭地下楼了，走在路上总觉得哪儿哪儿都不舒服。

这身衣服是临开学前周母带她去逛街硬要给她买的，她带过来后一次都没穿过。她几乎不穿裙子，习惯各种长裤短裤来回切换，简单又方便，突然换成短裙，总觉得整个人凉飕飕的。

陈砚显给的地址就在学校后门，小吃街的另一边是各种吃饭和玩乐的地方，周鲤到楼下时，给陈砚显发了一条消息。

他可能没看到，周鲤等了几秒没收到回复就径直进去了。

这是一家粤式餐厅，包间一共就几个，周鲤在大厅看了一圈没找到人后，询问服务员后直接被带到了包间门口。

隔着一扇门似乎能听到里头的说话声，周鲤试探着伸手敲了敲。门很快从里面被拉开，她探了探头，所有声音戛然而止。

周鲤有些尴尬，以为就陈砚显和他宿舍几个人，没想到整个屋子都快被坐满了，有男有女，此刻一双双眼睛齐齐打量着她，自带聚光灯效果。

周鲤干笑一声，目光捕捉到了人群中的陈砚显。他起身朝她走来，视线先是从她腿上扫过，随后眉头不自觉地皱紧，牵着她的手往里走。

"介绍一下，这位是我女朋友，周鲤。"

他随意地解释，沉静的面容让人收起了想打趣的心思。

周鲤在他旁边坐下，尴尬过后，对他生出气恼。

"你干吗不说有这么多人？"没等他回答，她又继续兴师问罪，"我给你发信息也不回！"

"我没看见。"陈砚显这次说话了，只是眼睛再次从她腿上扫过，皱眉问，"怎么穿这么少？"

"有吗？"周鲤疑惑，"大家不都这么穿？"

9月末，暑气未消，房间里穿短袖的大把，周鲤这副打扮真是挑不出任何差错。

陈砚显眉心依旧没松开，只是看她几眼，面色不豫的样子。

周鲤莫名其妙，懒得再搭理他。

"怎么了？这位就是弟妹？"旁边的男生伸手扶在陈砚显椅子后头，倾身过来凑近调侃。

周鲤被对方脸上的热情吓得缩了缩肩膀。

陈砚显一把推开那男生："季涂，离远点。"

季涂有些委屈："咋的，护得这么紧，看都不让看一眼？"

"滚。"

他们聊天间，周鲤大致认清了人，过来搭话的那个皮肤很白的短发男生是季涂，季涂旁边的两位一个叫方元，另一个是李述，都是陈砚显同宿舍的，剩下不少是他们班上的同学，看起来是刚好月底聚餐。

周鲤不知道陈砚显为什么要叫自己过来，因为她来之后桌上女生明显话少了很多。直到视线不经意瞥见那天那个女生时，她才感悟到几分。

"你是不是故意叫我过来的？"她凑到陈砚显跟前，压低声音。

"嗯？"陈砚显淡淡垂眸，不祈祷她能开窍，只希望她不要再语出惊人地气人就满意了。

"想让我帮你挡桃花？"周鲤见他反应不大，又试探出声。

陈砚显心中一叹，果不其然。他从鼻腔哼出一声笑，拿起筷子夹了个油炸小馒头塞进她嘴里："吃东西吧，不要说话了。"

周鲤嘴巴被堵住，呜咽两声，艰难地吃下整个馒头。

"陈砚显！"她气得一拳砸向他。

吃完饭，后面还有活动，只是陈砚显没有兴趣，带着周鲤告别。见状，也有好几个人说不去了，女生居多。

陈砚显骑车来的，他推着自行车等在那里，周鲤看着车后座首次产生了为难。她瞅了瞅座椅，又低头看了眼自己的裙子，想了想，十分不甘不愿地侧坐上去，手仔仔细细地掖好裙摆。

"走吧。"她抓住陈砚显的衣角，像是催促司机可以开车了。

陈砚显往后头看了眼，目光今晚不知道第几次落在她光裸的腿上，神色变得烦躁，他把身上外套一脱，扔到她膝头。

"盖着。"

"啊……"周鲤愣了几秒，看着他不太耐烦的侧脸，最终还是没有作声，乖乖把衣服展开盖在腿上，遮住那片肌肤。

男生骑着车渐渐远了，身后载着女孩，女孩侧坐着，长发飘飘。

看起来是一幅青春浪漫的画面，只是两人间的气氛却没有那么和谐。

还没有走的人站在餐厅台阶上目睹这一幕，忍不住嘟囔："陈砚显和他女朋友关系好像不是很好啊。"

"啧。"季涂看了眼说话的女生一眼，意味深长，"好不好你以后就知道了。"

晚风徐徐，周鲤坐在陈砚显车后座，沿途风景慢悠悠地从眼前滑过，惬意中又带着几缕不畅快。

因为时不时刮来的风会掀起衣角，露出里头的裙摆，周鲤全神贯注，忙着同被吹起的裙子做斗争。

夏季衣物轻薄，陈砚显的外套只是一件黑色防晒连帽衫，她一只手要摁紧左边，又要顾着右边，忙得满头大汗，心累不已。

在这艰难过程中，车子终于抵达宿舍楼下，周鲤迫不及待地跳下来，骂骂咧咧："这破裙子以后再也不穿了。"

陈砚显刚停稳车，脚正踩着地面，见状打量她几眼，露出沉思，突然一改先前的态度，说："偶尔穿一下也不是不行。"

周鲤有些不解。

"不过只准穿给我看。"

周鲤回到宿舍，脑海里还回荡着陈砚显那句话，和他当时说话的模样。

男生眉梢微微上扬，黑眸幽深，瞳仁里藏着的东西叫人看不懂捉摸不透，周鲤对着镜子轻轻吸了口凉气。

须臾，陈砚显收到一条信息。

他正在骑车，听到声响，只单手握住车把，从口袋拿出手机，屏幕上方显示着一句话语，后头的感叹号醒目：

"陈砚显！你刚才是不是在占我便宜呢！"

他眼神轻动，抿紧嘴角，脸上没有什么表情，直接按灭手机屏幕，收起。

时间就这样从夏末跨进初秋，天气渐凉，一切开始步入正轨。

陈砚显的大学生活似乎也很忙碌，两人固定每周吃一次饭，偶尔共同的公开课上遇到，有时也会在食堂巧遇，彼此都和自己的舍友在一起，说几句话各自分开。

他们很少像别的小情侣一样如胶似漆地煲电话粥、发短信，除非必要，经常是周鲤遇到什么事情会习惯性和他分享倾诉一番，就跟从前差不多。

徐玥最近交了个男朋友，是学生会同部门的一个学长。两人每天约会到熄灯前才会回来，晚上更是缩在被窝里对着手机那头的人窃窃私语，各种互送礼物，一副热恋中的状态掩饰不住。

这样一对比，周鲤就像是谈了一个假的恋爱。

一开始众人还会有点好奇担忧，生怕哪天就传来他们分手的消息，但随着时间一长，两位当事人自己都怡然自得，仍旧那样不咸不淡地相处着，大家也就歇了那份心思，习惯他们的相处模式。

毕竟这个世界情侣千千万万，说不定就是有这样谈恋爱的呢。

405宿舍的两对情侣恋情迥异，完全不被看好的那对不冷不热地从开学持续到了学期末，众人眼中的甜蜜情侣却面临着感情破裂彻底分手的局面。

徐玥在宿舍痛哭一场，直骂着那位学长渣男，表示这几个月的青春都喂了狗，再也不会相信爱情。

原因是这位学长被徐玥抓到在手机上找别的小学妹聊天调情，被直接撞破后干脆坦然承认，并表示和她早就没爱了。

徐玥愤怒，当场扇了他一耳光。

昔日爱侣一朝反目，往日种种甜蜜瞬间成为伤人利器，徐玥失恋当天直嚷嚷着自己心痛得快要死掉，难以承受之际突发奇想要去泡吧，用酒精和陌生小帅哥来麻痹自己。

她死活要宿舍其他三人都陪着去。此时失恋的人最大，好姐妹当然义不容辞，哪怕周鲤从来没去过那种地方，还是鼓足勇气点头，又被二妹逼着换上裙子化了淡妆。

后街酒吧。

音乐声震耳欲聋，灯光四射，台上DJ激情十足，底下舞池里的男男女女群魔乱舞。

下方一个小卡座，四个女生窝在里头，一进来徐玥就径直抱着酒瓶子咕嘟咕嘟灌，将"借酒消愁"这四个字诠释得淋漓尽致，喝完还觉得不痛快，非要和她们干杯一起喝。到最后，酒量最差的周鲤被先灌得神志不清。

赵欢欢是东北姑娘，喝酒自然不在话下，二妹勉勉强强能喝，最弱的就是周鲤，她和徐玥倒下之后，赵欢欢和二妹开始头大。

照理说一人扶一个应该没问题，但徐玥的酒品实在不敢恭维，如果不是被赵欢欢死命拉着，估计都能跳上桌子尽情摇摆了。

思来想去，最后还是掏出周鲤的手机哄着她解了锁，从里头翻出陈砚显的号码拨了过去。

男生听完，语气立刻变得不太好，让她们帮忙看护照顾周鲤，就挂了电话。

夜色深浓，陈砚显赶到时正是酒吧气氛高潮阶段，主持人在上头握着麦大吼，有人沉醉不醒，有人疯狂舞动，漫天纸片从空中洋洋洒洒地落下，映着暧昧不明的灯光，眼前一片混乱。

他从赵欢欢手里接过迷迷糊糊的周鲤，面容在斑驳光影中沉得犹如暗夜降临。

而怀里的人一无所知，无力地依附在他胸前，张开手抱住他，仰起脸荡开痴痴的笑，嘴里轻不可闻地喃喃唤他：

"陈砚显……"

夜风裹挟着凉意，一出门，周鲤就打了个寒噤，往陈砚显怀里钻了钻。

陈砚显拧紧眉，把身上的外套脱了下来包裹住她。

喝醉的人安分了，一动不动地伏在他怀里。

五个人不好打车，分散开来。赵欢欢和二妹带着徐玥先走，陈砚显抱着周鲤，伸手拦了辆车，朝前头司机报了学校的名字。

后座没有灯，昏昏暗暗，窗外偶尔有一闪而过的霓虹树影。周鲤好像睡着了，乖乖地窝在那儿，闭着眼呼吸浅浅。

如此一来，倒是可以看出她酒品不错。

陈砚显视线划过她白皙圆润的肩头上的两根细细吊带、缩到大腿上的裙摆，心想着她真是长大了，竟然敢穿成这样去酒吧了。

他盯着周鲤沉静的睡颜，伸出拇指在她唇上用力一揩，指腹间顿时沾了一抹殷红，在晦暗光影中，莫名充斥着几丝靡艳。

陈砚显拿出纸巾，双眸幽深，动作不轻不重地一点点把她唇上残留的口红擦拭干净。

车子在学校后门停下，陈砚显把周鲤揽在怀里半抱着下车。她穿着条短短的吊带小黑裙，不知道什么材质的，柔软贴身，稍微一动作，裙摆就往上缩，露在外的一身肌肤白得晃眼。

两人下了车，被冷风一吹，周鲤迷迷糊糊的有些醒了，靠在陈砚显的臂弯里往前走，脚步像是踩在云朵上。

没走上多长一段路，她就感觉累得不行，直嚷嚷着要休息。

此时才走到一半，离宿舍还有不短的距离，陈砚显环顾四周一圈，扶着她在不远处的长椅上坐下。

A 大地处南方，雨水充沛，树木都是粗壮葱郁的，学校里四处可见遮天蔽日的林荫道，此刻一盏路灯立在树下，昏黄一团映亮了浓绿。

这边有点偏僻，道路不宽不窄，夜深时静悄悄，头顶的天空闪烁着几颗星星。

周鲤脸靠在他手臂上，半合着眼微喘，疲惫极了的样子。走这几分钟真是难为她了。

陈砚显眼睫低垂，声音没有起伏地叫她："周鲤。"

"唔？"她动了动，微仰起头，饱满、粉嫩的脸颊不自觉地蹭蹭他的肩膀。

她柔软得像只任人撸毛的小奶猫。

陈砚显的心不可控制地一点点塌下去，只剩少许无法言说的心思在支撑。

"你知不知道你今天干了什么？"他维持着先前的模样，平静、冷淡地问她。

"徐玥失恋了，我们陪她喝酒。"周鲤回答，声音比往常轻，此时配着她睁大的乌黑眼眸，显得莫名软糯。

很好，还算清醒。

陈砚显伸手把她滑落肩头的黑色带子重新拉上来弄好，低声问："谁让你穿成这样的？"

"是二妹。"她咬了下嘴唇，似乎还带了几分委屈，"她说去酒吧就得穿成这样。"

"你什么时候学会化妆了？"

陈砚显的声音离得极近，从喉咙滚出的字句低沉得化不开，周鲤越发头昏脑涨，思绪变得简单直白。

"也是二妹化的……我不会。"

耳边的声音停了，周鲤得到片刻喘息，忍不住偷偷从宽大外套里伸出手揉了揉自己耳朵。

有点痒，还麻麻的。

"你在做什么？"陈砚显见状问。

周鲤仰起小脸，委屈巴巴："耳朵痒。"

"哪里？我看看？"他说着凑过来。

周鲤被他呼吸间的热气弄得更加痒了，缩着肩膀连连躲避，傻乎乎地笑出来。

"痒，你离我远点。"她一边说着推开他，一边却醉得迷糊，整个人直往他怀里蹭。

陈砚显陡然僵住，须臾，冷静地扶着她肩膀推开她。

"周鲤，你喝醉了。"

"我没醉。"她软绵绵地说。

"你醉了。"陈砚显重复。

"没醉。"

两个人像小学生一样争辩起来，周鲤神色格外认真，势必要向他证明自己没醉，她是正确的，错的是他。

陈砚显有些想笑，没想到她喝醉酒了还是那么气人。

见他不说话了，周鲤看起来还有些不痛快，就像是吵架没完全吵赢不过瘾，手里没什么力气地推了他一把，又奶凶奶凶地质问："你怎么不说话了呀？"

"不想说了。"陈砚显扯了下被她弄乱的衣领，语调随意。

大概是这般不重视的样子让周鲤极度不满，她一把抱过他的脑袋，两只手捧着他的脸凑到跟前。

"不行，你必须得说！"她瞪大眼，努力装凶，"说我没醉。"

两张脸近在咫尺，彼此间的呼吸都浅浅缠绕，清晰得他可以看见她透亮瞳孔里的自己，也近得可以看清她的睫毛、绯红水润的唇。

陈砚显顿时沉默，须臾，把她的手从自己的脸上拿下来。

周鲤不明所以，眸里盛着疑惑，喃喃地叫他："陈砚显……"

"嗯。"轻不可闻的一声回应，淹没在相贴的唇间。

陈砚显扣住她两只手放在膝上，另一只手扶住她的脖颈，呼吸彻底紊乱，心怦怦直跳。

他微低着头，合眼，在那片柔软上轻吮辗转。

两人分开一些距离，周鲤睫毛轻颤，仍旧是仰起脸的姿势，唇上水光潋滟，越发红润，眼神懵懂地注视着他。

"陈砚显，你为什么要亲我啊？"

"因为我是你的男朋友。"

"哦……"

"专心一点。"陈砚显拍拍她的头，再度贴近，亲了上去。

树叶簌簌，被风吹动作响，月亮悄悄隐进了云里，星星也变得暗淡。夜色最美，不及底下缠绵令人心动。

周鲤是被陈砚显背回宿舍的，她睡得香甜，两只手搭在他肩上，胸口起伏匀速，不知道做了什么美梦，嘴角还是浅浅上扬着的。

时间已经很晚了，宿管阿姨不让陈砚显上去，陈砚显在等周鲤的舍友下来接她。

两人还说了一阵子话，大部分是周鲤在问，化身十万个为什么，陈砚显有一搭没一搭地回答着她。到后头，某人先支撑不住，醉意和睡意齐齐涌了上来，不自觉地打了个哈欠，眼睛快要合在一起。

陈砚显索性背她回来，她趴在他背上，没一会儿就睡着了。

二妹和赵欢欢很快下楼，把周鲤接过去时，她被弄醒了，眼皮动了动似乎要睁开。陈砚显忍不住张嘴，想叫她们动作轻点，理智又让他止住了。

他站在楼下，目送着三人背影消失在视线中。

周鲤第二天醒来，动静不轻。她脑子混沌，一时分不清自己身在何处，猛地从床上坐起，撞到了边上的栏杆，"嗷呜"一声，引得整个宿舍的人都看了过来。

她率先对上了二妹睁大的双眼——往日纯粹简单的眼睛却仿佛藏着千言万语，配合她此刻兴奋八卦的表情，莫名猥琐。

周鲤揉着脑袋，脸皱成一团："二妹，你怎么像个色狼？"

"呸！"二妹含冤愤怒地反击，"我才要问问你昨天做了什么有伤风化的事吧。"

"什么？"周鲤一脸迷惑，仔细回忆几秒，记忆才回归得姗姗来迟，她想起了月色下那一幕，一时间，嘴唇不由得紧闭住，呆滞在那儿。

"怎么样，怎么样，感觉如何？"二妹八卦地凑上来，兴冲冲地追问。

周鲤一把拨开她的脑袋，含糊其辞："什么怎么样……"

"接吻啊！我还从来没试过呢，快快快，分享一下。"二妹大剌剌地跟在周鲤屁股后面问，大嗓门快要传遍整个宿舍。

周鲤脸一红，对着她一把重重关上了洗手间的门，大声说道："想知道自己不会去试？"

二妹被隔在了门外头，站在原地悻悻的，不禁嘟囔："这不是没男朋友嘛……不然谁又不想亲自去试一试呢？"

周鲤瞪着镜子，里头的人长发乱糟糟，气色是醉后的苍白，唯有唇泛着天然的淡粉。

接吻的感觉……

她再度回忆了下，画面已经很模糊了，隐约只记得洒在脸上的湿热，还有嘴唇的柔软。没想到往日说起话来总是无情刻薄的陈砚显，嘴巴原来也是这么软的。

念及此，周鲤陡然一惊，面露恐慌。

自己都在想些什么呢？

周鲤在洗手间里待了足足半小时，牙齿刷了一遍又一遍，似乎这样就可以清洗掉那些不属于她的痕迹。

然而她刚出来一拿起手机，所有努力通通白费，上面陈砚显的名字莫名其妙地醒目。

"醒了给我回条消息。"

"干吗？"

她两个字刚发过去，对面几乎是秒回。

"有没有哪里不舒服？"

哪里不舒服？

周鲤暗暗吐槽，心里最不舒服。

她一下下地用力戳着键盘："没有！"

那边马上回了三条简短的信息：

"哦。"

"那就好。"

"记得吃早餐。"

没了?

周鲤无语地望了会儿天花板,觉得是自己太在意了。

可没想到两人的见面来得猝不及防。

实在受不了自己身上的酒气,宿醉过后,周鲤把自己从头到脚都洗了一遍,又在床上休息了大半天。傍晚时分,405宿舍的"宅宅们"终于出去放风了,目标是食堂。

周鲤拿着饭卡,刚打好三食堂每日供应的排骨,转身就看见门口走来的一群人。

季涂打头,陈砚显落在最后面,脸上神情散漫,仍旧极为显眼。周鲤端着盘子和他们迎面撞上,避无可避。

几人心知肚明地冲周鲤挤了挤眼。季涂坏笑,然后越过周鲤去一边拿餐具,陈砚显脚步慢了下来,最后停在了她跟前。

"一整天才出门?"他的视线从周鲤身上缓缓扫过。

他这副居高临下的模样伴随着那几分若有似无的笃定,让周鲤气不打一处来,她梗着脖子,道:"不行啊?"

"行,你做什么都行。"陈砚显分外温和地应着,说话间还点了点头。

周鲤莫名悚然,肩膀缩了缩。

"只不过下次……不要让我再抓到你去你那种地方。"果不其然,陈砚显不会就这么放过她,只听他放慢了语速,语气似乎格外柔缓,却更像是一种变相的凌迟:

"不要让我看到你穿那种衣服。

"化那个样子的妆。

"喝这么多酒。

"不然……周鲤,你后果自负。"

季涂打了菜回来,看到陈砚显坐在不远处,周鲤和他隔着一排座位,一个坐在窗边,一个坐在中间,各自埋头吃饭,谁也不搭理谁。

小姑娘和自己的舍友在一起,吃饭时还不忘义愤填膺地说着什么,十分热闹。这样一比,安静地坐在那儿的陈砚显就显得形单影只。

季涂把餐盘在他面前放下,意味深长地打趣:"怎么,又吵架了?"

"没有。"陈砚显冷淡地说。

"也是，通常都是你自己生气。"季涂说。

陈砚显抬起黑眸，没什么情绪地看了他一眼。

"该说的就说，该做的就做，心思不要藏这么深。"季涂不管陈砚显越来越沉的脸，自顾自地说，"你不说，人家怎么知道你特意大老远跑来三食堂，就是为了和她巧遇？"

"谁说我是为了她？"陈砚显一听，冷声道。

季涂拿勺子敲了敲餐盘，眉梢轻轻挑起："别以为我不知道，整个学校只有三食堂会有红烧排骨，我可每次碰到周鲤都见她盘子里装着呢。"

陈砚显不说话了，闷头吃饭。

季涂见好就收，嘴里却不由自主哼起了歌："她不懂你的心，假装冷静，她不懂爱情把它当游戏……"

"闭嘴！"陈砚显忍无可忍，一个眼刀飞了过来。

季涂悻悻地止住歌声，有点意犹未尽。

后面怎么唱的来着？

宁市迎来大降温不久，期末考试周来临。A大在学业方面颇为严格，挂科一律重修，次数太多不仅会影响毕业，可能还要留级，和下一届的学弟学妹一起上课，极其羞辱。

各科目的老师一律不给画重点，试卷出得千奇百怪，学生们苦不堪言，就连周鲤这种平日里蒙混应付的人都开始泡起了图书馆。

405宿舍在学霸赵欢欢的带领下，每天早出晚归，清晨天还没亮闹钟就先响了，在窗外透入的朦胧光线中摸起来刷牙洗脸，一同出门。

如此"两耳不闻窗外事，一心只读圣贤书"的日子坚持到了考试结束那天，走出教学楼那一刻，几人仰面深呼吸了一口，此刻冷冽的空气都充斥着自由的味道。

当晚，一群人忍不住去外头狂欢庆祝，吃完火锅之后还意犹未尽，去隔壁KTV开了个小包间。音乐声震耳欲聋，徐玥抱着话筒唱得醉生梦死。

在这嘈杂喧闹中，周鲤自然没有听到手机振动的声音。等到夜里活动结束，她拿起手机一看，上头有五六个陈砚显的未接来电。

不知为何，一阵心虚涌起，她有种贪玩被家长抓到还忽略了对方信息的慌张感。

周鲤连忙对前头的三人打了个招呼，自己走在最后面，默默地给陈砚显回拨电话。

"喂。"对面的声音莫名冷淡，只一个字就没下文了，留出来的沉默像是在等着她自己供述。

周鲤一五一十地向他汇报："我们宿舍今天出来聚餐，刚刚在唱歌，声音太大没听见。"

"你们四个？"他语调低沉，听不出喜怒。

"是的。"

"现在回学校了没有？"

"在路上了，马上就到。"

又是短暂的沉默，周鲤不由得问："你找我有什么事吗？"

陈砚显顿了下，说："没事。"又继续，"后天的火车你别忘了。这两天可以开始收拾行李了，看看有没有什么想买的带回家的，我陪你一起去。"

"没关系，没关系，欢欢她们可以陪我，我们刚好都要买点特产回家。"周鲤说道。

对方一副满不在乎的语气，陈砚显都可以想象出她在那头大手一挥的模样了。

他胸口闷着一股郁气，呼吸不畅，许久，才缓缓地吐出一个字："好。"

她大概不会注意，两人已经快一个月没见面了。

没心没肺的小东西。

男生宿舍里，陈砚显一把扔掉手机，利落地从架子上扯下衣物，走进浴室。

回荔城当天，风和日丽，冬天的阳光照在身上和煦温暖。周鲤穿着牛角扣棕色大衣，头发分成两股扎成了小辫，巴掌脸，杏核眼，嘴唇带着天然的红润，几绺刘海下双眼皮形状很漂亮，在尾部拉成扇形——很像写真里的日系美少女。

过了十八岁生日的她，脸上仅有的那点婴儿肥褪去，真真正正出落成少女的模样了。

陈砚显一点点地感受着她的变化，像是看着一朵打苞的花在他眼前慢慢舒展绽放，心里某处藏着连自己都不愿意承认的焦虑。

是否有一天，她会站在他面前，目光清明，说："陈砚显，我有真正喜欢的人了。"

只不过一瞬，陈砚显就推翻了自己这个假设。

有他在，这一天永远都不会到来。

两人打车抵达火车站，距离发车时间还早。临近春运，候车厅人头攒动，周鲤提前到超市采购了一大包零食，此时坐在蓝色硬塑胶椅上，窸窸窣窣地开始掏书包。

果冻、酸奶、泡椒鸡爪、豆干、牛肉干……里头一应俱全。

陈砚显看她塞得满满鼓起来的腮帮子，还在忙着埋头翻找想吃的东西的熊样，心底盈满的担忧像是错觉。

甜甜的恋爱不属于我

"我们的恋爱一点都不甜。"

"你想怎么甜，我都给你。"

是他杞人忧天了。

只有五个小时的车程，两人买的是双人硬座，周鲤占据了窗边位置，陈砚显把两人的行李箱放到行李架上，在她旁边坐下。

临近出发，车厢内陆陆续续坐满了人，周鲤对面是一男一女，看起来和他们年纪差不多大。

两人先是随意地打量了他们一眼，接着坐下来。周鲤听到那个女生叫那个男生叫哥，原来是兄妹。

火车呜的一声，晃晃悠悠地行驶起来。窗外风景渐渐后退，周鲤方才吃得撑到了，此时手里拿着瓶养乐多在喝，眼睛看着外头不断变化的丛山树影。

陈砚显在垂眸翻看手机。

火车行驶了一会儿，周遭不知不觉安静了许多。正是中午时分，融融日光晒得人想睡，周鲤打了个哈欠，在书包口袋里摸了摸，没找到自己的耳机。

"陈砚显，你带耳机了吗？"她稍侧过头问。

陈砚显静了两秒，抬起脸，说："我自己要听。"

"不过……"他又说，"我可以给你分一只。"

周鲤惯来喜欢两只耳机一起听，这样才有感觉。闻言，她很有骨气地说："不用了！谢谢！"

不知为何，陈砚显的脸一下沉了几分。

周鲤也不怕他，百无聊赖地又开始翻书包，从里头扒拉出一大袋冰糖橘，借由美食抚平内心苦闷。

她把袋子拆开，正准备拿橘子，看了看对面的人又有些不好意思，停顿一秒，把袋子往前移了移，礼貌地发出邀请："要不要吃橘子？"

"啊，不用了，谢谢。"那个女生的哥哥立即摆手说。

周鲤朝他抿唇一笑，心安理得地自顾自吃起来。

空气中弥漫着柑橘的清香，淡淡的，清新提神。

那女生的视线在两人身上打量一圈，突然开口："你们也是兄妹吗？"

陈砚显和周鲤的动作如出一辙地顿住了。陈砚显先抬眼，淡淡扫过那女生，一言不发。

周鲤立刻解释："不是不是。"

"那是同学吗？"女生仍旧追问，脸上露出一个和善的笑容，"我看我们都差不多大的样子，哦，对了，我和我哥在C大读书。是不是很巧，我们刚好考上了同一所大学。"她很健谈，笑起来的模样灿烂可爱，像向日葵。

周鲤就喜欢这种漂亮的小姑娘，见状态度也亲和许多。她点头说："是好巧，我们也是在同一所学校。"

"也是宁市吗？南大？"女生观察着两人的表情，声音里带了不可思议，

"不会是 A 大吧，好厉害。"

"还行吧，高考的时候运气好。"周鲤羞愧难当，指了指陈砚显，"他比较厉害，他是学霸。"

女生顺势把目光放到了陈砚显身上，目光一动不动地定在他脸上，直勾勾地，这下连周鲤都看出了不对。

"原来你不仅长得帅还是学霸。"女生感慨，语气带了崇拜，"果然帅哥都是万能的。"

未等其他几人回答，女生拿出手机，笑容比起方才不知道灿烂了多少倍，就连声音都变得十分可爱："能不能加个微信啊？我下次有不懂的东西可以问问你。"

陈砚显没有说话，只把目光转到周鲤身上。周鲤瞪圆了眼睛，明显一副意想不到的样子。

空气一时有些沉默。

见陈砚显没反应，女生不好意思地吐了吐舌头，说："是太突然了吗？不好意思啊，我周围都是学渣，难得遇到一个学习厉害的，所以就想认识一下。"

"你放心，平时我不会主动打扰你的。"她又把手机往前递了一点。

旁边那个男生似乎有点看不过去，偷偷扯了下妹妹的衣角，女生却充耳不闻。

周鲤的视线随着女生的动作定在了那部粉色小巧的手机上面，突然出声："那个……"

几人纷纷朝她看来。

周鲤小心翼翼地伸手抓住陈砚显的手臂，看着女生："可能不是很方便。"

"嗯？"

"因为他有女朋友了，就是我。"

那女生顿时有一秒难堪，又很快恢复如常，笑了笑，心态很稳："啊，我没有别的意思呀，只是想留个联系方式而已，不方便吗？"

她看向的却是陈砚显。

陈砚显神情没有什么波动，"嗯"了一声，丝毫不留情面："不方便。"

"那好吧。"女生终于收回手，似乎还有点遗憾。

火车晃晃荡荡，四人仍旧是相对而坐，那女生的视线在陈砚显身上转悠几下，又落回到周鲤身上，和先前无二的态度，开口："橘子甜吗？车里的空气好像有点不太好闻。"

周鲤闷着脑袋坐在那里，很不想搭理对方，但历来的家教让她无法做出这么没礼貌的事情，闻言，只冷淡地"嗯"了一声。

"我可以吃一个吗？"女生又问，甚至有点想要伸手过去拿的倾向。

周鲤突然一骨碌坐起，把面前的袋子一把揽到自己身前，迅速系好。

"我刚刚想起来，这橘子是买给我妈妈吃的，所以不能给你了。"周鲤脸不红心不跳地说，紧紧抱住那袋橘子。

这下对面两人的表情彻底维持不住，女生沉着脸，不动了。

气氛僵硬，还有种隐隐的对抗和剑拔弩张，坐在那儿一直没怎么说话的陈砚显忽地一笑，响动颇为惹眼。

只见他看着周鲤，伸手在她头顶揉了两把，神情宠溺又无奈，温柔极了。

"真是拿你没办法，在一起多久了还是这么爱吃醋。行了，回去我只给你一个人看总可以了吧。"

此话一出，整个场面顿时不同先前，那女生面色一僵，还没说什么，她哥哥终于忍不住，低低呵斥了一声："你别再说话了。"

"我怎么了？"那女生不服地辩驳，却也只是强撑着回了这么一句，之后全程安静。

几个人如死寂般坐着，耳边只听见火车行驶过程中发出的各种响动。在这样的氛围中，陈砚显最淡定自若，打开包拿出耳机，自己先慢悠悠地戴上，接着才把另一只递给周鲤。

"听歌吗？"

周鲤比不过他心态沉稳，木着脸，没什么表情地接过。

两人并肩而坐，戴着同一副耳机，身体间被两根细细的白色耳机线连接着，听着只属于他们的音乐。

这番旁若无人、甜甜蜜蜜的画面，让对面的人又是窒息了几秒。

那兄妹俩在下一站就下车了，也不知道原定的行程便是这般，还是实在坐不下去？周鲤猜必定是前者，毕竟以那女生的先前表现，势必不会被这点小事打倒。

他们一走，周鲤明显松了口气，挺直的肩膀都放松下来，揉了揉自己僵硬的脸。

"怎么？"陈砚显打量着她，慢慢收起耳机，口吻随意。

"刚才不像你啊。你不是一向大方善良，乐于分享？"他语气有点嘲讽，大概对那次外套事件耿耿于怀。

周鲤此刻还沉浸在方才的余韵中，无暇去探测他话里的深意，只是表情苦闷地说："我只是不喜欢这种感觉。"

"嗯？"他洗耳恭听。

周鲤回忆了下，皱着眉眼认真地阐述："她一点都不真诚，把别人当作工具，需要的时候笑脸相迎，不用的时候爱搭不理。"她满脸纠结，最后只总结似的吐出了三个字，"很讨厌。"

这个答案也在陈砚显意料之中，他忽略心底那一丝不明显的失落，把耳机慢慢收回包里，假装不经意地问："那别人问我要联系方式，你就没别的想法？"

"我正要说这个——"他一提，周鲤就提起了精神，瞪着眼看他，"陈砚显，你刚才好肉麻啊！我鸡皮疙瘩差点都起来了！"

陈砚显无语。

"从哪里学来的偶像剧台词，一股浓浓的九十年代古早风，你以为在演霸道总裁爱上我吗？"

陈砚显深吸了一口气，呼吸不畅，气得不轻。

他双手环胸，面无表情地闭上眼往后头一靠，声音冷淡得没有丝毫温度："我要睡觉了，你别吵我。"

"啊？这么快？"周鲤似乎有些意犹未尽。

陈砚显自动屏蔽了她的声音。

好一会儿，就在他缓缓将要平复下来之时，周鲤略带小心地问他："陈砚显，那你能把你的耳机借我吗？"

陈砚显胸口一窒，差点没把那口气提上来，须臾，在包里一通大力乱翻，找到那团乱糟糟的耳机线就扔给了她。

"闭嘴，从现在开始不要让我再听到你的声音！"

原本是顾着生气的，到后来竟然真的慢慢进入了梦乡。陈砚显这一觉睡得漫长持久，大概是太久没有好好休息的原因，醒来时，窗外天都黑了，车厢里亮起了一盏盏顶灯。

他按了按脖子转过头，猝不及防对上一双聚精会神的大眼睛。他心口不由自主地颤了颤，随后皱眉发问："周鲤，你在干什么？"

"我可以发出声音了吗？"见他醒了，变得正常不少，她扭回头揉着耳朵嘟囔着抱怨，"你又不让我说话，手机没电了，外面天黑了什么也看不到，我就只好看你了。"

回答有些出乎意料，陈砚显眉梢微挑，突然发问："我好看吗？"

周鲤顿了顿，随后停下动作仔细端详他几眼，认真道："还行。"

"还行？"陈砚显心梗差点又犯了。

似乎是他的表情起伏太大，周鲤顿了两秒，再瞅瞅他，又补充了一句："比一般的男生要好看一点。"她在心里比画出一个半厘米的距离，悄悄想着。

陈砚显却一瞬间心情大好，哼笑一声，得了便宜还卖乖的样子。

"算你识相。"

火车到站，已是晚上六点，两人打车，陈砚显先把周鲤送回家自己再回去。

同样是几个月未见的游子归家，一个等待着她的是温暖灯火，满桌热气腾腾的菜肴和父母热情欢喜的怀抱。

一个等待着他的则是冰冷房间，空荡漆黑，没有任何的人烟气息。

虽然明知父母不在家，陡然而来的落差感还是让陈砚显不适了几秒，眼前霎时出现了周鲤的笑脸，才分开，他突然就很想她了。

周鲤这几天过得分外惬意，虽然上学的时候也不差，但食堂饭菜怎么也比不上家里母亲的手艺，宿舍硬板床远不及她闺房里的席梦思舒服。

周鲤沉浸温暖乡，乐不思蜀。

陈砚显等了两天也不见周鲤主动联系他，两人对话还停留在那晚，周鲤到家后发给他的消息。

深知她的秉性，陈砚显先点开了周鲤的头像。

"出来看电影？"

"不来。"对面的人拒绝得不假思索，"天太冷了不想动。"

"来我家里看，有暖气、炸鸡、投影仪。"

原本想拒绝的周鲤微微一顿，盯着"炸鸡"两个字就移不开眼，喉咙不自觉地吞咽。

陈砚显等了几秒没等到回复，以为是不足以吸引她，微叹一口气，露出几分无奈。

"我家里一直没有人，挺冷清的，太久没回来可能有点不适应。"不适应是假的，想念是真的。

这句话一出，瞬间戳中周鲤的某个点，原本还在摇摆的心立即毫不迟疑偏向另一侧，正义飞天小女警帮助他人义不容辞。

"你等等，我这就起床，立刻赶来！"

"对了！"另一件重要的事情不忘，"记得准备好炸鸡！"

周鲤抵达时，陈砚显把一切都准备好了。客厅摆放着投影仪，幕布打开，茶几上放着炸鸡和可乐，室内暖气充足，窗帘被半拉上。

周鲤迅速换鞋脱掉外套，穿着深蓝色毛衣跳到了沙发上，抓过抱枕和小毛毯。

"陈砚显，快快快，可以放了。"

他正从厨房出来，手里端着一盘切好的苹果和蜜瓜。

他把东西放到桌上，拿出遥控器。

"你确定吗？"

两人在路上商量着看什么电影，陈砚显提议前两个月大揽票房的一部好莱坞大片，周鲤则是想要看前段时间口碑爆棚的某恐怖电影。

"确定以及肯定。"她语气坚定且饱含期待。

陈砚显无奈，只好在搜索框输入她说的某恐怖电影。

谁知道，就在他摁下确定的那一刻，眼前画面齐齐消失，中间显示出一排大字网络故障，连同着手机信号都齐齐断了。

两人相顾无言。

沉默几秒，陈砚显放下遥控器去鼓捣路由器，电话打了一大通，最后得出的结果是附近网络在维修，预计要几个小时才能弄好。

客厅安静，彼此脸上都没什么表情，须臾，还是陈砚显提议："我电脑上好像还有很久前下载的本地影片，要不看看那个吧？"

"行吧。"也没有别的选择了。

于是，两人只好坐在沙发上一同看着面前这部纯真单恋的浪漫爱情电影，影片开头就是唯美细致的画风，节奏缓慢，旁白文艺。

飘雪的冬日，女主角在一望无际的雪原里，黑色大衣，长发稍显凌乱，随着她身影渐渐远去，画面变得安静伤感。

同两人此刻的模样格外违和。

周鲤整个人裹在毯子中，盯着电影，悠悠地说："陈砚显，这实在不像是你的风格啊……"

陈砚显也是直揉眉心："应该是卫修杰下的。"

骑虎难下，两人也只好把这部电影看下去，然而随着剧情缓缓进展，故事内核拉开，伴随着一封信的出现，关于青春往事的一场暗恋浮出水面。略显单薄的故事，被导演编排得却十分具有感染力，那些微小的关于暗恋的细节，在旧日阳光下，呈现出惊心动魄的触动。

两人已经看得入了迷，专注无比，周鲤不知不觉地靠在了陈砚显手臂上，整张脸被屏幕透出的光照得清晰，面容怔然感动。

影片结束，周鲤怔怔许久，还有些意犹未尽，向来在感情方面粗大的神经首次体会到了一种莫名的滋味，微酸的、美好的，又泛着淡淡的涩。

她不禁想要寻求共鸣，转头看向陈砚显，不料他也恰好侧过脸。两人不知何时已经离得这么近，在电影尾声音乐中，掉进了一个奇怪又难言的氛围里。

客厅光线昏暗，从窗帘里透进朦胧光晕，沙发上，彼此怔然，谁也没有移开视线，或许是忘了，或许是被此刻心底触动驱使。

陈砚显先低下头来，碰上了她的唇。

她没有躲开。

那几秒她脑子是完全空白的，有种轻飘飘的恍惚感。

直到湿热的呼吸连同着唇上的异样感清晰地传来，周鲤的心脏不自觉地剧烈跳动两下，整个人本能地往后躲。

陈砚显伸手扶住了她后脑勺，她顺着他的力道微微仰起了脸，唇被人含住。

好一会儿，他的声音模糊地传来："周鲤，张嘴。"

已经糊成一团的脑子彻底变成了糨糊，周鲤无意识地顺着他的指挥动作，放在陈砚显胳膊上的双手收紧，衣服布料从指缝中透了出来。

底下马路偶尔有两声汽车鸣笛穿过窗户隐约而入，时间仿佛过去了许久，周鲤脸靠在陈砚显肩头。

陈砚显埋在她颈窝上，热气浅浅。如果周鲤此时可以看见，就会发现他脸上的笑有多开怀，无法抑制地，眉眼嘴角都弯成一团。

"周鲤，我很开心。"

这天回去，周鲤的脸还是红红的。也不知道怎的，她总是会不自觉回忆起先前的事情，然后，脸颊悄悄发热。

可能是事情太超乎她想象，在前十几年的人生里她从来没有过这样的体验，连同着，整个人都像是不对劲了起来。

她一回家就把自己关进屋里，反锁住门，蒙着被子直到缺氧窒息，再出来，方才所有都仿佛被瞬间清空，她抱着被子在床上打了个滚，苦恼地呜咽了一声。

临近过年，在外头的人都回来了，蒋布谷和卫修杰在群里叫着一起出去玩，周鲤没办法忍受蒋布谷关于她"不够朋友"的强烈谴责，只好把自己裹得严严实实赴约。

荔城冬天一共只冷那么几天，大部分时候气温适宜。这天放晴，周鲤却穿着米色短棉袄，灰色羊绒围巾，把自己大半张脸埋进去，只露出一双乌黑的、圆溜溜的眼睛。

约定的地点在附近一座大商场，其他人早就到了，周鲤循着蒋布谷发给她的定位，找到了那家甜品店。

薄荷绿的装修，很少女文艺小清新，是最近荔城一处有名的网红打卡点。周鲤抵达时，蒋布谷已经端了一圈各式各样的甜点小蛋糕在圆桌上，三人纷纷抬脸看着她，盯着周鲤的装扮有些莫名。

蒋布谷先忍不住出声："鲤鲤，你很冷吗？"

"今天温度不是很低吧？我们从外头来的时候还好。"卫修杰已经低头看起了手机里的天气预报。

陈砚显没说话，只是目光一直落在周鲤身上未曾移开。

周鲤避开眼，又紧了紧身上的小棉袄，把脸再度深埋围巾里，终于找到几分安全感。

"我有点怕冷……"她含糊其辞道，然后坐下，特意挑了个离陈砚显最远的位置。

　　两人之间怪异的气氛很快让其他两人察觉，借着陈砚显和卫修杰去点饮料的工夫，蒋布谷忍不住凑过来，悄声问："你们分手啦？"

　　周鲤震惊："为什么这么问？"

　　"你们尴尬得就像是感情破裂再度见面的一对昔日情侣。"

　　"哦。"蒋布谷又补充，"只有你。陈砚显依旧风轻云淡，就不知道心底是否惊涛骇浪。"

　　周鲤想说的是恰恰相反。

　　可能正因为是感情突然进展得超乎了她的接受范围，身体本能地开启了防御机制，她已经躲了陈砚显快半个月，不敢见他。因为一看到他那张脸，就会不由自主想起那天的事情，那种过度亲密心脏战栗的感觉太过猛烈，她有些承受不住。

　　两人说话间，两个男生端着饮品回来了，蒋布谷点的是杜果奶昔，周鲤要了珍珠圆奶茶。

　　一只手从旁边横过来，修长的手握着玻璃杯壁，把淡褐色奶茶放到周鲤面前。陈砚显低沉嗓音在她耳边响起："你的。"

　　周鲤身体里残存的记忆还在，本能地想要一颤，用意念生生忍住了。她声音刻意淡定："哦。"

　　几人吃完东西，又去了附近游戏厅。蒋布谷提议时，还小心翼翼地看了陈砚显一眼，他竟然没太大反应，并且附和似的应了声好。

　　蒋布谷因此断定，两人分手的原因，肯定是周鲤把他甩了。

　　荔城最大的游戏厅在市中心，一共有三层，一楼都是些小型游戏设备，二三楼有碰碰车、溜冰场，各种大型玩乐项目。

　　周鲤和蒋布谷是这里的常客，经常一放学就背着书包过来了，熟得不行，进去里头如鱼得水，两人坐在摩托赛车上，比拼得兴致昂扬。

　　玩了一圈，周鲤热得都快要出汗，她想脱衣服，可看着旁边的陈砚显又硬生生忍住了。像是有所察觉，他心灵感应般低下头来，扫了她一眼。

　　"不热吗？"刚才两人去了跳舞机，蹦跶好一会儿，此时她脸颊红扑扑的，看起来像熟透的樱桃。

　　后背隐隐冒汗的周鲤镇定地答："不热。"

　　陈砚显微一挑眉，不置一词。

　　底下玩得差不多了，蒋布谷要去楼上溜冰，相比来说楼上空气通畅不少，去柜台租了四双直排轮，几人坐在板凳上换鞋。

　　周鲤穿得太多，弯腰困难，艰难地把鞋穿上之后，笨拙地系着鞋带。

　　一旁陈砚显早已系好，看不过去，屈膝在她脚旁蹲下来，手指钩上她的鞋带，一点点收紧。

偶尔能感觉到他手里的力道，周鲤停下动作，垂眸盯着他头顶。

陈砚显神色认真，刘海垂落遮住高挺鼻梁，下颌线条分明，皮肤白皙又不过于女气，反而有种松柏般的俊朗。

周鲤才发现，他是真的挺好看的。

蒋布谷和卫修杰都是溜冰高手，入场先像风一样急速帅气地滑了两圈以稍表敬意，之后便展开激烈的角逐。周鲤缩在角落叹为观止，慢慢扶着栏杆找回感觉。

"过来，我带你。"陈砚显站在不远处朝她伸出手，面容沉稳可靠。

周鲤犹豫了会儿，还是搭上他掌心。

她的手被握住，陈砚显带着她渐渐向前滑动。他溜得很稳，不快不慢，和场中那些追求刺激极速快感的人不一样，只是带着她一圈圈绕着场地溜着，能感受到扑面而来的风和凉意，享受着滑行的快乐，又不至于慌张害怕。

中间休息时，蒋布谷眉眼飞扬，满脸的意犹未尽。

"我好久没来溜冰了，太——太开心了！"

"我倒是常来。"卫修杰勾了勾唇，故作忧愁，"这学期都不知道来多少次了。"

"你滚。"蒋布谷毫不留情怼他，"天天来也没什么用，技术还是那么菜。"

卫修杰气笑了，冷哼："不服比比？"

"比就比，谁怕谁……"

两人你一嘴我一嘴地又斗了起来，起身继续滑入场内。

陈砚显和周鲤还坐在原地，他看向她，问："还滑吗？"

"算了，我有点累。"周鲤纠结几秒，还是说道。

"那我们出去等他们？"陈砚显也不多做评论，只是问了一句。

周鲤点点头："好。"

溜冰场外是一排座椅，宽大通道内摆着娃娃机，陈砚显在自动售货机那里买了两瓶饮料，把手里的椰汁递给了她，自己拿着的是一瓶维他命饮料。

周鲤拧开喝了两口，乍然两人单独待在一起，有种无所适从。

说话还是不说话？

她微微陷入苦恼。

正在心底来回拉扯之际，陈砚显忽地动了，倾身朝她靠过来的同时伸出手，某种熟悉的前奏。

周鲤神色一惊，身体猛地往后退，瞪大了眼睛警惕又不安地看着他。

陈砚显动作微僵，随后神态自如地从她头上拿下一根细软的羽毛，表情随意，说："好像是你衣服里的鸭绒跑出来了。"

周鲤无比尴尬，赶紧垂头盯着自己蓬松的棉服，恨恨泄愤似的拍打两下，正在组织着借口。

"你以为我想亲你啊。"陈砚显的嗓音从头顶淡淡传来。

周鲤胸口一窒，恨不得立刻原地消失。

她停顿几秒，暗自深呼吸调整好情绪，刚抬起头——

眼前阴影压来，她鼻间充斥着熟悉的皂粉香味，紧接着，唇上一热。

陈砚显笑得有些浑蛋。

"我确实想。"

接下来一路周鲤都没有理陈砚显，她紧绷着小脸，一言不发。陈砚显若无其事地跟在她旁边，瞧着一副没事人的样子，却基本没开口说过话。

蒋布谷和卫修杰实在受不了两人这气氛，刚好天色不早了，便找借口各自回家。

周鲤和陈砚显打车回去，他们向来同路，一起回去也正常。只不过下了车后，陈砚显跟条尾巴似的一直跟在她身后，不远不近，甩也甩不掉。

"你跟着我干什么？"周鲤气恼，止住了步子。

陈砚显也跟着停住，站在原地不自然地低眸，揉了揉鼻子，说："我送你回家。"

"不必了！"周鲤扯紧自己的围巾，气鼓鼓地转身。身后似乎没了响动，她控制住自己想回头看的冲动，一直到抵达小区门口。

周鲤刚准备进去，听到后头有人叫她。

"周鲤。"

她停顿了几秒，才回头："干吗？"

"这个给你。"陈砚显走上前，把先前就一直拎在手里的一个袋子递到她面前，是牛皮纸材质，看不见里头的东西。

"是什么？"周鲤先忍不住问了句，随后反应过来，很硬气，"我不要。"

"就是顺手夹的两个娃娃。"陈砚显不由分说地把袋子往她手里一塞。

周鲤绷着脸没说话，却也没把手里的东西扔掉。

她向来就喜欢这些小玩偶，身边熟悉的人都知道。

陈砚显黑润的眸子盯着她，忽然，轻轻叹了口气，上前一步，把她拥进了怀里。

他动作很轻，像是抱着她，又像只是若有似无地环住，手臂松松地圈着她的肩膀。

抵在耳边的话语低得像是叹息。

"如果你不喜欢，我以后就不亲你了。别躲着我。"

第四章
他们有我帅吗 /

周鲤的满腔复杂消失了，只剩下一股从心底涌起的愧疚。

她回家打开了陈砚显送她的那个袋子，里头躺着两只毛茸茸的小黄鸡，正是她以前想要，被陈砚显羞辱让她去垃圾桶捡的那个。

周鲤把两只小鸡仔拿出来，端端正正地放在床头，看了一会儿后，又忍不住拿手摸了摸小黄鸡细软的绒毛。

春节那天，陈砚显约周鲤出来见面。两人去逛书店，陈砚显要买几本专业书，周鲤来搜罗漫画。

周家还是延续着以往传统，新年要穿新衣，晚上一起吃年夜饭，因此周鲤一大早起来就被母亲要求换上了新衣服——一件大红色的短棉袄。

短棉袄是中式风格，袖子上窄下宽，帽子旁还坠着两根流苏。

旁人穿或许会稍显浮夸，但周鲤恰好皮肤白，眼仁黑亮，巴掌大的脸生得灵动漂亮，临出门前周母还给她绑了一个高马尾，就像是古代俏皮侠气的大小姐。

周鲤照照镜子对自己挺满意，在公交车上还遇到两个小姐姐问她衣服链接。谁知道一见到陈砚显，她蹦蹦跳跳地过去，马尾随着动作一甩一甩，还没来得及说话，他看她一眼，低头蹭了蹭鼻梁，声音含糊："你穿成这样……"

"好看吗？"

"好像一个福娃。"

两道声音几乎是同时响起。

周鲤顿时无言，瞪着他，气恼地道："你才是福娃！我看你现在脑袋圆圆的样子就像是福娃！"

"我脑袋哪里圆？"

"相由心生！"

陈砚显没来得及回话。

"你现在不太聪明的样子就显得格外圆头圆脑！"

……

两人一边拌嘴，一边往书店里走去，前段时间的尴尬别扭已不在。彼此太过熟悉，周鲤想，就算某天他们之间发生了天大的事情，估计再见面，他在她面前还是那个陈砚显。

这天来书店的人不多，周鲤跟着陈砚显选了一会儿书，陈砚显专注翻阅，她看着封面上那一堆看不懂的计算机专业词汇，头昏脑涨，放弃了。

等陈砚显选好过来找周鲤时，她正舒舒服服地半躺在书吧柔软的沙发上，手里抱着一本漫画看得津津有味，就连他走到跟前都没有发现。

陈砚显站在她身侧，伸手扯了扯她的马尾辫。

"走了。"

"这么快？"周鲤意犹未尽，看了眼漫画书有些恋恋不舍。

"喜欢？"陈砚显见状垂眼看向她手里的书。

周鲤点点头："挺好看的，我刚看到精彩部分。"

"那买回去就行了。"他从她手中把书抽出来，和自己的放在一起，径直去收银台结账。

周鲤赶紧起身，屁颠屁颠地跟在他后头。

走出门，新鲜空气夹杂着冷风涌来，陈砚显把那本漫画书递给周鲤。

周鲤仔细捧着书，跟在他身旁不停地拍马屁：

"陈砚显，你今天真大方。

"你付钱的样子特别帅。

"我从未发现你如此有魅力。"

陈砚显哼笑一声，瞥她："你就这点出息？"

"啊？"

"一本漫画书而已，就把你变成了这样？"他眼神漫不经心地扫来，面带轻嘲，继续道，"那万一以后我给你买房买车，你要怎么办？以身相许？"

周鲤愣了几秒，有些不可置信，问："你会给我买房买车吗？"

"也不是不可能。"陈砚显手抄兜，微扬起下巴，冷淡矜贵意味十足。

周鲤闻言咽了下口水，仰着脸，眼神诚恳，说："那我可以叫你金主。"

陈砚显反倒把自己给气得不轻，瞪着她："周鲤，我竟然没发现你原来是这样的人？"

"也不是。"周鲤老老实实道，"就觉得你的便宜不占白不占。"

陈砚显一时被她这个理由弄得无言以对，初听荒谬，细想又觉得挺有道理，自己憋屈几秒，最后用力一摆手。

"行了，我不想再和你说下去了。"

两人坐公交车回去。

这一站附近有个大型商业区，车上人很多，上去时已经没了座位，陈砚显带着周鲤挤到了中间，一只手抓住了顶上吊环。

他人高，肩宽背直，尽管周围人头攒动，车身晃荡，他依旧站得笔挺，丝毫不受影响。

和此时在人群中扶着座椅夹缝生存的周鲤截然不同。

挨过一站路，车子停下，又拥上来一拨新的乘客，原本就拥挤的车厢更加闭塞。周鲤被后头的人推挤着，不由自主地往前走，手没了着力点，正在试图挣扎费劲地往上想要抓住吊环时，陈砚显手伸过来，带着她的手腕放到了自己手臂上。

"抓住我。"声音短促低沉，莫名充满安全感。

"哦……"周鲤收紧手指头揪住他的衣服，没几秒，前面路口遇上红绿灯，车子突然停下，又是一个摇晃，她身体往前撞上了他的胸膛。

周鲤听到很轻的一声"咚"，紧接着一只手轻轻环住了她的肩膀，帮着她稳住身子，顺便隔开了四周的人群。

"小心一点啊。"似乎有些无奈，陈砚显话里带了点叹息，低头看她。

"撞痛了没有？"他盯着她的额头打量。

周鲤这下紧紧抓住他的手臂，然后另一只手覆上自己的脑门，揉了揉。

"不是很痛。"她皱起脸。

"我瞧瞧。"他突然低下头来。

陈砚显的面容清晰放大，周鲤心跳莫名有点加速，呼吸都变得缓慢。

"好像有点红了，你抓稳我。"陈砚显最后下了结论，终于直起身子。周鲤感觉窒息的挤压消失，悄悄松了口气，点头。

"好。"

公交车不紧不慢地穿梭在城市里，两旁风景被人墙挡住，空气有些闷，就显得从面前人身上传来的皂粉香味特别好闻，周鲤不自觉地朝陈砚显更加贴近了一点，鼻尖快要抵到他胸前的毛衣布料。

灰色的毛线，看起来软软的，有种让人想要在上面蹭两把的冲动。

周鲤被自己心里突然涌起的这个念头吓到了。

但又很快恢复如常。

一定是因为此刻的陈砚显太有安全感，才会让她有这种想要依靠的错觉。

在这样的胡思乱想中，站台一个个被抛在了后头，不知不觉快要抵达目的地。

陈砚显家在前面两站，车子到站时他没有动作，周鲤疑惑地扯了他衣服两下提醒，只见他风轻云淡道："我送你回家。"

"不用了……"她连忙说。

"没关系，反正我待会儿也没什么事情。"他看了眼周围，神情随意。

"还是有很多人，我怕我下去后你会过得很艰难。"

"也不至于吧。"公交车已经重新出发，木已成舟，周鲤只小声嘟囔。

"怎么不至于？"陈砚显垂下眼皮，话语戏弄，"你看你这弱不禁风的样子，没我在这里支撑，还不就跟一只小鸡仔似的，谁都能踩两脚。"

"你！"她凶巴巴的。

陈砚显气笑了，忍不住骂她："不知好歹的东西。"

"我不是东西，我是人。"周鲤同他掰扯，认真纠正，陈砚显绷着下颌点了点，脸上笑容控制不住。

"行，你不是个东西。"

周鲤抑郁了。

公交车终于晃晃悠悠地到站，两人一前一后下车，站台离小区还有一小段距离，马路边安静空旷，草木长得极好，即便是冬天也染着几分葱郁。

陈砚显一手提着书，一手抄兜，不紧不慢地跟在她身后。

周鲤没忍住停住脚步，转头对他说："你直接到对面坐车回去就行了，没必要送我到家门口。"

"来都来了，不差这几步路。"

周鲤再次被他堵得哑口无言，干脆专心走路，腿迈得飞快，硬生生地把散步变成了竞走的架势。

陈砚显不自觉地轻笑出声，让周鲤察觉，小姑娘又炸了毛。

"你在笑什么？"

"没有。"他连忙轻咳一声，揉鼻子，"没笑。"

"我都看见了！"她理直气壮。陈砚显一听，不禁上前拎起她的马尾辫，微弯下腰探头，在黑漆漆的后脑勺上看了看。

"你看什么？"周鲤狐疑，生出警惕，奈何头发被人拿捏在手里，僵着脖子不敢动弹。

陈砚显弓着腰仔仔细细上上下下巡视过后，才站直，一脸正色地看着她。

"我在看你后脑勺是不是也长了两只眼睛。"

周鲤无语了。

"陈砚显，你真的很幼稚。"

"都说和喜欢的人在一起才会变幼稚。"陈砚显忽然认真。

周鲤猛地心口一跳："嗯？"

"但我觉得和幼稚的人在一起也会变得幼稚。"他点点头，无比正经地说。

周鲤愣了两秒，才明白他话里的意思，顿时一口气就差点提不上来。

"陈砚显，就凭你这张嘴，也就只有我能忍受这么多年没和你绝交了。"

"啊，我错了。"他见真的惹恼了周鲤，立即出声道歉。看着周鲤气鼓鼓的脸颊，他伸手戳了戳，朝她露出一个堪称温软的笑。

"我开玩笑的，不要生气了好不好？"

周鲤向来受不了这种柔情攻略，不过一秒，气势就垮了下来，低着眼避开了他的注视。

"你好好说话。"她闷声道。

"好的，遵命。"

陈砚显推着周鲤肩膀往前，周鲤别别扭扭，直到看见熟悉的小区门口，陈砚显松开手，站在原地。

"你进去吧，我看着你进去了再走。"

"干吗突然这样……"周鲤有些不习惯，低声问。

陈砚显没听清，稍弯了下身："嗯？"

"你干吗每次都要送我回家了？"周鲤提高音量，抬起头直直看着他。

陈砚显一愣，随后笑了。

"这是女朋友待遇。"他说完，又眼波一转，意味深长地反问，"开心吗？"

周鲤是打心底不想再搭理陈砚显。

除夕夜，周家一起热热闹闹吃了年夜饭，荔城有烟花活动，春晚开始播放时，窗外黑漆漆的夜空也炸开了五彩斑斓。

晚上零点，周鲤收到陈砚显发给她的消息。

"新年快乐。"

后头紧跟着的是个红包。

周鲤抿住嘴角克制上扬笑意，谨慎地点开，等待几秒过后，上头出现了一个颇大的数额，比她今年所有压岁钱加起来还要多。

"拿去买零食。"

"陈砚显，你发财了？"周鲤感动之余，不禁问他。

"我一直都很有钱。"

"毕竟我是个富二代。"

周鲤在温暖的被窝里抱着手机，瞬间流下了仇富的泪水。

同周家此刻截然相反的，陈家灯火通明，三人坐在客厅里，气氛冷凝。谢玲和陈宗久一人占据一头沙发，陈砚显在最中间，低头摁着手机，侧脸线条淡漠。

"砚显，爸爸妈妈做这个决定也是考虑很久了，况且，搬到市中心去不是更方便吗？房子我们都看好了，比这边大很多，到时候还可以单独给你弄个书房——"

"反正你们又不回来，住哪里有区别吗？"回复完周鲤的晚安，陈砚显终于抬起了头，冷淡地说。

谢玲神情一顿，陈宗久先按捺不住冲他叫道："你这是什么态度？我们每天在外面赚钱工作还不是为了养你？"

关于这个问题，他们已经争辩过无数次，从前陈砚显还会据理力争，最后闹得情绪失控濒临崩溃。

现在，他听完心底只涌起一阵疲惫和厌倦。

陈砚显眼皮耷拉下来，压着厌恶，径直起身。

"要去你们去，我就喜欢这儿。"说完，他又顿住脚步，头也不回，"不要打着把房子卖掉的主意，你知道，结果不会变的。"

谢玲和陈宗久只在家待了两天，大年初二，便已经奔赴外地。

其实这些年他们挣的钱已经够多，但人好像就是不知足，在拥有的时候只想获得更多。

哪怕从前陈砚显无数次表示过，比起金钱，他更需要的是陪伴。

可在一次次训斥和歉意中，他学会了一个道理——

与其伸手朝别人要，不如自己去拿。

毕竟握在手里的才是真的。

而那些求而不得的，早点丢弃，才会不用忍受满怀期待后又尽数破灭的疼痛。

春节期间的早餐摊和店面基本都不开门，往日喧闹无比的楼下街道也安静下来，整个屋子一如既往地悄然，陈砚显打开冰箱，准备给自己简单做个早餐。

煎蛋、吐司和热牛奶，才吃完陈砚显就收到了大三学长章荣的回复，他昨晚发过去的一个小程序对方客户要求修改。

陈砚显假期有空时会接几个简易的编程，给周鲤发的新年红包就是他这学期所有的兼职收入。

刚打开电脑修改得差不多，陈砚显发给对方，身体往后靠到椅子上，揉了揉脖颈。

手机振动起来。

他拿起一看，上面显示着周鲤的名字。

陈砚显下楼时，周鲤正双手合在唇边哈气，裹得像个球一样在原地蹦跶，穿着雪地靴戴着毛线帽，不知道的人还以为今天要突降暴雪。

"怎么不上楼？"打量她一眼，陈砚显皱起眉问。明明这么怕冷，还宁愿在下面挨冻等他。

"我把东西给你就走，懒得上去了。"周鲤心虚道，才不会说是上次残留的阴影太重，导致现在看到他家还心有余悸。

"什么东西？"陈砚显这才看到她手里提了个袋子，纯黑色，上面有一个品牌标志，价格不算便宜，一件衣服快上千的那种。

"给你，新年礼物。"周鲤把纸袋往他手中一塞，满不在乎。

"听说你这学期加入学校辩论队啦，上场的时候要穿正装，所以给你买了件衬衫，回去试一下尺码看看合不合适。"她又嘟囔，"不过应该不会有错，我估计的码数很准的。"

陈砚显神色有些复杂地盯着手里的袋子，打开之后，里头果然静静躺着一件白衬衫，折叠整齐，中间似乎还夹着一张贺卡。

周鲤也随着他的目光瞧见了，面色一瞬变得不自然，立刻后退了两步站在不远处朝他挥挥手。

"我先回去了，你自己回家慢慢试吧。"

陈砚显上楼，没急着试衣服，先从里面拿出了那张贺卡。
淡金色的卡片，手感有些硬，上面有一个白白胖胖的小天使。
依旧是小学生一样歪扭可爱的字体。

陈砚显同学：
和你认识的第七个新年，你依然是我最重要的朋友。
以后继续一起走！
新年快乐，你也要快乐 ^^

笑脸后头还画了颗小爱心，一如既往的周鲤风格，浮夸又随便，丝毫不走心。

陈砚显这样想着，却把这张贺卡重新折好，仔仔细细地收到了抽屉里。

新学期开学，是春暖花开的 2 月，宁市早早入了春，气候温润，随处可见阳光下映照的姹紫嫣红，花儿娇艳，天空蓝得清透干净。

周鲤拖着行李箱出现在 405 宿舍门口，蓦地回来，重逢的喜悦洋溢在每个人的脸上，几人见面，先给了对方一个大大拥抱。

"我发现放假之后还怪想你们的。"二妹吃着赵欢欢从家里带来的特产，微微感慨。

徐玥连忙舔了舔指间的油，附和地猛点头："对啊对啊，我还以为在家会开心呢，结果没待几天就无聊死了。"

"我也是，莫名怀念起了在学校的日子，是不是自虐症发作……"赵欢欢最后悠悠道。

接着，三人都不约而同地把目光放到周鲤身上，唯有她心底一虚，不敢说自己在家简直舒服得乐不思蜀。

"我也是，我也是！特别想你们！"周鲤一顿，接着立刻忙点着脑袋，面色真挚，大眼睛里饱含着诚恳。

赵欢欢率先忍不住轻嗤一声，翻了个白眼："得了吧，你就差满脸写着我不想开学了。"

"毕竟是有男朋友陪的人，怎么会无聊呢？"徐玥含泪望向二妹。

两人双手握在了一起，情真意切，长叹：

"哪像我们，唉！"

传说中有男朋友的人，开学许久都没见到男朋友的人影，周鲤一打听，才知道他最近在忙着辩论赛，每天都在埋头写稿背稿，还不能拉下课程。

大一大二相对来说学业比较繁重，计算机系更是他们学校出了名的没时间谈恋爱，学习的东西复杂又烧脑，所以周鲤对他还能分出精力去参加辩论赛也是敬佩不已。

三月初学校辩论赛正式拉开了序幕，计算机系对上的是环境工程系。那天下午周鲤刚好没课，是在回宿舍的路上听到有人在旁边讨论着学校礼堂今天有辩论赛，周鲤这才想起来，于是脚下改变了一个方向，往大礼堂走去。

她抵达的时候辩论赛已经开始了，台上一辩正在发言，她悄悄猫起身子，从后排穿过座椅，轻手轻脚地在中间找个空位坐下。

可以清晰看到陈砚显，他是三辩，站在中间位置，穿着她买的那件白衬衫，正在低头看稿。

正如周鲤预估的那样，衣服十分合身，就像是为他专门量身剪裁的一样，肩骨挺拔，腰身窄瘦，男生的面容被衬得白皙明净，站在那干干净净，什么也不做就吸引人视线。

右边有投影仪，发着光的幕布上显示着今天的辩题——

个人的命运是由自己掌握还是社会掌握。

陈砚显他们队所持的是正方。

"人定胜天。你所做的一切决定和努力都将得到结果，而这个结果正取决于你的目的以及在这个过程中的付出，任何东西都只有尽力争取过后才会掌握在自己手里，包括命运。"

陈砚显的发言结束，台下掌声雷动，面对对方抛出的一个个尖锐问题，他都神情丝毫不变，沉稳有力地回击过去。

话里逻辑清晰，观点明确，哪怕此时比赛未结束，胜负已经隐隐分出。

周鲤难得发现，陈砚显除了在怼她方面特别有天赋之外，同别人吵架也从来不会输的。

他是一个与生俱来的辩论小天才。

最后裁判投票结果毫不意外，计算机系大获全胜，除此之外，陈砚显还得到了最佳辩手的称号。周鲤已经听到周围女生一阵刻意压低的呼声，在纷纷感慨：

"他真的好帅啊。"

"计算机系陈砚显，有胆你就上。"

"听说人家有女朋友了，还是高中同学。"

"果然帅哥都是从高中就被人给下手了，痛心！"

周鲤听到这里，悄悄起身出了门，虽然很想反驳一句她才是被下手的那个，但更怕被陈砚显看到，到时候对方就会发现，在她们身边坐了一整场貌不惊人的某位女性，竟然就是她们口中大帅哥的女朋友。

周鲤羞愧。

陈砚显是在结束回到后台时收到周鲤的消息，没头没尾的一句"我在礼堂外等你"。他思忖了两秒，反应过来，嘴角荡开了笑。

"笑什么呢？待会儿一起吃个庆功饭啊。"章荣走过来。

陈砚显收起手机，扬了扬唇："不用了，学长，我待会儿有事。"

"有约会啊？"他打趣。

陈砚显毫不避讳："嗯，我女朋友在外面等我。"

"行啊，那就不打扰你了。"他拍了拍陈砚显的肩膀。

陈砚显出来看见周鲤时，她正坐在花坛边上望天，双手撑在身后，两只脚在空中荡来荡去，脸上神情专注得不行。

他玩笑心起，突发奇想地走到她后头，没发出一丝响动，接着伸手轻轻捂住了她眼睛。

"谁？"周鲤先是警惕一问，随后摸到了覆在眼上的那双手，她有些无语，叫他，"陈砚显。"

"被你猜到了。"陈砚显顺势捉住了她的手，牵在掌心。

周鲤从花坛边跳了下来，满脸嫌弃。

"除了你还有谁会做这么幼稚的事情？"

"你今天怎么过来了？"他荡了荡两人牵在一起的手，心情大好的样子。

周鲤以为他今天赢了比赛"龙颜大悦"，不由得与有荣焉，感叹道："刚好听到有辩论赛就过来看看。"

"刚好？"陈砚显闻言反问。

周鲤思索了下，瞅瞅他，试探地换了个更准确的词：

"顺便？"

陈砚显抓着周鲤的手，瞬间就不想牵了。周鲤一无所知，还在那里兴致勃勃地夸他："不得不说，陈砚显，你刚刚在台上的时候真的还挺帅的。"

"啧。"他来不及得意。

"果然我眼光很好，就说这件衬衫很适合你吧。"

陈砚显不知该怎么接话。

"难怪大家都说人靠衣装马靠鞍，老祖宗的话是有道理的。"

"周鲤，请你暂时安静好吗？"他忍无可忍。

"啊？"

陈砚显原本想带周鲤去吃海鲜的，因为这段对话，硬生生改了个行程，走进了海鲜大酒楼旁边那家小餐馆，湘菜口味，专门做小炒，味道不错就是环境有些简陋，墙壁桌椅陈旧得像是永远洗不干净一样，经济拮据的学生经常会来这边三五个人凑一桌。

他坐下来，拿着菜单连点了三个菜，没有问周鲤意见，径直交给了老板。

周鲤转着脑袋，好奇地打量着四周，有些不可思议。

"陈砚显，你什么时候也会来这种地方吃饭了？"

别看陈砚显总是一副随便都可以的样子，其实讲究得不行，洁癖外加强迫症，衣服上稍微有点脏东西一定要立刻弄干净，不然宁愿不穿也不会勉强将就。

周鲤深知他这些臭毛病，每次去吃饭什么的都是精挑细选，生怕有哪一点惹得他不顺心，少爷脾气发作。

"和季涂他们来过两次。"陈砚显此刻倒是正常得很，端着茶壶在冲洗着杯子，把自己的弄完之后，动作停了，手指推着壶到她面前。

"自己洗。"

至于吗？

周鲤无语地提起壶，三下五除二就洗好了餐具。

两人说话间，老板先端了一盘菜上来，小炒香干。

红色辣椒和青色芹菜混在一起，卖相不错，香味浓郁，只是周鲤筷子在里头翻来覆去半天都拣不出一块肉，她放弃了。

接下来两道菜也是如此，全素，连个蛋花都没有。周鲤怀疑地盯着陈砚显，猜测他最近是不是遇到了什么困难，穷了。

吃完，两人出门，回学校的路上，周鲤犹犹豫豫，还是问道："陈砚显，你最近……是不是有什么跨不过去的难关？"

陈砚显心想，我最跨不过去的难关就是你。

他还是敛了敛神情，望着她不动声色："嗯？"

"是资金方面遇到了缺口？需不需要你的朋友给你一点帮助……"周鲤小心翼翼地试探。

陈砚显顿时无言。

他深吸了口气："周鲤，我不缺钱，收下你莫名其妙的关心。"

"那你……"周鲤正想问一问今晚的"全素宴"。

陈砚显看破她，咬牙挤出一句话："我就是最近想吃点素的。"

周鲤噎住，眼神变得莫名其妙。

陈砚显一把掀起她卫衣帽子紧扣住她脑袋，声音很欠揍："周鲤！"

极其挑衅。

周鲤正想冲上去，只见他目光顿在一处，漫不经心地说："刚才是不是没吃饱？"

她涨满的气焰一瞬间消下来，不甘不愿地说："是。"

"给你买只鸡腿吃吗？"他指了指不远处的烤鸡腿摊。

周鲤顿时吞咽口水。

"倒也不是不行。"

口腹之欲得以满足，她的好心情好像立刻回来了。周鲤咬着香喷喷的鸡腿，也不计较陈砚显刚才羞辱她的事情。

她嚼着嘴里的东西，声音含混不清："陈砚显，你为什么参加辩论赛啊？"

讲实话，他这个人平时宁愿多一事不如少一事，时常都是事不关己的状态，不熟的人只会碰上一颗软钉子。

"有位大三学长，我想找他帮忙，条件是让我加入辩论队。"陈砚显随意答。

周鲤这下才觉得合理正常，点头。

"难怪……"

陈砚显看她一眼，不接话了，只可惜某人执着得很，自顾自把话续了下来。

"我说你这种无利不起早的性子，怎么会揽下这种没啥用处的活呢。"

"周鲤，你这么了解我？"他气笑了，偏头睨着她，"那你猜猜我现在在想什么？"

周鲤捧着手里只剩下骨头的鸡腿，咽了咽口水，缩成一团："你现在肯定在想着怎么收拾我。"

陈砚显这下是真的笑了，手忽地伸过去。

周鲤敏觉地往后躲了躲，陈砚显按住她肩膀，指腹轻拭过她嘴角，嗓音堪称温柔："这里沾到油了。"

周鲤不禁打了个寒战。

随着气候渐暖，宁市已经提前触到了初夏的气息，学校里偶尔也能看到女生穿裙子的身影，抱着书本穿梭在绿荫间，堪称一道漂亮的风景线。

陈砚显他们系在辩论赛上获得胜利之后，成功晋级四强，开始紧锣密鼓地准备决赛，将要对抗另外几支强有力的队伍。

他忙得脚不沾地，两人上次时隔小半个月的见面，周鲤仿佛都看到他的黑眼圈了。

她心直口快，当即便说了出来，谁知道面前的人脸色顿时一黑，好几天没搭理她。

第一个学期的新鲜感消失，周鲤对所有事情都开始变得懒散，能不出门就绝不踏出宿舍一步，能不学习就一定不会翻开书本。

当然，每次赶作业时也是十分苦，他一边骂着自作孽不可活下次一定不会再犯，一边又好了伤疤忘了痛，故态萌发。

她上学期末考成绩排在班里中游，不好不坏，至少没有挂科，好几门都是低空飘过，同她高中时的状态差不多。

就像是上紧的发条又被松开，一瞬间变回原样。

当然，这才是真正原本的她。

周鲤开学的时候参加了一个社团，也不知道她当时是脑子哪根筋抽了，还是被外头那些花里胡哨的海报吸引，鬼使神差地就报了个推理社。顾名思义，这个社团就是在网络或书本上搜集故事进行推理，社员聚集在一起各自研究线索找出真相。

当时招她入社的学姐说得天花乱坠，把这个推理描述得多么生动有趣吸引人，她单纯无知信以为真，抱着期待新奇的心态填了报名表，然后第一次活动兴冲冲跑过去，整个活动室就七八个人。一问，原来那些老社员都已经半退出，基本不来参加活动了。

骗的就是他们这些懵懂无知的小新人。

听说这个情况持续很久了，社团几个骨干不死心，决定举办一次大的项目，要把这个冷门社团再次振作发扬光大。

"鲤鱼，你就帮帮学姐，这次活动我保证一定十分精彩！能将我社发扬光大！

"只要陈砚显他们几个加入，肯定能拉动一大拨热度，我们社能不能东山再起就看你了啊！

"拜托拜托，求求了！"方学姐抱着周鲤声泪俱下，让她丝毫不能动弹，别说挪动脚步了，就连呼吸都逐渐艰难。

"学姐……你不是有季涂他们的联系方式，怎么不自己问他……"周鲤费劲地说。

"我要不是被无情拒绝也不会特意过来拜托你了……"方学姐哭着脸，很夸张地用手拭了拭眼角并不存在的泪。

"季涂说他们不是很感兴趣，让我问问陈砚显……"说到最后，方学姐抬头期期艾艾看着周鲤，满脸期盼，"说他去他们就去。"

"你知道，能说得动陈砚显的就只有你了。"

周鲤莫名闻到了一丝阴谋的气息，可细想，一切又十分合理。

如果推理社的活动真的那么吸引人也不会沦落成如今这般，季涂他们真的愿意来肯定也是因为陈砚显带头，而陈砚显此人……

周鲤脑海中再度浮现出一句话——

无利不起早。

她正在努力分析着这件事情的可行度，方学姐已经一把拖住她往外走，不容置喙。

"小鲤鱼，为感谢你对学姐的大恩大德，今晚请你吃大餐！"

"哎——哎？"

周鲤还在犹豫徘徊之际就已经被做了决定。

俗话说，吃人嘴短拿人手软。吃完方学姐一顿大餐回来，周鲤开始忧愁，不知道该怎么去向陈砚显开这个口。

她脑补出了一百八十种被拒绝的场景，最后周鲤还是咬咬牙，决定早死早超生。

陈砚显只有晚上才有空，周鲤把地点约在了离操场不远的一个小亭子里，那边环境比较安静，有片天然的小树林遮挡，是个谈话求人的好去处。

这样即便被羞辱也不用示众，周鲤如是想着。

下了晚自习，天幕漆黑，万物笼罩在夜色中，几盏路灯散发着光晕，四处幽静。

陈砚显坐在长椅上头靠着后面的柱子，闭着眼似乎在休息。

听到脚步声，他睁开眼睛，神色清明。

"说吧，特意约我出来有什么事？"

"没事就不能约你了吗？"周鲤走到他跟前，轻轻咳了一声，倒是很有自知之明地心底一虚。

陈砚显也不戳穿她，除了蹭饭、找他帮忙，她主动约他的次数基本不超过五根手指头。

这次看她这兴师动众的架势，不知道是打着什么鬼主意。

她在他如炬的目光下有些难以支撑，指腹贴着裤子布料蹭了两下，接着慢慢蹭到陈砚显旁边坐好，先是看了看他身上单薄的衬衫，体贴地关怀："晚上温度好像有点凉，你穿这么少不冷吗？"

"还行。"陈砚显慢悠悠的，等待着她露出真面目。

"嗯……你最近忙吗？"周鲤沉吟片刻，眼神飘忽道，问完，立即欲盖弥彰般加了一句，"经常不见你人影。"

"也还行。"陈砚显这次说完，意味深长地扫向她。

周鲤受不了这煎熬，一咬牙一跺脚，干脆和盘托出："我们社团最近有个新活动，方学姐让我问问你参不参加！"

"嗯？"陈砚显眉心微微一蹙。

周鲤察觉自己这不是求人的态度，立刻神色一变，扬起笑凑上去，抓住了他胳膊，略带讨好："我看过这个活动策划，特别有意思，是一个实地探险推理的游戏，地点就在后山那片树林里，我们一起玩的话肯定非常有趣。"

陈砚显听到这里，原本都有些松动了，只听周鲤又继续："到时候顺便把季涂他们都叫上，人多更热闹。他们说了，只要你去就都去。"

"怎么样？你有没有兴趣？"周鲤眼巴巴地望着他。

陈砚显扯了扯嘴角，轻轻甩开她的手，只蹦出两个字：

"不去。"

"为什么呀？"周鲤忧愁，顿时满脸失望掩饰不住。

"心情不好，不想参加。"陈砚显带着几分懒散，薄薄的眼皮下垂，睨着她。

周鲤头疼纠结，皱紧了眉，坐在那抠着手指头不知该如何是好。

她烦得不行，一会儿叹气，一会儿又看看陈砚显。他无比从容地靠在那里，姿态随意，甚至一副准备要起身的架势，似乎是要离开。

"那你怎么样才会心情好？"周鲤破罐破摔，干脆问他。

陈砚显正在抬手看着腕表时间，闻言不假思索，头也不抬："这个要看情况的，或许下一秒就好了，或许一直都不会好……"

他话音顿住。

周鲤双手抓住他手臂，倾身凑过来仰起了头，猝不及防地堵住了他的唇。

少女气息清甜，像是夏日的糖果和桃子，带着一股不知何起的风，重重地压在上头，嘴唇柔软。

陈砚显睁大眼，始料不及地错愕，又在周鲤笨拙地学着他先前做过的动作开始张开嘴时，手放到了她脑后，逐渐引导着她。

刚开始的不适应过后，陈砚显很快掌握了节奏。周鲤被他主导着动作，睫毛不停颤着，像是脆弱蝴蝶扑簌的翅膀。

夜色清幽，耳边呼吸声显得格外清晰，陈砚显掌心捧着她的脸，偶尔抬起半合的眼睛轻轻扫过，湿热气息和胸口鼓噪交错，乱得一塌糊涂。

须臾，两人终于分开。

紧密依偎的脸稍稍拉开些距离，陈砚显神色复杂地盯着她："你怎么突然……"

周鲤扯起袖子抹了抹唇，脸蛋荡着生理性的薄红，满眼期盼地问："陈砚显，你现在心情好点了吗？同意参加我们的活动了吗？"

陈砚显深呼吸，用力地闭了闭眼，再睁开，嗓音不可自抑地低沉下去："谁教你的？"

"什么？"

"刚才的事。"

大抵是他表情太难看，周鲤有些畏惧地往后缩了缩，很小声："没人教我。"

"嗯？"

"上次你说很开心。"她在陈砚显的威压下，鼓足勇气回道。

陈砚显彻底无言，一下站起身。

"你生气了吗？为什么？是不是不喜欢我亲你？"周鲤连忙跟上，追在他后头问。

陈砚显看起来有点气急败坏，停住脚步："没有！"

"那你同意了吗？"她继续扯上他袖子问。

陈砚显这次头也不回，加快步伐，嘴里连声应：

"知道了，知道了。"

推理社的活动定在周六，晚上六点钟开始，每五人组成一队，从后山小树林入口出发，根据发到手里的地图寻找线索，最后在林中的废弃小屋里集合，先找到答案的那队获胜，将会得到社团精心准备的大奖一份。

这个活动经过线上线下积极宣传推广，当天来参加的人非常多，往日僻静罕见人迹的后山前所未有过地热闹，众人挤在一块听着这次活动的负责人方学姐说完规则，开始从她手中领过号码和地图。

活动统一分组，也可以自行组队，如果没有伴或者人数不够的，由活动负责人调配。

方学姐明显早早就打算好了，一来就先把陈砚显他们宿舍的人拆开，哪怕他们表示自己刚好可以组成一队，也被她厚着脸皮强硬打散，各自塞进了只有四个女生的队伍里。

是的，这次来的女生占据了大半，很明显醉翁之意不在酒，当然也有原本就对推理感兴趣的男同胞，只可惜数量仍旧不敌，比例达不到均衡。

陈砚显跟周鲤被放到了一块，同另外三个陌生人组成一队，虽然那天他答应得不甘不愿，但今天还是带着季涂他们准时过来了，没有让方学姐遭遇虚假宣传的现场投诉。

临近夏季，白天长了些，六点钟刚好黄昏，天边一线橙红在摇摇欲坠之际，光线柔和。

周鲤打开手里的地图，厚度适中的一张，手感不错，彩色印刷，标注着整片小树林中可能藏有线索的地点，另外还夹杂着一份剧本。

"督山伯爵在家离奇死亡，已知当晚城堡共住着七人，分别是女佣、看门者、伯爵的妻子和他小女儿，以及来做客的伯爵的两位好朋友和妻子的弟弟……"

下面还有一段人物性格特征跟背景介绍，光从字面上看不出任何有用信息，最后结尾，是充满方学姐个人特色的一句：

"机智聪慧的侦探们，冲吧！抓住凶手，胜利就在前方等着你们！"

周鲤合起手里纸张，看向陈砚显："你觉得凶手会是谁？"

"不知道。"他已经开始拨开林间小路上横生出来的枝丫，打量着四周往前走去。

"你怎么会不知道，你这么聪明？"周鲤连忙追上说，不假思索。

陈砚显观察着地形，神情随意。

"上面什么信息都没有，你让我怎么猜得到凶手是谁。"

"好吧。"她略显失望，又很快打起精神来，开始重新看地图寻找最近的线索点。

陈砚显这会儿停下了步子，视线浏览过地图之后，把另外三人都召集起来，极其自然地吩咐。

"我们一起行动效率太低了，说不定待会儿过去的时候线索已经先被人抢走，所以大家把这份地图拍一下，分成两队，最后在终点集合。"陈砚显指向地图上的小屋位置。

"现在我来分配一下任务。"

三下五除二，陈砚显就把杂乱无章的标记处分为了两大部分，他和周鲤负责左边这块，另外三人负责右边。

这样安排目的简直昭然若揭，可陈砚显的态度太过坦然，加上他的话也很有道理，再者，人家情侣想单独待在一起也实在正常不过，其他人都识趣地没有去当这个电灯泡。

于是周鲤跟着陈砚显走上另一条分岔路。这边林木茂盛，头顶密密匝匝的树叶快要把天空遮挡得看不见，光线暗淡，脱离了大部队后周围静得可怕。

周鲤不自觉地拉紧了陈砚显的衣袖，亦步亦趋地跟在他后头。

两人很快找到了第一个点，临近时隐约听到了那边传来说话声，臭不其然，一抵达便撞到了另外一支队伍，他们已经拿走了线索。

接下来周鲤和陈砚显又找到了几处线索，有完整的、有不完整，不知所谓的提示，几句话语都完全接连不上来：

"它点亮灵魂，点燃一盏灯。"

"伯爵的小女儿是个可爱的天使，所有人都很喜欢她。"

"悄悄告诉你，那天晚上有人偷偷藏在城堡里。"

诡异的话语和此刻幽深的密林似乎融为一体，周鲤不自觉绷紧了心袒，眼睛紧盯着前面，竖起耳朵不放过一丝一毫的响动。

突然，前方传来一声脆响，像是有人藏在树林里不小心踩到了枯树枝。周鲤肩膀一颤，脚下不自觉一歪，猛地陷进了一片柔软中，冰凉袭来。

"啊！什么东西——"她立即惊叫。

陈砚显察觉回头，顺着不甚明亮的光线一看，周鲤脚踩进了旁边淤泥，严严实实盖住了鞋面，连白袜子的边缘都变成了黑色。

周鲤头皮一麻，心态瞬间崩溃大半。

"天哪，我完了。"她哭道，紧闭着双眼僵直在那动都不敢动，似乎这样就可以当作一切都没发生。

陈砚显微微叹气，扶着她的手把她从泥里提拎起来。

周鲤小心试探地睁开一只眼睛，看到陈砚显在她面前蹲下。

"上来，我记得前面好像有个小水塘，洗干净就好了。"

"你怎么知道……"周鲤弱弱地问，还是很诚实地顺着身体指令趴到了他背上，手乖乖圈住他的脖子。

"看地图。"

"你都记下来了？"她凑过来说话，脸贴得很近，声音因为低落的缘故显得轻轻的。

"嗯。"陈砚显应她，手往上托了托，脚下更稳。

他说的那个小水塘就在附近不远处，穿过一片树丛，拐了两个弯之后视线骤然开阔。

这边没有高大树木，夜色坦荡地露了出来，月亮高高挂在空中，落下一地皎洁。

水塘不大，被茂盛的草地包围着，中间小小一洼，清澈见底，水面波光粼粼。

陈砚显把周鲤在一旁放下，周鲤正要动作，只见他蹲了下来，径直握着她鞋子脱掉。

"抓紧我。"

周鲤单脚站立不稳，手不由得扶在了他肩上。

陈砚显卷起她的裤脚，掬起一捧水清洗着她弄脏的地方，凉凉的水溅在脚背上，他力度轻柔，手里动作认真细致。

陈砚显把她的脚洗干净，接着让她踩在自己另一只鞋面上，又把她弄脏的鞋袜也简单清洗了一遍，最后拧干袜子才站了起来。

"现在先不要穿，等回去的时候……"他顿了下，才说，"万一我背不动你了，你就自己将就一下，穿回去。"

周鲤刚刚充盈的满腔感动顿时消失得无影无踪。

"不用了！我现在就可以自己走！"她大声说。周某人铁骨铮铮，绝不受这种屈辱。

陈砚显听完沉默了下，接着目光落在周鲤脚上，似是犹豫了会儿，还是上前，把手里的鞋子放到她脚边。

"那你穿吧。"

这下轮到周鲤沉默了，她看了看还浸着水的鞋面，又看了看陈砚显，最后纠结几秒，小心试探地伸出脚穿进鞋里，只一瞬，立即抽出来飞快后缩。

"好冰。"她畏惧地轻嘶一口气，然后抬起眼瞅着面前的陈砚显，踌躇片刻，小声地心虚道，"陈砚显，要不你还是背我吧……"

陈砚显认命地蹲下，周鲤这次再也不敢有什么废话，立即二话不多说就趴了上去，还刻意放软了语气："陈砚显，我很轻的，你再忍一忍就到了。"

"知道了。"他无奈道。

周鲤见状伸手拍了拍他脑袋，用作安慰："乖，你辛苦啦。"

她以为在骑马吗？陈砚显无语。

月色下，两人在慢慢行走，身影渐渐拉远，影子长长地投在草地间。

陈砚显托着周鲤两条腿，手里提着她的鞋子，神色平静没有波澜。

周鲤圈着他的脖子，在后头不停地说着话："陈砚显，你累不累？累了就告诉我，我可以自己下来单脚跳。"

无人回答。

"你渴吗？要不要喝水？但是现在好像没有，你再忍一忍，集合点就要到了。"

仍是沉默。

"唉！"过了会儿，又听她忧愁地叹了口气，"我们线索也没办法找了，我还不知道凶手是谁，完全没有头绪。"

夜里温度低了点，一阵凉风吹来，带着淡淡冷意，周鲤突然缩了缩，抱紧他脖子。

"陈砚显，我突然有点脚冷。"她贴在他耳边，声音弱弱的，不复先前生气勃勃。

陈砚显这下动作稍停，侧过脸来看她一眼，低下头："下来。"

"啊？"

他两只手松开，周鲤连忙从他身上滑下来，单脚踩在地上。

只见陈砚显脱下自己身上的衬衫，仔细地把她光着的那只脚包好，裹得严严实实。

"行了。"他重新背上周鲤，这一次，耳边安静了许多，后头的人突然不说话了。

陈砚显微微疑惑，正想开口询问，周鲤的声音又再度响起，莫名染上了惆怅。

"陈砚显，突然发现你好好。"

他在心底冷笑一声，正想说"你才知道吗"，周鲤的话语再次传来。

"是我以前错怪你了，觉得你小气、刻薄、难相处还臭脾气，曾经一度担心你到新学校会被人打，我都想好该怎么在病床前教育你了，没想到……"她正感慨得专心入迷，只见陈砚显脚步顿住，停在了一片漆黑脏污的沼泽前。

"周鲤，你再多说一个字，我就把你丢下去。"

原来刚才一切都是幻觉，这才是现实。

因为周鲤的鞋子弄湿不方便的缘故，两人直接回去，没有再参与后面的推理。

听说活动挺成功的，当场就有不少人咨询入社事宜，方学姐还因此给她发了一堆夸张的感激话。

周鲤坐在宿舍用吹风机吹着鞋子，突然欣慰，觉得自己今晚的辛苦都是值得的。

周三英语课，周鲤照例和陈砚显碰上。她正趴在桌上看视频，见到他来只把旁边用来占座的书包提起，空出位置，视线一直盯着平板电脑没怎么抬眼。

陈砚显见状不由得分出余光扫了眼，屏幕上是一部古装剧，两个男人在念着台词，演技没有注意到，长相确实十分吸引人。

下了课，刚好中午，两人一同去食堂吃饭。周鲤一般都是去的三食堂，虽然离教学楼比较远，但是有她喜欢吃的红烧排骨。

每次陈砚显都陪她，穿过两条林荫道、篮球场，最后才到食堂。路上两人可以顺便聊聊彼此这几天的近况，时间一眨眼过去，路程也显得无比短暂。

对他来说，这段路是难得的放松。

然而今天，周鲤一下课就直奔离教室最近的二食堂，脚步飞快，收拾书包时也是风风火火，甚至还对他出声催促。

陈砚显想去牵她，还没来得及碰上她的手，人已经走出半米远，他手顿在空中，惊愕几秒，跟了上去。

"你待会儿有什么急事吗？"他拧眉问。

周鲤专注走路，闻言不假思索："回去看电视啊。"

"看刚才那个？"他眉心皱褶更深。

"嗯，我昨晚才看的，刚到精彩部分呢。"

周鲤最近入了一个新坑，于是满脑子都想着追剧。

里头的两个男演员颜值高得令人发指，对手戏也让人脸红心跳，周鲤不混粉圈，却也在第一时间关注了两人的所有社交软件，只为了看他们偶尔互动。

人声喧闹的食堂，周鲤和陈砚显相对而坐，两人面前摆着餐盘，周鲤拿着勺子往嘴里塞着饭，动作迅速且大口，却不显难看，反而随着腮帮子一鼓一鼓，有种粗鲁的可爱。

陈砚显筷子稍停，叫她："慢点吃。"

"唔，我快吃完了。"她把盘里最后两块肉混着饭塞进嘴里，然后端起一旁的碗喝了口汤，心满意足。

"我吃饱了，先回宿舍了！"两人从这边走回宿舍不同路，原本陈砚显是打算绕一段送她的，没想到她把自己安排得明明白白。

他有些不豫，但也没说什么，看着她把餐盘送到回收窗口接着身影消失在门外。

周日是约饭时间，陈砚显今天有空，顺便还买了电影票。在等待着开场的间隙，陈砚显从柜台买了爆米花和饮料过来，看到周鲤坐在椅子上埋头刷着手机。

他凑过去一看，又是上次那两个人，只不过这次换成了正常的衣服，似乎是接受着什么采访，彼此相视笑得灿烂，周鲤正咬着手指头笑成了傻子。

"这个视频有什么笑点吗？"陈砚显神色淡漠地问，见周鲤抬起头睁大眼睛看他，又换了种说法，表情带了困惑，"抑或，令人发笑之处在哪儿呢？"

他站了有一会儿了，周鲤完全没发现，他也就把这个视频完完整整看完，全程就是两个男演员在那里回答着媒体问题、有关剧里的花絮或者一些生活日常，没什么特别有趣的地方。

陈砚显不自觉又拧紧了眉，若有所思地盯着她。

周鲤一无所知，反而微仰起脸，望向虚空情真意切地感慨："他们两个同框就令人十分开心雀跃了……"

陈砚显头疼地揉了揉额。

看完电影出来，天色不早，两人去吃晚餐。

上次说好要一起去吃海鲜，虽然陈砚显很想改主意，但还是劝慰自己看开点，反正周鲤这个样子也不是一天两天了。

他们吃完东西回学校，路上陈砚显给她买了奶茶。坐上公交车，她又开始拿出手机。

周鲤看得入迷，嘴角不自觉荡开了笑，甜丝丝的，手里的奶茶都香了起来。沉浸在快乐中的时光总是过得飞快，连车子驶过了几个站都不知道，陈砚显坐在她旁边，脸色越来越沉，从一开始还会和她讲几句话到后面一言不发，反正她也根本不会发现。

不知过了多久，公交车再次停靠，耳边响起了报站声，周鲤隐约好像听到他们学校名字，本能抬起头来往外一看，正是熟悉的风景。

车门打开着，乘客下得快要差不多了，陈砚显却坐在那儿一动不动的，面无表情，不知道在想什么。

周鲤连忙站起来，推了他一把，急急道："陈砚显，到了，你怎么不叫我下车啊？"

说着，她已经率先走了下去，同时不忘对前头的司机叫："师傅慢点关门，还有两个人。"

两人有惊无险地下了车，走在路上，周鲤还有点惊魂未定，注视着陈砚显，表情困惑地问："你刚才怎么回事啊？在发呆吗？都差点坐过站了。"

陈砚显不想说话，保持沉默。

周鲤见他抿唇不语，接着自顾自数落："要不是我刚好听见抬头一看，我们就坐过了站，到时候又得打车回来，想想就可怕。"

"谁叫你坐车还玩手机的？"陈砚显听到这里，突然冷声道。

周鲤一顿，抬眼莫名其妙地看着他。

"坐车玩手机不是很正常吗？"

"所以才会坐过站。"他继续阴阳怪气。

周鲤不可思议："这不是你在旁边吗？"

"那万一哪天我不在了呢？"

"那我就不玩了啊！"

陈砚显被怼得一句话都说不出来，他不由得想起网上一位辩论远手的金句："中年女人的特长是什么呢？就是她们好像没道理，但是只要你来讲道理，就会发现自己更没有道理。"

他觉得此刻用来形容周鲤，不外如是。

即便如此，陈砚显还是尽职尽责地把周鲤送到她宿舍楼下。今天宿管阿姨不知道有什么事情没在，周鲤刚才回来时在小超市买了两瓶大的桶装水，一瓶是给自己的，另一瓶给徐玥带的。

陈砚显见状，干脆送她上楼。

时间还早，周末宿舍楼显得空荡，大部分人都出去或者回家了。陈砚显把她送到四楼，在楼梯口把手里的水放下。

周鲤出声同陈砚显告别，正要自己提起水进去时，陈砚显突然一把拉住她手臂。

他力气很大，周鲤还没反应过来，就被他一扯然后背抵在了墙上。

陈砚显单手撑在她脸侧，以一种"壁咚"的姿势逼近，压低了声音问她："那两人很帅？"

他还在纠着这个问题，面色不豫。

周鲤缩着肩膀愣了几秒，诚实地回答："是的……"

"有我帅？"

周鲤沉默了会儿，小心翼翼地道："你没必要……"

"嗯？"

"自取其辱。"

大二前的这个暑假，陈砚显没有回去，在一家公司实习。

周鲤也搞不懂他这么个才读了一年书的男大学生为何如此轻易就找到了工作，直到那天见到那位大三学长，才解了惑——

公司是这位学长家亲戚开的。

周鲤脑中再次浮起一句话：陈·无利不起早·砚显。

回荔城时是周鲤一个人，陈砚显送她到火车站，把手里的零食袋子递给她之后，仍在不放心地嘱咐。

"自己坐车多注意，不要和陌生人说话，留心贵重物品，有事情第一时间给我打电话。"

"好啦好啦，知道了。"周鲤满不在乎地挥挥手，看着即将检票已经开始排队的入口，有些迫不及待。

"那……"他欲言又止，面带几分迟疑。

周鲤又伸长脖子看了眼检票口，催促："还有什么要说的吗？"

"要不要抱一下？"陈砚显终于说出口。

周鲤有点诧异，随后两步上前，毫不犹豫地伸手抱住了他，还不忘在他背上拍了拍，大大咧咧的语气像是在哄小孩。

"好了好了，不要太想我。"

陈砚显勉强伸出手回抱了下她，接着马上推开，脸上已经恢复往日冷静："行了，你可以走了。"

周鲤莫名有种用完就被人丢掉的奇怪感觉。

暑期相比寒假，过于漫长。

陈砚显不在，周鲤就只能和蒋布谷、卫修杰混在一起，三人有空会约着出去看电影、打电动、轧马路，只是多去了几次之后，周鲤总觉得少了些什么，偶尔看着他们两个在打闹时，会不自觉看看自己身边，然后有种多余和落寞的感觉。

两人时不时会聊天，陈砚显白天要上班，大多只有晚上有时间，经常聊不了几句，人就不见了。

有时候中午他又会突然给她发一张照片，是红烧排骨，在公司食堂吃到了，特意给她看看。

上头除了照片外就没有其他话语，她每次就给他回一个表情包。

整个暑假，就这样保持着若有似无的联系，假期结束前最后两天，周鲤终于准备动身，打包返校。

赵欢欢家在北方，离得最远，没有抢到最合适那天的火车票，于是只好买了前一天的。

她在宿舍群里说了这件事情，提前一天到也就意味着要自己一个人在宿舍过夜，她倒是满嘴无所谓，到时候宿舍楼里肯定也不止她一个人。

可周鲤脑补了会儿那时的情形，如果是她的话，独自待在空无一人的宿舍估计会特别难受，尤其是晚上时，灯熄了，一点声音都没有。

早上一睁开眼，悄然寂静，还是只有她一个人。

于是她索性也买了同一天，两个人至少可以互相有个伴，正好她在家里实在待得太久，不差这一天时间。

她做出这个决定后，赵欢欢当场感动地哭泣，在群里一个劲发着表情包，不是巨大爱心就是热情拥抱再加可爱献吻，和先前那个高贵冷艳的独立女性截然不同。

"呜呜呜，只有小鲤鱼看穿了我的倔强！"

出发那天，周鲤谢绝了父母要送她的打算，也是一个成年人了，独立坐火车去上学什么的，应该早习以为常才对。

她拖着一个小小粉色行李箱，下午时分抵达宁市。火车上有一段经过山区没有信号，她索性没开，直到打车到达学校时，她才收到手机里姗姗来迟的消息。

"鲤鱼，我对不起你！我早上睡过头了没赶上车！苍天啊，让我以死谢罪吧！"

赵欢欢给周鲤连发了十几条消息，都是道歉求饶，还附带了数张趴地行大礼的动图表情。周鲤呆滞地看着手机屏幕，拖着行李箱站在宿舍楼下，突然脑子一片空白。

陈砚显匆匆赶来那会儿，周鲤刚吃完一份砂锅米线，擦着嘴拖着箱子从小店里出来，陈砚显把车子在她面前停下。

周鲤愣了愣，先是打量了一会儿，随后走上前来，弯腰在窗户上敲了敲，双手合在脸旁挡光，探头探脑地贴着车玻璃往里看。

"是我。"陈砚显把车窗按下来，看到她这一副做贼似的样子十分无奈，开门下车。

他从她手里接过行李，打开车后备厢的门，把她的箱子塞进去。

周鲤在一旁乖乖跟着他上车，系好安全带之后在车里东摸摸西看看，接着眼巴巴地问："陈砚显，你买车了？"

"不是，借学长的。"陈砚显正在踩油门起步，手扶着方向盘，眼睛余光落在后视镜上。

周鲤顿时面色一松，整个人放松许多，身子往后靠在了座椅上。

"我说嘛，才两个月没见你就突然变成有车一族，吓到我了。"

陈砚显没回她，只是专注开车，注意着路况，随意问："吃过晚饭了？"

"嗯嗯，刚等你的时候吃了碗砂锅粉。"周鲤揉了揉肚子，"好撑，中午在火车上什么也没吃。"

"你舍友现在怎么样了？"周鲤先前给他打电话时就差当场哭出来了，他急急忙忙向学长章荣借了车过来，谁知道她把自己照顾得比谁都好，他已然平静。

"别说了！她没赶上车只好斥巨资买了明天的机票，心痛得准备绝食三天以示惩罚。"

陈砚显不置可否，只淡淡一句："你们宿舍的几个人性格还都挺像的。"

"嗯？"周鲤眉头一皱，觉得他话里的意思不太简单。

"没什么。"他牵了牵嘴角，评价，"很特别，很单纯。"

"我就当你是在夸我们了！"周鲤决定对他的评价睁一只眼闭一只眼，不做计较。

陈砚显租的房子离学校不算远，在一片老小区里，不大的一室一厅，装修得却很简单温馨，被收拾得整洁干净。

这是陈砚显一贯的习惯，周鲤每次去他房间总是像来到了售楼样板间，规整简洁，找不出一样多余的东西。

他提着周鲤的行李，从门口鞋架上给她找出一双拖鞋，自己把箱子放到房间里，周鲤一边换鞋，一边打量着四周，露出满意。

"陈砚显，你这个房子还挺好的。"她脚下的拖鞋是男士的，有点大，走起路来会"嗒嗒"作响。

陈砚显放好行李从房间里出来，打开了冰箱。

"你要喝点什么？"未等她回答，他又说，"只有纯净水和咖啡。"

"呃……水吧，谢谢。"

他把水递给她。

周鲤拧开喝了口，刚好有点渴，口腔喉咙得到充分滋润，她不禁感慨："陈砚显，多亏有你收留我，不然我都不知道该怎么办了。"

她倒是不怕鬼也不怕黑，但是格外害怕孤单。

从小到大都被朋友围绕着的人，很难习惯空荡。

"刚好房子要过几天才退，要再晚点我也没办法了。"他说。

周鲤笑眯眯地说："那真是我运气好。"

"我准备煮点面，你还吃吗？"陈砚显挽起袖子准备去厨房，平时他都是在公司解决，今天为了去接周鲤，还没吃晚饭。

"不吃了，我很饱。"

她踩着鞋子"啪嗒啪嗒"地跟在他后头，像个小尾巴。

周鲤看着陈砚显熟练地点火煮水下面，在案板上切着火腿和西红柿，难得在这一刻发现了他异于往常的魅力。

"陈砚显，你什么时候学会做饭了？"她握紧手里的水，睁大眼睛。

"这个暑假。"他平静地说。

"味道还好吗？"

"待会儿你可以尝尝。"

陈砚显做饭不仅好看还很快，不过十几分钟，面条就出锅了，盛在碗里卖相颇为不错。他准备拿碗给她分一点，周鲤连说不用，尝一口就好。

陈砚显拿了双筷子给她，她挑起热气腾腾的面条，吹了吹，放到嘴里。

不说味道有多么惊为天人，但确实能勉强媲美周母的手艺了，很好吃的家常口味。

周鲤惊奇，嚼几口咽下后迫不及待地朝他比了个大拇指。

"陈砚显，你真是一个厨艺小天才。"

虽说两人熟得不能再熟，也是时隔了快两个月没见面，陈砚显在吃东西时，周鲤就坐在他对面，东拉西扯问着他这段时间实习的事，期间也不可避免地聊到了自己，陈砚显听她讲到和蒋布谷、卫修杰出去玩的事情，莫名有点吃味。

"我不在你们也挺开心的啊。"

"才没有，我可经常会念到你呢。"周鲤反驳。

陈砚显控制住心头喜悦："哦？"

"不知道为什么，总感觉布谷和卫修杰打闹时自己像电灯泡，那时就想着要是你在就好了，我就不用一个人当电灯泡。"

所以他的作用，只是充当一个"人头"？

陈砚显抽出一张纸巾擦了擦桌子，端着碗起身："好了，不早了，你要不要早点休息？今晚你睡床我睡沙发。"

"好吧。"周鲤迟疑几秒，答应下来，"那我先洗个澡。"

陈砚显动作忽地一顿，思绪缓慢地想着家里还有没有多余毛巾，周鲤的声音已经从浴室方向传来，她正在研究着热水器。

"沐浴露是哪个？我可以用吗？"

他拉开柜子的动作再次停顿。

陈砚显默默平复两秒，冷静下来。

"可以。"他维持着嗓音如常，把刚找到的毛巾和牙刷递过去，大脑有些迟钝。

"上次买多的，你先用着。"

"噢。"周鲤伸手接过，然后陈砚显走进去给她说了热水开关和哪瓶是沐浴露。出来后浴室门关上，他深呼吸了两下，才提步往厨房走去。

把刚才的那个碗洗干净，陈砚显打开冰箱拿出一瓶冰水，瓶身接触到空气泛出浅浅水雾，凉凉的，从指腹蔓延到心脏处，有些躁动的心绪逐渐平复。

陈砚显听着浴室水声，走到阳台上，回了几封邮件的工夫，忽然听到周鲤叫着他的名字，从浴室里头传来，隔着一扇光影模糊的门，慌乱无比。

"陈砚显，陈砚显！你在吗？能不能帮帮我？"

"怎么了？"他心头一慌，连忙走过去。

浴室一团暖色灯光中，周鲤的声音透过门，崩溃又不可思议。

"我衣服忘记拿了！你帮我到行李箱找一件好不好？"

陈砚显无语。

周鲤的行李箱被打开，里面的零食几乎占据三分之一。陈砚显沉着脸在里头翻找着，试图找出她说的那件粉色睡裙。

一堆乱七八糟的衣服堆满箱子，他挑挑拣拣半天，终于看到了目标。

陈砚显闭眼捏了捏眉心，提起那条裙子，往浴室走去。

第五章
他终究是欺负了她 /

水声早已停住。

布满雾气的门被拉开了一条小小的缝，一条白生生的手臂从里头小心翼翼地伸出来，周鲤少见地窘迫。

"陈砚显，谢谢你。"

她换好了睡裙，抱着先前洗澡时不小心被弄湿的脏衣服往外走。

陈砚显坐在客厅里发呆，听到响动，回头一看。

四目相接的那一刻，彼此都有点尴尬，周鲤不见从前气焰，动了动嘴唇又紧闭上，最终还是陈砚显先开口。

"衣服要洗吗？"他目光下移落在她手上。

周鲤被他这句话拉回原来的状态，努力维持自然表情。

"要，刚才被我不小心打湿了。"她想到这里，立刻解释，"因为没办法再穿，所以才叫你帮忙找衣服的，不是故意……"

"没事。"陈砚显道，面上神色如常，"一件小事而已，你不用多想。"

"我没有多想……"她突然叹气，"只是觉得有点丢人。"

"真是太丢脸了。"周鲤说完，摇着头往房间走去。

陈砚显的忐忑也一点点消失无踪，须臾，垂头扶额。

月上梢头，熄了灯，整个房子笼罩在黑暗中，光芒微弱，四周安静悄然。

周鲤在床上辗转反侧，半天都睡不着。

不知道是不是因为今晚的这个突发状况，导致她睡在陈砚显床上时，总有种怪异的感觉，尤其，所有的一切都充满着他的气息。

存在感强烈。

周鲤猛地睁开眼，视线无意识地盯在门边，他就在外面。

临睡前周鲤出去喝水，看到陈砚显在沙发前面铺床，简单的一套被子和枕头，沙发狭小，勉强能睡下他。

周鲤想着，更加睡不着了，脑子和心里都乱乱的。

她再度闭上眼，眉头紧皱，手夹着被子翻了个身，强迫自己睡去。

大概是夜里太晚入睡，早上周鲤醒得很迟。她茫然几秒回神，听了会儿，外头没有任何响动，耳边很静。她掀开被子起来，先打开门往外看了看。

沙发上已经收拾干净，恢复整洁，她正想要搜寻陈砚显的身影，就见他从厨房出来，手里端着一锅粥。

"醒了？"他跟往常一样同她打招呼，"刚准备去叫你起来，吃早餐了。"

"喔。"周鲤抓了抓乱糟糟的头发，踩着拖鞋又"嗒嗒"去了洗手间，刷牙洗脸。

粥是陈砚显自己煮的，还有包子和油条，周鲤伴着咸菜小黄瓜吃了两碗，心满意足。

"陈砚显，我待会儿就回学校了，你呢？"

"我晚两天，先送你过去。"

"啊，那好吧。"

陈砚显的车子还没还，这是周鲤第二次坐他开的车。他开车时很稳，一点都看不出来像个新手，但周鲤记得他上学期才拿的驾照，好像没有上过几次路。

说起来，在她记忆中他学什么东西都很快，仿佛是万能的存在，不管周鲤遇到什么事情找他，最后陈砚显都能帮她解决掉。

念及此，周鲤忍不住感慨："陈砚显，我发现你真的挺聪明的。"

他有些莫名。

"你车子开得蛮好的。"周鲤择了就近的一件事情对他举例说明，语气真诚。

陈砚显顿时默然。

"是吗？"他淡淡地抬了抬眉梢，"谢谢你的夸奖。"

"倒也不必这么客气。"周鲤悻悻道。

下午时分，405宿舍的几个人就聚齐了。赵欢欢首先进来就是对她痛哭认错，格外逼真感人——前提是周鲤没有看到她当场滴眼药水的话。

得知周鲤昨晚是在陈砚显那里过的夜，大家都不平静了。

二妹率先抓着她的手上下打量，迫不及待地追问："鲤鲤，你还是原本完完整整的你吗？"

周鲤一脸茫然。

"嘻，你说得太隐晦了，我来！"徐玥一把抢过她的手握住，直白得令人发指，"你们睡了吗？"

周鲤不可置信地睁大眼："你们都在想什么呢，思想龌龊！"

对面的三个人无语。

"你们不是男女朋友吗？这个很正常吧。"

"对啊，况且昨晚还是孤男寡女一起过夜。"

"就真没发生点什么？"

"没有，没有。"周鲤受不了地叫道，"我们一个睡床一个睡沙发，什么也没有发生！"

她话语落地，又忽然心虚一下，不过很快把那抹异样抛诸脑后。

没人察觉。

二妹叹了口气："算了，别问了，以小鲤鱼这性子，估计还不知道成人事宜。"

"说得也对。"赵欢欢和徐玥相继叹气，失望地走远了。

今年国庆节有好几天的假期，最近一次约会时，陈砚显问周鲤有什么打算。

那会儿周鲤正在吃冰激凌，奶香的草莓味，她咬一口，舌头又舔了舔，无暇回答他。

陈砚显立即移开眼，语气变得有些不耐烦："问你话呢。"

"啊。"她慢半拍道，"我在思考……"

"思考什么？"陈砚显视线回来，却不由自主地落在她唇上，被冰得红润，透着水。

"思考要不要回家啊……"周鲤徐徐地说，想的却是才从家里来没多久又得回去，好像也没有那么渴望了，待会儿回宿舍问其他人吧。

"那要不要一起出去玩？"陈砚显终于问出了口。

周鲤动作当即一顿，抬起眼慢慢腾腾地看向他。

莫名地，他有几分紧张。

陈砚显皱起眉。

"去哪里玩？"她发问了。

陈砚显放松不少，坦然地答："你想去哪儿？"

周鲤想了想："我没钱。"

"我有……"陈砚显几乎是从牙齿里挤出来的话，"上周实习工资发下来了，你想去哪儿玩都可以。"

"这多不好意思。"周鲤说，丝毫不觉得脸红，"我也就是想去江塘看看风景，坐一下船罢了。"

她心里此刻已经乐开了花，在很早的时候她就想去看一看传说中的古镇，感受一番江南水乡的风景。奈何江塘离荔城十万八千里远，机票又贵，她只能把这个梦想压在心底。

没想到陈砚显竟然这么好，还会带她去玩。

周鲤抑制住感动，义气十足地拍了拍他的肩膀："你放心，陈砚显，我工作以后一定会还给你的！"

"那我得收点利息。"他面无表情地说。

"啊？"周鲤困惑。

清静的马路上，行人稀少，陈砚显飞快地俯下身来在她唇上啄了一口，然后面不改色："收完了。"

两人继续往前走着，陈砚显未让人察觉地舔了下唇，甜滋滋，似乎还带着残留奶香。

周鲤落后他两步，手里握着甜筒僵住了，心跳错乱几拍，又很快恢复如常。

她继续咬着冰激凌，声音含糊："陈砚显，你这个流氓。"

出去游玩事宜就这么敲定，机票、酒店、攻略陈砚显只花了几个小时整理完毕。

国庆节，留在学校的人大把。徐玥准备在外面兼职，还是之前那家咖啡馆，假期这几天给她开双倍工资。赵欢欢嫌机票太贵，打算在学校复习几天，只有二妹家近又没什么大事，所以思来想去还是准备回家。

临行前一晚，她神秘兮兮地借走了周鲤的平板电脑，说要下点东西。

周鲤不疑有他，借了，随后收拾着这几天出去玩的行李。

三个多小时的飞行，飞机抵达江塘市，宁市仍旧是艳阳明媚，一到这边，天空立即布着阴云，细雨连绵。

机场有大巴直达古镇，周鲤上车打开手机，才看到二妹给她的留言：

"平板电脑放你包里了喔，里面有个教学视频的文件夹记得晚上打开。"

咦？

周鲤好奇且疑惑："什么片子？"

她回复过去，那头却许久没有回应。

周鲤看着手机等，一旁陈砚显的声音传来："在和谁发消息？"

"二妹，她说给我下了电影。"周鲤解释，随后把手机收起放回包里，没再看。

自从那次公交车事件之后，和陈砚显待在一起，周鲤很学乖地不再玩手机了。

　　经历大半天的路途，到古镇已经是下午，两人先去提前订好的民宿办理好入住把行李放下，接着就出门游览这个久负盛名的小镇子。

　　江塘古镇以古建筑出名，这里每一栋房屋都是从前遗留下来的，里面有些改成了民宿，有些作为商铺，还有些自家居住。

　　陈砚显订的住处就是这样的，古色古香，入门是个大庭院，底下铺着青石板，院子里栽种着几株花草和翠竹，角落的大缸里还养着几条不知名的鱼。

　　住的房间在二楼，窗栏临河，推开外头便是拱桥流水，有乌篷船从底下悠悠穿过，艄公戴着斗笠撑着篙站在船头，为游人介绍着沿途风景。

　　街上商贩很多，小吃、手工小物、饰品，还有许多没见过的玩意儿，周鲤逛得眼花缭乱，累了的时候和陈砚显包了一条船，从河面看着两旁的景色，有种别样滋味。

　　古镇的夜晚也很热闹，各种酒吧占据白日清净的巷子，女歌手抱着吉他在唱民谣。周鲤驻足听了两首，觉得很是好听，如果不是不能上去打赏，她都已经控制不住蠢蠢欲动的手了。

　　两人都不是那种夜生活丰富的人，随便逛逛便回了住处。玩了一天其实也很累了，周鲤先去洗澡，吹干头发出来，换陈砚显。

　　他订的房间是双人标间，两张床，中间隔着一道帘子。周鲤穿着睡衣躺在床上整理着今天拍的照片，没多久，陈砚显就洗好了。

　　"你这么快？"她眼睛未从屏幕上移开，随口问了句。

　　陈砚显在用毛巾擦着头发，随意"嗯"了声。

　　床头柜是共用的，她的平板电脑就搁在上面。周鲤顾着弄照片没理陈砚显，陈砚显查收完手机里的新消息，有些无聊，拿起她的平板电脑。

　　"你里面有什么电影？"

　　"有好多，你自己找吧。"周鲤抽空回。

　　她的解锁密码基本都是同一个，生日年月，陈砚显毫不费劲就打开了，一点进去里面弹出个十分显眼的文件夹——"教学视频"。

　　他眉梢微挑，第一次发现周鲤如此热爱学习，因而抱着一股好奇探索外加微小的求知欲望点开。

　　几分钟后，陈砚显脸色越来越沉，一道不和谐的声音乍然在房间响起，又很快被关上。

　　周鲤茫然地抬头，看到陈砚显一把扔掉了手里的平板电脑，皱起眉不可思议。

　　"周鲤，你平时都看这些东西？"他质问。

　　周鲤回顾了几秒，反应过来，立刻急急辩解："不是！这应该是个误会！"她连忙抓过自己的平板电脑，打开后眼前立即出现了陈砚显方才看到的画面。

她差点两眼一黑。

陈砚显马上从她手里把平板电脑夺走了。

周鲤飞快跳上去把整个人裹进被子里，紧紧闭住眼。

陈砚显见周鲤只有一个小脑袋露在外面，那排乌黑浓密的睫毛覆在眼睑上，时不时细微颤抖。

他嘴角往上扬了扬，把手里毛巾放下，走到床边微微倾身，抬手关掉了她那头的台灯。

房间乍然黑下来，月光清晰，底下的人似乎在不自觉颤抖，陈砚显弯腰，在她额上落下一吻，浅浅的语调堪称温柔：

"晚安。"

周鲤以为自己今夜一定会失眠，但不知道是白天走的路太多，还是床铺过于柔软舒适，灯熄后没多久，她在胡思乱想中很快就沉入梦乡。

醒来，淡薄和煦的阳光已经从拉开的窗帘中照入。小镇的清晨过于安静，耳边隐约能听见水声、船桨滑动着水面的声音，偶尔闪过几句沿街叫卖。

似乎是一种早餐小吃蒸米糕。

周鲤后知后觉，感到自己肚子好像在咕噜咕噜响。她立即翻身坐起，往旁边一看，陈砚显那张床已经收拾得干净整洁，人不见了踪影。

她没多想，径直去刷牙洗脸，果然刚收拾好没多久，就见陈砚显提了早餐进来，推开门的那一瞬脸上残留着惯有的沉静未曾褪去，和昨晚那个在她耳边暧昧低笑的人截然不同。

周鲤心底爬起一阵奇异的触感，又很快回神，抖了抖肩膀，把脑中杂念通通甩去。

"我买了一些当地的小吃，你尝尝味道怎么样。"陈砚显把手里的袋子放到桌上一样样展开。

周鲤闻到阵阵香味，在最边上发现了几块装在油纸里，雪白色软糯的碗状糕点。

他波澜不惊的样子，周鲤忽地想到什么，拿着筷子的手停住，脸上笑容消失，轻哼了一声。

"怎么了？"陈砚显抬起眼问，神情未变。

周鲤有些愤愤不平地戳着碗里的粥，皱起眉头，有种说不清道不明的滋味。

"没事。"须臾，她闷闷地说。

古镇面积不大，昨天已经逛得差不多了，今天的行程是去附近的千鸟湖。那边的芦苇湿地风景优美，每年都会有大群鸟类栖息在那儿，是各种摄影爱好者的聚集地。

千鸟湖离镇子大概一个多小时车程，车站那里有直达班车，每隔半小时一趟。

两人仅带了一些水和吃食出门，陈砚显单肩背着包，走出客栈时，很自然地伸手过来牵她。

在刚碰到周鲤手的瞬间，她突然飞快地抽回了，面色如常说："今天不想牵。"

陈砚显迷惑，片刻后，似有几分顿悟，语气自然地问她："为什么不想牵？"

"没有为什么。"周鲤把手背在身后，微仰着脑袋说。

陈砚显点点头："好吧。"

车站里，一辆空大巴刚好进来，两人上车，占据了前排的位置。

听说会有一段山路，容易晕车，前面比较稳。

周鲤上来就拿出了自己的平板电脑，发现桌面那个文件夹已经消失了，陈砚显不知道什么时候给她删得一干二净。

她鼓了鼓腮帮子，倒也没说什么，自顾自打开了自己以前下的动漫捤上耳机看了起来。

睡意渐渐涌上来，周鲤头抵着窗户那边，脑袋随着道路崎岖的颠簸一点一点，沉沉睡去。

她一觉睡到车子到站，下去，外头凉风顷刻迎面而来，吹醒混沌大脑，神思清醒许多。

周鲤打量着周围："现在我们往哪儿走？"

他们站在一处稍显荒凉偏僻的公交站台上，不远处有个岔路口，分别是两条小路，长得都差不多，没看到指示牌，游人四散。

在更远一点的地方，似乎能看到同蔚蓝天空相交的湖面和风中摇摆的芦苇，几只飞鸟振翅掠过水面，划出一道优美线条。

这时，陈砚显才不紧不慢地走上来，对她伸出手。

"过来，牵着我，带你去看漂亮的鸟儿和湖泊。"

周鲤觉得陈砚显真的很差劲。

难道她不牵他手就找不到方向了吗？

是的。

周鲤一边在心里呐喊质问自己，一边驱使着身体面无表情地去拉他的手。

陈砚显心满意足地牵上她，往前走。

周鲤警告："你真的知道往哪边走吗？要是骗我，你就死定了！"

他姿态闲适，丝毫不慌："这是当然。"

陈砚显带着周鲤往前走了一段，行至分岔路口时，周鲤等待着他指引方向，只见他步履稍顿，然后随便截住了旁边的一位路人，出声询问："你好，打扰一下，请问千鸟湖应该往哪边走？"

接着周鲤就看到对方详细耐心地同他说了一通，从右边这条路进去再左拐走个几百米有个路标……陈砚显连连点头，冲对方道谢。

待人走后，周鲤一把甩开了他的手。

"我现在带你过去啊。"他说。

周鲤愤愤地说："不必了！现在我自己也能找得到了！"

看完湖拍了几只鸟，逛了一圈景点出来，时间不早，两人坐车回去。

今夜陈砚显很安分，没再做什么出格的事情。周鲤还是对他有些爱搭不理，就连他晚上买了她最喜欢的那个奶茶，她也是赏脸似的尝了一口。

在镇上继续待了几天，他们去听了当地有名的评弹，周鲤去量身定做了一套旗袍。闲暇无事时，两人坐在茶楼听书，捧着两杯奶茶蹲在桥头河边发呆，看着过往行人。

古镇韵味十足，同高楼林立车水马龙的宁市不同，和偏远陈旧的荔城也不一样，待在这里，就像穿越了时光，嗖地回到了那个安静古老的年代，时间慢了下来，肆意消磨也成了一种享受。

也或许是因为，周鲤和陈砚显在某些习性上，真是太像了。

随意散漫，不做计划，没有目的，刚开始踩了几个网上高分景点后就失去兴趣，后来干脆懒得查攻略，混迹在古镇里。

两人每天睡到自然醒，迎着早晨微弱的淡金色阳光去找家本地的馆子吃早餐，等到太阳完全升起了，游荡在街头巷尾中逗逗猫、遛遛狗。

有次看到人家院子里石榴长得好，裂开的口子里红色果粒饱满大颗，枝头伸出了墙外，陈砚显蠢蠢欲动，竟然拉着她从旁边搬来砖头，把别人的石榴摘了。

后来因为动静太大，让主人发现，门打开的那一瞬间，听到喝声，两人飞快逃窜，陈砚显拉着她奋力地往前奔跑，直到彼此都喘不过气来，才一同卸下力气，靠在墙上用力喘息，看向对方那一刻，忽然相视而笑。

那天他们坐在河边的青石板台阶上，把脚泡在水里，一边荡一边吃着手里得来的"不义之财"，石榴分外清甜。

周鲤觉得，和陈砚显一起玩耍的时候真的很开心。

他是一个很有趣的朋友。

哦，对了，顺便还是她的男朋友。

短暂且快乐的假期结束，飞机落到宁市那一刻，各种现实扑面而来。

虽然没有积压的作业，也没有令人烦心的事情，但是还没回到学校，周鲤就已经开始怀念镇上的时光。

莫名地，她对陈砚显也就多了几分不舍。

"明天要一起吃饭吗？"分别时，周鲤稍显依恋地问他。

陈砚显笑了下，温声回："好啊。"

结果第二天，他特意空出时间给周鲤打电话，许久才得以接通，那头热闹，她的声音慌忙又歉意。

"不好意思啊，陈砚显，今天舍友突然说要去聚餐，我们下次再约吧。"

陈砚显拿着手机，听到电话被挂断的嘟嘟声，再次清醒地意识到自己不该对她拥有任何期待。

周鲤嘴中的"下次"，可以直接排到一周后，如果他不主动约她的话，因此这几天他都是独自一人。

这晚他刚去教学楼，正好在走廊碰上收拾好资料准备离去的教授。一见到他，对方立即出声："哎，陈砚显，正巧看到你，上次说的那件事情你考虑好了吗？"

对方说的是交换生的事情。陈砚显成绩是全系第一，各方面条件也十分优秀，在这短短一年半时间里拿过的荣誉和奖杯不少，无人可媲美。

这种学习机会当然第一个是考虑到他，只不过没想到别人求之不得的好处，他上次听完，却说要考虑一下。

教授神情温和宽厚地看着这位出色的学生，正欲再同他提醒一遍这次出国交换的珍贵和重要时，只听他沉默过后，似乎终于做出了决定：

"教授，我考虑好了。"

陈砚显要出国这件事情，周鲤是从季涂嘴里知道的。

学校举办了一个讲座，请的是一位毕业多年的知名校友过来和他们分享。这位校友是如今国内科技圈的大佬，公司旗下研发的几款产品都深受市场和年轻人喜爱，他今天分享的主题是《选择与梦想》。

前面在讲他的创业经历，语言幽默又富含人生道理，周鲤听得津津有味。到了后面提问环节，她就不免分散了心神，左右环顾四周，恰好在此刻，肩膀被人从后头拍了拍。

"这不是陈砚显家的小周鲤，你也过来听讲座？"

"季涂。"周鲤转头看到人，同他打招呼，随后看了看他旁边。

"你一个人？陈砚显怎么没来呢？"

"你不知道吗？"他有些诧异地微挑起眉，"他最近在忙着交换生的事情，没空过来。"

"交换生？"周鲤困惑。

季涂也更加疑惑："他还没和你说啊？"

讲座后半程周鲤都听得心不在焉。季涂说陈砚显要出国一年，整个大三都在国外，也就意味着能见到他的时间只剩下最后这几个月。

她说不清什么感觉，心情有点复杂，刚开始的失落和不舍过后，又觉得挺好的，听季涂讲这是一个非常难得的机会，这对陈砚显来说应该是个很大的帮助。

讲座结束后，周鲤回宿舍，二妹挽着她还有些意犹未尽，回味着大佬在台上的英姿。

周鲤却一瞬间想到，几年后陈砚显站在上面的样子，西装革履，年轻有为，低调又内敛地同底下学弟学妹们分享着他的成功经验。

这才符合他的人设。

周鲤立刻想通了，随即便释然。

这是件好事情，不应该难过。

周日那天，陈砚显接到周鲤的电话，说要请他吃饭，顺便给他准备了一个小礼物。

他结束通话有些受宠若惊，愣了许久，才缓缓回神，抓了抓头发往前走，收起手机。

约好的时间是晚上六点，陈砚显本来想骑车去接周鲤的，谁知道周鲤突然给他发了条消息，上面是吃饭地点，她已经提前过去了。

餐厅的名字听起来有点高档，陈砚显看完顺手在网上查了查，发现是市中心一家格调不错的音乐餐厅，环境氛围都很好，最适合情侣约会。

他盯着屏幕，顿时皱起眉头，分不清她葫芦里卖的什么药。

于是临出发前，陈砚显还把自己的衣服换了，原本简单的运动外套和牛仔裤换成了白衬衫风衣，长腿笔直，包裹在宽松黑色长裤中，天生的衣架子，走在路上像是从时装杂志里走出来的男模。

饶是周鲤早就习惯了陈砚显那张脸，甚至亲自感受过没穿衣服的肉体，在陈砚显走进来那一刻，还是被这样的他惊艳了几秒。

"你今天……"她坐在那打量他几秒，神色复杂，"是去参加了什么选美比赛吗？"

陈砚显凝噎两秒，拉开椅子在她对面坐下，语气如常："不是，就随便穿穿而已。"

好个随便穿穿。

周鲤盯着他吞咽一下，视线从他卡其色风衣笔挺宽松的袖口扫过，又落在复古设计感十足的肩膀和衣领处，最后定格在那张被衬托得分外俊气的脸上，由衷地夸赞："那你以后还是不要这么随便了。"

陈砚显眉心一皱。

"像平时一样就挺好的。"周鲤诚恳道。要是天天这个样子，她怕自己真的把持不住。

陈砚显脸色已经沉了下来，拿起一旁的菜单翻开，眸光认真专注地落在上面，一副"我宁愿看着没有灵魂的菜单也不想再多看你一眼"的模样。

周鲤悻悻地抿抿嘴，垂下眼。

直到菜上来，气氛才有所缓和。

侍者端着精美的盘子，里头菜色装点别致，轻轻放在桌面，对他们微笑说出请用餐。

周鲤迫不及待地拿起筷子，尝了一口，瞬间被美食治愈。

当时订这家餐厅的时候，她还在肉痛，几乎花了她半个月生活费，但果然是一分钱一分货，别说这安静优雅的环境，就光说菜的口味，她觉得都是值了。

"这个好好吃，你快试试。"她拿着筷子给陈砚显碗里夹菜。

此时天已经黑了，外头是条僻静的街道，餐厅里亮着暖黄色的星星灯，一闪一闪，绕着小小的绿植，耳边音乐声突然停住，换成了悠扬的小提琴。不知何时，先前还空着的舞台上多了一名拉着小提琴演奏的乐手。

两人已经吃得差不多了，待到面前碗碟被撤下，周鲤才拿出早已准备好的盒子，放到了桌上。

"送给你的礼物。"温暖昏黄的灯影里，她笑得分外甜美。

也或许是陈砚显主观意识太过强烈，哪怕周鲤只静静看着他，他都能从她眼神里尝出浓烈甘甜。

"是什么？"天蓝色的盒子，上头系着淡粉的缎带，不大不小的样子，可以装下一个模型。

"你打开看看。"

陈砚显伸出手去拆，拉着那个蝴蝶结缎带轻轻一扯，整齐的包装散落开来。他拿下盖子，里头的东西映入眼中。

是个小巧的蛋糕，淡蓝色，用五颜六色的奶油画着一道彩虹，云朵底下有几个歪歪扭扭的、可爱的字：

万事皆宜

"之前说好要给你做个蛋糕的，这次刚好可以用来庆祝你成为交换生，能出国去学习。"周鲤在一旁说着，脸上是真心为他庆祝的喜悦。

"我学了好几天，这是最成功的那个，你尝一下味道。"她充满期待地看着他，嘴角笑容依旧甜美。陈砚显眼中神采一点点消失，口中变得苦涩。

"你什么时候知道的？"他问。

"什么？"周鲤愣了下，反应过来。

"啊，你说交换生的事情吗？上次听讲座的时候遇见季涂了，他告诉我的。"说到这里，周鲤又嘀嘀咕咕地抱怨，"说起来你也真不够意思，这么大的消息竟然不告诉我，我还是从别人口中听到的。"

"那你除了这个，就没有其他想法了吗？"陈砚显迫不及待地打断了她。

"啊？"周鲤望着他，茫然地眨了下眼。

"我说，除了庆祝，你没有其他想说的了吗？"

有时候，陈砚显还真是讨厌周鲤这样没心没肺的样子，他抑制着自己想要质问的冲动，怨气却还是在言语中喷薄而出。

周鲤被他此刻语气中藏着的不耐弄得怔住，好一会儿，才开口："我也……觉得挺舍不得的。"

她低下头，感到莫名其妙的委屈，小声道："不过这是好事，为你庆祝一下也不过分吧。"

陈砚显定定看了她许久，突然，绷紧的神情顷刻松懈下来。

"算了。"他移开眼看向别处，视线低垂。

"回去吧。"

那个蛋糕最终他还是没有尝一口，重新打包好带回了学校。

一路上，陈砚显都没有说话，两人坐在狭小封闭的出租车后座，空气沉默得凝固。

周鲤被他的压抑和低沉影响，整个人也变得沉重起来，她知道他心情不好，却不明白发生了什么让他一瞬间变成了这样。

她越想越难过，为他莫名其妙的脾气，为必定要来临的离别，为此刻的心酸委屈。

周鲤隐隐察觉到一点什么，又找不到清晰的头绪，渐渐在沉默中陷入无尽低落。

车子在校外停下，陈砚显自顾自走在前头，走了几百米才发现周鲤没有跟上来，他转头一看，女生低着头在后面，脚步慢得能踩死蚂蚁。

他拧起眉，大步走过去，盯着她漆黑的头顶质问："怎么走这么慢？"

"我在想事情……"周鲤慢半拍缓缓抬起头来，回答。

"想什么？"

"就是，"她很苦恼地皱了下眉，接着慢慢说话，"你是因为我没有其他表现所以生气了吗？你想要什么表现？

"是希望我很难过，非常舍不得，然后哭着拉着你的袖子求你不要走吗？"

她茫然地仰着脸，嘴里说出来的话却格外认真。

陈砚显一时失去言语，盯着她太阳穴突突跳。

"那我们重来一遍好不好？"她诚心恳切地建议，"你再问我一次。"

"问什么？"陈砚显已经自暴自弃。

"除了庆祝，你没有其他想说的了吗？"周鲤学着他先前的模样和语气，活灵活现地复述了一遍。

陈砚显胸口堵塞，呼吸莫名变得困难。

"好，你就当我现在已经问完了。"他沉着嗓音，拿出了自己万分的耐心。

周鲤点头："好，那我开始了。"

她背过身，再转回来时已经是泫然欲泣，紧紧拉住他袖子，抽泣了一声，话里带了哭腔。

"陈砚显，我好舍不得你，即便放弃了这个机会你以后可能会后悔，可能没办法创业成功变成大老板，也可能实现不了自己的梦想，但我还是希望你不要走，自私地留在我身边，我们永远不分开！"

陈砚显扶额。

"你能答应我这个无理但真心的要求吗？"她最后眼巴巴地望着他，等待着他的回答。

陈砚显用尽全身自制力控制着自己想要把她揍一顿的冲动，面无表情地回："不能。"他话里不带任何情绪，吐字十分清晰。

"比起这个难得的好机会，未来大老板的事业，还有我自己的梦想，你简直不值一提。所以别做梦了，就算你哭着求我，我也不会为了你留下来的。"

这次两人依旧是不欢而散，并且从那天后都很默契地没有再联系过彼此。周鲤是怕被骂，陈砚显是担心被气，到最后一直磨磨蹭蹭。宁市大降温时，周鲤收到了陈砚显一条关心短信。

"看天气预报最近要降温，平时多穿点。"

宁市夏季漫长，常年气候温暖，一到秋冬季节却十分多变，前一天还是短袖，后一天就要穿上毛衣，比起荔城更让人招架不住。

大一时周鲤就不小心疏忽中了招，半夜在宿舍发起高烧，那天刚好只与二妹一个人在宿舍，她吓得半死，想把周鲤拖去医院却有心无力，最后只能找了陈砚显。

深夜两点，他从睡眠中惊醒，穿好衣服匆忙赶来，把周鲤从学校背到车上，最后抵达医院。

那晚好冷，又热得出奇，从宿舍到校门口的那段距离尤为漫长，周鲤昏沉间偶尔醒来，只记得陈砚显坚硬宽阔的后背，耳畔呼吸急促。

她想起这些，心底蓦然发软，摁着手机键盘给他回消息。

"你也是，别感冒了。"

陈砚显收到她这条回复时正在抽着纸巾擦鼻子，图书馆安静，桌面摊开的书本旁摆着一个高大的保温杯，角落这样的纸巾已经堆了不少。

周鲤的关心和提醒来得太迟。

他早在几天前已经感冒了。

即便如此，陈砚显还是在对话框里敲下一个字：

"好。"

周鲤看着他言简意赅的回复，在那头咬了咬手指头，须臾，小心试探地发出邀请。

"今天晚上有空吗？"

"怎么了？"

"就是好久没见了，要不要一起吃个饭之类的？"周鲤为表示自己的求和之意，还特地发了个很可爱卡通的表情包。

是个脑袋圆圆的短发小女孩在眯眼傻笑，肉嘟嘟的脸颊上有两坨粉色，笑得眼睛都看不见了。

陈砚显不知为何，眼前一瞬间出现了周鲤的样子，想念来得没有踪影，无孔不入地往里钻。

他最后还是回："下午和学长约好吃饭了，但是晚上有时间。"

周鲤想了想："那我们碰个面？"

"好。"

正常的约会便是被周鲤弄成了特务碰头的感觉。

陈砚显吃完饭和学长章荣告别，独自往学校走去。周鲤十分钟前说在操场等他，发了张照片，是落日余晖下的台阶，她有半只鞋子出镜。

等他到时，天已经暗下来了，最后一线夕阳湮灭在地平线，整个天空是深墨色的蓝，像是画板上重重涂抹的水彩，又像深海底。

周鲤裹成一团坐在那里，两只手塞在衣服兜里，弓着腰，闭着眼睛嘴里念念有词，不知道在干吗。

陈砚显走过去，把她身旁那大袋零食往后提，自己在她旁边坐下，还没出声，她发觉了。

"陈砚显。"周鲤睁开的眼睛莫名发亮，先是叫他一声，随后把手边的奶茶递了过来，"给你买的。"

她拿着两杯，一模一样的口味。

陈砚显伸手接过，模样很随意："你找我有什么事？"

好久不见联络感情什么的，他是信的，只不过以周鲤的性子，没有放弃如此执着地想和他见面，肯定不止这么简单。

果不其然，她闻言，脸上露出了犹豫之色，先掀起眼皮看他一眼，而后小心地问："你还生气吗？"

"什么？"陈砚显反应几秒，才知道她说的是先前那件事情，而后摇头，"没有。"

如果他气性这么长的话，估计早就被她气死了。

周鲤不知道陈砚显心中所想，只见陈砚显依旧是那副淡然无波的模样，心中猜测他是口是心非，于是自己嘟囔着："我那天真的不是故意的，我也不想和你吵架，所以就想缓和一下气氛，谁知道……"

她话还没说完，就被打断了，陈砚显原本经过这些天调整好的平静心态又有些不复存在。

"我知道了。"他强调，"那天的事情已经过去了。"

看着周鲤呆怔的表情，陈砚显声音放软："你别太在意，我那时的表现本来就有点反常。"

"噢。"周鲤见状，很识趣地没再继续这个话题，只是彼此间的气氛却不复先前，突如其来地沉默了下来。

周鲤刚才自己一个人坐在这里等陈砚显的时候，吃了不少零食，此刻胃有点撑，便站起来对他说道："要不我们下去走走吧。"

"好。"

偌大的操场，人很少，旁边跑道更是宽敞空旷，在夜色遮蔽下显得格外幽静，路灯散发着微弱光芒。

两人并肩散步，各怀心事。

周鲤想到什么，突然问他："对了，你这次寒假回去吗？"

"现在还不知道。"陈砚显答，"不出意外的话，应该会回去吧。"

他话里很平淡，淡得有些漠然，周鲤察觉自己又说错话了，垂下头绞尽脑汁想重新找一个有趣话题。

"圣诞节快要来了，你有没有想要的礼物啊，我可以提前准备给你。"

"哪有人送礼物还要提前问好的。"陈砚显低眸看她，语气辨不出喜怒。

周鲤一时无话："我这不是怕送错嘛。"

不然又像上次的那个蛋糕一样，也不知道他有没有吃一口。

她一说完，陈砚显也想到了这件事情。上次作为礼物的蛋糕，最后被他提回了宿舍，放在桌上盯着瞧了许久，久到季涂几个都按捺不住凑上来，伸爪子想要去开动，然后被他一把打掉。

他拿着勺子认认真真品尝了一口，郑重的表情像是在进行什么美食品鉴。季涂他们在旁边看了半天也不见他说要分他们一口，随即悻悻回床，骂了句小气鬼。

陈砚显还是把那个蛋糕吃掉了一大半，剩下的没舍得丢，结果第二天也忘记吃，被宿舍做值日时扔掉了。

因为这事他还被季涂谴责了一通，说他宁愿丢掉也不愿意和他们分享。他那会儿心情正低沉，懒得解释，为此还被敲诈掉了一顿饭。

念及此，陈砚显彻底笑不出来。

"不用准备什么礼物，只是一个普普通通的节日而已。"陈砚显这样说。

周鲤顿时失望之色掩盖不住，咬着嘴唇不说话，陈砚显又道："或许你可以送我一个苹果。"

"喔。"

两人继续往前走着，陈砚显脚长，轻而易举就到了她前面。

周鲤心不在焉，再度落后半拍。两人没有牵手，似乎各自想着事情。陈砚显的手随意搁在身侧，她盯着瞧了瞧，突然上前拉住了他。

陈砚显愣了一下。

周鲤抓住他的手掌，踮起脚来，猛地朝他凑近，想要去亲他。

陈砚显反应极其迅速，一把伸手抵住了她的额，制住她的动作，声音低沉："今天不让亲。"

周鲤从未受过如此侮辱。

她脚步收回，整个人落到原位，站直了身体，气恼地瞪着他质问："为什么不让？"她就差说，这是你的荣幸！

"不行就不行。"陈砚显没解释，只揉了揉鼻子，垂下眼帘措辞含糊。

周鲤想恨恨甩手一走了之，不必再在这里丢人现眼，却奈何陈砚显又紧紧抓住了她的手，拖着她往前走。

"你松开我。"她气鼓鼓地说。

陈砚显没出声，手却分开周鲤的五指同她交叉在一起，十指相扣，温柔又强势。

"不松。"他说完，又补充了一句，"现在不行，下次可以亲。"

"谁……谁下次还要亲你啊？"周鲤气得嘴都瓢了，跳脚。

不知道为何，一见到周鲤吃瘪陈砚显就莫名心情不错，他嘴角扬起浅浅弧度，声音愉悦："那下次我亲你也行。"

"不必了！"周鲤恨恨地说。

他的笑意掩藏不住。

周鲤起伏的情绪却慢慢平复了下来，面露奇异。

似乎，就这样哄好了他。

她眨了下眼，发现陈砚显真的挺好哄的。

这个新年，两人是一起过的。

大概是因为离别终将要到来，这是陈砚显出国前留在国内的最后一个新年，周鲤突然就很想见他。

大年三十那天晚上，谢玲和陈宗久照旧在家，不痛不痒地吃完饭，三人坐在一起，旧事重提。

陈砚显没什么表情地听着，时间失去概念，漫长而磨人。

客厅墙壁刷得雪白，正中那台电视机没开，屏幕漆黑而冰冷，耳边声音一点一点挑起他的烦躁。

陈砚显沉下眉眼，正到临界点的那一刻，从窗外突然传来一道熟悉嗓音裹挟着少女的朝气和清脆。

"陈砚显——"

"是谁啊？"谢玲听到，皱起眉头，陈宗久话语顿住。

陈砚显飞快地起身："我下去一趟。"

门在两人面前被打开又合上，坐在那里的人互相对视，脸上疑惑掩盖不住。陈宗久又立刻换成了恼怒："他是越来越不像话了！"

"这是怎么回事？是个女孩子。"谢玲惊奇地眨了眨眼，"砚显谈恋爱了吗？"

周鲤是过来找陈砚显放烟花的，也不知道她怎么搬来了两大箱子，堆在楼下。见到陈砚显下来，她冲他扬了扬两只手，闪闪发光的仙女棒随着她动作在黑夜中划出绚烂痕迹，比不上她映亮的笑眼。

陈砚显慢慢走过去，到她跟前，听到少女雀跃活泼的声音："陈砚显，新年快乐呀！"

"新年快乐。"

零点钟声敲响，烟火在空中炸开，充满整个夜幕的火树银花，映亮苍穹，冰冷的黑夜染上了光的温度。

陈砚显一偏头，对上周鲤的侧脸，她似有所察，转过头来，眼里顿时弥漫出笑意。

两人在头顶盛开的烟花下对视，不知是谁先开的口，陈砚显听到轻轻一句：

"新的一年要更加开心啊！"

"你也是。"

新学期的时候，发生了一件事情。

方志豪他们学校来宁市参加一个比赛，他作为参赛选手之一，在这边待了两天，比赛结束之后，有半天的自由时间。

周鲤的"企鹅"上都是以前的同学，上大学后大家都换成了微信，那天看到方志豪的头像闪动时还有点惊奇，点开一看，是挺寻常的一句话：

"周鲤，我来宁市参加比赛了，现在在你们学校门口，想进去逛逛，你有时间吗？"

那会儿刚好下午，周鲤没课，在宿舍裹着被子追剧，一看到消息立即坐了起来，习惯性地咬上了手指头。

"你怎么突然来了？"

"我倒是有时间，你在哪个校门口，发个定位看看。"

不一会儿，那头就发来一张照片，正是他们学校大门口。

周鲤连忙掀起被子起身，本想给陈砚显打个电话，接着很快反应过来他今天满课，随后作罢，慌忙地打开衣柜拎起外套穿上，急急忙忙往外走。

周鲤见到方志豪时，差点没认出来。

他瘦了很多，头发也剪短了，短短的一层发茬紧贴着头皮，穿着T恤和工装裤，精气神十足。

周鲤走到他跟前，仰着脸有些不可思议："方志豪，你这一年多的时间发生了什么？"

"我怎么了吗？"他赧然一笑，挠了挠头，又变成了以前那个憨厚的傻大个。

往日的熟悉感顿时回来了，周鲤语气轻松许多，神情更加自然："不是不是，就感觉你变帅了。"

"是吗？"方志豪不好意思，脸微红。

"那就好，我这一年多都在坚持健身，看来还是有成效的。"

"效果显著。"周鲤朝他竖起了大拇指。

两人并肩往学校里走去，周鲤得知了他这次是来参加机械设计创新比赛，他们学校团队还拿了第三名，因为参赛地点就在他们学校附近，所以就心血来潮想过来逛逛。

周鲤带他在学校大致转了一圈，教学楼、操场、图书馆……经过常买的甜品店时还请他喝了一杯奶茶，最后他们逛到了信息学院，周鲤想起什么，指向那边。

"对了，那是陈砚显上课的地方，他们计算机系一般都在那里。

"你知道他学的计算机吗？"周鲤反应过来，看向他问。

方志豪脸色顿了顿，好似不太甘愿。

"知道。"他还是回答。毕竟当初成绩一出来，他就打听到他们两个人要报考的学校和专业了。

方志豪为当时的自己懊恼。

"唉，陈砚显还是很厉害，来了大学也是一样，他今年还要去当交换生呗。真是人比人气死人。"周鲤摇着脑袋，一边嘟囔，一边咬着嘴里珍珠。

方志豪如今已经释然，目光注视着她。

"你也很好啊。"他声音轻轻的。没有说出后面的话，上了大学之后发现你还是很好，从以前到现在见过这么多女孩仍旧觉得你最特别，即便只能做个疏远的朋友，偶尔关注近况发现你过得很好，就感到满足和开心。

方志豪望着她认真地重复，堪称一字一顿：

"周鲤，你真的很棒。"

"你也是这个世界上独一无二的存在。"

陈砚显是到宿舍时，被季涂告知下午在学校看到了周鲤，而且是和一个陌生男生走在一起，好像是挺熟悉的样子。

他顿了顿，问了句那个男生的外表。

季涂当时只是远远看见，刚巧有事要出去，就没上前打招呼，隐约印象中只记得男生很高，寸头，浓眉大眼。

三言两语的描述，陈砚显就隐隐猜出了对方身份。原因无他，周鲤人际关系简单，高中一共就那几个朋友，上了大学后更是每天和宿舍几人混在一起，估计连班里同学名字都没记全。

他立刻拿出手机，直接给卫修杰拨了个视频电话。卫修杰堪称高中班里的交际花，几乎有每个人的联系方式。

不一会儿，卫修杰把方志豪朋友圈截图发了过来，果不其然，前一刻的定位在 A 大。

没有什么多余话语，只两张图片，一张是 A 大校门，另一张是风景照，只不过右下角有女生半只手出镜，拿着一杯原味珍珠奶茶。

正是周鲤最近喜欢上的新口味。

这会儿，周鲤正把方志豪送出学校，两人在校门口分别，她转过身往回走，突然接到陈砚显的电话。

一接通，对面就是劈头盖脸的询问："在哪儿？"

周鲤慢了两秒，才后知后觉地回："校门口啊……"

"方志豪走了？"他问。

周鲤诧异："咦，你怎么知道？"

陈砚显忍住冷哼的冲动，只吩咐了句："站那儿别动，我来找你。"

"找我干吗……喂喂？"他把电话挂了，周鲤话还没说完，徒劳叫了两声后泄气地放下手机，环顾周围一圈，找了块看起来还算平整的石头，坐在上面等待着他。

陈砚显在离校门几十米远处看到的周鲤，叫她不动就真的一动也不动。那片地方空旷，除了几棵树木和一个花坛外别无他物，她坐在路边的石头上，百无聊赖地戴着耳机闭眼听歌，身体还偶尔随着节奏左摇右摆，看起来挺怡然自得。

陈砚显从她身侧走过去，伸手摘下了她的耳机。

周鲤一惊，立刻睁开眼，看到他后从地上跳了起来。

"陈砚显，你终于来了。"之后她又问，"你找我干吗？"

"我不找你，你就不知道找我？"他低眸睨她，反问，"方志豪来学校找你怎么不告诉我？"

他讲话像是绕口令，周鲤迅速捕捉到了最关键的信息，皱眉反驳："你下午不是有课吗？"

"我可以请假。"他不假思索，周鲤顿时吸了口凉气。

"至于吗？"她不可思议，"特意请假就为了陪方志豪逛一下学校？陈砚显你疯了吗？"

陈砚显扶额，一只手指腹揉着脑边两侧穴道，另一只手朝上往里对她招了招。

"干吗？"她谨慎。

"走，我们去小树林里散散步。"

"我不去。"周鲤戒备，瞪圆眼睛，"你是不是想把我拖进去打一顿？"

"我不打你……"他说。

周鲤半信半疑，慢慢挪动着脚步过去，见陈砚显真的恢复如常，又卸下了防备跟在他身后，开始叨叨："陈砚显，你真的很奇怪，事情都过去这么久了，你干吗还这么在意方志豪，我和他除了这一次基本没有联系啊。"

"而且他是突然过来让我带他逛逛的，大家都是同学我就带他在学校里随便走了下……"她讲了半天，见陈砚显没搭话，不由得想要寻求共鸣，埋怨地抬眸看他一眼，终于鼓起勇气说出了心声，"陈砚显，我觉得你真的很小气哎。"

陈砚显的步子终于顿住了，转过身看着她，接着慢慢朝她逼近。

周鲤这才发现他们已经走到了一处荒无人烟的角落，四周除了遮天蔽日的高大树木外就只剩下脚步声。陈砚显面无表情，她畏惧，一步步往后退。

"你……你想干吗？"她冲他叫着，说完脚下猝不及防踢到了一根小枯枝，整个人不由得往后一跌，靠在了粗大的树干上。

陈砚显刚好到她跟前，伸手一撑，抵在了她脸侧，脸庞一点点往下压，呼吸浅浅地喷洒在了她脸上。

"你、说、呢？"他压低了声音，几乎是靠在她唇边，轻缓地、一字一顿地开口。

不知为何，盯着他近在咫尺俊得过分的脸，周鲤莫名心跳加速，脑子开始发晕。

"我怎么……"她后半截话音消失，陈砚显蓦地低下头来吻住了她，呼吸彻底交融，唇上柔软温热带着丝力度往下压。

周鲤又要被他亲得喘不过气了。

她现在已经可以习惯两人偶尔的吻，可像这种掠夺似的亲密还是令她无所适从。她被迫仰起头，承受着他铺天盖地砸下来的气息，腿开始发软。

陈砚显最后在周鲤的嘴角重重咬了一口，把迷迷糊糊的她痛醒了。她睁大眼瞪他，被陈砚显一把揽入怀中。

他靠在她脸侧，吻流连在她耳边，声音哑哑的，像是磨过的砂纸一样往她耳朵里钻。

"我就是那么小气、自私、讨厌的一个人，你想后悔已经晚了。"

周鲤觉得那天的陈砚显"黑化"了。

即便后来他说完就恢复成以前的模样，还带她去看了电影，夹了一堆娃娃，但她看着他总觉得怪怪的。

尤其是他在夹娃娃时，手里操纵着摇杆按钮，隔着玻璃盯着箱子里的目标，面上不动声色，眼神专注，果断，然后轻轻拍下按键。

"啪嗒！"

娃娃被夹中掉了出来。

陈砚显捡起那只小企鹅递给她，她抱着怀里的娃娃，总觉得她就和里面那些小玩偶一样，都是被陈砚显盯中然后逃脱不掉的小可怜。

时间有条不紊地往前，在日复一日中，课程从开始到结束，大二下学期也抵达尾声。

陈砚显出国前夕，周鲤陪他去买东西。

都是一些在国外生活的必需品，充电器转接头、药物，杂七杂八的物件。结账时，周鲤甚至还在他购物袋里看到了不少泡面，不像是去学习，像去弄什么真人野外求生演习。

她刚想说话，陈砚显的手机响了，似乎是他班里同学。

果不其然，他挂完电话就说："季涂他们说要给我饯行，在'青禾'订了房间晚上一起吃饭，我们现在过去？"

他是询问的语气，却已经径自替她做了决定。

周鲤没什么意见，只剩点头："好的。"

"青禾"在离 A 大不远的一片高档商圈里，是一家小众的私房菜，平时学生群体过去消费的不多，因为价格令人仰望。

周鲤跟着陈砚显进去，从小清新系调又高冷的大门就可以感受到扑面而来的金钱堆积出的高贵，他们到房间时，里面已经坐了不少人。

除了他宿舍几个人外还有其他人，比想象中多一点，几张甚至是熟面孔。

周鲤一直以为凭陈砚显这性格大概交不到几个朋友，但是每次到新环境他似乎总是占据人群中间的那个。

季涂他们起身，招呼着陈砚显在提前预留好的位置坐下，周鲤像个小尾巴似的被安置在陈砚显旁边，听着他们聊天。

她全程也插不上什么话，除了偶尔话题被引到了她身上，面对各种八卦眼神时，陈砚显就会淡淡地把话题挡回去或者转移，她只需要摆出一张无辜茫然天真脸就可以了。

他们大部分还是在聊他们系和一些专业的东西，周鲤听都不太想听，好在这里的菜是真的不错，她埋头吃着，十分满足，就连耳边说话声什么时候停住都没发现。

周鲤松掉嘴里咬到一半的排骨，这次真的茫然地抬起头，看到陈砚显旁边站了一个女孩子，手里端着酒杯，朝他举起的模样，而他垂着眸，似乎在思忖，面容稍显冷淡。

周鲤很快认出来了，这个女孩就是从前问过他题目并且邀请他一起去吃饭的那个，因为那张脸明艳大方，令人印象深刻。

她听到旁边的季涂开口说："姜玫，你一个女孩子就不要喝太多了，随意一点。"

季涂站起来有些打圆场的意味，把陈砚显放在桌边无动于衷的酒杯拿起塞到他手里，迅速道："大家都随意，意思意思一下就行。"

陈砚显神色微动，手轻轻一抬把杯子抵到唇边，十分随意地抿了口，然后没有看任何人，把手里的杯子放回了原处。

姜玫的脸色有点难看，接着一举手一仰头，杯里的酒被一饮而尽，带着决绝的意味，眼角在过于明亮的灯光下隐约红了。

她喝完什么也没说，只定定看了陈砚显几秒，然后一转头跑了出去。

事情发生得突然，季涂"哎"了声连忙往外追，两人身影飞快地消失在了房间。

周鲤眨了眨眼，未从这番变故中回神，咂巴两下嘴，无意识地捡起方才没吃完的排骨继续啃，没咬两口，突然察觉到旁边一道视线，带着不容忽视的热度落在她脸上。

她愣愣抬头，正对上陈砚显的目光，里头深邃，像一汪幽闭的潭水。

周鲤咽了咽口水，手里排骨"啪嗒"一声掉回了盘子里。

饭局最后散时，桌上的酒瓶子都空了，有人起身脚步都开始踉跄，脸颊酡红，大部分人还是神志清醒。

房间通风不是很好，周鲤被熏得有些发热，到外头被新鲜空气一吹，那股闷热似乎消退。

陈砚显身上有淡淡的酒精味道飘来，周鲤不知道他喝了多少，仔细观察了一下他神情，没有任何收获。

陈砚显向来内敛沉稳，这两年来情绪管理得更加严密，极少能从他面上看出破绽来。

见周鲤这样盯着他，陈砚显眼神移过来，从鼻腔发出询问似的一声："嗯？"

周鲤只得小心试探："你喝醉了吗？"

闻言，陈砚显眸光动了动，轻启唇："有点头晕。"

他说着，仿佛难受似的皱了下眉。

周鲤连忙过去扶住了他的手，关怀道："还好吧？"

"没事。"陈砚显脸上正常，只侧目看她，突然问，"刚才你为什么不说话？"

"啊？什么时候？"周鲤满头雾水，脑中仔细回顾了一下今晚，有几分恍然，同他确认，"喝酒的时候吗？"

"嗯。"他算默认了。

周鲤更加糊涂："我说什么话？她不是找你喝酒吗？"

陈砚显虽然头真的痛起来了。姜玫今晚的表现已经出格，在没有征兆的情况下突然过来要和他喝酒，那副架势，明显就是逼着他同她喝完那杯酒，像是要划清彼此界限一样。

可对陈砚显来说，他和她只是普通同学，没有任何值得一提的特殊关系。他如果喝了那杯酒，是不是就承认他们之间不清不白，抑或，他对她残留着几分怜惜情意。

他不想喝。

陈砚显骑虎难下，僵持之际，正是需要周鲤这个正牌女友站出来的时候，而也恰恰是因为她没有任何存在感，姜玫才敢这样直接，丝毫不顾及她在场。

谁知道，她真的从来不令人失望，没有分出半点注意也就算了，还在那里吃东西吃得着迷，最后还是季涂出来打圆场。

陈砚显想到这里，脸色就渐沉下去。

见他不说话，模样难看，周鲤以为是他体内酒精后劲上来难受了，因此建议："不然我送你回去吧，早点回宿舍休息。"

马路安静，一阵风刮过，卷起旁边落叶慢悠悠上扬又落下。

陈砚显终于抬头，看着她，神色晦暗不明。

"宿舍东西都收好了不能睡人，我今晚住酒店。你陪我一起去。"

周鲤愣了下，没做他想，原本手里就扶着他，听完站在原地辨认了下方向，表情略带茫然："那我们现在往哪儿走？"

"那边。"陈砚显顿了下，还是说。

酒店离"青禾"不远，走到门口时，已经变成了陈砚显牵着她，神情沉稳淡定，整个人看不出有丝毫醉意。

他拿出身份证在前台登记。

周鲤看着他，忍不住道："陈砚显，你看起来挺正常的，应该不用我照顾你了吧？"

她原以为是他喝多了不舒服，所以要让她一起过来酒店。但现在既然把他安全送到，他又看起来无恙的样子，她觉得自己可以先回去了。

前台把房卡递给陈砚显，陈砚显拿回手里，刚巧听到周鲤这句话，动作一顿，立刻低头皱起眉，难受似的揉了揉。

"嗯，只是有点头痛而已。"

他这样说，周鲤却又迟疑了，在那里踟蹰了下，还是上前把他扶住。

"那我先送你回房。"

反正来都来了，也不差这一时半会儿。

周鲤想着。

陈砚显的房间是在六楼，此时大堂刚好空无一人，电梯上行，镜面里清晰地映出两人身影。周鲤对着上面吐舌头做了个鬼脸，陈砚显没忍住，垂眸笑了下。

打开门进去，房间里头宽敞，风格简洁干净，原木的家具，正中摆着一张双人床，亚麻窗帘掩住外头夜色。

周鲤打量一圈，不禁感慨："陈砚显，这家酒店装修还挺好看的。"

"还行吧。"他看了眼，抬手解开衬衫领口的扣子，神情自然，"我先去洗个澡，你在这里随便玩玩，等我。"

"啊？"周鲤眼睁睁地看着他进了浴室，只剩下她独自一人在外头。

周鲤百无聊赖地站了会儿，接着东摸摸西看看，还特意去试了试那张北欧风的漂亮小沙发软不软。

事实证明，只是中看不中用。

她最后打了个哈欠，听着浴室里还未停下的水声，想等陈砚显出来和他告个别再走，只是疲倦涌了上来，她趴到房间最显眼的那张床上，抱着枕头舒舒服服地闭上了眼睛。

半梦半醒间，耳边的动静似乎消失了，周鲤眼皮很重，但还是努力想要睁开，隐隐约约中看到了一丝模糊光影，陈砚显身影在透亮灯下晕成一团，看不清面容，过于刺目。

周鲤唇动了动，告别的话都到了嘴边，一股沐浴过的湿气裹挟着热度而来，清淡的洗浴用品香味萦绕在鼻间，陈砚显吻着她，没有任何的铺垫，不容拒绝。

两人中间碍事的那个枕头被陈砚显抽了出来，周鲤双手被他压在了两侧，十指紧扣着，眼前的光线被挡住，变成了他投下来的阴影，湿热呼吸熏得她发沉。他的吻往下移时，周鲤才含糊地吐出一个字：

"热……"

她感觉身体好像变得不像自己的了。

和古镇那次有点相似，又很不一样。

在陈砚显的动作下，她软得像是一摊泥，蹙起眉头不适地轻哼，怪异又陌生的感觉让她手足无措。

"鲤鲤……"他突然在耳边叫了一声，低沉柔软，带着淡淡的缱绻。

这是时隔多年后，周鲤第一次听到陈砚显这么温柔地叫她，记忆中，上次听到这个称呼还是两人才认识没多久那会儿。

她心莫名下陷一块，变得酸软。

"嗯？"周鲤微垂下眼去看他，轻不可闻地应着。

陈砚显抬起头，终于从她肌肤上离开，手轻轻抚着她的脸，双眸黑得发亮，蕴含着莫名情意。

"接下来，我要做一件特别的事情，可能刚开始会有点难受，你忍一下，后面就好了。"

她不自觉地咬起唇，心头有几分慌乱，又在和他对视间莫名被蛊惑，到最后，拒绝的话也没能说出来。

陈砚显终究是欺负了她，在心里默数到十时，他彻底低下了头去，把她所有未出口的言语都封存在吻间。

弯月高悬，在辽阔的漆黑夜空中俯瞰着人间，城市变成缩影，高楼里亮着点点星光，一条河横跨过建筑，像把世界切割成了两半。

周鲤后悔莫及，呜咽痛骂：

"你这个大骗子。"

翌日，是个大晴天。

阳光从玻璃窗毫无遮挡地透进来，满室澄亮，和煦微风卷动着亚麻窗帘，躺在床上的人眼皮颤了颤，终于静开来。

周鲤是被明亮光线唤醒的，刚醒来几秒她有一瞬分不清身在何处，但很快记忆就回炉，分毫不少地涌进脑中。

她立即惊坐起，果然旁边已经空无一人，杂乱的大床上只有她坐在上头。

房间寂静，她呆呆地拥着被子，身体的酸痛连着心中的空荡感席卷而来。

她扁了扁嘴，忍住想哭的冲动，在一旁枕头底下摸到了手机。

上面果不其然有一条陈砚显的留言：

"我上飞机了，待会儿手机没信号，你醒来记得回学校。要想我。"

后面那句是陈砚显犹豫再三，删删打打，最后还是发出来的。

只可惜，这会儿周鲤正在气头上，看到这条信息后愤愤不平地用力敲着键盘。

她发完就立刻掀开被子下床，去洗了个澡换上衣服后才出门。

回到学校快中午，炽烈的太阳照得人无所遁形，周鲤觉得自己和平常不一样了。唯恐被别人看出她的不同，她低着头脚步匆匆，再次在心里把陈砚显骂了千百遍。

陈砚显下飞机时，网络重新恢复连接，手机振动，一条消息涌进来。

他怀着不明的期待，刚扬起些笑意，上面的话语就无比醒目地闯进视线。

"做梦吧你！浑蛋！"

陈砚显本能地深呼吸一口，怕自己会被气得心肌梗塞。

须臾，他压了压眉眼，没有回复，迅速关上了屏幕。

两人的时间是颠倒的，足足相差了十二个小时，陈砚显这里下午五点时，周鲤那边刚好凌晨，手机上时间显示着五点零三分。

陈砚显到新的住处把东西都收拾好，等彻底安置下来，已经是晚上十点了。

他坐在空空如也的行李箱上，翻着手机，目光无意识地落在周鲤的名字上。许久，他还是叹了口气，给她拨去视频，等待接通的短短几秒钟，嘴角无意识扬起。

紧接着，几下嘟声后，视频被对方挂断了。

陈砚显无语。

他冷静了片刻，再度给她拨过去，脸上笑容已经消失，只剩下抿紧的唇和隐忍的眸。

好在，这次对面的人终于接了。画面晃动两下，似乎有风声，然后好一会儿，镜头里终于出现了周鲤的脸，她似乎还挺不高兴，睁着那双杏眼轻轻瞪他，声音也是不甘不愿的，没好气。

"干吗？"

陈砚显忍住脾气，尽量维持平静地问她："在做什么？刚刚视频也不接。"

"上课啊！"周鲤略微提高了点音量，谴责他，"一下课我就跑出来了，现在躲在楼下角落和你视频，差点没累死我。"

陈砚显没料到这点，神情一顿，接着道歉："对不起。"

周鲤见状表情也缓和下来，有点别扭："你找我干吗？"

　　这句问话让陈砚显再度顿住，他过了会儿，才如常出声："就想看看你不行吗？"

　　这次反而是周鲤说不出话来了，她眼神开始飘忽，嘴里嘟囔道："又不是没见过。"

　　陈砚显不再纠结这个话题，看着她，突然说："有没有哪里不舒服？"

　　"什么？"周鲤一愣，随即反应过来，脸腾地发热，有些恼羞成怒，"没有！"

　　"那天的事情……"他斟酌着用词，觉得自己是有点过了，正准备好好和她道个歉，就见周鲤忙不迭地打断他。

　　"行了行了，都过去了就不必再提。"她托着腮用力叹气，睫毛耷拉下来，烦躁且忧愁。

　　"我就当被蚊子咬了一口，没什么大不了的。"

　　陈砚显胸口一窒，一时间也不知道该生气还是愤怒，深深的无力感涌起又落下后，只剩疲惫。

　　"不管怎么样，都是我的不对。我第二天不是故意提前离开的，醒来的时候看你睡得好就没有打扰，反正送别这种事情也不适合当面做，所以干脆就没吵醒你。"他自顾自地解释着，周鲤原本还存有几分怨气的心一点点消散。

　　她把手机靠在花枝上，单手支颐，随意又认真地听着他讲话。

　　"傍晚的时候飞机才落地，我现在在住处，刚刚才把东西都收拾好，就想给你发个视频——"他话音稍顿，接着加了句，"看看你在做什么。"

　　"喔。"周鲤没察觉，顺着他话头往下，"我除了上课还能干吗呀？"

　　"嗯，我现在不在国内，你一个人安分一点，不然没谁给你收拾烂摊子了。"

　　"我哪有！"她不满地争辩。

　　陈砚显没理她，继续说："不要乱交朋友，乱和别人出去玩，不是自己的事情别往身上揽，平时好好上课待在学校……"

　　这样一说起来，陈砚显才发现自己不放心的事情实在太多，说到后面，也只化作叹息咽回去，望着她正色道："有什么事情一定要找我，我手机二十四小时开机。"

　　"知道了，知道了。"周鲤不耐烦地应着，不上心的模样，就像平时敷衍她的父母一般。

　　陈砚显习惯性想皱眉头，皱到一半又硬生生忍住了，隔着屏幕凝视着她，最后无奈地叹了口气。

　　"你乖一点啊。"

第六章
我都快忘记你长什么样子了 /

异地生活就这样开始了。

对周鲤来说，陈砚显刚上飞机那两天是最难熬的，身体和心理上的异常都让她不知所措，无波无澜地吃吃睡睡几天后，生活又变得一如往常。

她几乎忘记了那件事情，只是在偶尔不经意间回忆起，混乱片段中，唯有清晰的炙热和颤抖令她仍旧后怕不已。

两个人时常会视频，大多在晚上，陈砚显会在固定时间给周鲤打过来，他那边永远是明亮的白天，经常一边起床洗漱，一边和她说话。

周鲤就被迫在美妙的夜晚早早坐到宿舍电脑前面，看着陈砚显在那头做着早餐。

她打了个哈欠，揉揉眼睛，觉得他的盛世美颜也拯救不了此刻她想要追剧的欲望。

"陈砚显，你干吗特意发视频过来，就让我看你做早餐。"她手撑在腿上托着腮，碎碎念着抱怨，"我已经盯了十分钟了，我好想去看电视。"

陈砚显手握着锅在煎鸡蛋，面不改色道："忍着。"

周鲤好痛苦。

他在的时候，她必须履行女朋友义务和陈砚显出去约会、吃饭、看电影；他出国了还不放过她，隔三岔五查岗，还规定了她每周必须视频多长时间。

周鲤苦不堪言。

她憋屈地盯着屏幕，陈砚显的煎蛋已经出锅了，吐司机发出"叮"的一声，两片烤焦的吐司弹跳了出来。

周鲤看着他不慌不忙地给自己倒了杯牛奶，接着端到餐桌上开始用餐。

"你这几天都做了什么？"陈砚显咬了口火腿，问她。叉子上的火腿被煎得黄灿灿油滋滋，散发着焦味，周鲤莫名咽了咽口水，饿了。

"就上课、吃饭、睡觉。"她思索着待会儿是叫炸鸡还是烤肉，心不在焉，"啥也不干。"

陈砚显见状，皱起眉头："和我视频让你这么难受？"

"啊？"周鲤回神，被他眼里蕴含着的不满怒意惊到，身子不由得往后缩，"倒也……没有。我就是看你吃东西饿了，所以在想待会儿要吃什么。"

"你没吃晚饭？"陈砚显凝眸注视着她问。

"没有。"说到这里，周鲤就叹了口气，惆怅道，"我们学校不是校庆要到了吗？我们班筹备了一个节目，我被抓壮丁了，所以最近要控制身材。"

"不过我已经放弃了。"她的减肥计划只坚持了五个小时，就被一块煎火腿打败，"我准备待会儿就叫个夜宵。"

"健康最重要，不要随意节食。"他神情不赞同，目光上下打量她一眼，又说，"况且，你一点都不胖。"

该有的地方有，该瘦的地方瘦。

周鲤一无所知，自顾自道："话是这么说，我还是稍微控制一下好了。"她开心地做了决定，"烤肉和炸鸡就不吃了，勉勉强强叫一份学校后门的炒米粉吧。"

一决定放纵自己，周鲤就按捺不住，迫不及待下床穿上鞋子和外套，把手机从小桌板上拿到跟前，迅速同他告别。

"陈砚显，先不和你说了，我要出门了。"

"嗯。"他应着，"你去吧，我也要去上课了。"

"拜拜！"

周鲤此刻欣喜的模样，让陈砚显一时分不清，是挂了视频让她开心，还是因为即将要吃到心心念念的米粉开心。

他决定不去自取其辱，干脆放弃深究原因。

周鲤他们班排练的是一个舞蹈，类似啦啦操的类型，对颜值、身材要求都颇高，一共挑选了十个名额，周鲤被找上时完全没反应过来。

她在班里算是深居简出的类型，极少参加团体活动，平时除了上课基本不会在教室出现，在自己的一方小圈子里过得自给自足，从没想过这种事情会落在自己头上。

那个领头负责人是这么和她说的：

"周鲤啊，你看看你，长得好看，身材也棒，完全就是我们正在寻找的人选啊！这次的班级荣誉你一定要出一份力，咱们班符合条件的就这几个了，你可一定不能拒绝。"

周鲤生平还是第一次听人这样夸她，她觉得对方真的都为招揽名额不择手段了。虽然不明白对方为什么挑上了自己，但在一旁二妹和徐玥极力怂恿催促下，她也脑子一昏，失去了拒绝的最佳时机。

这属于被逼上梁山。

周鲤除了小时候被母亲带去少年宫学了几天舞蹈外，在后来的人生历程中就基本没接触过。她们第一次去舞蹈室练习时，负责教导的那位小老师望着她表情有些一言难尽，随后在大家都解散准备回去时把她叫住单独留了下来，一对一教导……

这段时间周鲤累得苦不堪言。

每天一下课被抓过去练习就算了，回到宿舍浑身骨头都像是要散架，倒头栽到床上，连一根手指头都不想动弹。

陈砚显每次和周鲤通话，都没了聊天的心思，很多时候周鲤还错过，接不到他的电话和视频，久而久之，他们的联系就少了很多。

周鲤还是没有觉察，整日奔波在舞蹈室、学校、宿舍之间，短短半个月竟然还瘦了不少，脸上那点婴儿肥彻底消失不见。某天起床和二妹猝不及防打上照面时，对方像是第一次看到她，睁大了眼睛忽然惊道："鲤鱼，我怎么发现你最近变漂亮了？"

"有吗？"周鲤困得迷迷糊糊，走到床边开始换衣服，嘟囔着，"可能是最近瘦了吧。"

"真是女大十八变……"二妹摇摇脑袋，感慨，目光又不由得随着周鲤的动作落在她身上。

晨光稀薄，空气中飘浮着几粒灰尘，昏暗光影勾勒出她的身体线条。

少女腰肢纤细，曲线柔美，上衣随着她扬手的动作从头顶脱落到床尾，整个人释放出来的那一刻，一头浓密黑发在背后微微摇晃，发丝间隐约露出底下纤细的蝴蝶骨。

二妹恍然发现，在她们面前总是长不大的女孩周鲤，不知何时已经有了少女风情。

陈砚显是在过来的第三个月，彻底进入忙碌状态。

他和周鲤从一开始的频繁联系到现在屈指可数，他的单方面热情不再持续之后，周鲤就像是忘了他这么个人，除了偶尔嘴上几句关心，丝毫不见其他主动。

陈砚显甚至想她可能还松了口气，不用再经常应付他的视频通话。

事情不是一天变成这样的。

让陈砚显彻底心灰意冷的是那一次，他特意等到周五找的她，晚上十点，一切都空闲下来，周鲤似乎刚洗完澡出来，头发湿漉漉地披在身后，出现在屏幕上的一张脸干净得像是一朵出水芙蓉。

见到她的一瞬间，陈砚显就控制不住自己脸上的笑意，连声音都放柔几分："你在做什么？"

"我刚刚练舞回来，洗完澡准备休息……"周鲤看起来有些无精打采的，说着用手捶了捶自己发酸的小腿。

"你记得把头发吹干。"

"嗯嗯。"

她忙点头应着，敷衍的样子明显可见，陈砚显原本想说的话一顿，平静地问："你就这么不想和我说话？"

"我没有啊。"周鲤冤得很，立即抬脸反驳，"我不是每天和你视频。"

"都是我发给你的。"陈砚显戳穿。

周鲤稍微有点理亏，又想起什么，立马说："对啊，就是因为每次你都给我发了，我把话都说完了，就没再主动找你了啊。"

陈砚显无话可说，沉默。

周鲤更加理直气壮，开始叨叨："我觉得你出国后变了很多，以前都没有这样子经常找我的，怎么回事陈砚显，你为什么突然变得黏人了？"

"黏人？"他不可思议，皱起眉重复。

"对啊，每天都要找我，以前你在学校的时候都没有这个样子。怎样，是不是出国之后才发现我最好了？"周鲤说完有些得意，凑到镜头前朝他捧起脸。

陈砚显盯着她，缓慢咬字："周鲤，你现在是在嫌弃我黏人吗？"

周鲤在实话实说和善意谎言中间摇摆纠结，最后小心翼翼地举起手指头，比了一个几乎不可见的微小距离。

"也没有，就一点点。"

"很好。"他咬牙切齿。

"这个问题我以后会注意的。"

那天之后，陈砚显气得足足三天没有理周鲤，而周鲤除了最开始发了几条信息过来便再无下文。

夜深人静的时候，他时常觉得自己是在折磨自己，拿着手机在掌心反复辗转，控制着想见她的欲望。

陈砚显想，再等等，再过一段时间，等到他这份因为离别那一晚带来的眷恋依赖消失之后，一切都会恢复原状。

哪怕他心底压着的那份渴望，疯了似的想要回去。

校庆那天的表演大获成功，他们班这个舞蹈几乎震慑了全场。

在一派端庄正能量的氛围中，一群年轻靓丽的女孩子穿着短裙蹦蹦跳跳，拿着手摇花，舞蹈整齐，节奏踩得正好，欢快轻松，动作设计得极具新意，无比赏心悦目，最后还拿下了一个最受欢迎奖，赢得热烈喝彩声。

当晚校内论坛就出现了一个帖子，"八一八会计系今晚几大美女颜值"，有好事者把表演时抓拍的照片放了上去，高清单人清晰照，炫目灯光下皮肤几乎白得发光，周鲤赫然被提名，发帖者的评价是——

"这位放在娱乐圈可以叫作小花旦，娇俏瓜子脸，杏核眼，清纯可人又不失妩媚，值得一提的是，身段极好，匀称有致，我给九十八分，差的那两分还是欠缺在年龄上，假以时日，定会大放光彩。"

周鲤第二天去上课时，发现自己莫名其妙受到了很多关注。

走在路上会有人假装不经意或者直接注视着她，上公开课时也会有一些明里暗里的打量目光，更甚者，她和二妹在下课回宿舍的路上，被人堵住告白了。

这条林荫道的旁边是篮球场，周鲤和二妹手挽手，正在讨论着待会儿要吃什么，一只篮球突然从一旁横飞过来，正要撞到她们身上之际，一个高大男生伸手飞快地控住球，在地上拍了两下。

方才还蛮横乱撞的篮球顿时在他手里乖得不行。

周鲤跟二妹纷纷受惊静大眼看着他，男生抬头冲她们露出一口大白牙，笑意爽朗。

"不好意思啊，刚才打球不小心飞过来了。"

"没事，没事。"她们连忙摇手，表示不介意。

男生目光突然定在周鲤身上，接着粲然一笑："你是会计系大三的周鲤吧。"

"嗯？"周鲤诧异，困惑地眨眼，"你认识我？"

"对啊，你们昨天的舞蹈很棒。"男生说着，朝她伸出手，坦然热情，"自我介绍一下，金融系方淮，大三在读，很高兴认识你。"

"啊，你好。"周鲤讷讷地出声，伸出手同他轻轻碰了下飞快地缩回。

男生"噗"的一声笑出来，嗓音轻快："你好可爱啊。"

周鲤无语。

男生抱着球往外后退，脚步随性。隔着半米距离，他伸出右手冲她比了一个打枪的动作，扬唇笑的样子像是在放电。

"我好喜欢你。"

他说完就转身走了，白色T恤被风吹鼓起，少年背影意气风发，就连黑漆漆的后脑勺都透着青春张扬的气息。

周鲤和二妹两人在原地呆若木鸡。

许久，二妹咽了咽口水："鲤鱼仔，我刚才没有出现幻听吧。"

"大概，没有？"

"他这是在和你告白？"二妹愣愣地侧头，望着她问。

周鲤瞬间像是被踩到了尾巴："胡说！"她气愤，握紧拳头，"我觉得他要不是神经病，就是个大色坯！"

"嗯？"

"第一次见到别人就说喜欢，难道不是轻浮和莫名其妙？"周鲤越想越气，午饭都快要吃不下了。

二妹若有所思片刻，接着无意识地点点头："我倒觉得他可能是见色起意。"

周鲤无语。

"他不是说你们昨天的舞蹈很棒，那肯定就不是第一次见到你啦，估计是被你舞台上的出色表现震撼住了吧。"

"你快闭嘴，我羞耻病要犯了！"周鲤抓狂地叫道。她实在配不上"出色表现"这四个字，要不是因为舞蹈队小老师呕心沥血对她夜以继日地教导，估计昨晚只有丢人的份。

即便是这样，她中间也有几个动作没有跟上，她已经把昨晚表演划到人生黑历史的归类中去了。

两人吃完饭，回到宿舍。

徐玥昨天熬夜追剧了，今天上午十个闹钟都没把她叫起来，于是干脆破罐破摔翘课，在宿舍睡了一上午。

进门时，她还趴在被窝里盯着笔记本目不转睛，手里握着鼠标滑着，不知道在看什么。

二妹把食堂打包盒放到她床头的小桌板上，表情无奈："已经午时了，可以起来进食了。"

徐玥专心致志地盯着屏幕，突然叫了一声，看向周鲤："鲤鲤你上我们学校论坛了。"

"什么？"二妹先凑过去。

徐玥挪了下电脑位置，把上面内容展示给她们看。

"清纯可人、杏核眼……这是什么鬼。"二妹念着不禁吐槽。

周鲤也伸着脑袋看了眼，大致浏览完上面内容后，紧闭着嘴巴。

"学校这些人好无聊。"二妹说着，想起什么，有些恍然大悟，"难怪今天我和鲤鱼走出去总觉得怪怪的。刚刚回来的路上还突然冒出一个金融系的男生和她告白呢！"

"真的假的？"徐玥吃惊，看向周鲤，"鲤鲤你要红啦！"

"红你个大头鬼。"周鲤苦恼地皱起眉，"能不能联系这个发帖人让他把帖子删掉？"

"估计不能吧。"徐玥翻着网页，"回复已经一千多层了，况且里头也不止你一个人。"

"唉！"周鲤忧愁地叹了口气，目光落在上面那张她的单人照上，又有心虚涌起。

上头的少女穿着短小的上衣，百褶裙摆落在大腿，细腰惹眼，四肢修长，暴露在空气中的大片皮肤白得炫目，脸上还带着亮闪闪的妆容，这样子的她让她自己都快要认不出来。

如果陈砚显看到……

只脑补了一下这个可能性，她就不由自主地打了个寒战。

下午是满课，周鲤整个过程都有些心不在焉，时不时会不自觉去看手机，然后反应过来，他那边现在正是凌晨，肯定还在睡梦中。

周鲤拍拍脸，强迫自己集中注意力听课。

一下午风平浪静，和往常无异，甚至早上那些若有似无的热度和关注也消失了。

周鲤一颗心渐渐放下，放松不少。因为下课不用再被抓去舞蹈室练习，晚上她们宿舍几人还去外面吃了顿火锅，有说有笑地结伴回学校。

刚到楼下，正好遇到隔壁班女同学下楼，彼此之间都认识，她一见到周鲤，立即上来，提高了音量不可思议："周鲤，你知道吗？你们班昨天那个帖子刚才突然被删掉了！"

"什么？"

"不是，不是被删。"女同学连连摆手，纠正自己，"是突然消失了！"

周鲤一行人飞快地拿出手机打开了学校论坛。

果不其然，正如女同学所说，中午还高高挂在首页第一个飘红的帖子已经消失得无影无踪，往下翻也彻底找不到踪影。

徐玥想起自己收藏了，连忙点开收藏夹一看，帖子显示无法查看。

这不是通过正规途径删帖的提示，更像是被人黑进了系统强制删除。之前也出现过这种情况，后来学校找计算机系里的教授和学生重新编写了程序，把网站防御加强。

没想到这次仍旧被人轻而易举黑了进来。

赵欢欢、徐玥她们在嘀咕，议论纷纷，猜测着到底是谁干出这种事情，他的动机是什么。

几人百思不得其解，周鲤握着手机，心口怦怦直跳，心中答案已经呼之欲出。

之后的时间她过得尤为煎熬。

　　周鲤魂不守舍地翻出睡衣去洗澡，却在出来时把衣服穿反了，刷牙把洗面奶挤成牙膏，塞进嘴里察觉后立刻"呸呸"往下吐时，又不小心打翻了旁边杯子，一杯水泼在鞋面，拖鞋彻底报废。

　　等到周鲤把鞋子重新刷干净晾到阳台，一番折腾，已经到了晚上十点，她的手机仍旧悄无声息，像是死机了一样。

　　周鲤心头慌乱更甚，让她完全坐立不安，在床沿低着头把所有信息功能都检查一遍确认没有问题后，她又站起身，开始原地锻炼，在宿舍中间做起了学校体操。

　　赵欢欢睡在上铺，见状把脸上敷着的面膜摘下来，看她："鲤鲤，你今晚干吗，像热锅上的蚂蚁一样，四处搞来搞去的。"

　　"别问，问就是心慌。"周鲤伸手揉着心口，皱起脸思考着哪种认错方式能让她死得没那么难看。

　　在加入这次舞蹈节目时，周鲤并不知道服装是长这个样子的。

　　衣服送来那会儿距离校庆只有一周了，木已成舟，她当时换好根本不敢从试衣间出来。

　　她有生之年从来没穿过布料这么少的衣服，裙子短得像是没有一样，连整个腰都露在外面。

　　她遮住上面挡不住下面，左右为难，最后被人从试衣间拉出来时脸都红了。

　　上场那天她简直鼓起了一百倍的勇气，跳完马上下来，把自己用外套紧紧裹住。这衣服让她太没安全感，在台上的时候总觉得自己站在众人面前像什么都没穿一样。

　　她都觉得有些难为情，更何况陈砚显这个小气鬼。

　　周鲤觉得今晚他一定是故意不联系自己的。

　　"我们学校论坛是你黑掉的吗？"洗手间，几盏大灯照得狭小的空间明晃晃的，周鲤坐在马桶上，自信息发出后就一直咬着手指，目光紧盯着屏幕。

　　时间一分一秒，过得极为煎熬，周鲤等了几分钟干脆受不了，直接给他拨了视频过去。

　　"嘟嘟嘟……"

　　足足从开始响到尾声，就在周鲤以为即将结束前，视频猝不及防接通了，镜头里是一片漆黑。

　　"喂喂？"她试探地叫了两声，忍不住凑近。

　　好一会儿，陈砚显熟悉的调子才带着几分冷意响起。

　　"干吗？"

　　"你在干吗？"周鲤一顿，又问他，"你人呢，为什么黑漆漆的？"

　　"在上课，不方便。"

"喔。"周鲤应完，空气沉默了会儿，她出声，"我给你发的消息看到了吗？"

"嗯。"

"嗯？"周鲤皱起眉，"所以你为什么不回我？"

"不想回。"

他阴阳怪气的，让周鲤气不打一处来。

"那我挂了！"

"你敢！"

"陈砚显，你为什么这么凶？你在凶我吗？"

周鲤质问完，画面下一秒晃动，陈砚显的脸出现在上头，他皱着眉，表情有点难看。

他不说话，就这样一言不发地瞪着她，好看的脸上遍布阴云，嘴角紧抿，像个受了委屈在闹脾气的小孩。

周鲤莫名软和下来不少。

她垂下眼睫解释："我先前不知道服装这个样子的，就表演一次而已，谁知道还会被人拍照发帖子。"她叹了口气，"我也挺烦的。"

陈砚显听完没说话，只低着头在玩笔，手指间绕着一支圆珠笔打转，几缕刘海遮住眉眼，神情莫辨。

周鲤叫他："陈砚显，你听到了没有。"

"听到了。"他头也不抬地应着，语气平平。

"那你怎么不说话？"周鲤不依不饶，今天一定要和他说个明白。

陈砚显这次终于抬起脸，面无表情地注视着她，咬字清晰：

"气到失声。"

陈砚显把论坛帖子黑掉这件事情，算是阴错阳差解决了她一个麻烦，可当时带来的效应并没有因此消失。

比如方淮。

周鲤在课上见到他的时候大吃一惊。

男生手撑着头靠在桌上笑眯眯地看着她，冲她打着招呼："周鲤，好巧啊。"

在她的专业课上见到她是一件很巧的事情吗？

周鲤很想问，但还是咽了下去，避之不及地点了点头，抱着书找了一个离他最远的位置。

下课铃声一响，她就唯恐他会追上来，收拾好书包飞快地跑了。只可惜刚下楼的她，还是被人从后头逮住。

方淮拍了下她肩膀，爽朗笑声像是催命符："你跑什么呢？"

"你追什么呢？"周鲤不满地皱眉，还伸手拍了拍被他碰过的地方。

男生见状，不好意思地挠了挠头，又很快坦然："我想和你说说话啊。"他嘀咕抱怨，"躲了我一整节课，害得我听得头都大了。"

"谁让你来的，我不想和你说话。"周鲤冷酷绝情道。

方淮故作受伤，下一秒，笑容却更加灿烂。他猝不及防弯下腰，凑近，盯着周鲤眼睛，同她平视。

"因为我喜欢你呀。"

周鲤受不了了，鸡皮疙瘩起了一身，捂着后颈飞快地后退，和他保持了一个绝对安全距离。

"我有男朋友了！"她大声宣布。

方淮脸色终于僵了一下，似乎没想到这一点，皱起眉头："你有男朋友了？"

"对啊，我们在一起好多年了，所以你不要再来找我了！"

方淮神情有些难看，不甘不愿，犹自站在那似陷入了沉思。

周鲤借着这个机会飞快地溜走，提步往前跑，很快消失在尽头。

方淮叹了口气，望着她背影面带遗憾地自言自语："好可爱，为什么就有男朋友了呢？"

他说到后头，捏着拳头有点咬牙切齿。

"怎么……就有……男朋友了呢！"

而周鲤最近正在头疼着，要怎么哄自己那个远在异国的男朋友。

她嘘寒问暖关怀备至，还费尽心思搜罗了不少陈砚显喜欢吃的东西，大老远寄跨国快递给他。

她自问将女朋友义务履行得尽职尽责，收效却甚微。

周鲤终于忍无可忍，在某一天两人视频中，看着自顾自低头做作业的陈砚显发火。

"你到底要怎么样才肯消气！"周鲤气死了，从来没见过这么小肚鸡肠的男人。

"你这是失去耐心了吗？"陈砚显放下笔，不忙不乱地抬起头来，看了眼日历，"仅仅坚持了十天。"

"怎样？我哄你十天了好不好！就因为我参加了一个舞蹈节目？"周鲤不可思议，满眼控诉。

"真的只是一个节目吗？"陈砚显突然问，眼神认真起来，干脆把事情一桩桩摆明。

"前天晚上女生宿舍楼下的蜡烛告白，在食堂送给你的牛奶，还有各种各样的示好……这些，你都打算瞒着我是不是？"

周鲤方才的理直气壮、义愤填膺纷纷像是被扎破的气球，"噗"的一声瘪了下去。她心虚地缩了缩脖子，咽口水。

"你……你怎么知道啊？"

陈砚显冷冷扯起嘴角，咬字缓慢："想要人不知除非己莫为。"

"你是不是在我身边安了监控？你说，是不是在我手机里装了什么乱七八糟的程序？"周鲤慌慌张张开始检查手机。

见她这副样子，陈砚显更加气不打一处来，恨不得当场拎起她教训："我是变态吗？"他恨声道，"前天的告白阵仗这么大，校园论坛早就传遍了。还有食堂，是季涂他们过去吃饭刚好碰见的，你以为我一天到晚没事做就盯着你？"

"我这不是突然被吓到口不择言……"周鲤认怂，态度乖顺许多，在视频那头低眉顺眼地看着他。

陈砚显冷哼，越想越生气。

"那个方淮是什么来头？"须臾，他闷声问。

周鲤一听，立刻来了精神，气愤地辱骂："别说了！他就是个讨厌的牛皮糖，怎么也甩不掉，我早就告诉他我有男朋友了！"

那次直接和方淮说明之后，周鲤就以为事情结束了。谁知道没过两天，他又突然出现，还美其名曰这次已经全部打听清楚，她男朋友出国了，早晚都会分手，反正他是不会放弃的。

周鲤头都气晕了，压根儿不想搭理他，连话都没多说一句，转身就走。

哪会料到，他竟然这么执着。

宿舍表白那天，她正在宿舍好好追着剧，窝在被子里一边吃薯片，一边喝奶茶，心情惬意得不行。

结果外头不知怎的就吵闹了起来，嘈杂的声音快要掩盖电影里男女主角的对白。

周鲤刚想去看看，就听到有人在大声喊着她的名字。

她走到窗边一看，差点被吓到当场去世。

宿舍楼下空地上摆满了蜡烛，在黑夜中亮成了一个心形，一道不算陌生的身影站在里面，冲她大力挥着手，嘴边还放着一个大喇叭，在大声说："周鲤，我喜欢你——"

周鲤当场就想倒盆水下去把人连同蜡烛浇得干干净净。

太丢人了。

正是下晚自习之际，旁边围了一群的人，都在纷纷起哄。对面宿舍楼纷纷打开了窗在看热闹，一张张脸庞藏着戏谑，周鲤两眼发晕，立刻"啪"地把窗户紧紧关上。

讲实话，周鲤这二十年来过得顺风顺水，从来没有遇到过这种尴尬境地。

当然，也第一次体会到被人追求的感觉。

春天快要到了，她的烂桃花好像都开了。

陈砚显说得一点都没错，周鲤身边确实冒出了不少追求者，在食堂吃饭时会有人突然给她送来一瓶牛奶、上课时突然递来的零食，还有社交软件上各式各样的申请。

周鲤一概没搭理，只觉得苦恼。方淮留给她的阴影太深，相较来说，陈砚显当初直接挑明丝毫不拖泥带水的举动简直令她好感倍增，果然不是谁都像陈砚显这样，深得她意的。

这样一想，周鲤看着陈砚显的目光都柔和几分，充满了爱意。

听完她充满厌烦的控诉，陈砚显脸色好看许多，只是问："那他现在还缠着你吗？"

周鲤一顿："没有了。"

她撒了个小谎，因为怕陈砚显会气一年。

其实，也不算撒谎，周鲤为自己开脱，方淮出现在她面前的次数确实少了很多，因为她现在基本上除了吃饭上课都不出门了。

最近国内出了一个新游戏，周鲤正沉迷不已，根本没有心思去想这些乱七八糟的。

果不其然，陈砚显神情缓和。周鲤见状，立刻抓紧机会表明忠心，拳拳之心肉眼可见。

"那些人我都根本没有放在眼里的，别说其他了，就连做朋友都没可能，你永远是我最好、最重要的——"她原本想说"朋友"二字却总觉得哪里怪怪的，她顿了下，飞快地改口，"男朋友！"

陈砚显这次是真的被她哄得服服帖帖，嘴角不受控制地高高扬起，又在察觉后，飞快地轻咳一声，变回原样，故作淡定。

"是吗？"

"是呀！"周鲤无比诚恳，两只手交叉放在胸口向他真挚表白，"我最喜欢你了！"

"既然这样，"陈砚显稍作思索，做下决定，"那你就用行动证明好了。"

"嗯？"

"每天给我发一句表白，等到了一百句的时候，我就相信你。"他注视着她，认真平静的样子丝毫不像开玩笑，寻常又自然。

周鲤无语。

许久，她小心翼翼地试探："这倒不必吧？"

"嗯？所以你刚才都是骗我的？"

"当然……不是！"周鲤咬牙切齿，在心里默默哭着，"我会给你发的。"

"从明天开始，希望你能做一个遵守承诺的人。"

"好的。"周鲤泪流满面。

第二天早晨，阴雨连绵，适合睡懒觉，不宜出门。

周鲤光荣地睡过头，抓起书包火速赶往教室，在路上又踩到一个大水坑，下了课立刻飞奔宿舍刷鞋。来回折腾大半天，她完全把昨天的约定忘得一干二净。

一直到临睡前，她打完几把游戏准备休息，突然瞥见手机右上角 23:55 的字样，她才反应过来，垂死梦中惊坐起，立刻点开了百度开始搜索适合告白的话语。

陈砚显从早上起来一直等到现在。

老师在台上讲课，英文流利，夹杂着很重的口音。他轻而易举捕捉着关键信息，手里记着笔记，目光却不时瞥向放在一旁的手机。

屏幕黑漆漆的，毫无响动，不出意外的话，再过两分钟，周鲤那边的一天就要过去了。

他的笔顿住，笔尖一下下无意识地点着纸面，白纸洇开了墨迹，犹如他眼底沉下的光影。

时间被拉得漫长而缓慢，一分一秒在耳边流逝。

不知过了多久，放在桌面的手机突然"嗡"地振动，极轻一声，陈砚显心中某块重物落下，他手里松开笔，去点开屏幕。

写着周鲤名字的对话框里此时静静躺着一句话，无比醒目也无比碍眼。

"世间本无沙漠，我每想你一次，上帝就落下一粒沙，从此便有了撒哈拉！这世界本来没有海，只因为我每想你一次，上帝就掉下一滴眼泪，于是就有了太平洋！"

陈砚显深吸一口气，忍无可忍。

"周鲤！你下次再敢从别的地方抄这些乱七八糟的话，我们的约定就作废。

"我、要、你、每、天、当、面、和、我、说。"

周鲤看到陈砚显的要求，在这头盯着手机抓耳挠腮，苦闷不已。

黑夜中，被窝里的人一张脸被手机光幽幽照亮，她两只手肘撑在枕头上，极力思索无果之后，干脆放弃，手一松整个人躺回床上，手机朝里放在胸前，闭着眼睡去。

第二天，陈砚显一醒来就看到了一条新消息。

"你英俊的面容令我着迷，诱人的声音极具魅力，你高大的身躯无时无刻不充满着安全感……陈砚显，我喜欢你。"

"……"

陈砚显刚从睡梦中睁眼，看到上面的文字，结结实实被雷了一阵。

他坐起身，在床上低头揉着额，须臾，又情不自禁地笑了起来。

行吧，好歹也算是她自己写的了，有点长进。

他本来对周鲤也不应该抱有太大期待。

这个两人之间的"浪漫"约定，周鲤只坚持了半个月。她开始还会绞尽脑汁地憋出几句酸溜溜的话，到后头黔驴技穷，主要还是失去了耐心，陈砚显每天收到的就是无比敷衍的一句：

"我喜欢你。"

有时候连标点符号都懒得打，更别提在前面郑重地加上他的名字了。

久而久之，陈砚显看到这几个字都已经麻木，心里再也掀不起任何波澜。

在周鲤日渐敷衍下，两人联系渐渐变少。

临近年底，期末考试周再次逼近，咸鱼了一整个学期的同学们开始上紧发条，临时死死抱住佛脚，争分夺秒地汲取书本知识，图书馆的位置前所未有地紧俏起来。

405宿舍也不例外，每天起早贪黑出门，懒觉也不睡了，剧也不追了，当代女大学生最励志的时刻便是现在。

两人有时差，陈砚显平时也挺忙的，而周鲤是属于那种有事会找你分享没事绝对不会随便闲聊的人，陈砚显出国这么久她现在早已适应，倾吐的对象早就换成了身边的小姐妹。

如此这般，面对陈砚显偶尔打来的视频她就显得有几分力不从心。简单说上两句，她就挂念着自己没写完的作业、没背完的书，随即毫不留情地要结束通话。

期末考试结束，距离春节还有一段时间，宿舍几个小姐妹约好一起去玩。

冬天适合看雪，正好赵欢欢的老家就在北方，几人一合计，决定去长白山滑雪看天池。

女孩们一起出行，从准备出发的那一刻就是欢声笑语的，在机场就已经忙着凹造型拍了起来。

周鲤是个不喜欢拍照的人，她和陈砚显出门时两人也很少拍照，几乎就是感受当地人文风情，惬意悠闲宛如老年人。

和这次体验是截然不同的。

相较来说，几个女孩子凑在一起就多姿多彩得多。

二妹举着手机自拍，周鲤紧紧挨着她的脸凑在镜头前，屏幕里出现各种小道具和美颜功能，一会儿变鹿角，一会儿变可爱小猫咪。

两人玩得不亦乐乎，连拍了数十张。

徐玥戴着墨镜站在机场落地窗前，让赵欢欢半蹲在地上给她拍全身照。

出来的效果图好得令人发指。

一米六的身高硬生生被拉成了大长腿，尖俏的下巴，墨镜下红唇亮眼，被身后蓝天白云一衬托，酷帅十足。

二妹和周鲤看到后纷纷尖叫，把墨镜从徐玥脸上扒拉下来急匆匆抢占她方才站的那个位置，让赵欢欢给她们拍一模一样的照片。

拍完一堆，几人坐在等候区的座椅上，修了半天照片终于心满意足发到朋友圈，差不多也到登机时间。

在飞机上美美睡上一觉，同宁市截然不同的风光就呈现在眼前。

白雪皑皑覆盖整片大地，纯白洁净不染尘埃，远处高山平地建筑通通染上了雪色，迎面而来的风带着冷冽的清爽。

到酒店扔下行李，第一件事情是去泡温泉，回来美美地躺在床上敷面膜，长途飞行的疲惫一扫而空。

房间是四人间，两张床，四个人脑袋凑在一起，研究着明天去长白山的攻略，笑笑闹闹。

周鲤手机放在床上，习惯性静音，等到她们终于研究完准备各自休息时，她才看到上面的未接来电，还有条未读消息。

"出去玩了？"

周鲤和二妹睡一张床，此刻她已经躺在被子里，二妹在一旁脱外套准备上来。

她缩着肩膀，敲键盘给他回消息。

"对啊，我现在在东北！开心！"

陈砚显收到消息距离他联系周鲤已经过去了半个小时，他看了眼上头的内容，拿起手机给她重新拨过去。

周鲤好一会儿才接起，似乎蒙在被子里，声音轻得好像做贼。

"喂？"

"你在干吗？"他皱起眉头，话里带着不豫。

周鲤底气十足："我在睡觉啊。"

"你怎么突然出去玩了？和宿舍几个人？"陈砚显是看到她朋友圈照片才知道的，里头小姑娘搞怪十足，一张张脸倒是青春欢快，是他不曾看过的样子。

陈砚显莫名不喜欢这种感觉。

"我们考试前就约好一起来玩了啊，刚好欢欢家在这边……"周鲤说着，看到一旁二妹朝她做着口型询问——"陈砚显？"

她把手机从耳边稍微移开一点，然后答："是啊，对了，让玥玥帮我拿一下充电器，在包里。"

"包在哪里？"徐玥的声音隔着一条小过道遥遥传来。

"外面，最外头那个袋子里。"

周鲤叫着，她手机已经提示低电量了，她的双肩包放在徐玥身旁。两人说完，就听到陈砚显在对面问："你和谁在一起？"

"我们四个人睡在一起啊，我和二妹一张床。"

陈砚显突然就失去说话的欲望。

周鲤见他沉默，随即趁机道："还有什么事吗？没有我先挂啦。"

"挂吧。"

"哦，拜拜。"周鲤本想说早点睡的，一想到他那边时间，立即改口，"好好上课哦。"

"嗯，再见。"

陈砚显郁郁结束通话，盯着已经恢复成桌面的手机屏幕，整理好书本，提包往外走。

外头阳光明灿，这个城市最近正是晴天，耀眼的光驱不散他心头阴霾。

有班里金发碧眼的女同学过来，热情大方地邀请他一起去吃饭，他用英文毫不留情地拒绝，没有以往的礼貌涵养，倒显得几分不近人情。

女同学一愣，倒也没有太大不悦。

这位从中国来的男生陈一向话少，只在学习课业方面展现出兴趣，不太喜欢参加社交活动，更别提私下答应异性的邀请。

她望着他笔挺帅气的背影，面上露出惋惜和落寞。

真可惜，这么好看英俊的一张脸。

开春三月，周鲤在图书馆复习，放在桌上的手机忽地振动，陈砚显给她发来消息。

"快递收到了吗？"

"嗯？你给我买什么了？"周鲤好奇。

两人的联系一直断断续续，看彼此的忙碌程度。就比如在收到他这条信息之前，周鲤好像有好些天没和陈砚显聊过天。

乍然见到他名字，她还挺新奇。

"你拿到就知道了。"

他说，之后任周鲤怎么追问都没有回复，最后丢下一句要上课就没再理过她。

周鲤顿时连书都看不进去，好奇得抓心挠肝，随即立刻收起书包屁颠屁颠跑去了快递点，迫不及待地把那个盒子抱回宿舍拆开。

里头躺着几盒药膏和面膜，一个国外的品牌，最近正火四处断货，很难买到。

二妹前几天在朋友圈跪求过代购，晒出的是和周鲤的聊天截图，两人在官网都没有抢到货。

周鲤也不知道两人什么时候加上的微信，收到东西说不感动是假的，顿时拍了张照发过去，疯狂地和陈砚显表白了一番。

"呜呜呜，快递收到了，好感动好喜欢，这份珍贵情谊我一定会牢牢记在心中的！"

消息发送过去，陈砚显有几秒没动静。周鲤想了想，又补充了一句："等你回来我一定好好报答你！"

陈砚显过了很久才回复。

"报答就不必了，你只要不气我，我就心满意足了。"

周鲤疑惑：他是不是对自己有什么误解？

周鲤深深觉得遭受了冤枉，那份磅礴的感激之情也消散了几分。倒是二妹回来，抱着面膜兴奋得原地跳起。

"我的天，陈砚显也太上道了吧，又帅又优秀又细心体贴，真是感动中国好男友！"

周鲤无语。

时序推移，宁城春季结束，夏日从开始又走到了尾声，炎热消退。

9月份开学，空气中已经带了些秋高气爽的意味，不知不觉已是最后一年，周鲤她们从大一入学时的稚嫩单纯小学妹变成了老油条大四学姐。

她们以前出门必定注重形象，浑身上下打理一番，见到陌生学长学姐会紧张地打招呼。如今拖鞋大裤走天下，来往撞到青春可口的小学弟也目不斜视，最多在背后垂涎一番，现在的小年轻长得可真招人喜欢。

不过即便如此，短短几年时间周鲤的变化仍旧显著。

少女像是抽条一般，再也寻不出当初一团稚气的样子，就算只是穿件短袖出门倒个垃圾也十分惹人注目。

宽松衣服下掩不住纤细骨架，锁骨诱人，穿着短裤的一双腿长而直，白得晃眼。就连夹板拖鞋里的脚指头都生得圆润白皙，随处一站，就漂亮灵动。

当然，前提是她不说话。

周鲤一开口，就让不少心怀不轨的男生打了退堂鼓，不为其他，就那双干干净净的杏核眼单纯天真地盯着你时，任何龌龊心思都顿时消失得无影无踪，做什么都像是在犯罪。

所以就形成了一种很奇异的现象，周围的男生都对周鲤很有好感，但真正愿意来追求的却没几个，最多暗暗向她献献殷勤，有事没事凑到她跟前聊天。

这样的方法，在周鲤面前根本刷不出任何存在感，最多记得个人名，混了个面熟。

她的心思完全在游戏、动漫、电影……各种吸引力十足的东西上面。

"鲤鱼！"

她正沉浸在新出的日番中，楼下突然传来一声吼，气势十足，直冲而上，吓得她手中的瓜子都快掉了。

周鲤连忙起身跑到窗边，往下一看。

二妹正站在宿舍楼门口台阶上，双手叉腰累得气喘吁吁的模样，她脚旁还摆了几个大箱子。

"怎么了？"周鲤探出头去，二妹冲她招着手。

"你快，下来帮我抬一下这些物料。"

"哦，好。"

周鲤"噔噔噔"跑下楼，两人一同把那几个箱子抬到宿舍。

二妹揉着发酸的手腕，抱怨："你那破手机什么时候修好，要不干脆买一部吧？"

"我最近穷得吃土，没钱。"周鲤不假思索地拒绝。

几天前，她手机在刷牙看视频时掉到了水里，当即便黑屏，拿去维修对方说还可以抢救一下，她迫于贫穷不得已，过上了原始生活。

"你这买的什么？"周鲤看着脚下的东西问。

二妹注意力被转移，立即道："我们社团最近办活动，定制的海报和照片。"她说着，想起什么，"对了，我们合作的商家给的价格很便宜，我顺便给自己洗了本相册。快快快，一起来看看。"

二妹拆开箱子，从里头翻出一本尺寸略小的相册，两人头抵头，坐在床边开始看着照片。

里面有很多宿舍几人的合照，从大一到大四，上面每个人的脸庞由稚嫩渐渐到成熟，时光的痕迹，一点一滴地被记录了下来。

岁月变迁，情谊依旧不改，看着这些年的变化，两人莫名感动。

二妹翻到一张，突然伸手指道："鲤鱼，你看你刚入学那会儿，和现在真是天差地别。"

她转头打量着周鲤感慨："我们几人里头变化最大的就是你了。"

"有吗？"周鲤每天对着镜子，很难察觉。

二妹用力地点头。

"对啊！你刚来的时候脸上还有点婴儿肥，像个小孩。"她说着，捏捏周鲤小巧精致的瓜子脸，"现在完全就是个大美人啊。"

"你也很好看！"周鲤伸手抱住二妹，满脸真诚。

二妹笑嘻嘻地倒在她怀里："可不是，我们都是青春无敌美少女！"

周鲤的手机送修了三天，店家那边表示还需要再等上一小段时间，她无奈，只能时不时用电脑登一下社交软件，以免错过什么重要消息。

奇怪的是，这段时间陈砚显都没有动静。虽然两人联系不算紧密，但像这种好多天没消息的情况还是少见。周鲤想起他暑假时说还没确定具体回来的日期，原本想要点开对话框的手又缩回。

算了，反正也见不到，有什么好说的。

她正准备美滋滋地打开论坛继续今日份快乐，那个熟悉的头像突然在右下角闪动，心有灵犀般，陈砚显的名字猝不及防出现在眼前，上头只有两个字。

"下楼。"

周鲤猛地心口一跳。

傍晚时分，夜幕降临。

女生宿舍楼下有棵大树，正值繁茂，树叶苍翠郁郁葱葱，在地面投下了大片阴影。

陈砚显就站在树下，穿着一件白色短袖，头发打理得很干净，清俊面容显得越发英挺夺目。

周鲤走到他跟前慢慢停下步子，看着陈砚显，突然有种许久未见的奇异陌生感。

夜晚光影朦胧，视线所及都变得昏暗。

周鲤抬头认真打量着他，不禁微微感慨："陈砚显，我都快忘记你长什么样子了！"

"需要我帮你回忆一下吗？"过了两秒，他平静自然地说。

周鲤本能地疑惑："嗯？"

"过来。"他冲她招手。

熟悉的某种开场前奏，周鲤立即反应过来，连连摇头，顺便往后跳了两步离他更远，保持着安全距离。

"不必了！我现在已经全部想起来了！"她睁圆眼警惕道。

陈砚显脸上似乎闪过了一丝显而易见的失落，随后收回手。

"你怎么突然回国了？什么时候到的？都不和我说一声。"周鲤这才想起正事，皱起眉接连发问。

陈砚显没回答，只是扯住了她手臂往前一拉，周鲤被他抱入怀中。

他弯下腰，脸轻轻搭在她肩头，困倦了的模样，声音很低，夹杂着疲惫响在耳边。

"你手机打不通，刚回来就过来找你了。"

周鲤停在半空中的手缓缓动作，放在他背上试探地拍了拍。

空气突然沉默，还伴随着说不清道不明的温情，周鲤刚准备言语慰问一番时，陈砚显已经飞快地松开了她，表情恢复成以往冷静。

"好了，你回去吧。"

"啊？"她困惑地望着他。

"我倒时差，二十几个小时没合眼了。"陈砚显垂下眼皮，因为精力不足而显得格外冷淡，"现在要回宿舍去睡觉了。"

"行吧。"周鲤只得道，原本久别重逢寒暄的心情也烟消云散。

"嗯。"他应了声，冲她扬了扬下颌示意。

周鲤转身，试探地往后头走去，踏上宿舍台阶时，又回过头指了指身后。

"那我进去啦？"

"好。"陈砚显颔首。

周鲤歪了歪头，虽然不解但也没说什么，等回到宿舍往下一看，树底已经没有他的身影。

空荡荡的，就仿佛方才的一切都是她的错觉。

所以……他特意跑过来就是抱一下她？

即便有些突然，陈砚显回国了这件事情，还是让周鲤心情大好。

待他走后，她坐到电脑前面，又忍不住给他发消息。

"你现在是去宿舍吗？那里都收拾好了吗？回来会不会有哪里不习惯？"

"是，收拾好了，没有。"那边回复得倒是很快，只是简短敷衍。

周鲤也不介意，继续兴致勃勃地给他发信息。

"那你明天要去做什么？马上就开始上课？"

"嗯。"

"我们要不要一起吃个饭，毕竟好久没见了呢。"

"好。"

"那……"周鲤正在输入，刚想同他确认好时间地点，陈砚显的消息已经率先发了过来。

"就这样，我要睡了，别吵。"

她在这头用力地握紧了小拳头，忽然觉得陈砚显这次回来陌生了很多。

是太久没见的缘故吗？

周鲤和陈砚显再次见面，是两三天后了，他终于有空。

两人去校外常吃的一家店点了几个菜，周鲤为庆祝他回国，还特意"斥巨资"叫了一壶鲜榨果汁，并且表示自己今天请客。

陈砚显不置可否，但是丝毫没手软，直接点了店里的招牌菜，周鲤一边听着一边肉痛。

　　她是那种在网络上懒得聊天打字，现实中却叽叽喳喳不停的人。隔着屏幕时觉得陈砚显遥不可及，渐渐疏远，现在人活生生在她面前，周鲤久违的亲近和熟悉被唤醒了，从头到尾话都没有停过。陈砚显最后放下筷子时，揉了揉自己隐隐作痛的太阳穴。

　　"你吃饱了吗？"她意犹未尽地停住嘴，关怀地问。

　　陈砚显点头："吃饱了，你呢？"

　　"我也差不多了。"周鲤看了眼面前的残羹剩菜，站起身，"我去结账。"

　　"不用，我刚刚已经付过了。"陈砚显拉开椅子边说，边往外走。

　　周鲤连忙追上，神色诧异："你什么时候付的，不是说我请客吗？"

　　"算了吧，你这么穷。"陈砚显的话语轻飘飘传来。

　　周鲤感觉自己受到了侮辱，却难过不起来，为了显得自己不那么没出息，她故作生气，握紧拳头去捶陈砚显的手臂。

　　"我不穷，我是小富婆。"她争辩，挥出去的手被半路截住，陈砚显把她的小拳头包裹在掌心，然后慢慢拉开，手指扣了进去。

　　"行，那富婆能不能请我吃根雪糕？"

　　周鲤故作矜持，假装思考了一会儿，才貌似很勉强地点头："那好吧。"

　　"我要哈根达斯。"

　　现在毁约还来得及吗？

　　两人在学校不紧不慢地散了会儿步，从校门口绕到林荫道，然后穿过篮球场。等手里冰激凌吃完时，差不多刚好走到了周鲤宿舍楼下，陈砚显停住脚步，松开手。

　　"那我上去啦？"周鲤指向后面宿舍示意。

　　陈砚显点头，她转身，刚要离开之际，又听到身后有人叫她。

　　"周鲤。"

　　"嗯？"

　　她转过头，猝不及防间，陈砚显靠过来，他微闭着眼脸挨得极近，她刚看清他轻颤的睫毛，唇上一热。

　　呼吸交错，慌乱又湿热，在下一秒再度分开。

　　他站直了身子，面色如常。

　　"去吧。"

　　周鲤略显木讷地转身，直到上楼，陈砚显彻底看不见时，才咽了咽喉咙，伸手摸摸唇，又飞快地收回。

　　心跳得有些快。

　　她抬手捂住了胸口，微微苦恼。

大四，周鲤她们课程不多，赵欢欢当然是继续考研，每天丝毫不松懈地学习，徐玥准备毕业后直接在宁市工作，已经开始留意实习事宜。

二妹还没想好，整天依旧没心没肺吃吃喝喝，同周鲤状态差不多，赵欢欢经常骂她们两个是胸无大志，酒肉废物。

两人不以为耻反以为荣，表示谁咸鱼谁骄傲。

这样一相比，陈砚显就变态得可怕了。

周鲤只知道陈砚显回国后一直很忙，他的专业课程在交换生之前似乎已经提前上完，学分也修得差不多，按理说大四应该很闲才对。

她好奇一问才知道，陈砚显和几个同学朋友在正忙着做一款软件，是他在国外时就想好的创意，并且已经初建了雏形，如今在正式着手。除此之外，他还准备注册自己的公司。

周鲤当时听完目瞪口呆，看他的眼神像是在看妖怪。

出资主要是那个学长章荣，季涂和陈砚显是技术支撑，再加上宿舍另外一个人，他们的小团队就基本组建成功。

宁市地处沿海，高科技产业领先国内，Ａ大更是人才辈出，学生自主创业的不少，因此校内有开拓出一块孵化基地，给符合条件的学生提供设备和场地。

周鲤知道这件事情时，陈砚显他们此刻还叫作工作室的地方已经初具规模。

不大的办公间，摆着几张桌椅，略显空荡，却十分干净整洁。

旁边是一扇落地窗，百叶窗帘拉开，外头可以看见学校有名的情人湖。

几个男生在对着面前电脑专心致志敲着键盘，屏幕上飞快显示着一堆周鲤看不懂的代码。

陈砚显找来一张椅子让她坐下，自己走到季涂身后，手撑着椅背俯下身去，盯着他电脑屏幕仔细查看。

"哪里出了问题？"

"这里有个漏洞，但是一直排查不出来，你看一下……"季涂椅子往后退让开位置。

陈砚显看着电脑，滑动鼠标。

两人在那里一边交谈，一边检查故障，周鲤坐在椅子上百无聊赖，眼睛骨碌碌地打量周围。

她和陈砚显原本是要一起出去看电影的，结果他刚到她宿舍楼下，就被一个电话叫了过来，她顺便跟着，有幸亲眼看到了他的办公场所。

果然，优秀的人即便是想法和行动，也都超前一步呢。

"要不要吃点东西？"里面另一个男生见她坐在旁边无聊的样子，拿了盘小点心过来。

周鲤认得他，是陈砚显另外一个舍友李述。

周鲤垂眸一看，盘子里装着小袋的蛋糕、饼干，还有很多各式各样的零食，不像是他们这群大男生会准备的东西。

她小心翼翼地在里头挑选了一小包坚果，拘束地道谢："好了，我就吃一包这个，谢谢你。"

"没关系，可以多拿点，反正平时放在这我们也很少吃。"他毫不在意地说，大大咧咧的模样让人顿时心生好感。

周鲤忍不住多问了一句："那这个是谁买的啊？"陈砚显吗？周鲤立即摇头否定，他才不像是这种细致体贴的人。

"哦，这个……"他话语一顿，像是刚反应过来，随后看她一眼，又释怀，坦荡地答，"班里的一个女同学，和我们的关系都比较好，所以上次特意买了些吃的，怕我们晚上加班会饿可以用来充饥。"

李述说完补充："其实还好，有时候干活晚了老陈都会给我们叫夜宵，外卖很方便。"

"哦……"周鲤点点头，撕开了手里坚果的包装，开始无意识地吃着，没再追问。

等陈砚显忙完，说好就吃那一包的周鲤已经把面前整盘零食吃得差不多了。

旁边的垃圾桶堆满了包装、果壳，周鲤手里正拿着一包凤爪在啃，辣得直吸气。李述还给她冲泡了一杯奶茶过来，嘱咐她别吃太急。

陈砚显一时无言，走过去把她手中的半包凤爪抽走，站在桌边居高临下地睨着她："待会儿还要不要吃饭了？"

周鲤语塞，想了想，试探着问："要不，我们晚点再吃？"

"走了。"他不想再多谈，把东西往垃圾桶里一扔，朝她示意。

周鲤本想起身的动作在看到一旁泡好的奶茶时又顿住，连忙叫住陈砚显。

"哎，那个……"

他脚步一停，回身。

只见周鲤端起了奶茶杯，捧在手心小心翼翼道："我能不能喝完了这杯奶茶再走？"

"周鲤，你上辈子是猪吗？"陈砚显无语骂道。

当众受辱的周鲤委屈巴巴的，抱着杯子啥也不敢讲。

一旁不明所以的李述以为自己好心办了坏事，一杯奶茶引起了情侣间争吵，连忙上来打着圆场。

"没事没事，你们先走，奶茶我自己喝。"

他一把夺过周鲤手里的杯子，推着她和陈砚显往外走。

周鲤恋恋不舍地看了奶茶最后一眼，只得跟在陈砚显身后出门。

待两人身影消失，李述大松一口气，坐到椅子上喝了口奶茶，摇头和季涂感慨："老陈这狗脾气，真担心他女朋友分分钟和他原地分手。"

"你就少操点心吧，先想想自己。"他轻嗤，"母胎 solo。"

"咋的，说得好像你不是一样？"李述不甘示弱地反攻，两人开始互相伤害。

"我和你能一样吗？我至少有发展对象！"季涂气愤，极力为自己正名。

"哟，你说的不会是姜玫吧，人家可是对老陈一往情深的。"李述顺手拎起桌上仅剩的一块小蛋糕，打击，"你瞧瞧你瞧瞧，该不会以为是买给我们的吧？别自作多情了！人家就是担心老陈饿着！"

"你——"季涂气了个倒仰，伸手指着他半天，最后冷哼一声，懒得再争辩下去。

"等着吧，总有天我会向你证明的。"

"我期待这一天的早点到来。"

周鲤和陈砚显出去，原本是打算吃完午餐再一块去看电影，谁知道她刚才吭哧吭哧吃了这么多，现在还在一旁偷偷揉着饱胀的胃。

站在分岔路口，陈砚显抬手看了眼时间，下午两点，看完电影刚好可以提前去吃个晚饭。

周末，影院里也人满为患。

两人提前在网上订了票，周鲤和陈砚显虽然平时有诸多的不合，但在观影方面的兴趣爱好却是出乎意料地一致。周鲤是男生的口味，喜欢看剧情烧脑、画面壮观的各类大片，对那种一般女生喜欢的小清新浪漫爱情电影一律无感。

如果不是现在恐怖题材影片上映受限，平时好看的片子太少，她估计运会拉着陈砚显去电影院看恐怖片。

这次上映的是一部好莱坞系列电影，前四部已经在这几年上映过，周鲤和陈砚显一起看了三部。这一年异地，第四部上映时，周鲤是和宿舍三人一起来看的，结果她们都似懂非懂看得云里雾里。周鲤一边看还要一边给她们解释，这个谁是什么身份、做什么的，一整场电影下来，体验感极差。

周鲤和陈砚显进场，为了待会儿的晚餐，他禁止周鲤想买任何零食的想法，爆米花、可乐一律不准。她委屈巴巴地坐在座位上，没憋屈多久，头顶灯黑下来，电影开始播放。

看到熟悉的画面和人物出现，周鲤顿时把所有情绪都抛在了脑后，专心投入进去。

两人都是里头一位英雄角色的粉丝，他一出来，周鲤就按捺不住抓住了陈砚显的手臂："啊啊啊，好感动，他还活着！"

"上一部就埋了伏笔，没有死。"陈砚显稍侧过头靠近说，声音压得很低，尽量不打扰到别人。

"哪里？我怎么没有发现？"周鲤立即追问。

陈砚显给她解释，她恍然大悟。

电影全程，两人都看得很专注，看到精彩部分时会凑在一起讨论。直到影片结束，周鲤走出门还在回味，意犹未尽。

"你说，明年还会有下一部吗？"她问身旁的人。

影院出口人流很多，狭长通道略显拥挤，陈砚显环着她肩膀往外走，替她阻挡着那些陌生人群。

"应该会吧。"他注意着前方，随口答。

周鲤满足，不假思索："那我们到时候再一起来看。"

陈砚显动作稍顿，又很快恢复如常，他脸上终于露出一点笑意。

"嗯。"

吃饭的地方是在网上搜索的，到点评网站找的高分餐厅。周鲤觉得和陈砚显在一起这两年，在吃吃喝喝上面，自己真的有了很大长进。

她突然发现他回来真的挺好的。

她又可以过上那种两人一起去走街串巷，寻觅美食，消磨假期的日子。

两人几乎没有踩过雷。

这家餐厅的味道很不错，菜色精致又分量足够，她吃撑了，被陈砚显牵着散步往回走，说是消食。

这里离学校大概两公里，循着导航，穿过陌生的小巷和繁华街道，中途还经过了一个公园，里头有不少老人在锻炼跳广场舞，音乐熟悉，正是周母每天饭后去楼下跳的那首。

周鲤不禁感慨，同一个世界，同一首舞曲。

凑巧的是她暑假被母亲逼着去锻炼，学过大半，此时听到音乐有些按捺不住，跟在一群阿姨身后踩着节奏跳了起来，动作竟然也同步上了，丝毫看不出违和感。

陈砚显站在一旁看着她混在里面跳得开心，不禁捂住脸，笑完后，默默走远了一点，假装不认识这个人。

终于走到学校外面时，夜幕已经降临，天色半暗，天边布着浓郁深蓝色，几颗星星若隐若现。

周鲤被陈砚显牵着手，不知不觉停在了一家酒店门口，她抬头看着招牌，愣住。

"陈砚显，我们来这里干什么？"

第七章

养你还是够的 /

　　周鲤问完，身旁的人神态如常，极其自然地带着她往里走去，随意的话语传来：

　　"睡觉。"

　　周鲤被震得失声，期望不是自己想的那样，可心底又隐隐有道声音在叫嚣："是的！就是你想的那回事！"

　　周鲤眸色一紧，当即就停住脚步，用力甩掉了陈砚显的手。

　　她愤愤地瞪着他。

　　陈砚显倒是不紧不慢，转过身看她，双手抄在兜里。

　　他扬起唇轻轻一笑，眼角莫名泄出一丝风情，像是蓄意勾引。

　　"鲤鲤，我们是正常的男女朋友关系。"他放慢了声音，柔缓低磁。

　　周鲤心不受控制怦怦直跳。

　　"况且……"陈砚显又拖长腔调，慢条斯理，"又不是没做过。"

　　"轰——"

　　周鲤脑子炸了。

　　她满脸通红，感觉烧了一片火在上面，她连忙拉住自己的卫衣帽子往头上紧紧一蒙，像只缩紧脑袋的鹌鹑。

　　"你现在不要讲话。"她的声音嗡嗡传来，"我算是看透你了，陈砚显。"

　　头顶的爽朗笑声响起，眼前看不见的黑暗越发显得耳边的声音清晰，他笑声愉悦极了，把那个用帽子蒙着自己头的人往前一拉。

　　陈砚显轻轻松松地把周鲤环在身前。

　　"好了，别闹了。"

　　"你松开我，我不去！"

　　"大家都看着你呢。"

"真的？"周鲤立刻摘下了帽子，湿润的眼眸在四周查看。两人纠缠在酒店门口确实显得行迹鬼祟，引起几个路人注目。

周鲤深觉丢脸，只想立刻消失，正好陈砚显拉着她往里走，她随即半推半就，跟着他走了进去。

房间窗帘紧闭，只开了一盏橘色小灯，光影昏暗，透着一股朦胧的暧昧。

周鲤疲软地躺在床上，觉得比她跑完八百米还要累。

她闭着眼紧紧挨着枕头，昏昏欲睡，被子突然被掀开，身后躺下一个人，陈砚显把她揽起来。

"喝点水。"一瓶拧开的矿泉水被送到她唇边。

周鲤低下头凑过去喝了两口，刚抬眼，又被阴影覆盖，陈砚显密密实实亲了下来。

她好不容易等到他松开，喘着气，抱怨："陈砚显，你可不可以让我休息一会儿。"

周鲤的嗓子有些哑了，不复从前小女生的模样，莫名多了几丝女人意味。

陈砚显用指腹拭掉她嘴角的水渍，压低嗓音："嗯。"

"睡吧，我们明天早上回去。"他摸摸她的脑袋说。

周鲤在他怀里动了动，倒没有挣开，毕竟比起先前的亲密来说，这种程度实在算不上什么。

她累极了，昏睡过去的前一秒，脑中飞快闪过一个念头。

和去年那次相比，这次还挺舒服的，就是有点累人……

周鲤有点躲着陈砚显。

发现这件事情，是那天约会过后，陈砚显约了她三次都被拒绝察觉出来的。

发消息、打电话都略显敷衍，经常应付似的"嗯嗯"两句就结束话题，陈砚显找她不是在忙就是有事，他懒得再去猜，直接跑到周鲤他们系里堵她。

抓到人时是早上，周鲤前一刻才拒绝了陈砚显早餐邀约，下一秒就在教室门口被他逮到。

距离上课还有几分钟，周鲤左手拿着牛奶右手提着包子，被陈砚显拎着衣领，像是抓小鸡崽一样提到了楼梯口。

"干……干什么？"她心里慌得不行，还是强撑着气势，仰头质问。

"不是最近胃口不好，什么都吃不下？"陈砚显扫了眼她手里的袋子，鼓鼓的包子快要撑满而出，他轻笑一声，"我看你胃口挺好的啊。"

"这是给二妹她们带的。"周鲤面不改色地撒谎，克制着胸口略显狂乱的心跳，镇定地拿掉他的手。

"你突然过来有什么事吗？我要上课了。"

"哦。"陈砚显平平应着，却没有挪开脚步，只是双眸幽深地上下打量着她。

"干吗？"周鲤心慌，忍住了想抱紧自己的冲动。

陈砚显没答，定定看着她。许久，他像是终于得出结论，点点头："你在躲我。"

"没有。"周鲤脸色淡定，站直身子甚至还整理了下被他弄乱的衣服。

"那今天下课我们一起去吃饭。"

她动作一顿，须臾，抬眼瞅他，试探地问："只吃饭？"

陈砚显笑了下，意味深长："那你还想做什么？周鲤。"

"不不不，我什么也不想做。"周鲤连忙摆手，心底松了口气，答应下来，"那好吧。"

"行了，去上课吧。"陈砚显在她颈后捏了捏。

周鲤头皮发麻，迫不及待地从他身旁跳开，出声告别："那我走了，你也快回去吧。"

周鲤的身影像只慌乱逃跑的兔子似的，很快消失在视线中。

陈砚显站在原地目送着她背影远去，脸上笑容消失得无影无踪。

他垂头盯着自己的手，片刻，面无表情地收起。

课上，周鲤听得心不在焉，脑中还回想着方才那一幕。陈砚显的模样总在眼前晃来晃去，她用力摇摇头，把这些杂念都甩出去。

她其实也不是故意躲着他，只是那件事情对她冲击有点大。

周鲤觉得那天晚上的自己陌生极了，那种不受自己意识支配的感觉令人慌乱害怕，她觉得自己需要缓一缓，好好冷静消化。

出国前那次虽然也很突然，但好在留给她的时间足够多，况且那晚浑浑噩噩的，并没有那样子的触感清晰。

周鲤现在只要一回想，就能记起上一次发生的所有细枝末节，整个人就像是生了病一样，心慌气短，呼吸不畅，连带着见到陈砚显也开始不自然。

她又陷入胡思乱想中，脸不知不觉越来越热，最后痛苦地呜咽一声，把头重重埋进了书里。

仿佛是察觉到了周鲤的想法，陈砚显之后很规矩，除了先前约好的晚上一起去吃饭后，没有再另外约过她。

陈砚显专心忙着他工作上的事情，听说整天泡在办公室那边，最忙的时候连宿舍都没空回去，在椅子上将就一晚。

这些都是周鲤听季涂说的，他很早就加了周鲤微信，时不时会分享陈砚显一些动态过来，但是等到周鲤去询问当事者本人时，他却显得毫不在意。

比如：

"听说你最近忙得连吃饭都没时间？"

"没有这回事。"

"那我听季涂和我讲……"

"他骗你的。"

"嗯？"

"如果连吃饭都没时间，那我早就饿死了。"

好吧。

又或者：

"你昨天又熬夜了吗？"

"没有。"

"可我看到照片了……"

"加了一下班而已。"

"你还是要多注意休息，毕竟身体是第一位。"

"嗯，我比你清楚。"

在季涂不知道第多少次给周鲤发来他们加班熬夜的照片时，周鲤终于坐不住了，或许是不安和愧疚，她心情很复杂，觉得自己应该要做点什么。

她想了想，刚好下午没课，就去校外找了家烘焙工作室。

周鲤的甜品职业生涯从那个蛋糕开始，一路平坦，她发现自己挺有这方面天赋的，基本在网上看一遍教程就可以完整复制出来。这一年多的时间里，她已经学会了数十种甜品。

花了几个小时，她把刚出炉的小饼干和蛋糕都打包好装在袋子里，担心他们不喜欢吃甜的，特意做了不少海盐和苏打口味，还买了奶茶和水果一起带过去。

周鲤给陈砚显打电话时他那边好像挺多人，应该在忙，语气有些敷衍。

"你在忙吗？"

"怎么？"

"哦，我买了点东西想过来探望一下，你们方便吗？"

"你以为看病人呢？"他嘲讽了句，身边似乎有人在和他说话，他低声回着，抽空对她说，"你直接过来吧，先挂了。"

周鲤对着被挂断的手机有些郁闷，还是任劳任怨自己提了东西往他们那边走。

陈砚显他们的办公地点在六楼，周鲤从电梯口出来，还没走到门边，就听到里头传来热闹的讲话声。

她小心翼翼地敲了敲门，探进去一个头。

话音暂停，里面的人纷纷望过来，确实挺多的，似乎他班里还有不少同学在。周鲤正担心着自己带的东西够不够分，陈砚显已经率先看到她，提步走了过来。

"你们怎么这么多人？"她小声问，在众多目光注视下有些不自在。

"刚好有几个同学想过来看看。"陈砚显接过她手里提着的东西，稍侧过身子，"要不要进来？"

"算了吧。"周鲤犹犹豫豫，最后还是拒绝，"我怕生呢。"

陈砚显被她气笑了，自上而下盯着她，嘴角挑起一点弧度："你？怕生？"

"对啊，不行吗？"周鲤理直气壮道，指了指他提着的袋子，"里面有我做的饼干和蛋糕，还有奶茶和水果，你拿去分给他们吃吧，我走了。"

"哦。"他懒洋洋地应着。

周鲤纠结两秒，还是说："你，平时也要作息规律，不要年纪轻轻的熬坏了身子。"

"知道了，知道了。"他上前推着周鲤的肩膀，"你快走吧。"

他比周鲤高半个头，从后头看就像是把她整个人包裹在怀里往外走，脸上的笑意始终浅浅挂起。

两人身影在推推搡搡间消失在门外。

里头一群人收回视线，其中一个男生率先忍不住发出感慨："陈砚显和他女朋友关系也没有想象中那么差嘛。"

"对啊，平时也不怎么联系，刚才打电话时语气也不是很好，谁知道一见到人就立刻变了样。"

"我还一直以为是他女朋友倒追的他，都把他捧在手心里宠那种！"

"今天当事人亲身辟谣了。"

周鲤被陈砚显送到电梯口，这边在拐角，走廊清静，他抬手摁了电梯，数字显示在一楼，还没有响动。

"你待会儿回去做什么？"陈砚显垂眼看着她，手放在她肩上没有收回，两人一前一后靠得很近。

"洗澡、看片、吃零食、睡觉。"周鲤掰着手指头数着。

陈砚显哼笑一声，头顶浅浅的气音传来："你这是——"

"不准说！"周鲤知道他肯定又要损她了，连忙回头捂住了他的嘴巴。

"我说什么了。"陈砚显头往后仰拉下她的手，勾起半边嘴角。

"反正没有什么好话。"周鲤看向面前电梯的数字，已经过了五楼，即将抵达这层，她迫不及待。

"好了，电梯到了，我要走了。"

随着她话音落下，面前发出轻不可闻的"叮"声，数字停住，电梯门即将缓缓打开。

"急什么？"陈砚显似不满地啧了声，扶着她肩膀的手用力。

周鲤被迫转了个身，她茫然抬起头，陈砚显单手放在她颈后，俯身下来。

柔软的唇被堵住，没两秒，又被不轻不重地咬了口。

陈砚显这才不紧不慢松开她，手往前一推，把她往电梯里送去："好了，走吧。"

多么像一个占完便宜就把人扔掉的渣男啊。

周鲤对着电梯里亮洁得能照人的光滑壁面，面无表情地想。

陈砚显回到办公室，明显心情不错，他把手里东西放到桌上，旁边的人立刻围了上来。

"瞧瞧，小嫂子带来什么好吃的？"还是最开始说话的那个男生，他嘴最贫，探头盯着陈砚显拆包装，望眼欲穿的模样。

"今天跟着老陈有口福了。"

"哇。"

周鲤是用四方形的大纸盒打包的，随着上面的带子拆掉，里头东西就展露出来。

几包系着蝴蝶结透明纸袋装着的小饼干，精心摆放的蛋糕，一盒盒叠在一起的水果。

琳琅满目，颇为壮观。

"小姑娘挺贤惠啊。"有人感慨这么一句。

正在把东西一样样拿出来的陈砚显像是听到了什么笑话，站在那儿顿时忍不住笑出来，然后自顾自摇头。

众人惊了。

陈砚显平时虽然看起来挺好讲话的样子，但大多数时候都是笑不达眼底，情绪收敛得极好，少见外露。

像这样真真正正从心底笑出来的时刻屈指可数。

"贤惠？"陈砚显念着这个同周鲤完全搭不上边的词，把那些吃的往外发，嗓音带笑，"那请你们尝尝这个贤惠小姑娘做的东西。"

一袋拆开的饼干从前头往后传，尝了的人都赞不绝口，房间里充满热闹欢快，夸奖接连不断。

姜玫站在最后，看着递到她面前的袋子，停顿几秒后还是伸出手，拿着一块饼干慢慢放到嘴里。

接着，她久久沉默。

季涂收回目光，从桌上拿起一杯奶茶，用吸管戳破薄膜，往她面前一送："喝点饮料吧，饼干有点干。"

她仿佛如梦初醒，回过神来，从季涂手里接过奶茶，避开眼："谢谢。"

最近降温，宁市开始换季，周鲤和二妹趁着周末到附近逛街买了几件新衣服。徐玥忙着做兼职，赵欢欢泡在图书馆，称去年的混一混就过去了，到时候直接穿棉袄。

此话也不假，宁市基本只有冬夏两个季节，春秋快得堪比美人眨眼，还没来得及好好感受就转瞬即逝。

不过即便如此，女孩子爱美的心依旧控制不住。

周鲤和二妹各自买了几身小裙子和毛衣开衫，美滋滋地回到学校。经过小超市时，两人不忘去采购一堆零食，作为晚上的夜宵屯粮。

她们在货架这边，熟门熟路直奔零食区。二妹正要过去拿薯片，周鲤突然看见一道熟悉身影，站在那儿手里拿着两种口味的薯片分辨选购着。

她眼疾手快地拉住二妹胳膊，压低声音："我们等会儿过去。"

"怎么了？"二妹疑惑地投过来视线。

周鲤没说话，只看着那个女生最后选完东西去收银台结账，才松开手若无其事地走出去。

"没事，就突然想休息一下。"

二妹头顶冒出三个大问号，打量了眼两人此刻被层层货架包围的狭小空间，怀疑自己刚才是不是出现幻听了。

姜玫提了一袋零食走出去，门口有个男生在等着她，双手插在兜里斜斜靠在墙上，见到她出来，目光上下看了一眼，直起身。

"买好了？"

"嗯，买了这些……"她打开手里的塑料袋给他看了看里头东西，略带苦恼，"我第一次买这些，不知道好不好吃，随便选了几种口味。"

"没事，就当尝试一下。"季涂走到她身边，两人并肩往外走去，他又打量眼袋里的零食，出声，"那个黄瓜口味挺清爽的。"

"真的吗？"

"真的，应该是你会喜欢的味道。"

"那我就放心了。"女生的嘴角露出几丝笑容，越发明艳动人。

季涂看着她目光不自觉柔和下去。

"嗯。"

陈砚显他们研发的那款软件是专门为企业服务的，在开发成功之后开始有好几个公司朝他抛出橄榄枝，给出的价格不高不低，却没有达到他的期望。

他开始频繁外出，经常会飞往别的城市出差，参加会议和一些周鲤没听过的场合。

周鲤只知道那段时间陈砚显极忙，忙到连两人通话的时间都没有，不是在飞机上没信号就是在补觉，有时候一条消息要过几个小时才能收到回复。久而久之，她也少去打扰他。

在季涂朋友圈里偶尔可以看到陈砚显的身影，里头陈砚显西装革履，面容沉着冷静，站在投影仪大屏幕前讲解的样子年轻帅气，像个真正的男人，眉宇间已经少见学生稚气。

周鲤几乎是亲眼注视着陈砚显的变化，看着他一年年地慢慢成长，最终脱离了当初那个不起眼沉默的小男生，变成了意气风发、光芒万丈的样子。

大四上学期课程即将结束，周鲤也开始投递简历，同二妹两个终于结束了美好的校园生活，一对苦难姐妹开始了辛苦奔波面试找工作的历程。

陈砚显此时为了方便已经搬出去住，房子租在市中心和学校之间，交通很方便。

之前两人一起出去过那次，他似乎就有了决定，曾经犹豫地问过她要不要搬出来一起住。

那会儿周鲤还正享受着快乐又即将结束的宿舍生活，想都没想地拒绝了。陈砚显没说什么，只是过不久把房子搞定后，特意给了她一把钥匙。

"我有时候不在你帮我照料一下里面的花花草草，如果想找我或者没地方住的时候就随时过来。"

周鲤当时立刻"呸"了声："你别咒我，我怎么会没有地方住呢！"

而且她也不是很懂，为什么陈砚显这么常出差的人还要在家里养一排的植物。

她提着水壶蹲在阳台上，任劳任怨地给他浇着花。

阳光茂盛，从头顶投下，散落了一地的明媚。周鲤把那些花花草草侍候完，在陈砚显的房子里转悠了一圈。

真是干净整洁得让她找不出一丝可以打理的地方。

周鲤打开冰箱，里头果不其然还放了不少水果和吃的，她拿了个苹果和李子，去厨房洗了坐到沙发上，一边啃着一边拿起茶几上的遥控器，打开墙上的电视。

瘫在沙发上看了半下午视频，陈砚显推门进来时，周鲤正抱着一包薯片在"咔嚓咔嚓"吃着，走前一尘不染的茶几已经堆满了果核和各种垃圾。

他看到周鲤伸手从袋子里抓起薯片放到嘴里，碎屑似乎也随着她动作抖落，掉在浅蓝色的亚麻沙发缝隙。

他眼皮一跳，假装自己什么也没看到。

"你回来啦。"周鲤见状还是很自觉地起身，放下手里的东西朝他迎过去。

"累了吗？有没有吃饭？"她伸手想要接过陈砚显的行李。

他眼疾手快一避，不动声色地把她油乎乎的手格挡开来。

"不累，我自己来。"

周鲤丝毫没有察觉，伸出手又要去接他搭在臂弯的西装外套。

陈砚显这次终于忍无可忍，轻轻松松地捏住她手腕，制止住："周鲤，你刚吃薯片没有洗手。"

"我用的是这一只。"周鲤很无辜地举起右手，又朝他展示了一下刚才准备拿他外套的左手，理直气壮，"喏，你看，这只手干干净净的。"

陈砚显没搭理她，自顾自进去。

周鲤跟在他后头，嘀嘀咕咕地抱怨："你真是一个洁癖加强迫症。"

"总比你这个邋遢鬼要好。"

"胡说！"周鲤愤慨地反驳。

陈砚显解开系到顶端的衬衫扣子，指了指茶几微挑眉示意。

周鲤哑然。

陈砚显刚从另一座城市回来，他已经和对方达成了合作协议，软件正在使用阶段，他需要时常过去对接开会，处理一些后续问题。

那家公司挺有名的，虽然比不上高端的大企业，但在普通人群中知名度很广。周鲤刚开始听说陈砚显和对方合作后，感到非常不可思议。

因为周母一直以来用的某款日用品就是他们生产的，她初时的震撼过后，咽了咽口水，小心询问陈砚显能不能获得什么福利。

他当时也是像现在一样，微挑眉，询问："什么福利？"

"比如……购买肥皂打折卡之类的？"

陈砚显没说话，只是在某次出差回来后扔给她一个大袋子。

周鲤好奇期待地打开伸头一看，里头装着满满的一袋肥皂，正是周母平时用的那种。

陈砚显不太喜欢吃外卖，搬出来住后大部分都是自己在家里做饭。他放好行李之后，卷起袖子往厨房走去。

今天的菜是红烧排骨和一道清炒苋麦菜，再加上周母独家秘制的牛肉酱，两个人吃刚刚好，连盘子都见了底。

饭后周鲤自觉地揽下了洗碗的活，两人吃饭的工作量很少，三下五除二她就搞定，陈砚显还在浴室没出来。

房间里他的行李摊开在地上，看得出没时间好好整理，脏衣服乱糟糟地放在一边，几件干净的衣裳随意丢在那儿。

周鲤找出衣架，把他衬衫拎起来顺平挂到衣柜，抱起那堆脏衣服去阳台放进洗衣机里，顺便把他的生活用品都拿出来一一归位。

陈砚显洁癖发作，出差的随身物品都要用自己常用的，酒店里的一次性物件基本不碰，周鲤时常觉得自己和他生错了性别。

　　她差不多弄完时，陈砚显洗完澡出来，穿着舒适居家的白 T 恤和长裤，用毛巾一边擦着湿漉漉的头发，一边往外走。

　　周鲤正从阳台进来，手里抱着他晒干叠好的衣服，见状出声："你好了？"

　　"嗯。"他应着，站在那目光追随着周鲤的身影，她把手中的衣服放进衣柜，弄好后转身，极其自然地按了按肩膀。

　　"那我回学校了。"

　　陈砚显一顿，过了会儿，才开口："这么晚了，要不然……"

　　"我明天还有早课。"周鲤无辜地说。

　　陈砚显话音消失，须臾，放下手里毛巾。

　　"我送你。"

　　"不用了，不用了，我都来多少次了。"

　　"我顺便下去买点东西。"他拎起外套，准备要出门的样子。

　　周鲤知道拒绝已经无果，在沙发上拿起自己的小背包。

　　"那好吧。"

　　这片小区是新建的，绿化做得很好，夜里没几个人出来散步，四周安静，弯弯绕绕的道路两边，树木掩盖了月色。

　　陈砚显走在前头，身影高高瘦瘦，双手随意地插在兜里，肩背挺拔。

　　周鲤想了想，走上前两步，抓住了他的手臂。

　　男生脚步微顿，侧过脸来看她。

　　周鲤眨眨眼："天太黑，我怕摔着。"

　　陈砚显看了眼两旁昏黄的路灯，挑眉："夜盲症？"

　　周鲤恨恨地松开了手。

　　他低着脸笑了下，随后懒洋洋地从兜里抽出手来抓住她，漫不经心地扣着。

　　"好了，我知道灯太暗，看不清路。"

　　过完年，周鲤成功找到了实习工作，是宁市的一家本土企业，历史悠久，以前还带了国企的背景，直到近年才转型。总体来说，是家福利待遇都很好的大公司，适合稳定安逸的女孩子。

　　周鲤觉得这就是她的归宿了。

　　她就喜欢稳定安逸，这两个词简直就是为她量身定做。

　　周一，她满怀期待地去上班。

　　宿舍姐妹都说职场人要有职场人的样子，周鲤深信不疑。

　　镜子里的人穿着白衬衫 A 字裙，外面一件深蓝色西装大衣，羊皮小靴子带了点高跟，一头乌黑长发用发夹扎起一半，淑女又干练。

周鲤满意地照了照，昂首挺胸地出门。

宿舍三人纷纷探出头来，冲她握拳打气：

"小鲤鱼冲呀！加油！"

公司离宿舍有十几站的距离，不提供员工宿舍，周鲤只能暂住学校，但好在两地之间有直达公交车，她平时基本没坐过这趟，也就不知道这条线路如此拥堵。

周鲤从车里挤下来那一刻，刚出门时的意气风发已经寻不到半分影子。

如同沙丁鱼罐头一样的车厢，偶尔飘来充斥在鼻间的异味，陌生人之间的肢体接触，摇摇晃晃时不时猝然刹车的公交车……

周鲤头昏脑涨，一边忍受着，一边默默抓紧了手里吊环，突然无比怀念那次同陈砚显坐公交车的时刻，一样的拥挤，却是截然不同的待遇。

她站在站台不远处，深呼吸一口，想驱散胸腔里的沉闷和郁气，最后抬头遥望着不远处的大厦，挺胸提步，往前走去。

新的一天才开始，加油！

所有一切充满希望和期待的建设，在她办理完入职手续由人事带着去到财务部门，再被对方分配着去整理仓库成堆的纸质资料时彻底消失得无影无踪。

周鲤半蹲在地上，出门前整齐熨过的衬衫已经皱巴巴，裙子揉乱在膝盖弯里，为了美丽特意穿出来的小高跟靴子此刻变成酷刑，她双腿又酸又软。如果不是为了顾及第一天的形象，她大概早就一屁股坐到了地上。

仓库灰尘很重，有些账单已有历年，翻出来上面布着一层灰，双手不能幸免，周鲤难得化了淡妆的脸在不经意间已经多了几道脏污痕迹。

短短八小时过得比她这一年还要漫长，财务部的负责人是位年过三十的女性，打扮得一丝不苟，长得慈眉善目的模样，吩咐起人干活来丝毫不手软。

连着周鲤在内的三个实习生，在小仓库里从早待到晚，一直到时针走过下午六点，她才施施然走来，敲了敲门，笑眯眯地说："哎呀，都下班了你们还在干活呢，赶紧洗洗手准备回家吧。"

几人如蒙大赦，连忙应着起身，只敢在心里吐槽，你没吩咐谁敢先自己离开？

周鲤在洗手间洗干净手，顺便抹了把脸，提着包走出那栋里里外外都彰显着高大上的大厦时，脚步都微微踉跄。

她想起早上的公交车，果断点开了打车软件，决定斥巨资安抚一下自己受伤的身心。

周鲤浑浑噩噩地度过了实习前一个星期。

难得不用早起的周末，她终于睡到自然醒，睁眼的那一刻莫名感动，有种想要哭泣的冲动。

她躺在床上叫了校外那家皮薄馅多的小馄饨，满足吃完突然想起什么，从床底拖出了二妹的电子秤，站上去一称，果不其然，瘦了两斤。

她哀号一声，往后仰躺摔在了床上。

周鲤是个容易适应环境的人，虽然实习生活过得挺艰辛，但初时的痛苦过后，渐渐地也习惯了。

整理了一周多时间的账单，终于在这天宣告结束，她们三个互相对视一眼，纷纷从彼此脸上看到了解脱和感动。

打理完自己出去，财务主管检阅完了成果，难得对她们露出几分真心笑容，吩咐几人休息一会儿，下午会安排老员工来带她们，正式接触公司业务。

周鲤坐在分给自己的电脑前，感受着独属于自己的一方小工位，有种媳妇熬成婆的欣慰。

学习了一下午的公司系统操作和基本业务，周鲤头昏脑涨。办公室里的每个人都很忙，即便是带她的那位张姐也只抽空匆匆讲完一遍后就让她自己琢磨。她有些步骤不懂或者忘记了，问了两次遭遇对方不耐烦的冷脸后，也不敢再出声，压着自己想办法解决。

她深刻地体会到，工作不是学校，对你最好的老师已经不在了。

如此到了下班时间，以前这时都是身体上的疲惫居多，这次则是心理上的。傍晚周母还给周鲤打来电话，周鲤一听到她的声音就忍不住想哭，哽咽都快要从喉咙里冒出来了，又被用力咽了下去。

都已经是成年人了，生活再糟糕，也要自己去面对。

因为躲在楼梯口打了许久电话，周鲤是最后一个走的，她出门时才发现外面下雨了，而且雨势浩大，一时半会儿看不出有停歇的迹象。

公交车站台已经挤满了人，周鲤点开打车软件，呼叫了十几分钟都没人接单，马路边只有一辆出租车停靠，立刻就被人围了上去。

3月份，空气中还带着寒意，下雨导致降温，冷风一吹，冰凉的雨丝就从外面斜斜飘过来，周鲤躲在楼下，双手抱紧自己。

她正在忧愁着是去挤公交车还是抢出租，正在抉择艰难之际，掌心的手机振动，陈砚显的名字出现在屏幕上。

没到半个小时，一辆黑色车子停靠在周鲤面前，带着溅起的雨水和细风。

她不太认得出车的牌子，只觉得陈砚显这辆车和他很像，同那些小轿车不一样，这辆车显得很有距离感。轮胎高大，车头气势十足，里头空间宽阔，陈砚显单手控着方向盘，坐在那望着她。

和那次暑假来接她时又不一样。

周鲤心想，是了，这才像是陈砚显的车子。

在她还每天辛苦工作实习拿着微薄可怜的薪水时，有些人已经靠着自己的才能喜提爱车。

陈砚显打开车门，示意周鲤上去。周鲤快速冲进副驾驶座，被卷起夹的风冷得搓了搓自己手臂。

他稍微倾身在前头拨弄了下，有细微声音响起，一阵阵暖风从顶上两边吹了出来，驱散几分寒意。

周鲤拿出纸巾擦着自己脸上不小心沾到的雨水，陈砚显突然凑近，她一惊，动作立刻停住，睁大眼看他。

"安全带。"陈砚显从她旁边扯起带子卡进槽里，只听见"咔嚓"一声，他又坐回去。

周鲤咽了咽口水，手里动作继续，擦着脸颊脖颈，笑得干巴巴道："哦，这样啊。"

"不然你以为呢？"陈砚显启动车子，抽空睨她一眼。

周鲤移开目光，眼睛骨碌碌打量着车内，语气若无其事："陈砚显，你这车子挺好看啊，什么时候买的？"

极其拙劣的话题转移技巧，陈砚显懒得拆穿她，神色散漫地回答：'前两天。"

"难怪，我之前都没见过。"周鲤一个劲地拍马屁，"这车特别配你，简直像是为你量身定做一样，高大帅气，座椅也很舒服。"

"行了，行了。"陈砚显受不了了，话里带了笑音，"说吧，晚上想吃什么？"

"火锅行吗？"还没发工资的周鲤卑微，"我好久没吃过肉了，你看，我都瘦了。"

她说着双手捧起脸。

陈砚显看她一眼，那张瓜子脸似乎真的消瘦几分，显得越发小巧精致了。

他皱起眉头："怎么，实习很辛苦？"

"还行吧。"周鲤悠悠地叹了口气，颇有些看破人生的模样，"天底下哪有工作不辛苦呢。"

陈砚显本想说那就不工作了，这个冲动又很快被压下去。他眉眼恢复往日沉静，手里打着方向盘："那我们就去吃火锅吧，市中心最大那家，你想吃多少肉点多少。"

周鲤感动："陈砚显你真是天底下最棒的男朋友！"

他从鼻腔溢出哼笑，习惯性地嘲讽："就这点出息？"

"我胸无大志。"周鲤极其诚恳道。

陈砚显目光若有所思地扫过她胸前，须臾，盯着前方："确实不太大。"

"还委屈你了？"她极快反应过来，怒了。

陈砚显憋着笑，轻轻咳了一声。

"没有。"他含着笑意的嗓音低磁动听，无限宠溺，"刚刚好。"

吃完火锅出来，外面天已经黑透了。雨还在断断续续下着，地面潮湿坑洼，街上亮起的灯被夜幕模糊，雨丝时不时顺着风飘来。

车内温暖安静，挡风玻璃上的雨刷时不时晃动，陈砚显单手扶着方向盘目视前方，状似不经意："你明天还要上班？"

"对呀。"周鲤在揉着撑满的胃。

"不然呢，明天周四。"她嘟囔，"感觉这星期都过去半个世纪之久了，怎么还才周四呢，唉。"

"现在好像挺晚了。"陈砚显看了眼搁在那的手机，上面的时间清晰显示，"十点了。"

"等到学校估计快十一点了。"他说完，若无其事地抛出诱饵。

"这里离我家比较近，明天还能顺路送你去上班。"陈砚显看向周鲤，面容沉浸在光影里，神色无波，终于询问，"要不要去我家？"

周鲤缓慢地转过头，凝视着他，被那句"明天顺路送你去上班"给俘获了。

顿时，此刻舒适的专车接送和每天天没亮就早起挤公交车的体验明晃晃地摆在周鲤眼前。

她极力地抵抗着诱惑，同自己的欲望做斗争，脑子里有道声音在用力喊叫："不行！不行！这都是陈砚显的陷阱！"

周鲤一边在心里狠狠地警告着自己，一边嘴角上不假思索地乖顺答道："好的。"

车子停在地下车库，两人乘坐电梯上楼。

陈砚显拿出钥匙开门进去，周鲤跟在他后头在玄关处换鞋，已经熟门熟路，对这边毫不陌生。

陈砚显让周鲤先洗澡。

周鲤在衣柜一角找出自己的衣物进去浴室，里头洗漱用品也摆放齐全，根本就像是她的第二个宿舍。

其实周鲤在这里过夜的次数不多，东西却不少，所有必需品都具备。她洗完澡顺便把自己衣服洗了晾好，才十一点，如果回宿舍，这会儿可能才到，还要拖着疲惫的身子去洗漱。

周鲤此刻躺在床上美美地玩着手机，心想做人还是得适时向命运屈服。

陈砚显进来的时候手里端了一杯水，放在床头柜上。周鲤摸了摸，还是热的。

他上床，旁边塌陷下去一块，紧接着伸手揽过周鲤，呼吸浅浅投下来，带着一股洗浴过后的清香。

周鲤的嘟囔从两人紧贴的唇间传出来："我明天还要上班……"

"知道。"陈砚显抽空低声回应着，扶着她的背翻了个身，手从底下探进去。

被子被拉到顶，盖住刺目的光，周鲤抱着他的脖子，仰起头，气息急促几分。

"啪嗒！"开关被按下去的清脆声，整个房间立即黑了下来，月光降临，给万物蒙上了一层影影绰绰的美。

陈砚显吻住她的唇，四周归于安静，却又在片刻后，变成另外一种响动。

夜色渐深。

昨夜积攒的一些怨气，在第二天多睡了一个小时后瞬间全无，周鲤吃着陈砚显给她准备好的早餐，然后不紧不慢地出门，舒舒服服地坐了十几分钟的车，就抵达了她公司楼下。

周鲤打开车门时还有些恋恋不舍，比起即将开始的一天工作，路上的时光都变得美好了起来。

大概是她眼里的留恋太过明显，陈砚显想了下，开口："要不然晚上下班我来接你？"

又是一个巨大诱惑砸下来，周鲤顿时倒吸了一口凉气，万般拉扯之后，才保持着残存理智。

"等下班的时候再说吧。"周鲤艰难地回答。

陈砚显没再说什么，点点头，驱车离开。

周鲤转身进去，刚走到大厦门口，就见到一个熟悉身影。

同她一批的实习生江朵，也刚要毕业走入社会，娇小可爱的长相，平日里性格很开朗，软萌活泼。

江朵此时正双目放光地看着刚才陈砚显离开的方向，朝周鲤兴奋地迎上来。

"鲤鲤，刚才那个是你男朋友吗？"

"是啊。"周鲤被江朵的热情吓到，身体微微往后退了退。

"好帅啊，车子也好酷，你们是怎么认识的？"女生圆圆的可爱脸蛋带了红润，双手握成拳头，止不住地激动。

周鲤知道江朵平时爱看一些偶像剧和小说之类的，少女心比较泛滥，也没什么不适，只挠了挠头。

"我们是很多年的同学，自然而然就在一起了。"

"青梅竹马，我哭了。"

周鲤无奈地看了看天，然后拍拍江朵的肩膀。

"冷静一点。"

"好的。"

周鲤这天就感觉自己多了一个小迷妹，每次工作间隙一回头，总能撞上一双闪闪发光的星星眼。

中午吃饭时，周鲤就听江朵讲了无数小说、电视剧里缠绵悱恻、感天动地的爱情故事，顺便被"安利"了一番她心目中的男神，白皮肤、高鼻梁、丹凤眼，传统美男子长相。

看着面前江朵充满爱意地望着手机里的壁纸，周鲤突然觉得如果把她介绍给蒋布谷认识应该不错，两人大概会相见恨晚。

晚上周鲤还是没有去陈砚显那儿，因为二妹在群里郑重地宣布她拿到了人生中第一笔工资要请吃饭，周鲤当然义不容辞，坐了将近一小时的公交车颠簸回学校宿舍吃火锅。

四人除了赵欢欢直研继续待在学校外，其他都已经找到工作实习，过不了多久大概就要陆陆续续搬出宿舍。

宿舍夜谈，聊起这个话题大家不禁都有些伤感，二妹表示，不到最后一刻除非学校要赶她们出去，她才会屈服命运，同她们分开。

徐玥感动不已，哭唧唧地说着自己也是，赵欢欢大力附和完，空气有一瞬间的安静，几人纷纷等待着最后一个人，面露困惑。

许久，黑暗中才响起了周鲤略带心虚的声音。

"我也是。"她顿了顿，马上加大了音量以示决心，"不到最后一刻绝不搬走！"

周一公司要开例会，各部门由主管或者总监主持，大致安排新一周的工作顺便总结问题打鸡血。

周鲤他们还有个财务总监，年近四十，大腹便便，头上毛发稀疏，有常年吸烟史，牙齿和手指熏黄，凑近讲话时常能感受到一些口腔异味。

他在会议桌首位上慷慨陈词，口沫横飞，主管坐在他下边，时不时附和点头。

周鲤原本就因早起睡眠不足，再加上一路公交车颠簸，此刻只觉头昏脑涨，整个人思绪游离。

就在她脑袋一点一点打着瞌睡迷糊之际，桌下的衣袖突然被人扯了扯，她骤然清醒，看到江朵冲她摊开手。

她白皙的掌心里放着一颗淡绿色包装的薄荷糖。

周鲤脸上一喜，悄悄抓了过来，冲江朵露出一个感激的笑。

薄荷糖清凉，一股冷冽的香味直冲大脑，周鲤总算打起了几分精神，一直挨到了会议结束。

一行人陆陆续续出门，想到接下来要马上开始的工作，周鲤越发不振，拖着沉重脚步拐去了洗手间，准备给自己泼捧冷水清醒清醒。

她洗完脸，用纸巾擦干净，又顺便抹了点宝宝霜，才低着头出去。

周鲤在扯回衣袖，顺便盯着脚下的路，前头拐角处突然走出来一个人，她差点撞上，连忙稳住身形抬头。

两人猝不及防地打上照面，周鲤惊魂未定，因为距离近的原因面前的脸有些放大，能清晰看到他脸上的油光。

"小姑娘走路小心点啊。"钱总监直勾勾地盯着她，混浊的目光显得越发奇异。

周鲤莫名生出排斥，连忙后退一大步。

"好的，谢谢总监。"她忙不迭地应着，又立刻低回头，往办公室走去。

依旧是忙碌的一天，大量烦琐的工作填满时间，没有丝毫空隙。

临近下班时，钱总监突然从门口走进来，叫到她的名字："周鲤，你和那个……"他停顿，似乎思索了下才想起来，"那个小李，晚上加会儿班，我有点事情让你们帮忙做一下。"

周鲤如遭重击，生无可恋地坐在那儿，脸上的表情都空白了。

"哦……"

许久，她才无意识应道，表面无比沉静，内心却在绝望哭号。她端起杯子喝了口水用力咽下去，觉得生活一瞬间失去了色彩。

吃过晚饭回来，整个公司基本都空了，办公室更是只剩下周鲤和另一位同病相怜的女同事小李。

外边天彻底漆黑，公司内亮起一盏盏灯。少了人来人往，空荡荡的办公室莫名显得空旷，灯光白亮，添上几分冷清。

周鲤更觉凄惨，钱总监进来时她正在电脑上对着陈砚显吐槽今日遭遇，见到人来，立刻关掉了对话框，正襟危坐。

"总监。"

"小周，在忙啊？"男人笑眯眯的，走到周鲤座位旁边，手撑在周鲤椅子后头，稍弓下身，凑近。

周鲤当即往后仰了仰，拉开些距离，绷着脸："嗯……"

她应完很快反应过来，又连忙摇头："没有，总监，您有什么事吗？"

面前的人顿了顿，终于直起身，两人间距恢复正常。

"没事，就想让你帮我整理一个表格。"他说着，面色如常地背起手，转悠出去，"待会儿我发给你，你记得接收一下。"

"好的。"

周鲤看着他身影消失在门外，微松一口气。

没一会儿，公司内部的通信软件上就提示收到新消息，她点开，对方发过来一个表格。

他的要求不高，只是工作量挺大，基础性的操作，耗费时间。

周鲤一直忙到很晚，期间那位女同事什么时候走了她都没发现，对方也没有同她打招呼，她是起身倒水时发现的，莫名地觉得有些不是滋味。

终于做完，时钟已经指向十点，周鲤今晚是不打算回宿舍了，好在陈砚显也刚下班，顺道开车过来接她。

把表格发送给对方关闭电脑时，他已经到楼下，周鲤一边给他回着消息，一边收拾包包，刚起身，看到钱总监在门口，笑眯眯的。

"小周，今天辛苦你了。"

"没有没有，应该的。"周鲤连连谦虚道，在他的注目下，略显不自在地进行关灯、关空调等一系列操作。

她已经故意放慢了动作，谁知道他仍旧等候在门口，两人顺理成章一同往电梯口走去。男人不知是有意还是无意，身体靠得她极近，在某次手不小心触碰她手背时，她一个激灵，立即跳开半米远。

她反应过于明显，男人僵了下。

空气有些尴尬，周鲤正懊恼地搜罗着语句想要圆场时，只见他表情如常地笑了笑，伸手去按电梯，一副年长者宽容大量的模样。

"小姑娘好像有点敏感嘛。"

周鲤刚才浮起的丁点愧疚顿时消失得无影无踪，她皮笑肉不笑地扯了扯嘴角，没作声。

"你是还住在学校呢，还是自己搬出来住了？"

封闭电梯内，两人一前一后地站着，周鲤故意落后他半步，隔着不远不近的距离，眼观鼻鼻观心，静立在那儿。

听到问话，她稍微抬了下眼睫，从前头光滑镜面中看到男人正注视着她，她立即又垂下眸，言简意赅地答。

"住在学校。"

"你们学校……"男人似乎假装思索着，然后出声，"A大……离得挺远吧，这么晚女孩子一个人回去不安全，我刚好顺路，载你一程。"

"不用了，总监。"周鲤声音平平地答，"我男朋友已经在外面来接我了。"

"你有男朋友了？"钱总监眉头倏地拧起来，不可思议地转身看着她。

周鲤这次是真的笑了，很无辜："怎么了总监，我有男朋友很奇怪吗？"

"只是没想到你们现在这些小年轻，一个个工作还没稳定就先有男朋友了。"他脸色不太好看，话里不掩嘲讽，"你男朋友和你差不多大吧，找到工作了没有？"

"他现在自己在创业。"

"啧啧，如今大学生都是初生牛犊不怕虎，光我见过创业失败的都不知道有多少。"他恢复成先前的游刃有余，眯起眼，微抬着下巴，视线上下扫过周鲤，意味深长。

"叮"的一声，电梯终于抵达，这短短的两分钟显得过于漫长了，周鲤不想再同他多说，迫不及待告别。

"总监，那我先走了。"她刚走出电梯，又转过身，不轻不重地补充了一句，"对了，我男朋友他公司挺好的，就不劳您费心了。"

周鲤说完，脚步飞快地往外走，心口如同打鼓般怦怦直跳，那一瞬间爆发出来的勇气早已消失殆尽，生怕里头的人会冲出来找她算账。

她身体有些虚软。

才入职还没过试用期就出言顶撞了自己的顶头上司，周鲤觉得自己的职业生涯也将要断送在今晚了。

陈砚显的车子暂时停靠在外头停车场，周鲤寻到那辆熟悉的车，手脚并用地爬上去之后，盯着前方许久无言。

她表情略带惆怅，身影颓丧，同往日的模样简直大相径庭。

陈砚显手里挂挡，目光扫过周鲤忧郁的侧脸，颇为诧异。

"怎么了？"他出声问，车子启动，注意力放在前方，时不时观察着周鲤状态。

"没事。"只见她悠悠地叹了口气，抱紧了自己怀里的小枕头。

陈砚显车里有一个抱枕，粉红色，上头绣着个卡通小女孩，很是可爱，少女心十足，每次都放在他的副驾驶上，周鲤很喜欢。

"那你怎么一副生无可恋的样子？"陈砚显问，"工作太辛苦了？"

"别说了。"提到这个，周鲤气叹得更深长了，"我觉得我都要失去这份工作了。"

"嗯？"

他诧异地看过来。

周鲤立即打开了话匣子，原原本本把今晚的事情说了一遍。

听到她手被不小心碰了下后，陈砚显脸色顿时沉了几分，目光凝在她手背上，仿佛带着实质。

"就……大概不小心碰到了，走路没注意。"周鲤飞快地解释，把手往抱枕里藏了藏。

陈砚显终于移开视线，语气也很沉。

"工作做得不开心可以重新再找，不要委屈了自己。"他话音结束，顿了下，才说，声音很轻，"有我给你撑腰，别怕。"

车内灯光昏黄一盏，窗外霓虹飞快地闪过，背后是夜里城市的高楼大厦，星光璀璨，周遭车水马龙。

周鲤注视着陈砚显的半边脸庞，突然之间觉得帅气得惊人，简直超过她身边见过的所有男性，尤其是同方才那张油腻的脸一比，陈砚显简直可以担当起"人间仙子"这个称号。

她感觉自己心跳又有些不受控制了。

回到家，陈砚显去厨房喝水，周鲤在沙发上休息，无意识地抠着手里小兔玩偶的长耳朵。

他脱下了外套，只穿着一件浅色蓝衬衫走过来，手里端着杯子，递给周鲤。

"喝点水。"

她闻言坐起来，端正地盘着腿，捧着杯子小口喝着。

陈砚显在她旁边坐下，伸手解着袖口。

"饿吗？有没有想吃的东西？"他卷好袖子，侧过头问。

周鲤微抬起脸，眼睛从杯口露出来，看着他，摇了摇脑袋。

"不饿。"

头顶光束明亮，打在陈砚显脸上，男人肌肤被衬得冷白光洁，眉眼漆黑，鼻梁俊挺，形状好看的唇不轻不重地抿着。

他极少穿浅蓝色，却分外适合他，整个人看起来斯文俊雅，削减了几分往日冷意，显得平易近人许多。

周鲤一眨不眨地盯着他，想好好地洗洗眼睛，今晚被恶心得不轻，此刻胸口还有些翻滚。

陈砚显回应着她的注视，带了点疑惑，发出一声"嗯"，朝她凑近。

周鲤睫毛一颤，忍不住上前，亲上了他淡红色的唇。

气息交错，心跳鼓噪。

周鲤闭眼仰着头，手指抓着他的袖子，无意识地收紧。

她动作生涩又笨拙，却在没有章法中能寻到几分浅显的经验，都是往日从陈砚显那里学来的。

周鲤坐直身子，面无表情道："我刚刚是被附身了，陈砚显，请你删除刚才这一段记忆，谢谢。"

周鲤的冲动来得快也去得快，她完全想不通自己怎么会对陈砚显做出那种事情，也搞不明白今晚自己怎么有勇气去正面对抗自己的领导。

第二天来到公司，周鲤谨小慎微，战战兢兢，一上午躲在自己的办公桌前不敢出去，就怕不小心撞上钱总监。

饶是如此，下午时分他还是来了趟办公室，找的是他们主管，两人在后头嘀嘀咕咕讲了好一会儿话。

周鲤提心吊胆，就怕下一秒主管走过来，冷着脸对她吩咐："周鲤，你被开除了。"

周鲤抱着杯子，脑补着这一画面，顿时被吓得一哆嗦。

只是事情并非她预料的那样，钱总监讲完话径直就离开了，期间没有看周鲤一眼。

他走之后，办公室又恢复了安静，只听见细微的键盘敲击声，主管依旧坐在位置上，自顾自忙碌。

周鲤缓缓放松下来，舒出一口气。

日子有惊无险地过着，周鲤一直忐忑不安地害怕钱总监会来找她算账，或者在背地里使什么小绊子，不过似乎是她想多了，后来几天都很平静。

周鲤有次不小心在茶水间和钱总监打上照面，那时就他们两个人，周鲤刚提起心，就见他面无表情地从她身旁走过，就像不认识她这个人一样。

周鲤彻底放心了。

陈砚显后来送她回家时还问起这件事情，她说完，他稍作思忖，淡声点评："他应该是不想把事情闹大，你平时多注意，离他远点。"

顿了下，他又说："如果他再让你一个人留下来加班，你就找借口推掉。"

为此，周鲤还真的认认真真想了好几个理由，以备不时之需。

时序推移，一转眼入了夏。

周鲤实习快要满三个月了，他们公司不是淘汰制，一般能面试进来只要试用期没问题，基本都能顺理成章地转正，然后留在公司。

转正之后不仅工资会有可观增长，各项福利也更加优渥。

中午吃饭时，江朵就在一旁憧憬，开始展望起了自己成为正式员工后的美好生活。

"我一定要租一个漂亮的房子，离公司近点，每天骑车上班，等攒了点钱就养一只猫，黄色的小短腿，超可爱！"

江朵说着捂住了脸，周鲤也顺着她的想法展望了下，然后发现自己想到的只有像如今这样日复一日的工作……

她顿时没有任何憧憬了。

周鲤忍着哭泣，难过地低头扒拉下一大口饭。

天气渐热起来，两件套换成单衣，前几天一夜之间升了温，第二天上班已经有人开始穿短袖和裙子。

正是爱美的年纪，江朵穿了一条新裙子，鹅黄色的小洋装款，十分淑女，腰身掐得极细，把她衬得肤白漂亮，身段窈窕。

周鲤也是眼前一亮，第一次发现平时总是吵吵闹闹的江朵竟然也藏着一副好模样。

尤其是不说话的时候，特别好看。

午休时间，几人手里拿着水果去茶水间，准备吃完就睡觉。

刚出门，看到钱总监从走廊那里走来，身后是电梯的方向，似乎是刚吃完饭回公司。

通道笔直，几人避无可避地迎面而过，周鲤如今看到他已经可以做到面不改色，倒是江朵捏紧了她的衣角，有点紧张的样子。

待人走后，江朵才悄悄松了口气，同周鲤小声嘀咕："我最怕领导了。"

"怕什么，领导也是人。"周鲤风轻云淡地说，全然不提自己当初被吓得犹如惊弓之鸟的狼狈状态。

"不过，我们总监你确实要离他远点。"

"为什么？"江朵好奇地追问，"刚才他好像还看了我们好几眼。"

"我觉得他……长得就不像什么好人。"周鲤含糊道。陈砚显告诉过她，那天的事情最好不要和别人说，第一没有实际的事件和证据，第二怕传出去被人夸大其词，到时候她才是真正在公司待不下去。

况且这段时间对方确实没再有什么出格举动，周鲤甚至想她那天是不是太过敏感了，或许真是不小心碰到一下而已？

但不管怎么样，他讲话讨厌是事实，周鲤还是不喜欢这个人。

这周比较忙，上头来了些人检查，他们部门忙着准备资料，几个人轮流着晚上留下来加班。

周鲤和江朵的组别不同，她们显然更忙一点，她又是里面唯一一个实习生，每次被留下来的都是她。

大概是工作辛苦，江朵最近精神不是很好，平时吃饭沉默了许多，偶尔还走神，叫她两句才一副如梦初醒的模样。

周鲤担忧地说："你怎么了？是不是太累，今天晚上就不要加班回去休息吧。"

"没事。"江朵用勺子搅着盘里的饭，低垂着眼，"最近是考核关键期，我请假不太好。"

"好吧，那你多注意休息。"

今晚周鲤也要加班，刚好轮到了她。

想着江朵晚上好像没吃什么东西，周鲤准备去倒水时，看到抽屉里还剩着一个苹果。

　　两人办公桌离得挺远，中间隔了好几排的座位，周鲤站起身看了圈，方才还在的人此时不见踪影，位置上空荡荡的。

　　周鲤往办公室外头茶水间走去，四下无人，周围静悄悄的，她刚走到仓库门口，就清晰地听到里头传来的响动，细碎的挣扎抵触，还有那个熟悉的油腻声音。

　　周鲤脑子"嗡"一声就空白了，当即拧着门把用力一推。

　　仓库里的画面明晃晃闯入眼中，正是江朵和钱总监，她涨红了脸，眼里隐约含着泪。

　　男人的手搂在江朵腰间，听到响动，脸刚从江朵的肩上转过来，恶心至极。

　　周鲤忍无可忍，望着他怒声道："钱总监，你在做什么？"

　　伴随着周鲤话音落地的同时，江朵用力一推，把男人从她身前撞开，捂着嘴，低头从周鲤身旁跑了出去。

　　顿时，整个仓库只剩下周鲤和钱总监二人，他这会儿回过神来，面无表情地站在那儿整理了下衣服，经过周鲤时，冷冷瞥她一眼。

　　"周鲤，你给我等着！"

　　强撑着镇定和他对视的周鲤，在人消失后立刻腿一软，连忙扶住门框，顾不上他方才的威胁，赶紧出去找江朵。

　　周鲤是在楼梯拐角处找到江朵的，女生正蹲在地上，把脸埋在臂弯里抽泣。周鲤慢慢走过去，在她面前蹲下。

　　"没事了，没事了……那个败类，我们去报警抓他。"她小心地摸了摸江朵的脑袋，出声安慰。

　　"周鲤……"许久，女生终于抬起头来，"哇"的一声痛哭出来。

　　两人从公司出来，夜风吹得脑子冷静，便利店外头有两张桌椅，周鲤把手里的热可可放到江朵面前，语气温和："喝点东西吧。"

　　"嗯……"江朵把杯子挪到身前，双手搁在上面，开始讲述着事情经过。

　　片刻，周鲤不可置信："你是说，他从上星期起就这样了？"

　　"不是，那个时候我觉得有点不对，但是没有像今天这样过分。"江朵撇撇嘴，又要哭了。

　　"上周三加班的时候刚好遇到他，他就说顺路送我回家，之后几次就开始动手动脚，还拿转正的事情威胁我。我本来想忍忍就过去了，谁知道……他今天这么过分。"江朵说着，气得哭了起来。

　　"他靠过来的那一刻我恶心得都快吐了，去他的工作转正，我真是鬼迷心窍了，早知道他会这么恶心，我当初早就应该一巴掌扇回去。"

　　江朵用纸巾攥着鼻涕，哭得肩膀一抽一抽的。

　　周鲤叹了口气，又抽了几张纸巾给江朵。江朵接过，一边擦眼泪，一边冲她抽噎着道谢。

"鲤鲤，今天谢谢你啊，不然我差点就让他得逞了，恐怕会恶心一辈子。"她放下手，露出红肿的眼睛，下定决心，"我想好了，明天就去辞职。"

"凭什么啊！是他先骚扰别人的！"周鲤听完控制不住气愤道。

江朵垂下头语气低落："反正我也没造成真正的损失，何必再在他身上浪费精力。况且我也没有任何证据，不想成为别人日后的谈资……"她说着，又鼓起了勇气，恢复成以前充满希望的样子，"我想好了，接下来去重新找一份工作，开始新生活，这段不愉快的记忆就让它尽快过去吧。"

江朵走了，她离职后没几天，全公司人都收到了一封匿名邮件，上面用短短一段话叙述了钱总监的职场骚扰行为，各种事件细节都对得上。

一时间，公司气氛变得怪异，大家彼此心照不宣，看钱总监的眼神都变了。

钱总监最初还不明所以，直到被总经理叫去办公室出来，脸色青白交错。周鲤抱着文件去复印时刚好和他撞上，被恶狠狠地瞪了眼，她心口一跳。

邮件是江朵发的，她的原话是，自己忍了没关系，但是不能再让公司有第二个受害者出现。

周鲤莫名惭愧，又涌起懊悔，如果当初她能警示江朵，今天这一切是不是就不会发生了？

钱总监没有受到任何公开处分，只是口头警告，而周鲤的生活却天翻地覆，一连串的刁难接踵而来。

成堆的事情，完不成的工作，经常会被留下来加班到深夜，隔三岔五还被叫过去批评一顿。

最过分的一次，是总裁办需要一份资料，财务部由周鲤提供上去，却被发现里头不少数据出错，而原始的数据明明是由钱总监提供的。

周鲤在大庭广众之下被他骂了整整十分钟，其中不乏言辞羞辱、人身攻击。

公司许多人都在，大家都眼观鼻鼻观心，默默忙碌假装什么也没听到。

周鲤双手垂在身侧，静立在他身前，忍无可忍爆发了，端起他桌上的茶水杯就用力往前一泼。

"哗啦"一声之后，整个办公室都安静了。

钱总监站在那里，水滴滴答答地从他头上往下滑，茶叶粘在头发上，无比狼狈。

周鲤字正腔圆，嗓音清脆高亢："你怎么有脸说别人，平时也不照照镜子！多看你一眼都想吐！"

她噼里啪啦地骂完，在所有人没反应过来之前飞快地拎起包走人，临走前不忘丢下一句：

"职场骚扰的老变态！我不伺候了，谁爱干谁干！"

站在那里顶着满头茶叶的男人闭眼，用力地深呼吸一口，在看到一众人看好戏嘲弄的神情时终于忍不住，重重拍桌大喝一声：

"都很闲不用干活是吧！不爱干就给我滚！"

周鲤远没有骂人时那般气势十足、天不怕地不怕，反而她一说完，害怕对方反应过来打击报复，立刻以最快速度冲向自己座位，收拾东西跑了。

出来阳光正好，正值上午十点，大厦里头光线不充裕，公司白天也开着灯，温度适宜平稳，没有风。

此刻，她一踏出来，铺天盖地的阳光从外头涌入，万物灿烂，微风吹拂着脸颊，空气也变得自由清新。

周鲤深吸一口气，突然有种解脱的快感。

她已经很久没有在工作日早上看过十点钟的太阳了。

初时的放松和快乐过后，周鲤又变得有些迷茫，伴随着空虚失落，突如其来的大段空闲时间不知道该如何消磨。她想了想，决定告诉陈砚显自己将要失业这件事情。

"你想去做什么？看电影，吃火锅，还是去电玩城？我都陪你。"他听完不假思索这样说道。

周鲤在这头眨了下眼，小心翼翼地问："可以都要吗？"

陈砚显翘了一天班，陪着她在外面疯玩了一圈。

不得不说，娱乐是麻痹心情的法宝，周鲤沉浸在这些东西带给她的快乐中，差一点就要忘记现实的残酷。

直到两人坐在电玩城摩托车游戏上奋力比拼时，周鲤放在包里的手机不容忽视地振动，叫醒她。

周鲤停下手上动作，拿出来看到上面显示的是一个熟悉的座机号码。

他们公司的总机。

周鲤接完电话，神情有些复杂。陈砚显在一旁注视着她，她微低下头："让我去办离职……"

他神情顿住，动了动唇。

周鲤又很快叹了口气，耷拉着眉眼："其实，我早就预料到这个结果了，只是没想到来得这么快。"

"我本来也不想干了，只是这样子走总觉得自己打了败仗，就很气。"周鲤捏紧了拳头，鼓起腮帮子，"一想到那张脸我就恶心，想一拳揍扁他。"

"没事。"陈砚显伸出手掌揉了两把她的头，如果忽略他这个像撸狗一样的动作，话语还是充满了温情，"我帮你报仇。"

186

陈砚显送周鲤到公司楼下，没上去，周鲤勇敢地去面对接下来的事情。

不过一切比她想象中要平静顺利得多，手续是在前台直接办的，一连串名字签下来，最后还有个交接清单之类的需要找到主管和总监。她忍了忍恶心，最终还是敲响了那扇门。

那人已经重新收拾好了，又衣冠楚楚地坐在办公桌后面，周鲤一言不发，冷着脸，把单子往他面前一放。

钱总监笑了笑，也不生气，手里动作潇洒，签下了一个龙飞凤舞的名字。

他签好后把单子推向周鲤，两手交握，露出了一个胜利者特有的笑容。

"小姑娘何必呢，为了一时脾气丢了工作，下一份就不一定会有我们公司这么好的职位和待遇了。"

周鲤面无表情，只对他说了一句话："关你何事。"

男人脸上的笑容渐渐消失，须臾，冷哼一声。

周鲤不想再和他呼吸着同一片空气，干净利落地转身，出去不忘把门重重甩上。

周鲤抱着东西出来时，陈砚显正倚靠着车门低头按手机，身形松散地斜着，帅气的面容配上身后那辆线条流畅大气的车子，实实在在抓人眼球，路过的人都不免朝他看上几眼。

周鲤觉得他是在耍帅。

察觉到注视，陈砚显抬起头，随即收起掌心手机，抬腿朝她走来。

"都办完了？"他看了眼周鲤身后，从她手里接过半大的纸箱，里头装着周鲤这段时间以来所有的物件，陈砚显垂眸看了眼。

一盆小绿植、粉色水杯、抱枕……各种杂七杂八的东西，甚至连一支笔都不放过，被周鲤带了回来。

"嗯。"周鲤情绪不佳，闷闷地应了声。

陈砚显开着车，回家的方向。他分出余光看向周鲤，出声："待会儿去吃什么？"

"吃不下。"周鲤脸色黯淡，失去往日神采。

"我想睡觉。"她低着脑袋说，抠着手指，看不清此刻表情。

陈砚显顿了下，答应："好。"

一到家，周鲤果然如她所说，直奔房间，连衣服都顾不上换，整个人埋进了被子里，一言不发。

陈砚显在门边站了会儿，转身出去，再进来时，手机被调成静音，搁在桌上。

他上床，轻轻拉开被子，把周鲤抱进怀里。

两人安静地相拥，周鲤头抵在他胸前，整个人被他揽着，陈砚显手掌不轻不重拍她后背。

"你干吗……"周鲤不太适应他这莫名其妙的温柔，没过一会儿，脸埋在那里闷闷地问他。

陈砚显唇弯了下，身子轻动调整了下姿势，让她躺得更加舒服。

"我也累了，想躺一下。"他望着天花板，手里环抱着她懒散地说。

怀里的人沉默，没多久，在他锁骨处蹭了蹭，周鲤伸手抓住了他腰间衣服布料。

陈砚显身上很暖，源源热度似乎把她心中冰凉逐渐驱散，鼻间是熟悉的洗衣液清香，令人熨帖的味道。

周鲤眼眶突然有点酸，一点点扩散湿润起来，她撇撇嘴，控制不住地抽泣一声。

"陈砚显，我有点难受，凭什么……明明错的是他，走的却是我们，这一点都不公平。"

"虽然我今天把他痛骂了一顿，也泼了他一身水，可我还是觉得好难过，我们走了一切就当作什么也没发生过，他依旧是那个高高在上的领导，对我露出胜利者的微笑。"

周鲤说着，想着今天下午那一幕，越发悲从心起，泪水渐渐浸透了衣裳。

她哽咽着恨声说："好想找几个人蹲在他下班路上，在他头上套个麻袋拖进小巷子里痛打一顿！"

原本还哀哀戚戚的气氛顿时破了功，陈砚显原本想安慰她的话语也一瞬间消失，他嗓音里不禁藏了笑意。

"那样会被抓的。"他拍拍周鲤的头，若有所思，"我帮你想个更好的法子。"

周鲤抱着陈砚显哭了一会儿，心情缓和下来不少，虽然情绪还是有点低落，但已经没了先前那种委屈难受到爆炸、硬生生气红眼眶的冲动。

她就觉得为那人浪费精力挺不值得的。

两人不言不语，周鲤静静盯着上方，眼睛还是红红的，陈砚显躺在她身旁，侧头看着她。

"饿了吗？"他出声问。

周鲤慢慢扭回脸，眼睫湿漉漉的，漆黑浓密，抿着唇不说话，一言不发地望着他。

"怎么不讲话？"陈砚显手掌捧着她半边脸，指腹从她眼底划过，揩去上头残留泪痕。

周鲤又垂下眼帘，一排小扇子似的睫毛覆盖下来。

"心力交瘁。"

他哑然失笑，觉得她又可爱又让人心疼。

陈砚显克制不住，倾身过去在她唇上亲了亲："那你去洗个热水澡，我去给你做饭。

"你想吃什么？小排骨和蘑菇汤可以吗？再给你榨一杯胡萝卜汁。"

周鲤想了想，然后摇摇脑袋。

"嗯？"他语调柔和得不可思议，凑近她，眼神询问。

"要再吃一道红烧狮子头。"周鲤竖起一根手指头说，因为哭过的原因带了点小奶音，颤颤的，模样认真极了。

陈砚显此时完全对她有求必应，一边低声答应，一边凑过去亲着她，话音含糊传来。

"好好好，你想吃什么都可以……"

客厅里，灯火通明，周鲤坐在餐桌前的椅子上，此时吃饱喝足，忍不住打了个嗝。

陈砚显卷着衣袖在收拾着碗筷，见状打趣："现在心情好点了吗？"

不提还好，一提周鲤又抑郁了。她扶着腮，悠悠地叹气："还行，也就一般般的不快乐吧。"

"那你今晚早点睡，明天起来一定会快乐的。"

"嗯？为什么呢？"周鲤好奇地看他。

陈砚显眨眨眼，露出几分神秘："因为我会魔法。"

"好土……"周鲤毫不留情地打击。

陈砚显一顿，觉得面前的人顿时没那么可爱了。

周鲤这晚睡得很早。

因为陈砚显在一旁哄着她睡觉。男人今晚模样过于温柔了，手里轻拍着她的背，嗓音柔和地在给她讲着睡前故事，像是哄小孩一样，就连她让他唱摇篮曲这种无理要求都能满足。

她入睡前嘴角是浅浅弯起的，手里紧抓着陈砚显的衣服，动作间无声依赖。

周鲤从来没有像今天这样发现陈砚显在她生命中的重要性，再痛苦困难的时光，有了这个人的陪伴似乎也没那么难度过，如果他能一直在她身边，好像也真的是一件很美好的事情。

一觉醒来。

魔法好像生效了。

周鲤是被手机"嗡嗡"声响震醒的，陈砚显已经不在房间里，她拿起手机，率先接到的是江朵电话。

"鲤鲤！你快看新闻，钱方健那个变态被抓了！"

——XX 公司某总监潜规则数人，视频曝光。

——钱姓男子利用手中职权潜规则底下女实习生。

——谈一谈如今遭遇职场潜规则的女性如何自保。

一登上网络，各种新闻展示在首页，周鲤连忙点开，里头文字言辞犀利、条理清晰，极具共鸣。后面有各种各样的视频和截图，女生都被打了马赛克唯有男人的脸无比清晰，油腻得令人恶心。

底下评论骂声一片，甚至连公司官微都被沦陷攻占，愤慨的网友纷纷要求开除这个人，事情没发酵两小时，公司官博贴出一则声明，大致内容为钱某在我司职务已解除，并且终生不再聘用，望周知。

即便如此，骂的人还是很多，公司的不作为和纵容，才是最后酿成这件事情的最大原因。

股票下跌，口碑受影响，公司亏损无数，听说法务部已经在准备起诉他要求赔偿所有损失。

周鲤刷完所有新闻再看了遍公司群聊，往日事不关己的同事此时一片哗然，充满感慨，化身为正义使者，在众口激情地讨伐谴责着钱方健，甚至还有人@了周鲤，对她进行关怀。

周鲤突然觉得一点意思都没有，一键退出了所有公司相关的群，关掉手机，掀开被子起身，踩着拖鞋去外头找陈砚显。

晨光从阳台窗户铺天盖地地洒进来，外头绿意盎然，鸟儿在枝头清脆啼叫，一室明亮整洁中，陈砚显系着围裙，在厨房给她做着早餐。

周鲤趿拉着鞋子啪嗒啪嗒小跑过去，一把抱住了他的腰，把脸埋在他背后深深呼吸一口，扬起嘴角：

“陈砚显，早上好啊。”

第八章
我们的恋爱一点都不甜 /

今天的早餐是火腿三明治、鲜榨胡萝卜汁和煎蛋，以及一盘切好的水果。

周鲤的那份三明治里头夹着两片厚厚的火腿，看起来就让人食欲大动。她先喝了口胡萝卜汁，微酸清凉的味道纾解了刚起床的干渴。

她终于打起精神问陈砚显："你是怎么做到的？"

"很简单，进去他们公司监控系统，找到证据后发给各家媒体。"陈砚显揉了下鼻梁，微低头，"章荣有公关方面的人脉，刚好拿来用了。"

周鲤已经不止一次从陈砚显嘴里听到这位学长大名，这次更是令她刮目相看，她摇摇头夸赞："学长可真万能……太厉害了。"

"我不厉害？"陈砚显闻言动作一停，颇有些吃味地看着她。

"厉害厉害，我简直太崇拜你了，陈砚显。"周鲤立即不留余力地吹捧，看到陈砚显露出满意、愉悦的神情后，不禁感慨，果然，男人不管什么年纪，内心永远住着一个孩子。

虽然大仇得报，但周鲤被解雇这件事是事实。

已完全入夏，A大毕业典礼即将到来。

他们正式毕业，踏进社会。

405宿舍的女生们已经开始陆陆续续往外搬，最开始走的那个也是最初说好要在宿舍住到学校赶人的二妹。

她实习转正，公司有分配宿舍，二人间，名额不多，必须要抓紧时间。

二妹搬走的那天大家都去帮忙了。那会儿周鲤还在上班，是个周六，几人帮她把东西搬到新家整理好，还一起吃了个顿火锅。

晚上她们回来，往日热闹拥挤的宿舍好像一瞬间变得空荡，莫名少了什么，夜里大家都有点伤感，在群里聊到很晚。周鲤最后放下手机入睡那一刻，脑中清晰涌起一个念头。

她们的学生时代是真的结束了。

之后就是徐玥，在毕业典礼前不久找到了房子，提前搬出了宿舍。

赵欢欢已经被另外分配了新的住处，仍旧在一个校区，离得不远，不急着搬。

虽然赵欢欢不说，但周鲤也知道赵欢欢是因为自己，因为她还没有找到房子，抑或说，她在考虑要不要找房子。

周鲤之前工作没稳定，没有想过房子的问题，而陈砚显则是直接希望她搬过来。

原本她还在犹豫纠结，现在一失业，也不用考虑了。

毕业典礼很隆重，A大百年名校，光知名校友都数不胜数，庄严气派的礼堂，院长和校领导讲完话，开始进行学位授予仪式。

所有毕业生都穿着学士服，彼此祝贺、拍照、纪念留影，把这平常又特殊的一天定格下来。

"你们站近一点，来，笑一个。"

咔嚓！

礼堂前的高高台阶上，周鲤挽着陈砚显的胳膊，两人肩并肩站在一起，被封存在照片里。

里头的人眉目端正，彼此眼含笑意，穿着一模一样的黑色学士服，帽子流苏垂落，正是最好最灿烂的年纪。

周鲤有三张他们这样子的毕业照。

初中、高中、大学，似乎每次拍完大合照陈砚显都会和她单独合影。

上面的面容从稚嫩一点点变得清晰起来，直到此刻，蜕变成了大人的模样。

两人竟不知不觉认识已有十年。

见过彼此幼稚不成熟的年少，逐渐成长的青春期，慢慢沉淀稳重的大学。

直到毕业，将要迈入另一个新的阶段。

他们仍旧还在一起。

或许以后还会有无数个十年。

毕业典礼结束，傍晚时分，黄昏晕开了一地，树影投在地上，房子的屋顶砖墙被夕阳余晖熏红，场景静谧得像一幅色彩鲜艳的油画。

陈砚显帮周鲤从宿舍把东西搬出来，这四年她堆积了无数大大小小物件，虽然已经处理了很多，但仍旧有几个大箱子，姑娘的玩偶都舍不得丢掉，光床上那个半米高的熊仔就占据了一个人力。

好在她们人多。

　　二妹、徐玥、赵欢欢都在，加起来共五个人，每人抱了一个大箱子，一趟也足够。

　　陈砚显车停在宿舍楼下，他把手里箱子放下，整理好后备厢里头的东西，最后合上了车门，对着周鲤侧了下头："走吧。"

　　她停在那儿，最后看了眼住了将近四年的宿舍，复古老旧的建筑在夕阳下依旧美丽，四楼右边那扇熟悉的窗户，将会由新的人推开。

　　从这里离开，再回来注定物是人非。

　　周鲤转回头，上前挽住了陈砚显的手。

　　"走吧。"

　　离开是伤感的，庆幸的是他们还在。

　　这天晚上大家去吃的海鲜自助餐，里头还免费提供红酒、点心，二妹动作熟练地开了一瓶红酒，他们一同举起杯子。

　　"干杯！"

　　玻璃在空中轻轻碰撞，发出清脆的敲击声。

　　"我们毕业啦！"

　　"青春万岁！"

　　"永远年轻！"

　　最后散场时，除了陈砚显，其他人几乎都是东倒西歪，周鲤靠在他身上往前走，另外三人手挽手互作支撑，其中话最多的二妹还在叫着要去唱歌。

　　陈砚显脸上没什么表情，把这群人一起通通塞进了车子里，然后点开导航，出声询问："你们住在哪儿？地址报一下，我先送最近的那个回去。"

　　好在没有醉得糊涂。

　　后座传来三道不同的声音，住址一大堆，陈砚显依靠着出色的记忆力在导航中输入查询，很快安排了一条线路出来。

　　徐玥住的地方最近，其次是二妹，最后把赵欢欢送回学校，陈砚显一打方向盘，看到副驾驶的周鲤已经熟睡。

　　车子在车库停稳后，陈砚显没叫醒周鲤。

　　他先下车，接着绕到旁边，打开门，把周鲤小心扶下来，放到背上。

　　动静有些大，人被他弄醒了点，趴在他背上，手迷迷糊糊地扒拉着他抱紧，嘟囔："陈砚显……这是哪儿啊？"

　　"到家了。"他背起她往电梯走去，脚步沉稳。

　　周鲤"喔"了声，头一歪，趴在他肩上彻底放心睡着了。

　　已是深夜，整个楼里很安静，电梯也是空无一人，陈砚显静静看着光滑镜面上映出的两人身影。周鲤脑袋陷在他肩颈间，只露出小半张脸，呼吸匀称，睡得极香甜。

他情不自禁地笑出来，嘴角弧度控制不住，一点点上牵。

女孩身体柔软温热，紧靠着他，即便是如此寂静时刻，也像个小太阳一样发光发热。

足以照亮他。

周鲤喝多了就想睡觉，意识特别沉，她期间醒了一次，是陈砚显拿着毛巾在给她抹脸，她才发现自己躺在了床上。

她挣脱开，一头扎进了被子里抱紧，舒服地蹭了蹭，闭着眼又睡云。

朦胧间，她感觉旁边陷下去一块，怀里的被子被扯开，换成了一个人，把她严严实实地揽进了怀里。

周鲤睡得不太舒服，手脚并用着想要挣脱他，面前的人霸道极了，就是把她牢牢地困住。

她在梦里也好气，磨着牙恶狠狠地威胁："陈砚显你这个大浑蛋，还不快放开我！"

只可惜没有任何作用，她依旧动弹不得。她实在太累了，干脆放弃挣扎，就这样不甘不愿地意识沉入黑暗。

房间灯关了，黑漆漆的，只有丁点月光从窗户透进来。

陈砚显拿着手机回复着工作上的邮件，怀里的人总算安稳，不再乱七八糟地闹腾。

他摇摇头无奈地叹息，这么大的人了，怎么睡觉还磨牙呢？

周鲤第二天醒来时陈砚显已经去公司了，他在微波炉里留了早餐，留言让她记得吃。

刷牙时周鲤隐约回想起了昨晚那个梦，皱起眉，胸口还是气气的，有点想要打电话把陈砚显骂一顿的冲动，理智让她控制住了。

不用工作的时间变得漫长而空闲，周鲤吃完早餐，不紧不慢地开始收拾东西，把她昨天搬过来的物件都一一归位整理好。

她对陈砚显这里的每个角落都很熟悉，轻轻松松就归纳好，最后看着衣柜里两种风格截然不同的衣服，突然涌起一阵莫名情绪。

衣柜的百叶门打开，两人衣服各占据一边，周鲤的是温暖的浅色系，陈砚显的大多都是深色，还有不少西装衬衫，放在一起，像是严肃和柔和的碰撞。

就像他们两个人一样，截然不同，又奇异的融合。

她觉得自己和陈砚显好像更靠近了一点。

周鲤这天待在家挺无聊的，中午叫的外卖，下午无所事事地躺在沙发上刷剧玩游戏，好不容易等到晚上，陈砚显却要加班，估计得很晚回来，让她自己吃饭。

华灯初上，窗外飘来菜香，不知道是哪家邻居在做饭。

周鲤一个人坐在餐桌旁吃着外卖，莫名怀念起了母亲的手艺，也想念在宿舍时和二妹她们一边叽叽喳喳一边吃饭的时候，甚至有点想陈砚显偶尔有空给她做饭时，两人静静坐在这里吃饭的样子。

她夹着粗糙外卖盒里的排骨，往嘴里一塞，调料味太重了，舌头都发苦。

周鲤皱起眉端起杯子喝了口水，悠悠地叹气。

这日子真是一天不如一天。

陈砚显忙完下班，到家已经是十一点。

周鲤知道他现阶段挺忙的。

陈砚显的公司在几个月前已经正式成立，从 A 大创业基地搬了出来，在宁市高大上的 CBD 大厦内租了办公场地，虽然面积不大员工也才数十个，但从里到外都具备了一家新兴公司的规模。

他们搬过去那天周鲤也去帮忙了，原本以为只是一个简陋的小办公室，但进去一看，不管是所在的高端地段，还是一进门大气漂亮的前台，都令她合不拢嘴。

公司装修审美十分在线，整体是冷白色的风格，里头添加了清新绿，简洁大气，绿植的摆放和一些细节处又增添了几分趣味，中和了冷感。

给人第一印象就是生机勃勃又不失档次，很容易让第一次来的人产生信任感。

如果简单、粗暴概括一下也可以用三个词总结：

高端、大气、上档次。

周鲤参观了一圈下来，除了惊叹就是挫败感。

同样都是人，为什么人与人之间的差距可以这么大？

所以为了防止自己心态崩坏，周鲤除了那次就再也没有去过，当然不会承认是她懒。

公司创业初期，正是争分夺秒产出的时刻，每个人都忙得团团转，加班是常事，全国各处飞也是家常便饭。

但周鲤一直没近距离接触过。

现在她才知道原来他每天的生活就是这样。

从前偶尔的见面都是特意抽出来的时间，空出一天休息不知道要用平时多少加班来补齐。

周鲤实习那段时间两人十天半个月不见是常态，她从前习以为常，丝毫没有觉得有任何的不对和想念，可能是这段时间相处太过频繁，导致她产生了别样的情绪。

比如依赖感之类。

她其实睡意已经上来了，但还是苦苦支撑着陈砚显洗完澡出来，看他喝水关门，最后掀开被子上床，摁灭灯。

外头微弱的光映亮房间，不知道是街边路灯还是别家灯火，抑或是月亮。

"你们最近还是这么忙吗？"周鲤闭着眼嘟囔着问。

陈砚显声音就在枕旁，低低传来。

"最近筹备的几个新项目都要上了，还有原本的需要维护，估计等过了这个阶段就好了。"他解释道。

周鲤完全能理解，只是有些叹息。

"太累了，要注意休息。"她脸靠过去，在陈砚显肩上蹭了蹭。

女孩子脸蛋柔软，有细密痒意从那一处传来，陈砚显感觉自己的心像是被烤化的巧克力。

他本能地转身，把她揽紧，密密实实地抱住。

周鲤终于找到了昨晚那种熟悉感，当即脑中一个激灵，立刻睡意全无，一把推开了陈砚显。

"我就说昨晚睡觉为什么这么不舒服，原来是你。"她气呼呼地说，"陈砚显，你想闷死我吗？"

"……"

周鲤说完开始往外挪，一直到和他中间空出了段安全距离，才警告似的出声："好了，你现在别再靠过来了，自己睡自己的啊。"

陈砚显彻底没脾气了。

"周鲤。"他叫了声她名字，又顿住，过了会儿，声音无奈地传来，"睡吧睡吧。"他往她那边扯了下被子，"空调开得低，别着凉了。"

炎炎夏日，周鲤在家光荣地成了一位无业游民。

她彻底摆脱了学生这个身份，以后再也不能以"还没毕业"为理由和借口随心所欲，伴随着极度自由的同时，还有各种责任接踵而来。

她坐在冷气充足的房子里，一边挖着怀里的西瓜，一边对着手机叹气。

简历投出去不少，收到回应的寥寥，周鲤也尝试着去面试过，可是那些和她上一家公司几乎大同小异。

朝九晚五的时间，固定的工作内容，古板的氛围和严肃的领导。

如果去上班，也就意味着开始重复上一段的生活。

周鲤突然有些犹豫，对是否要去上班这件事产生了怀疑。

她托着腮苦恼，觉得自己是不是不适合工作？

她有生之年第一次对自己的未来感到了迷茫。

只可惜没人为她答疑解惑。

因为陈砚显再度出差了，这次时间还特别久，长达半个月。周鲤在家闲得发霉，游戏、动漫、电影都不香了，宿舍的小姐妹也约不出来，大家都有自己的事情要忙，似乎只有她一个人在这儿无所事事。

周鲤几乎是掰着手指头数陈砚显回来的日子。

不怪她，现在只有他一个人能陪她玩了。虽然白天陈砚显也要上班，但早晚至少还能说几句话，不至于她一个人在空荡荡的房子里都快要对着空气自言自语。

别问周鲤为什么不出门，因为热。

宁市的酷暑能烧人，她最近连去面试都放弃了，正在考虑要不要等温度降下来一点，夏天过去了再考虑工作的事。

正好这段时间她也可以好好思考一下自己应该做什么。

她思忖着这个问题，拿着手机查看陈砚显姗姗来迟回复过来的消息。

她发出的第一条消息时间是两小时前，他的回复刚刚才收到。

周小鲤："你什么时候到家？"

浑蛋陈："飞机正常是下午六点，不出意外的话七点能到。"

"需要我来接你吗？"周鲤想了想，问。

那边很快打过来一个问号："？"

简单又明了的符号，充分反映出了当事人此刻疑惑不解以及感到莫名的心情。

周鲤清楚地收到反馈，直接给他回了个好的手势符号。

"？"他又是一个问号发过来。

周鲤磨牙，怎么，连打个字都没时间？

她恶狠狠用力地戳着键盘："知道了！你放心我不会去接你的！"

"行。"他很快又补充了一句，"你来我更加不放心。"

"？？？"这次问号爱好者变成周鲤了。

"怕你找不到机场。"

周鲤直接给他发了个砍刀表情，恨恨地关掉屏幕。

她才不会去接他！想得美吧！

傍晚时分坐在出租车上往机场赶的周鲤觉得自己脸有点疼。

但她很快很擅长地为自己找了个借口。

就是因为她在家太无聊了，实在不知道干吗，所以顺便出门走走吹吹风。

嗯，就是这样的没错。

她在心里这样自欺欺人一番，心情美滋滋地点开手机。陈砚显登机前给她发了消息，轻而易举就让她确认了是哪趟航班，距离抵达还有半个小时。

周鲤没料到去机场的路上会这么堵，正是下班高峰期，高架桥上车辆排成长龙，把道路占据得满满当当，进不去，出不来。

等她紧赶慢赶终于到达时，陈砚显那趟航班已经落地了。

机场人流量很多，都是刚下飞机的旅客和行人，周鲤握紧手机，往出口方向走去，目光在人群中快速搜索着。

宽阔明亮的大厅，地面光洁，落地窗外天空暗蓝，四处都是拖着行李箱行走的陌生面孔，正当周鲤忍不住想要给陈砚显打电话那瞬，突然福至心灵，在纷乱中看到一抹熟悉的身影。

正是她苦苦搜寻的那个人，穿着白衬衫和西裤，身姿笔挺俊逸，轻而易举从人群中脱颖而出。

他旁边还站了另外一道身影，淡红色连衣裙不掩明艳风情，长卷发，眉眼漂亮，成熟又充满干练。

还很熟悉，周鲤认得她。

姜玫。

大一就和陈砚显成为同学，大三企图告白，大四在他工作室曾见到过她。

到现在，她仍旧在他身边。

周鲤注视着那两人一边说话一边往外走着，陈砚显低头微微凑近姜玫，嘴里在说着什么，女人仰起脸回应，俊男美女的组合，极其养眼又和谐的一幕。

周鲤突然有点难过，手垂落下来，低着头站在那里许久，才慢慢独自走出去。

车窗外风景快速后退，和她来时截然不同，距离到家还有十多分钟时，握在手心的手机开始振动。

她盯着屏幕一动不动。

电话无人接听后，很快换成一条消息涌了进来。

"你在哪儿？怎么不在家？"

周鲤静坐许久，才缓缓回神般，一下下很轻地点着键盘。

"哦，我刚刚出来买了点东西，很快到家。"

半个小时后。

周鲤推开门在玄关处低头换鞋，手里提着一个袋子，身后传来陈砚显的声音："你去买什么？"

"突然想吃雪糕了，就去买了点。"周鲤说着，换好鞋走向厨房，打开冰箱把手里的东西一样样放进去。

"怎么去那么久？"陈砚显跟在她后头问，"楼下不是有便利店吗？"

"那里品种太少了，我想吃超市卖的这个牌子。"周鲤面不改色地撒谎，关上冰箱门，阻隔了他好奇打量的目光，转身，视线从陈砚显身上扫过，假装随意。

"你这次出差怎么样？"

"就那样。"陈砚显连眉头都没动一下，"和以前差不多。"

"喔。"周鲤应着，哪怕在外面特意散了许久心才回来，胸口还是有点闷闷的，她垂下眼。

"我刚才走了好多路，好累啊，先去休息一会儿。"她说着，走向房间。

陈砚显面上露出些许诧异，又很快消失。

"你晚餐想吃什么？"他扬声问了句。

周鲤头也不回，只对他摆摆手："随便。"

晚上陈砚显在洗澡，周鲤窝在被子里，漫无目的地刷着手机，视线从一排排新闻热点上滑过，提不起太大兴趣。

卧室安静，只有浴室水声隐隐传来，就在此时，陈砚显放在床头柜上的手机发出"嗡"一声响。

放在以前周鲤根本不会在意，恐怕连心神都不会分去半分，可此刻，她却动作一顿，忍不住抬眼。

须臾，她还是伸出了手。

陈砚显的密码是他生日，万年不变的四个数字，周鲤轻而易举就解了锁，画面随即跳到了微信页面。

新消息那一栏，有个鲜红的数字，最顶上是姜玫的名字。

"客户的资料已经更新给你了……"

周鲤没有点进去，前面只显示出了部分文字，和工作有关，看起来十分正常。

她重新锁上屏幕，把手机放回原处，却没了再刷网页的心情，闭着眼，把整个人缩进了被子里。

陈砚显不久后出来，大概是看周鲤睡了，动作很轻，没过一会儿，房间灯被熄灭。

周鲤感觉到他拿起手机，耳边有轻触打字的声音，她猜想着他应该是在回复姜玫的消息。

她这晚失眠了，意识时而清醒时而混乱，不知道过了多久才不太安稳地睡去。她依稀记得半梦半醒时分她睁了下眼，窗外的月亮早已消失得无影无踪，夜黑得深沉。

周鲤做了个梦。

梦里她和陈砚显还是初中的时候。

临近毕业考，夏季气候多变，陈砚显有天连假也没请就没来上学。

老师打他资料上留的家长电话，不是无人接听，就是说自己没在家。老师正愁眉苦脸之际，周鲤跑过来了，趴在办公室门口小心翼翼地问："老师，陈砚显怎么没来上课？"

"我也联系不上他，正烦着呢。"老师皱起眉。陈砚显向来品学兼优，从来没有发生过像今天这个情况，不会是出什么事了吧？

老师犹豫着是否应该去他家看一下，可又想这样会不会太小题大做。

他正左右摇摆之际，面前的女孩迟疑出声："老师，我和陈砚显家离得挺近的，您要不把具体住址给我，我去看看？"

周鲤找到陈砚显家时，敲了很久的门都没人应，她急得团团转，突然想起他曾经在一次聊天中偶然说起，自己会在地毯下面习惯性放一把备用钥匙。

她那会儿忧心忡忡担心会不会有小偷上门，陈砚显笑了下，口吻随意自嘲："万一哪天我失联了，至少别人还能打开门，看我有没有死在家里。"

她想到这儿，心咯噔一跳，立刻趴下去在地毯下面翻找，庆幸的是，真的翻出了一枚银色钥匙。

她立刻开门进去，整个房子悄无人声，她提心吊胆地往里走，凭着直觉推开了其中一扇门。

床上蓝色被子里，静静躺着一个人，一动不动的，没有任何声息。

周鲤大惊失色，颤声叫着陈砚显的名字，正想把他推醒时，触到了他滚烫的肌肤。

昏睡的人被她大喊大叫吵醒，沉沉睁开眼，意识模糊。

周鲤见他还能睁眼，一颗心放下一半，正准备去客厅打电话叫救护车时，他猛地抓紧了她的手，很用力，力气大到她腕骨作痛，她忍着没叫出声，因为躺在那儿的人皱紧眉头，看起来比她还要更加难受。

"不要走，求求你，不要让我一个人……不要丢下我……"他喃喃着，泪水猝不及防地从紧闭的眼角滑落，源源不断浸入枕头里，打湿一片。

周鲤蓦地定住，眼睛鼻子都发酸，她想哭，又忍住了，只是握紧了他的手，一字一顿，像是宣誓一样郑重坚定。

"我一定不会丢下你的。"她紧咬着牙。

"陈砚显，我会一直、一直都陪在你身边。"

那天的事情对周鲤冲击很大。

陈砚显比起同龄人早熟很多，总是沉稳淡定的模样，在周鲤眼里，似乎就没有他解决不了的事情。

任何令人焦头烂额，手足无措的问题放到他面前，都可以很快迎刃而解。

他不太爱交朋友，对每个人都是差不多的态度，看似讲理，其实挺难接近，身边只有几个真正亲近的人，其中就包括周鲤。

周鲤觉得他是强大、清晰、理智的。

就是不管在哪里，独自一人也可以生活得很好的那种独立而强大的人。

可她才发现，原来他也是脆弱、孤独、渴望温暖的。

她是第一次见到陈砚显哭，在梦里无意识流泪的模样，比想象中的冲击更大。她难受极了，她觉得自己是一个很不合格的朋友，她想要对他更加好一点。

哪怕她很不想承认，但她很难拒绝陈砚显的任何要求，大大小小无数次，不管她最初想法是什么，最后结果总会如他所愿。

或许是因为这天。

这是藏在她心底的一个秘密。

习惯有时候很可怕，让人分辨不出自己原本的内心，就像她也不清楚，陈砚显从开始到现在，让她做他的女朋友到如今习以为常的相处，到底是因为真正的喜欢，还是习惯性不想放开手。

陪伴有时候也会让人难以割舍。

陈砚显自出差回来之后就一直很忙，他们公司好像最近接洽了一个大客户，是德国人，周鲤经常看到他拿着翻译文件在看。

他偶尔事情做不完，会把部分工作带到家里，每次都忙到很晚，为了不打扰她，自己待在客厅。

周三上午他有个很重要的会议，前一晚忙到凌晨，隔着一扇门，隐约能听到他打电话的声音，询问着那头事宜。

昏暗房间里，周鲤躺在床上，眼睛盯着手机没动，她刚刚听到了姜玫的名字。

他似乎是在和她打电话。

会议时间是早上九点，陈砚显有份文件落在家里了，很急，让周鲤帮他送到公司。

周鲤抵达时已经联系不上陈砚显，陈砚显手机静音了，她在前台等了两分钟，季涂匆匆走出来。

"麻烦了，我给老陈送进去。"他急急忙忙，拿了文件往里走。

周鲤站了下，询问前台洗手间在哪儿。

她离上次过来已经很久，记不清位置。

在对方指引下，周鲤总算找到那个标志。

她刚上完准备出来洗手时，洗手台旁边站了两个女人，一边在补妆，一边说话。

"那个姜玫到底是什么来头？好像和我们陈总关系很不一般？"其中一个抹完口红，皱起眉头一脸不爽。

"每次出差都带着她也就算了，有次我还看到他们下班一起去吃饭。"

"哇，那可是陈总哎，平时谁见着他不是敬而远之，又爱又怕。"她抱怨，"我上次想和他多说句话都被吓退了。"

"哈哈哈，你想什么呢！癞蛤蟆想吃天鹅肉。"另一人嘲笑。

她不满地争辩："怎么，我想想也不行？"

"据我所知，姜玫好像是陈总他们大学同学。"闹腾完言归正传，那人收起粉饼，一本正经地给她科普，"所以私底下肯定关系匪浅，和我们不一样的，你平时啊，最好不要去招惹她。"

周鲤一直等她们聊完天补好妆才出去，水龙头的水哗啦啦，在大夏天里也冰凉透骨，她扯了旁边的纸巾擦干，走出去。

季涂在前台处四处张望，一见到她，立即走过来，连连抱歉。

"真是不好意思，我刚刚太急了，老陈他们会议还没结束。走，我带你进去转转。"

"不用了，我准备回去了。"周鲤说。

季涂立刻叫道："不要啊，我还想中午一起吃饭呢！"

"你们最近应该很忙吧。"她迟疑道。

季涂不假思索："是有点，不过吃饭的时间还是有的。"

"算了，我就不耽误你们了。"周鲤准备往外走。

见她去意已决，季涂也不再挽留，送她到电梯口。

走道安静，两人在等着电梯上来之际，周鲤犹豫了下，还是问："对了，你们有多少同学在这里工作？"

"没有多少，就我、李述……"他说了好几个人的名字。

周鲤都有所耳闻，到最后，他仿佛又想起了什么，补充了句："哦对了，姜玫也算，她暂时是老陈助理。"

说到这里，他正想要解释一下，电梯门在面前缓缓打开，他话音顿住。

"电梯来了，我先走了。"周鲤朝他笑了笑，指向电梯。

季涂张张唇，朝她点头。

"好，路上小心。"

周鲤颔首，按下右边按键，随着电梯门缓缓在眼前关合，她嘴角弧度也渐渐消散，轻轻抿紧。

晚上陈砚显到家，两人一起吃饭，周鲤最近在开始学着做菜，只是味道有些一言难尽，他刚尝了第一口还拐弯抹角地打趣她。

"家里没盐了吗？"

"啊？"周鲤不明所以，自己吃了口才反应过来，太淡了。

她又羞又气，叫道："有本事你别吃！"

"我没本事。"陈砚显立即说，不要脸的功夫天下第一。

碗筷碰撞，空气中有淡淡饭香味。

两人吃到一半，周鲤始终想着今天的事情，她咬着筷子，突然问他："陈砚显，你有没有心中的理想型？"

他疑惑："嗯？"

"就是你心目中最佳的女朋友人选是什么样子的？"

陈砚显垂脸，哼笑了下，才反问："最佳女朋友人选？"

他咬着字重复了一遍，见周鲤点头后，垂眸深思，再抬头看向她时嘴角裹挟着一丝笑，眼里流露出意味深长。

"当然要温柔大方、贤惠体贴，身高嘛，一米七，体重不超过一百，长相要漂亮，还有厨艺一定要好……"

他说得正在兴头上，周鲤已经完全忍不下去，气急败坏地出声打断了他："你想得美吧，陈砚显！"她就差没说"也不拿镜子照照自己"，但话头刚要跑出来，她盯着他的脸又熄声了。

等再过两年，他的公司壮大，凭借着陈砚显这副皮相，上面那些条件的女人，恐怕能有大把。

周鲤瞬间挫败，丧气地拿筷子戳着盘里饭菜。

陈砚显关怀地问："怎么了？"

"没事。"周鲤不想再同他说话，紧闭着嘴巴，气愤之余又倍感失落。

月中，陈砚显要去一趟德国。

临行前，周鲤给他收拾着衣服。

她在衣柜拿着衬衫，陈砚显洗完澡出来，走到她后头。

"我这次可能要去一周，你自己在家多注意。"

"嗯。"她在忙，随口应了声。

陈砚显一停，原本还有些嘱咐消失在了喉间。

他微蹙起眉，觉得有哪里不太对，可又说不出所以然来，最后被一个电话打断思绪。

陈砚显看着来电显示，走出门去接听。

结束完这个长达半小时的工作电话，陈砚显再回来，周鲤已经躺在床上准备休息了。

他收起手机上床，刚想把她揽入怀中。

周鲤轻轻挣脱他，只吐出一个字：

"热。"

他怀着失落收回手，熟悉的闷气再次郁结在心。

陈砚显走后没两天，周鲤在一次面试过程中受伤了。

事情是这样的，那家公司位置比较偏僻，在类似郊区的一个工业园内，那边正在修路，一片黄沙尘土，时不时传来重型机械的声音。

周鲤特意为了面试穿的是职业套装，搭配的高跟鞋，她拎着包走向最近的公交站台时，一不注意踩进了旁边土坑里，把脚崴了。

那一片连车都打不到，周鲤扶着树勉强单脚站立，叫天天不应叫地地不灵，最后是勉强蹦跶到公交站台坐上车前往医院，在这短短时间里脚踝又肿大了一圈。

处理伤口时，周鲤嘴唇都白了，额头冒出冷汗，听到医生宣判似的落下两个字："好了。"

她顿时卸力，后背湿透，像是刚跑完一场马拉松。

不是，是刚跑完一场中途摔跤又必须爬起来继续跑的酷刑马拉松。

回到家她才发现一切刚刚开始。

首先是取外卖时就感到了困难，紧接着晚上洗澡，好不容易都弄完可以上床休息，临近入睡前又想要喝水。

她单脚跳到厨房，杯子放在上面橱柜里，她伸出手，原本是轻而易举的动作，不知怎的突然碰到了那只受伤的脚，剧痛传来，她猝不及防跌到了地上。

重重一声响，她手撑在光洁的地面，杯子也四分五裂，她吃痛，靠着身后的料理台坐起，捂着手痛苦闭眼缓了许久。

第一次，她觉得自己是脆弱的。

寂静深夜，周鲤环顾着空荡荡的客厅，突然就很想陈砚显。她眼睛酸酸的，连水也不想喝了，又一瘸一拐地回到卧室，拿出手机给他打电话。

嘟声传来，一秒，两秒……十几声过去，那头始终无人接听自动挂断。

周鲤颓然放下手，坐在床沿垂着眼许久，最终还是自己出去，勉强费力地把地上碎片处理干净，重新找出杯子喝水，然后裹着被子，默默睡去。

陈砚显给她回电话已经是第二天。

周鲤那会儿早就平复下来，没有前一晚上那种难过失落迫不及待想要找个人支撑的感觉。

听到他的声音，她内心竟然挺平静的。

"你之前给我打电话有什么事，我那会儿在开会手机静音了。"陈砚显是估量着周鲤起床时间回过来的，两人之间有时差，他看到未接来电时这边已经凌晨。

"哦，没什么，就是想问你最近顺不顺利。"周鲤语气如常说，扶着墙壁脚步艰难地去客厅。

"还好，正常进展。"他口吻没太大波动。

周鲤一时不知道该接什么话，两人骤然安静下来。

"那就好。"她想了想，"你们那边天气好吗？"

"不太好，这几天总是下雨。"

"那你要记得出门带伞，多穿点。"

"嗯。"他应完，又立刻补充，"好。"

周鲤沉默，须臾，声音很轻，"那就先这样，你忙吧。"

"这几天你在家怎么样？"她正想结束通话前，陈砚显忽地问了句。

周鲤一顿，接着回答："我能怎样啊，就和平时一样啊。"

陈砚显想了下她每天生活，吃吃喝喝没有忧愁，他放下心，"嗯"了声："那我挂了，待会儿还要出去。"

"好，拜拜。"周鲤没有任何异样同他道别，挂断电话后叫了个外卖，特意备注让小哥送上楼，她下去不方便。

小哥人很好，直接送到她家门口。

小馄饨也很美味，周鲤吃得满足，自己把吃完的盒子打包好丢到门外，打开电视开始刷剧。

赵欢欢来看周鲤时，周鲤的脚已经好得七七八八了，至少能简单行动，不至于像最初那样狼狈困难。

两人坐在沙发上，赵欢欢洗了盘水果过来，一边吃一边递给她："陈砚显还没回来啊，你都成这样了。"

"本来说这两天，临时有事又要延迟。"周鲤说。上次电话过后两人正常联系，她仍旧没有说自己脚受伤的事情，未免他分神。

这个客户对他们公司挺重要的，即便周鲤不曾仔细了解过，从他平时的只言片语中也能分辨出，这将会成为他们公司一个重要的合作伙伴。

况且，就算陈砚显知道了也没有用，徒增担忧。

赵欢欢听完周鲤这个解释，无话可说，只是忧心忡忡："那你自己能行吗？你的脚……"她眼神看向周鲤还未完全康复的脚。

周鲤脚尖往里缩缩，扯了扯裙摆遮住。

"没事。"她有点不自然，低头避开眼，"最难的时候已经过去了。"

赵欢欢没再说什么，却隔三岔五地过来，给周鲤带一些生活必需品。

解决了周鲤不少困难。

周鲤觉得，姐妹这个词真是充满着温暖又治愈人心的力量。

周末，赵欢欢照例要去逛商场，问周鲤有没有什么要带的。

周鲤躺在沙发上思考着，正打算到厨房看看时，手机忽地又接连振动，赵欢欢发过来两张照片，无比震惊。

"不是说陈砚显在出差？那我看到的这个人是谁？"

周鲤胸口突地一跳。

照片模糊映出两个人影，一男一女站在某知名珠宝柜台前，正在并肩低头隔着玻璃挑选着。

男人穿着西装，微弯腰，旁边的女人一身职业连衣裙，侧脸温婉，站在他身边显得十分契合。

周鲤点开照片放大细细查看，心越来越凉。

正是陈砚显和姜玫无疑。

赵欢欢所在的地点是宁市最大的商场海虹国际，里头几乎囊括了所有知名奢侈品专柜，种类齐全，周鲤没去过几次，因为消费不起。

说起来，她和陈砚显之间也从来没有互相赠送过什么贵重物品，大部分都是以实用为主，好像情侣间的浪漫和仪式感在他们身上寻不到半分。

这样一想，除去这一层关系，还有那些比较亲密的事情，两人的相处比起恋人，其实更像朋友。

那种认识多年彼此熟悉得不能再熟悉的朋友。

周鲤眼帘低垂，一下一下按着手机，给陈砚显发出消息。

"你在哪儿？"

他回复得很快，和之前隔着时差和工作不同，大概是真的空下来了。

"在外面买点东西，待会儿准备去拜访一个客户。"他又紧接着补充了一句，"我回国了，临时改签的行程还没来得及告诉你，晚上回来大概会很晚，别等我早点睡。"

周鲤原本一腔的话都顷刻消散得无影无踪，她盯着屏幕，一动不动。

什么都被他说完了，她除了应答，没有其他选择。

"嗯。"最终，周鲤隔了很久，才回道。

正如陈砚显所说，他回来时已是深夜。

周鲤很困，没有任何想要和他吵架争辩的心情，经过一下午的冷静，整个人已经接受现实。

她疲惫地睡在那儿，陈砚显动作很轻，连大灯都没有开，不一会儿，浴室水声响起。

半梦半醒间，她感觉似乎有人上床了，带着熟悉的气息和温度。

周鲤翻了个身，睡到另一边，两人中间空出大片地方，陈砚显没其他反应，给她披了披被子后便躺下。

许久后，周鲤睁开眼，辗转半夜才入眠。

第二天醒来，陈砚显人已不在，去了公司。

周鲤起床自己叫了早餐，她现在走路还是有点隐隐作痛，但是控制好速度尽量避免受伤那只脚受力基本行动没有问题。

晚上陈砚显要加班不回来吃饭，两人在打电话，周鲤听完刚要应好，那边突然传来一道女声。

很清晰，伴随着敲门声。

"陈砚显，会议要开始了，快点。"

"好。"他答应，接着对电话这头的她说，"那我先忙了，你好好吃饭。"

周鲤挂完电话，脑子一直回荡着那道声音，现在是晚上七点，他们从今天早上到现在一天仍旧在一起。

用朝夕相处这个词来形容也不为过。

她露出点苦恼，咬咬唇，终于做出了某种决定。

周鲤没有告诉任何人，她来到了陈砚显公司。夜里加班时间，除了特定的几个人基本都已经回去，前台也是空荡荡，只有顶上一盏小灯亮着，玻璃门紧闭。

周鲤的指纹第一天来的时候就被陈砚显录入门禁，她很轻易地推开门，往里走去。

整个办公间比白天显得安静空旷很多，冷气很足，放眼望去座位上都是空的，隔着落地窗玻璃，能看到城市的夜景，和室内明亮灯火相映照，格外有气氛。

夜里在这种地方加班，似乎也不觉得难熬了，甚至还有种难以言说的浪漫。

周鲤视线环顾一圈，径直走向陈砚显办公室，她在心里已经演练了无数遍的开场，最简单重要的一个问题，莫过于当着陈砚显的面，直接询问他是不是喜欢那个人。

与其这样不清不楚牵扯下去，让她徒增烦恼，不如直截了当地说清楚。

她这样想着，渐渐走近了。

陈砚显是个独立的办公室，在最尽头，外面还有两个格子间，离得很近。

周鲤还没走到他办公室门口，就先看到了在那里的两个人。

清冷灯光从头顶洒下，女人似乎很累，趴在桌上无声无息地睡着了。她穿着一件无袖连衣裙，白皙的手臂光洁。

男人站在她身侧，从一旁拎起外套披到她身上，微垂着眼，平静无波的侧脸莫名显露出了几分温柔。

周鲤一瞬间突然失去勇气，脚步停住，最后带了几分迫不及待般，仓皇而狼狈地转过身去，她不忘放轻了脚步，像个贼一样，害怕惊扰了那边的两个人。

脑子浑浑噩噩，周鲤仿佛失去了思考，电梯门打开又合上，直到再次停下时，她才发现自己到了负一楼停车场。

外头光线暗淡，有个人立在门边，目光惊疑不定地注视着她。

周鲤这才从镜子里看到自己呆愣的脸，她觉得丢人，飞快地越过他出去。

停车场很大，没有一丁点声音，角落黑漆漆，一辆辆车子停在那里，没有感情的死物，阴沉压抑。

周鲤方向感很差，闷头往前走着，她迈开脚步，迫不及待想离开这个地方。

脑子里依旧回放着刚才那一幕，她鼻子莫名其妙发酸，眼眶湿润。

停车场的每条道几乎都长得一模一样，周鲤在里头来来回回打转，怎么也找不到出口，脚又有点疼了。

她想起了两人从前的一些事情，其实陈砚显一直对她挺好的，只是他们可能不太适合做男女朋友，况且他还骗她。

周鲤吸了吸鼻子，伸出手背抹掉眼泪。

不要他了。

她在心里默念。

周鲤终于走出来回到家时，已经是十一点，陈砚显还没回来。

她洗了个澡平复，镜子里的人眼睛还是红红的，她拿出许久没用的眼霜拧开涂了涂，又给自己泡了杯热牛奶。

陈砚显结束完会议，把手里事情都处理完，推开门带着满身疲惫进来。

墙上时钟即将指向零点，他眉眼困倦，脱掉外套看向客厅，动作忽地顿住。

"周鲤，你怎么还没睡？"

沙发上，她端坐在那儿，面前的电视机没有开，手里抱着抱枕，一动不动地看着他。

陈砚显揉着眉心走过去，刚想要俯身抱抱她，面前的人突然仰起头，无比冷静地对他说：

"陈砚显，我们分手吧。"

陈砚显不可思议，一瞬间怀疑自己出现了幻听，他怔在那里没动，许久没反应。

大概是担心他没有听清楚，周鲤又清晰地重复了一遍："我们分手吧。"

他深呼吸了一口，接着用力闭了闭眼，盯着周鲤语气尽量冷静。

"鲤鲤，这个玩笑一点都没有趣。是不是因为我最近太忙没时间陪你，你一个人在家无聊了，等我手上事情忙完，过两天就可以抽出时间来了……"

"不是。"周鲤说到这里，已经染上了一点不耐烦，她困惑地抬脸，"我不是在开玩笑，我们的分手原因也和这件事情没有关系。"

"那是什么？"陈砚显倏忽沉声问，黑眸晦暗，目光紧攫住她。

周鲤沉默几秒，垂眼盯着脚尖，须臾，再度抬起头来："我觉得我们还是更适合做朋友。"

去他的朋友。

陈砚显气得咬牙，瞪着沙发上的女生眼神像是要吃人。

周鲤吓得肩膀往后缩了缩，陈砚显见状，勉强恢复平静。

他缓缓吐气，嗓音克制得发颤："周鲤，我觉得你现在需要冷静一下，等明天，我们再好好谈谈。"

陈砚显不觉得现在继续下去会是个更好的选择，最后结果可能是他先情绪崩溃掉，说出一些无法挽回的话。

他需要一些时间缓冲，找出问题的症结，再想最佳的解决办法。

周鲤没有反对，只是无声默认。

见她这样，陈砚显面色再度和缓几分，口吻也柔软下来："不早了，你先去睡吧。"

"不用了，今天我就睡这里。"周鲤说着，起身到房间里抱了一床被子出来，不忘带上了她的枕头。

陈砚显又是一口气堵在胸口，态度重新变差："你不必这样，我是男人我睡沙发，你回房。"

周鲤动作顿住，也不想再和他纠缠下去，点点头，自己回了房，不忘把门锁上。

陈砚显盯着不远处"啪嗒"一声紧闭上的门，连呼吸都不畅了。

片刻，他无力倒在沙发上头往后靠，手遮住眼，胃一抽一抽地疼。

陈砚显醒来才早上六点，房间里还没动静，周鲤一般这时候还在睡。

他轻手轻脚地去洗漱，镜子里映出的人脸苍白，嘴唇毫无血色，眼底青黑。陈砚显面无表情伸手一抹脸上水珠，拎起外套往外走去。

关门声轻轻响起，床上的人却立刻睁开了眼睛，周鲤掀开被子起床，拖出了床下的行李箱，开始收拾东西。

陈砚显来到公司时正好撞上季涂和姜玫，两人的车刚停稳下来，见到他，季涂面露新奇，不由得打趣："老陈，你这副模样怎么回事，昨晚劳累过度了？"说着，他想到什么，坏笑，"不会是太久没见到女朋友太兴奋了，哥哥，你昨晚回去得凌晨了吧，悠着点。"

陈砚显冷冷瞥他一眼没说话，倒是姜玫忍不住在他胳膊上拧了一下，低低训斥："好好说话。"

"遵命。"季涂立即收起那副表情，轻咳，接着不要脸地朝她凑过去，"我是不是特别乖，有没有奖励？"

姜玫没眼看，捂住了脸，急步往前走。

"哎，宝贝等等我啊。"

"说了在外面不要这么叫我！"

"这不是到公司里了吗？"

"公司里更不行！"

电梯上行，陈砚显站得笔直，一动不动地盯着面板数字变动。旁边两个人吵吵闹闹，一路上打情骂俏不断，他置若罔闻，电梯一到，立刻头也不回地出去。

季涂盯着他的背影，拧眉嘀咕："怎么这么久了他还是这副死样子，好歹你也帮了他几个月。"他转头看着姜玫，一脸凝重，"宝贝，真是太辛苦你了，要不咱别干了吧。"

"最后收尾了，等合作稳定，你们就可以请个专业的德语翻译，不用让我这个业余人士来帮忙了。"

"你在我心中就是最专业的。"

两人往公司走去，即将看到大门时，季涂趁着没人偷偷去牵了下她的手，眼里笑意还没跑出来，就忍不住皱眉："你的手怎么这么凉？"

他看着她身上轻薄的连衣裙，神色不满："你上次生病才出院没多久，还穿这么少。"

他说着，不由分说地把身上的外套脱下来披她身上。

姜玫头疼，想打人："今天气温 27 度！"

"公司冷气开得低，对，我待会儿就和行政说一下，电费不要钱是不是。"

他絮絮叨叨，姜玫却看着身上这件外套陷入沉思，不禁疑惑："昨天我加班太累趴在位置上睡着了，是你过来给我披的衣服吗？"

"啊。"他话头戛然而止，"我没啊。"

姜玫指了指身上外套："我醒过来的时候就看到你衣服披在我身上了，昨晚加班一共就那几个人，难道是……"

两人一对视，纷纷不可置信，季涂张大嘴："老陈？太阳打西边出来了？他怎么突然善心大发？"

季涂感慨连连："不枉你这段时间起得比鸡早睡得比狗晚，还弄到劳累过度住院，他这个老板终于良心发现了。"

"你想多了……"姜玫凭借着这些天对陈砚显的了解，觉得自己发现了真相，她悠悠地揭穿，"他肯定是怕我身体出问题到时候又要耽误工作进度，就像上次一样……"

"呃……"季涂哽住，一时间竟然说不出任何为他辩解的话，毕竟这就是陈砚显以往的一贯作风。

他再次咳嗽，转开话题："是我的错，我的错，当初就不应该叫你过来帮忙……"

季涂知道姜玫当时是拒绝了几家公司邀请过来的，那会儿他和陈砚显正急得焦头烂额，又要懂计算机专业知识又要会德语的合适人选，一时半会儿根本找不到。

季涂也是当初追姜玫时特意了解过，才知道她在校选修过德语，试探问了下她愿不愿意来帮忙，谁知道她真的答应了。

后面的事情他觉得挺对不起她的，毕竟陈砚显此人在工作上是出了名的不要命，季涂、姜玫跟着陈砚显三个人去出差国内外各处飞时，他一个大男人都有些吃不消，更别提姜玫一个女孩子。

"没事，我也学到很多东西，比在学校丰富很多。"姜玫说道。

季涂听完满脸感动，然后突然叹了口气："唉。"

"怎么了？"姜玫见状担忧地追问。

"我好像感冒了。"

"着凉了吗？我那里有药待会儿吃一点——"

她还没说完，季涂打断她："不，因为我对你完全没有抵抗力。"

这是什么土味情话。

周鲤买的是最早的火车票，她拖着行李箱回到荔城时，才刚中午，她还可以赶上母亲的午饭。

她吃着家里熟悉的饭菜，冷冰冰的心都立刻变得温暖起来。

周鲤听着母亲在旁边问她怎么突然回来，头也不抬地答："我不想找工作了妈妈。"她委屈巴巴的，半真半假，"最近生活一点也不开心，我想要回来休息一下。"

"好好好，工作的事不急啊。"周父周母顿时变得一脸怜爱，往她碗里夹着菜，满是心疼，"快，多吃点，瞧着都瘦了。"

周鲤吸着鼻子点头。

可不是嘛。

因为这段时间天天吃外卖，都瘦一圈了。

晚上，周鲤整理完箱子收拾好躺在床上，双手摊开在身侧，双眼盯着天花板发呆，一旁手机被搁置在那儿，不停地振动，许久后终于回归平静时，又开始进入一条条消息。

过了好一会儿，出神的人才动了动，周鲤抓过手机放到眼前一看，果不其然都是陈砚显的未接来电和信息，询问她在哪儿。

周鲤大致扫过，机身再次振动，电话又进来了。

她眼里显出烦躁，挂断后给他回了条消息径直关机。

世界清静了。

周鲤闭上眼，决定要以最快速度放下这件事情，重新变回以前那个无忧无虑快乐的她。

陈砚显今天特意下班很早，把事情早早处理完，回来路上还去超市买了菜，准备吃完后再好好和周鲤谈谈。

他想过无数个可能，唯独没有想过推开门会面对空无一人的房子，周鲤常用的东西都被带走了，冷冷清清的屋子，像是宣告着她的态度和决心。

陈砚显生平第一次体会到了恐慌。

他抿紧唇，拿出手机给她打电话。

无尽的嘟声，终于戛然而止，紧接着，他收到了一条信息。

"不要再联系我了，我现在很安全。顺便，我们已经分手了。"

陈砚显盯着这一行短短的文字足足半分钟，手发抖，不知道是气的还是其他。

他咬紧腮帮子，给她回复。

"我不同意！"他沉着眼，飞速用力地敲着键盘。

"周鲤，我说我不同意。"

"我们见一面，把话说清楚。"

死寂。

悄无声息的沉默。

陈砚显等了半小时，再次拨过去发现她已经关机了。

他终于确定，她是真的不会再回复。

接连几天，季涂在公司看到陈砚显都是一副憔悴不堪的模样，臭着脸，像是被人欠了几百万。

公司里人人都不敢招惹陈砚显，见到他无一不是谨小慎微。

姜玫的座位离陈砚显最近，就在他办公室前面的格子间，已经不止一次和季涂抱怨，每天像是对着一尊活阎王。

季涂觉得陈砚显大概疯了。

有一次深夜两点，季涂到公司来帮姜玫拿止痛药时，透过玻璃看到办公室亮着的灯，里头的人还在对着电脑工作，头发凌乱，衬衫已经皱巴巴，抬头时眼底还布着血丝。

季涂震惊。

后来，他把药送回去，拉着陈砚显谈心。

24 小时便利店外头，几瓶啤酒，两人隔着一张桌子，陈砚显撑着额头，眼睛红了。

"她和我分手了。"

说出这简短的几个字，对他来说都像是一场酷刑。

季涂看着对面的人，往日意气风发、刀枪不入的陈砚显，此时颓废得像是一只丧家之犬，歪坐在椅子上，望着头顶，眸里湿润。

一个大男人被逼成这样，除了恨铁不成钢这个词，他还想要说一句自作自受。

季涂痛心疾首道："她要分手你不会去追回来吗？烈女怕缠郎，更何况周鲤还不是那种烈性子，只要你一出马，什么搞不定！我看你就是平时太装，把人给作走了，现在在这里和我哭，早干吗去了？

"赶紧的，明天就去找周鲤求和，不管三七二十一，先把姿态放低，女人是要靠哄的，不是像个锯嘴葫芦一样什么都闷在心里。"

他噼里啪啦一通骂。

陈砚显听完，揉了揉脸，弓起身子手肘撑在膝上，声音从掌心下传来，嗡嗡的："等我明天把手上工作处理完，就去找她。"

周鲤见到陈砚显那会儿，她正在楼下广场和母亲一起遛弯，顺便欣赏阿姨们的广场舞。

回家这几天她作息规律，每天生活基本和家里两位一致。

早上逛逛菜市场，中午休息，晚上出门散步，跟周围的街坊邻居飞速熟悉起来，甚至还有些热情大婶企图给她介绍对象。

周母旁侧敲击过，都被周鲤搪塞回去了，她现在无心爱情，倒是在父亲建议下，考虑本地公务员招考的事情。

广场上音乐节奏十足，傍晚夕阳是橙红色的，河边柳树垂落，小麻雀停在围栏上，低头不知道在啄着什么。

周鲤视线忽地闯入一道熟悉的身影，她眸光一定，看到陈砚显站在不远处，正静静地看着她。

离得广场远了，吵闹的乐声也渐渐听不见，两人走到了河边，四下无人，周鲤停住脚步转身。

"你怎么知道我在家里？"

"问了下你舍友。"陈砚显比周鲤高，看向周鲤时眼皮垂着，配着此时理亏的神情，莫名有种温顺。

周鲤顿了顿，想起那天的事情，又一瞬间硬下心，语气不耐烦起来："你还来找我干什么，我们不是已经分手了。"

陈砚显所有心理建设在听到这一句时险遭崩塌，他控制住自己，尽量平静："我觉得我们之间有误会。"他在周鲤开口前径直出声打断她，"你说的我们更适合做朋友我不赞同，我不觉得我们在谈恋爱时有什么不对，甚至没有出现任何问题。"

退一万步来说，这个话也是没问题的。

两人从来没有大吵大闹冷战过，最多是陈砚显单方面的，所有一切相处进展都是自然而然，水到渠成，忽视那个最根本问题的话确实可以说和谐融洽。

周鲤深吸一口气，决定和他彻底摊牌。

"我那天晚上看到了。"

陈砚显满头疑惑。

"你给姜玫盖衣服。"

"所以？"他皱起眉思索着，缓缓地问。

周鲤见他这样，越发生气，干脆和盘托出：

"你明明知道她在学校就喜欢你，还每天和她在公司朝夕相处、形影不离。我那次去机场接你就看到你们两个在一起，你去德国出差，回来没和我说，却被欢欢看到和她一起逛商场，再……"

周鲤说不下去了，胸口再次传来闷闷的疼痛，眼眶有种湿润的冲动。

"你喜欢她可以直接说，为什么要做这种脚踏两只船玩弄感情的人？现在竟然还有误会，陈砚显，我算是看错你了！"

她愤怒地瞪着他，眸子很亮，被水光映衬的。

陈砚显听完，心中生出的荒唐感和怒意消散，换成了无可奈何的妥协。他叹了口气，举起双手放到两边。

"好，现在你说完了，换我来解释。首先，我不喜欢姜玫；其次，她是季涂女朋友，两人还没毕业就在一起了。

"第一，你在机场看到她是因为公司恰好需要一个懂计算机的德语翻译，季涂找她帮忙，那天原本是我们三个一起出差回来，季涂有事情耽搁在客户那里多留了一天。

"第二，商场那次是因为下午要去拜访一个重要的女性客户，需要给她挑选一份礼物，我在公司没有助理，所以这件事情就让姜玫暂时负责，我们顺路一同去的。

"第三，盖衣服……"

陈砚显揉了揉眉心，组织措辞。

"那件衣服是季涂的，至于我为什么会帮他……姜玫来公司几个月很辛苦，之前因为劳累过度生病住院一次，季涂很自责，只是顺手的事情，我就做了，只是没想到会被你误会。"

如果早知道这样，陈砚显一定会给季涂打电话让他立刻马上过来，他绝对不会去动这个手。

"大概就是这样，我解释完了，你还有什么想问的吗？"他话音落地，一动不动地盯着周鲤。

而此时此刻，空气是死一般的沉默，周鲤立在原地，尴尬得手脚蜷缩，五脏六腑都在悔恨燃烧着，只恨不得原地消失，不必面临此时非人一般的境遇。

她不说话，陈砚显大致也猜到了她的心路历程，于是替她解围。

"这一切都是误会，鲤鲤，是我没有注意到你的心情，对不起。"他刻意放柔了声音，上前想要去抓住她的手，"现在问题都解决了，跟我回去吧，嗯？"

"不！"周鲤被他一连串的攻势弄得脑子晕乎乎的，在他即将碰到她的前一刻，敏觉地反应了过来，一把甩开了他的手。

"我们之间还有一个最大的问题。"她皱紧眉头，认真又严肃地陈述。

陈砚显一顿："什么？"

"我们的恋爱一点都不甜。"周鲤板着小脸，无比慎重。她现在乱糟糟的，觉得有哪里不对，又说不出个所以然来，脱口而出的话就变成了这样。

听到这句，陈砚显稍停了下，随后微挑起唇睨向周鲤，眼角敛着笑，莫名含了无数的情意。

"你想怎么甜，我都满足你。"

周鲤睁圆眼惊在原地，被雷得不轻，她不可思议地眨了眨眼，声音上扬："你你你……太不要脸了。"

陈砚显的笑容明显僵住了。

"说的这叫什么话。"周鲤气呼呼地转身往回走，不想再搭理他。她这辈子是没吃过糖吗？垃圾陈砚显，土爆了。

没料到周鲤会是如此反应，陈砚显立刻跟了上去，一边在心里骂着季涂的招数不管用，一边抓住周鲤手臂和她解释。

"我不是故意的。"

"你是有意的！"

她闷头往前走，又快又急，陈砚显被她弄得无奈，跨了两大步拦到她面前，正色看着她。

"你到底要怎么样才能不生气，跟我回去？"

周鲤停下步子，低着脑袋思索了许久，才抬起头，认真地开口："陈砚显，我觉得我们刚好可以趁这个机会好好冷静一下，考虑我们到底适不适合在一起。"

这次的谈话无疾而终。

虽然陈砚显气得无语凝噎，但面对周鲤这次从未有过的坚定，还是选择退步。

周鲤不愿意回宁市，他也没勉强，原本打算在这边多待几天，晚上却接到季涂的电话，项目临时出了点问题，他必须要回去处理。

陈砚显连夜坐的车，只和周鲤在手机上匆匆告别，她仍旧是不冷不热的，不过好在把他从黑名单里放出来了。

转眼一星期过去，总算等到了周日。

陈砚显到周鲤家楼下，才拍了张照，发给她。

他正站在小区入口，人高挺拔样貌出众，来往进出的居民经过都忍不住侧目看他一眼。

这里也是周母每日必经之路，现在这个点，刚好是她散步要回来的时间。

周鲤一看到消息，几乎是立刻拿上钥匙出来找他，连身上的卡遛大 T 恤和短裤都没来得及换，脚下还踩着一双夹板拖鞋。

见到这样子的周鲤，陈砚显却想起两人之前还住在一起的时候，周鲤每天就是这副打扮，很随意，也很好看。

他目光有些贪恋地落在她身上，面前的人此刻和他截然不同，瞪着眼面带愤怒。

"陈砚显，你一声不响地跑到我家来干什么？"

"求和。"他面不改色地答。

她默然几秒，有些无力："你回去吧。"

"买的今晚的火车票，公司还有很多事情没忙完。"陈砚显嗓音里带了疲惫，满身风尘仆仆掩盖不住。

周鲤立即想起他先前的状态，生活被工作排得满满当当，休息时间几乎没有。而现在，还要特意抽出时间过来，两地来回跑。

她叹气，抬眼看向他："你没必要这样，只会让我更加有负担。"

"是我想见你。"他神情还是没有太大变化，就像没有听到周鲤话里的伤人。

"我们一起吃个饭，然后我就回去好吗？"

现在刚好是午饭点，陈砚显时间掐得极好，周鲤出都出来了，闻言踟蹰两秒，也找不到理由拒绝，于是半推半就，跟着他往外走。

两人并肩，周鲤刻意同陈砚显保持着不远不近的距离。陈砚显拿出手机状似专心查看着路线，然后出声问她意见："我们去以前常去的那家鱼记可以吗？有点怀念他们家的鱼了。"

陈砚显说的这家店是他们读书时经常去的，在一中附近，平时很多学生过去，味道一绝。周鲤当初第一次吃到的时候一连去了七天，几乎把大半个月的生活费都花光了，最后还是找的陈砚显接济。

想到这些往事，周鲤态度也软和很多，点点头："好。"

学校离家不远，两人沿着熟悉的道路慢慢走着，以前每天上下课必经之路，现在再度重游，仍旧是他们两个人。

周鲤看到旁边年复一年没改变的店铺招牌，右手边广场上熟悉的雕塑，还有前面十字路口，连红绿灯的样子都是依旧。

她莫名涌起一丝怀念，还有失落，十几岁的模样现在回想起来充满了美好和眷恋，当时却只道是寻常。

来到店里，周末的中午没有很多人，大部分学生都回家了。

两人点了一条鱼，再加了几份小吃，等待着上菜途中，陈砚显去隔壁给她买了两杯奶茶。

是周鲤习惯性点的那家黑糖小芋圆，陈砚显把吸管插进去再递给她，声音如常："我们好像很久没有来过了。"

这家奶茶店只有夏天才开门，而陈砚显算起来已经有三个暑假没有回来过，周鲤一个人来过一次，不知为何总觉得少了些什么，于是后来也没来过。

她吸了口，嚼着嘴里的芋圆，"嗯"了声。

这顿饭吃得很融洽。

中途周鲤的衣服不小心被锅里油溅到，留下一小块红色印记。她刚皱眉看了眼，还没来得及说话，陈砚显就立刻起身去服务台要来肥皂水，然后低着头细细给她用纸巾擦干净。

他俯着身，脸近在咫尺，周鲤一伸手就可以碰到他乌黑浓密的头发。

男人面容很认真，长睫覆下来，整整齐齐一排，莫名多了温和顺从。

周鲤心口不受控制跳了两下，好在他很快弄完，抬起了头来。

"好了。"

"谢谢。"她飞快地低下视线，轻声道谢。

"你戴上这个围裙吧，免得接下来再弄脏。"陈砚显给她递了个店内的小围裙。

周鲤戴上了。

"这一块鱼刺最少。"陈砚显又把一块肉质细嫩的鱼肉挑干净刺，接着放到她碗里。

这接二连三的体贴动作，让周鲤有些无所适从的同时，又有种诡异的开心。她不禁在心里灵魂拷问自己，难道她原本就是这样一个虚荣又容易取悦的女人吗？

这个问题，一直到吃完饭两人准备回去，周鲤还在深思。

店外是一条热闹的马路，对面红灯，周鲤站在人行道前想着事情，没注意头顶绿灯跳跃，行人纷纷开始准备过马路。

陈砚显见她没动，极其自然地牵起她的手往前走。

指间有温度传来时，周鲤才回神，盯着两人紧牵在一起的手，缓缓眨了下眼，还是一把抽回。

前头的人顿了顿，转脸过来看她。

周鲤把两只手揣进兜里，面不改色地直视前方。

他唇动了下，没说什么，只是忍不住低脸，敛着下颌笑了。

"你几点的车？"时间还早，只不过周鲤觉得不自在，于是故意问他。陈砚显却突然说："你想不想回学校看看？"

一中周末无人，大门也是紧闭，周鲤和陈砚显费了一番工夫才进去。

两人把学校从头到尾逛了一遍，去看了他们的教室，早已经换了样子，班级号更改成了新的数字，座椅黑板都翻新了，唯有墙壁上的涂鸦依旧，可以辨别出他们存在过的痕迹。

篮球场和食堂都旧了很多，蓝色塑胶椅子在风吹日晒中渐渐泛白，跑道旁边的缝里长出了野草，昔日堪称第二个家的地方已经慢慢变得陌生，不再属于他们。

周鲤出来，相比故地重游的欣喜，失落更多，就好像明明白白感知到一些东西的流逝，再也回不去了。

"如果让你现在重新回去读书你愿意吗？"陈砚显突然问，给她假设，"重回高一，重新学习三年，再次参加高考……"

他话还没说完，周鲤已经面露惊恐，忙不迭地摇头："不不不，我不想。"

"我总算明白了。"她恍然大悟，"我一点也不想念学校生涯，我只是怀念自己逝去的青春而已。"

"所以啊，我们现在又何尝不是在经历着独一无二的时光呢。"陈砚显拍拍她的脑袋，"小姑娘，我们未来还有无限可能呢。"

陈砚显把周鲤送到她家楼下，他是下午五点的车。

两个人说完话分别，周鲤正准备上去。

"在这里等一下。"陈砚显接了个电话。

周鲤看着他背影消失在路口，又很快再次出现。

他手里捧着很大一束花，大红色的玫瑰，娇艳欲滴，用纸精致地包装着。

周鲤怔在那里，看着陈砚显渐渐走近，然后把花塞进她怀里，香气扑鼻，他扬起半边唇："约会流程要完整，出门时怕你带着不方便，所以等回家了再送。"

　　"陈砚显，你这是专门骗女孩子的招数吗？"周鲤抱着花，眨眨眼无辜地问。

　　陈砚显咬着腮帮子轻笑出声：

　　"不是，是哄女朋友的招数。"

第九章
你要什么甜，我都给你 /

陈砚显第三次从宁市来到荔城时，周鲤没有原先那么抗拒了。

虽然还是不甘不愿的，但他每次都先斩后奏直接过来，周鲤也不好把人扔在那儿不管。

归根结底，还是因为她太善良。

周鲤叹息，看向前头的人。

"我们现在要去哪儿？"

"你玩过密室逃脱吗？"陈砚显停住脚步，转身问她。

周鲤诧异地扬眉："嗯？"

半个小时后。

周鲤打量着四周。

这家名为"解谜"的真人密室逃脱店装修得极其有风格，大厅就灯光暗沉，复古老旧的墙壁、家具，旁边还摆放着几个造型奇怪的模型。

她在荔城待了这么久，竟然不知道有这种地方，却让陈砚显给发现了。

他在前台办好流程，工作人员带着他们往里走。

陈砚显似乎挑选的是一个恐怖剧本，叫作致命逃脱。周鲤胆子在一般女生里算是大的，因此丝毫不慌，跃跃欲试。

"你怎么发现这里的？"

"不小心在网上看到的推荐。"陈砚显面不改色地答，没有说自己处心积虑为了投其所好，特意在网上搜寻了大半天才找到这么一处可能符合周鲤兴趣的。

"哦……"周鲤点点头。

两人已经走到了房间，这里被布置成了学校的样子，只是不像现实里的课堂，更像是恐怖电影里荒废已久的旧教室。

桌椅破损，墙壁斑驳，随处可见灰尘和油漆痕迹，角落遍布蜘蛛网，桌子底下有个瘪了的篮球。

头顶灯泡晃动着，一闪一闪，光线昏沉且黯淡，黑板上用不知名红色液体写了几个大字。

"欢迎来到二年三班。"

工作人员不知何时人已经不见了踪影，身后那扇门紧闭，里头只剩下周鲤和陈砚显两人，在这周遭诡异的地方，周鲤有点慌，还是强撑着四处打量搜寻。

"我第一次玩，要怎么才能出去啊？"

"找线索，推测出密码后就可以开门。"

"那万一我们一直找不到怎么办？"周鲤没话找话，空气安静得过分，她总觉得自己得说点什么才舒服。

"那就在这里过夜。"陈砚显故意吓她。

周鲤虽然单纯但也不傻，白了他一眼，自顾自开始翻桌子找钥匙，懒得再搭理他。

她一个人埋头找了半天，一无所获，转过身一看，陈砚显却怡然自得地倚在桌沿，手里拿了个什么东西在看。

周鲤凑过去，才发现是这个剧本故事，上面还有线索提示。

"好了，我们先从女学生英子的个人储物柜里开始找起。"陈砚显一目十行浏览完剧本，合起后随意往桌上一放，双手活动了下，准备要开动的模样。

不知为何，周鲤顿时就燃起了信心，找到主心骨。

剧本内容大致是很久很久以前，有一名女学生英子在教室离奇死亡，之后整个学校便开始陷入了不平静，学生一个个转学，学校日渐萧条，慢慢凋零变成了废墟。

直到某天来了一行人，里面有一个侦探，企图找寻事情的真相，最后那群人却悄无声息地消失在了这里。

而他们俩的任务是找到侦探留下来的笔记本，解开谜底，顺便出去。

搜完教室，故事还原了一小半，女学生英子死了。

校方为了降低影响，把这件事情封锁，久而久之就变成了离奇死亡。

两人从教室出来往外面走廊走去，通道狭窄，两旁堆积着油漆桶，墙上是抽象的五彩涂鸦。周鲤拉着陈砚显袖子，呼吸微紧："欺凌者应该受到应有的惩罚。"

陈砚显说着，两人来到了拐角。

周鲤目光搜寻着四周，被天花板上的图案吸引，仰头正认真看着，猝不及防头顶出现了一张惨白人脸，长发垂吊下来，黑漆漆的眼和鲜红的唇离她近在咫尺。

周鲤尖叫一声，三魂六魄吓掉一半，扯着陈砚显猛地往后一跳，直接撞上身后的油漆桶。

"扑通——"油漆桶盖子没拧紧，当即泼洒下来，陈砚显离得最近无法避免被泼了半身，白 T 恤被染红一半，周鲤也好不到哪儿去，半截裤子都湿了。

这下连头顶那个"女鬼"都吓到了，人定在了半空中，和他们大眼对小眼，须臾，悻悻地爬回去，顺着她来时的那个洞消失了……

两人无语凝噎，正在互相对视看着彼此狼狈样子时，陈砚显伸手一抹脸，沉声道："我想我知道那个笔记本在哪里了。"

周鲤在底下扶着桶子，陈砚显站在上面，伸长手，在方才那个"女鬼"出现的洞口里摸了摸，再收回来时，手里多了一个破旧的黄皮笔记本。

他跳下来，拍了拍上面的灰尘，周鲤连忙凑过去。

"我是侦探皮切克，如果有人看到了我的日记……"

这个故事简单又俗套，周鲤大致也猜到了。刚才出现的那个"女鬼"就是女学生英子，她死后变成厉鬼，一直游荡在学校里，开始报复当初欺负过她的那些人，恐怖事件接二连三发生，学生也就纷纷转学。

侦探原本是想追查真相，却在发现女学生英子真正死亡原因准备公之于众那晚，英子把他们都永远留在了这里。

陈砚显根据里面提示成功推算出密码，刚输入听到门锁发出"嘀"的一声要打开时，门被人从外头用力推开，老板站在他们面前，饱含歉意：

"不好意思，不好意思，才看到监控发现出了意外……"

周鲤和陈砚显最后获得了两张优惠券作为补偿，下次过来可以费用全免，那个装扮成"女鬼"的工作人员也在一旁和他们道歉。年纪不大的小姑娘，看起来像生怕被扣工资。

周鲤说不出什么责备的话，本来也和她自己反应过度有关系，她摆摆手想推辞，陈砚显从老板手里把票接过，神情淡淡："我们下次有空再过来，谢谢老板。"

两人走出去，在里面时不觉得，出来光天化日之下，还有路人来来往往，他们顶着满身的油漆，回头率十足。

陈砚显揉了揉眉心，低声道："我们在旁边找个酒店先洗澡换衣服吧。"

"啊？"周鲤一怔，在脑子里转了一圈，好像也找不出什么更好的解决方法。他们这样子打车回去都会弄脏人家座椅。

这里是市中心，地段繁华，几米处就有家大酒店，两人顺便在旁边某品牌专卖店里各自买了身衣服。

周鲤洗澡很快，她没有弄脏多少，穿着新买的棉布裙子，在外头等着陈砚显出来。

他从头到脚都洗了一遍，湿湿的头发用毛巾擦着，连衣服都扔掉不要了。

"饿了吗？要不要叫点吃的？"他出声问。

时间不早，已经快到傍晚，周鲤闻言露出犹豫，最终还是没说出口。

"好吧。"

陈砚显是晚上八点的车，现在还有几个小时，两人吃完，他收拾好桌上的外卖盒和塑料袋，一起扔到外面垃圾桶。

"我先睡一会儿，昨天忙到很晚。"他脸上有些疲倦，对周鲤说，"你要不要顺便休息一下？"

"你睡吧。"她连忙拒绝，坐在椅子上没动。

陈砚显点点头，没说什么，掀开被子上床。

放下手机闭眼前，他不忘叮嘱一句："你要是困了就自己上来休息，我先睡了。"

"好。"

周鲤是这样应的，可没一会儿，房间里动静消失，陈砚显呼吸轻浅，躺在那里睡颜恬静，周遭静得像是只剩下她一个人。

她玩着手机都觉得索然无味，饭晕又慢慢上来了，她下巴磕在膝盖上不自觉打了个哈欠，觉得无聊，有点想回家。

周鲤看看床上的人，又望了望外头，还是做不出那种把他一个人抛在酒店的事情，犹豫半会儿，最后仍是脱掉鞋子，爬上了床，在离陈砚显最远的一个角落躺下，从他那边小心翼翼扯来一点被子。

闭上眼睡过去之前，她想，自己就眯一会儿，眯到陈砚显发车时间就行了。

夕阳一点点落入地平线，暗蓝涌动，星星爬上来。

窗帘半闭的房间，早已昏暗，唯有薄弱光线从外面投入，映清里头模样。

闹钟响时他很快清醒了，这是多年养成的习惯，他伸出手摁掉声音来源，抬起屏幕看了眼。

还有半小时。

陈砚显揉揉发酸的眼睛，正准备起身，后知后觉发现旁边多了个人。周鲤在离他不远不近的地方酣睡，面容娇憨，脸颊荡着红晕，极其香甜。

他目光定定落在上头，胶住了，移不开，鬼使神差地靠近过去，感受到她湿润的呼吸，接着低头，轻轻吻她。

唇被堵住，周鲤睡得不安分，从鼻间溢出一声嘤咛，伸手似乎想推开他，又在落到他肩上时因为软绵而没有力度，变成了圈住身前的人。

一个简单的吻变了质，不知不觉，两人依偎得极近，紧密贴合。

周鲤终于醒了。

在睁眼看到昏暗的房间时她脑子混沌，还未反应过来身在何处，湿热的唇缠了上来，四处点火。

她整个人像是要烧着了。

她迷迷糊糊，轻哼着，听到陈砚显低低地叫着她的名字，一声又一声，耳朵也起了火。

"鲤鲤，鲤鲤……"

周鲤第二天回到家时，是腰酸腿痛的，陈砚显一大早的车票，走时精神抖擞，年轻人的蓬勃朝气散发得淋漓尽致，唯有她不掩疲惫，犹如被吸干精气的短命鬼。

她在心里暗暗下定决心，以后再也不会理他了！

周鲤如是想着，也付诸了行动，主要表现在开始降低和陈砚显联系的频率。比如三条消息选择性回复一条，电话经常不接，视频就更不用说了，直接挂断。

她牢记着两人正在分手期的事实，并且坚定凶狠地警告陈砚显，如果他再擅自过来，她就把他拉黑！

果不其然，这样安静了小半个月，周鲤内心也慢慢恢复平静，开始考虑起工作的事情。

她有个表姐在当公务员，周父为了让她先提前感受一下这样的生活，特意让表姐带着她过去，了解工作环境和大致内容。

表姐在税务局上班，才上岗两年，目前还在前厅柜台这边，每天帮别人办理着业务。

周鲤这天就坐在大厅里，看着表姐在电脑前面，穿着一丝不苟的制服，一个个叫号受理的各项事宜，从早到晚，就待在那一寸天地里。

回去的路上，表姐问她今天感想如何，周鲤想了想，有些犹豫。

"我觉得……挺好的。"

安逸、平静，又离家近。可以每天住在家里，吃到爸妈做的饭菜，朝九晚五，周末双休，放假还能和朋友一起逛街聚聚。

说起来这应该就是她理想的生活，但不知道为什么，她却生不出任何的向往和憧憬。

她苦恼纠结一番，最终归结于是自己的懒惰，认命了。

这两天周鲤的手机也分外平静，她的冷处理似乎成效显著，陈砚显开始放弃挣扎，只偶尔给她发几条消息。

周鲤明明该感到轻松，心里却又涌起不知名的失落。她自我唾弃着，开始转移注意力，沉迷在追剧游戏中，无法自拔。

接到季涂那个电话时，周鲤刚熬夜看完国外某一整个系列的大片，早上六点，晨光熹微，她终于关上平板电脑，打了个哈欠拉下眼罩准备入眠，手机突然疯狂振动，让她仅有的一点瞌睡全无。

"周鲤！陈砚显早上突然晕倒了，现在还没醒，你能不能过来看看他——"

周鲤第一个反应是惊疑，随后涌上一阵莫名恐慌，她飞快坐起身，呼吸骤紧。

周鲤买的是最近一班的火车，抵达时仍是中午。

季涂让她不要急，陈砚显现在已经没有危险，只是还没醒，医生说得看病人自身情况。

她从火车站直接打车到医院。

医院大堂人来人往，电梯前一群人在等候，周鲤看了眼还在上面的数字，等不及，干脆跑向了一旁的楼梯间。

等她气喘吁吁赶到病房推开门，房间里气氛一片祥和，陈砚显靠在身后枕头上，身上半盖着被子，脸色看起来并无大碍，季涂和另外一位员工模样的男人站在他床边，似乎在汇报着工作。

听到动静，几人纷纷转头看向门口，周鲤在这样的视线中有些无所适从，接着看到陈砚显面露诧异和惊喜，眼里神采掩盖不住，出声叫她："鲤鲤——"

待人都走后，周鲤才别别扭扭坐到他床边，绷着脸："你怎么了？怎么会突然晕倒？"

"应该是这几天休息不够，没什么大事。"他面色疲惫，揉了揉额头倦意掩盖不住。

"那你为什么不睡觉？"她努力保持着严肃，故意沉着嗓音质问。

陈砚显克制住自己笑意不让她看出来，抿紧唇，嘴角微微向下，显得可怜。

"我睡不着。"他说着，唇又动了动，抬眸看她，流露出浓浓的失落和愁绪。

"一个人不习惯，所以就干脆工作。"

骗子。

周鲤暗暗骂道。

以前出差一去就是十天半个月，也没见他有什么失眠病症。

她纵使心里清楚，面对此刻看起来虚弱的陈砚显还是硬不下心肠，扯了扯被子盖住他，硬着声音："那你好好休息一下，不要再工作了。"

"嗯。"他很配合地点头，只是又很快从被子底下伸出手抓住了她的手握在掌心，眸光温顺而无害。

"那你不要走，在这里陪着我。"

周鲤顿了顿，还是答应："好。"

陈砚显在医院输了一天的营养液和葡萄糖，傍晚时分就可以回来了。只是他不知怎的，像是精神很差，在出租车上全程都靠在周鲤身上，脑袋抵在她肩头，虚弱无力的样子。

下了车两人往家里走，周鲤牵着他的手，他亦步亦趋地跟在她身旁，时不时抬起湿软黑眸看她，莫名让她读出了一种到幼儿园接小朋友放学的怪异感觉。

才一个月没有回来而已。

周鲤再次推开门看到这个熟悉的房子，涌上各种复杂心绪，旁边的人终于恢复正常，神色自若地去厨房倒水，不忘递给周鲤一杯。

"既然你没事了，那我回去了。"已经把他送回了家，周鲤自认为可以功成身退。谁料，她刚说完，面前的人立即眉心一皱，手捂在胃部揉了揉。

"怎么了？"她半信半疑地问了句。

陈砚显眉心未松，像是真的难受了，低低道："好像刚刚喝了冷水，不舒服了。"

"谁叫你还乱吃东西的。"周鲤恨声从他手里把杯子抢过来，找出烧水壶，晃了晃，把里头冲洗干净然后接满插上电。

"我给你烧点开水，不准再喝凉的了。"

"嗯。"他应得很快，不忘顺势说一句，"那你能不能晚点再离开，我怕这两天家里没人万一出什么事……"

她也不知道为什么，脑子里有道声音很清晰地告诉她这就是陈砚显的苦肉计，但一想到那个可能性，心几乎是自动妥协了。

最后，过了半晌，她微不可察地点了下头。

"好。"

周鲤在这边的第一晚，两人是睡在同一张床上的，陈砚显是病人，她总不好叫人家去睡沙发，让她自己去，又觉得委屈了她自己。

周鲤转念一想，反正睡都睡过了，睡一张床有什么关系，索性不去想这些有的没的。

好在陈砚显很规矩，连碰都没碰到她，她微微放下心。

时隔许久，周鲤再度回到从前那样，在这间房子里和陈砚显同榻而眠，感觉并没有其他异样和生疏，反而她一闭上眼，就沉沉睡着了。

周鲤想，肯定是因为昨天熬夜一晚上没睡，所以今天才会这么快入眠，绝对不是因为回到了熟悉的地方，有他在的原因。

周鲤在这边待了两天，陈砚显看起来身体日渐健康，简直活蹦乱跳的，她在晚饭桌上旧事重提，面前的人顿了下，然后抬眼认真看她。

"鲤鲤，我明天给你准备了一个小礼物，你看完再做决定好吗？"

周鲤有些疑惑。

不知为何，她有种不祥的预感。

第二天周六，陈砚显似乎不用上班，一大早出门就不见了人影。

九点钟，周鲤洗漱好吃完桌上那份早餐，终于接到陈砚显指令，宣布她可以出门了。

周鲤在门后先做了几分钟心理建设，深呼吸几次，才小心翼翼地拉开门把，探出头去。

走廊上风平浪静，没有她想象中那么可怕，周鲤放下点心，踏出一只脚，接着看到地上躺着一枝粉色玫瑰。

她眉梢扬了扬，弯腰捡起，一路往前走，在每隔一段距离的角落里都能找到这样的一枝玫瑰。

顺着指引走到小区外面时，她手里已经有一小束，这时候，突然从对面走来一位路人。

周鲤揉揉眼，她没有看错，真是一位素未谋面过的路人，手里拿着和她一模一样的玫瑰，从道路另一头走到她跟前，然后扬起笑，把那枝粉玫瑰递给她。

"我喜欢你。"

周鲤脸色变得几分木然，之后接二连三，都有不同的人走到她面前，手里玫瑰一枝枝被递过来，她听到那四个字已经开始麻木。

终于，这般堪称"酷刑"的尴尬体验走向尾声，因为周鲤已经看到前方广场上铺开成心形的大束玫瑰，与此同时，她对面商场外那块巨型广告屏上，正滚动着几个粉红色大字。

"周鲤，我喜欢你！"

场面宏阔，声势浩大。

路人纷纷停住脚步，观望着这场年度表白大戏，女主角周鲤穿着睡衣白T恤和短裤终于从路口处捧着一束玫瑰现身，她双眼呆滞，眼睁睁地看着男主角陈砚显自人群中走出来，手拿礼盒和鲜花，深情款款，来到她面前。

"周鲤，甜吗？"

"甜吐了。"周鲤认真地哭道。这股浓浓的工业糖精差点让她当场去世。

陈砚显的行为就像是网上标准的模板和套路，就连送的礼物都不例外。

是某奢侈品牌的手表和项链，非常非常不走心，非常非常土豪。

周鲤望着满屋子的玫瑰和旁边镶着钻金光闪闪浑身都透着高贵奢华的礼物，一时之间也分不清是喜悦更多还是悲伤更多，总而言之，就是心情十分复杂。就好像明明渴望了很久的东西终于被你得到，却并没有想象中那种满足和开心，反而很奇怪。

白天刺激太大，周鲤晚上都做噩梦了。

她梦里的陈砚显变成了一个霸道总裁，每天对她露出邪魅狂狷的微笑，一挥手就是买买买，包包鞋子从天上源源不断砸下来，还总满脸深情款款地凝视着她。

周鲤吓到变成了一只小白兔，四处跑四处躲，结果无论到哪里都会被他抓回来，然后继续面对他邪魅狂狷的微笑。

她差点吓尿了。

周鲤醒来惊魂未定，抱着被子半天没回神。这时门突然被推开，梦里纠缠了她一晚上的人脸出现在门后，神情温柔。

"鲤鲤，起床吃早餐了。"

"啊啊啊！"周鲤一声尖叫，拿被子捂住了眼睛。

"你先出去，顺便把门带上，谢谢。"她避之不及、迫不及待地说。

这天吃完饭，陈砚显说要带周鲤出去，周鲤拿叉子的手微微一颤，谨慎地抬头，试探地问："去哪儿？"

"季涂他们准备自驾去附近山里度假，那边风景好像不错，主要是空气好，我想你在家可能有点无聊，就刚好顺便一起去玩一下。"

周鲤胸口一松，放了心："那什么时候回来？"

"明天中午吧。"

"你们都不用工作吗？"她疑惑，之前忙得加班加点废寝忘食，现在竟然还有闲心跑去度假？

"最近项目进展顺利，不用时时刻刻盯着了。"陈砚显面不改色道，"况且有急事可以远程邮件和电话。"

"好的。"周鲤没有任何问题了。

早上九点钟出发，一路顺畅无阻，陈砚显和周鲤到高速出口后同季涂他们会合。两辆车子往山上开去，沿途景色渐渐开阔，城市高楼大厦不见，换成了农田青山。

陈砚显是司机，负责看路和开车，周鲤坐在副驾驶座，负责吃。

嘴里"咔嚓咔嚓"不停，手中的薯片换成水果，水果换成鸡爪，最后捧着一瓶草莓牛奶，终于满足地打了个饱嗝。

陈砚显抽空瞥她一眼，出声提醒："待会儿到山上要吃午餐，那边食材都是山里自产的有机绿色食品，健康美味，很多人冲着这一点过去。"

周鲤想去拿麻辣小鱼仔的手一僵，感受一番此时饱胀的胃，不由得对他怒目而视："你怎么不早说？现在在这里马后炮。"

她真的要气死了！

周鲤内心呜咽，要知道还有这样一个流程，她何必委屈自己吃这些没营养的垃圾食品呢！

她完全忘了方才自己是怎么吃得津津有味，欲罢不能。

陈砚显也想起这一点，正想要出声反驳，又委屈地憋回去，心平气和地道歉："是，我错了，下次应该早点提醒你。"

咦？

周鲤眨眨眼，面带惊异。

要知道，她已经做好承受语言暴力的准备了。

快要中午，一行人到达度假村，果然进去就准备开始安排午餐，工作人员上来同他们确认着菜单。周鲤瞟了下，都是什么自家水产鱼虾、土鸡，各种野菜蘑菇，她看得唾液分泌，有心无力。

季涂几人讨论得热火朝天，什么小鸡炖蘑菇、芙蓉虾、酸菜鱼，讲起来绘声绘色，周鲤失落地撇撇嘴，正在努力消化自己胃里食物时，突然听到陈砚显说："直接做好有什么意思，要自己钓的才有乐趣。"他神情平静地提议，看不出有丝毫私心，接着看向那位工作人员。

"你们这边不是有鱼竿提供吗？帮忙拿几套过来，我的朋友们说想体验一下。"

季涂以及被钓鱼的朋友们满头疑惑。

于是，等着他们终于钓到小半桶鱼回来，已经快下午两点，几个身材壮实的汉子早已饿得前胸贴后背，总算吃到了午饭。

周鲤心虚地扒拉着面前饭菜，有些不好意思。旁边的始作俑者却看不出任何心虚，淡定无比地给她夹着菜，挑着好的都送到她碗里。

"鸡腿。"

"鱼腹这里肉最嫩。"

"蘑菇尝一下，这是早上从山里采摘来的，味道很鲜美。"

"鲜榨的果汁……慢点喝，别呛到。"

周鲤被陈砚显的体贴弄得无所适从，众目睽睽之下握着陈砚显递过来的杯子就忍不住一个岔气，呛到了。

她连忙移开手咳嗽两声，陈砚显立即放下筷子轻拍着她后背，不忘从桌上抽出几张纸巾，过来擦着她的嘴角，轻声责备："让你小心一点，这么急做什么。"

周鲤总算平复完了，抬起被呛得水润润的眸子看向他，喉咙吞咽，声音颤颤："陈、陈砚显，你怎么……"

"嗯？"他目光温和，微低下头来轻柔询问。

"突然变态。"周鲤咽了下口水，把话说完。

面前的人脸色骤然一僵，又很快恢复如常。

"在胡言乱语什么呢。"他一边说着，一边继续往她碗里夹菜，脸上露出一个堪称温柔的微笑，注视着她。

"鲤鲤，你真可爱。"

周鲤都想要打寒战了。

吃了饭，他们要去爬山，季涂连运动装登山设备都准备齐全，另外几人也不例外，一身休闲可以立刻去运动的样子。

里头只有周鲤一个女生，深知她秉性的陈砚显还没等她说话，就退出了这场男人间的活动，主动提议："我和周鲤就不去了，陪她在附近转转。"

周鲤从未发觉过陈砚显如此贴心，她总算明白了，这狗男人以前不是不会，只是不愿意！

附近山里景色别致，空气清新，郁郁葱葱的林中藏着小径，针叶林地面铺着厚厚的落叶，踩上去湿润松软，翻开枯叶，偶尔还能发现底下藏着米黄色的蘑菇。

上山时周鲤惬意悠闲，嘴中还哼着小调，下山就蔫了，没走多远便叫嚷着休息，坐在大石头上捶着自己酸软无力的小腿。

她往下探头看了眼，石板铺成的台阶小路遥遥看不到尽头般，令人心生绝望。

肩膀一瞬间耷拉下来，周鲤有些生无可恋。

头顶传来叹气声，陈砚显面色无奈，在她跟前蹲下，示意："上来啊。"

"你要背我吗？"周鲤虽然嘴上是这么问的，人却已经十分诚实地趴了上去，熟门熟路地圈住他脖子，开始卖乖。

"陈砚显，你真好。"

这样的话陈砚显听得耳朵都要起茧子了，但不妨碍他受用。

他背着她慢慢走下山，安静清幽的山林间，只有他们两人，就好像整个世界都空了下来。

画面是满片绿色，一条小径曲折向下，男人背着背上的那个女孩，步伐沉稳，渐渐走远，最终消失在了道路尽头。

空气中似乎还回荡着他们的声音，轻轻浅浅，时而像铃声一般清脆动听，时而如同低声私语，然后逐渐被风吹散。

"陈砚显，你今天为什么突然对我这么好？"

"我一直对你都很好。"

"今天特别好。"

男人轻轻笑了下："你不是说我对你一点都不温柔。"

"哦——"她拖长了声音，凑近脑袋，靠在他的脸边，"那你会一直这么好吗？"

"嗯。"

"会一直对你好的。"

这天晚上，度假村里举办了篝火晚会，盛况空前，周鲤第一次感受到这么热闹的氛围。

一群认识的不认识的人手挽手围着高高燃起的火堆跳舞，旁边放着节奏悠扬轻快的音乐，有人拍掌有人歌唱，欢乐正浓时，头顶天空炸开了无数烟花，一层层宛如流星铺开来，为这夜晚再次点缀上无与伦比的美丽。

有人开了香槟，热血上头抱着瓶子猛摇，等到瓶塞一被撬开，酒水就像是喷泉一样喷洒在空中，伴随着欢快的起哄，溅了周围的人一身。

周鲤很不幸就是那个中招者，她连连叫唤着跳出人群，拍着身上头发间沾染的酒液，欲哭无泪，偏头去寻陈砚显。

他刚才跟着她一起从人堆里挤出来了，此时正在一旁打量着她的模样，忍不住笑，却伸出手来温柔地替她擦干脸上酒渍。

"像个狼狈的小鬼。"他低声笑骂。

周鲤委屈地鼓起腮帮子，感觉脸上都是湿湿的，本能地伸手想抹。

手腕却被人一瞬间抓住了，控在半空中，眼前阴影覆盖，陈砚显低下头，吻落在她脸颊间。

鼻息中都是酒精的味道，熏得她头晕。

隐隐约约，周鲤似乎还感觉他用舌头舔了一下。

那块肌肤烧得滚烫发红，她盯着陈砚显在篝火旁映得黑得发亮的眼睛，鬼使神差，问出了声："陈砚显，你当初为什么让我做你女朋友？"

"因为我喜欢你。"

"我喜欢你，周鲤。"他低声重复，在下一秒，骤然靠近，偏过头来吻住她的唇。

我爱你。

我认输。

陈砚显喜欢她这件事情，比起他突然改变更令周鲤震惊。

晚上，趁着他在洗澡的时候，周鲤抱着手机给蒋布谷打电话，不可思议地凑在屏幕边说："布谷，陈砚显他竟然喜欢我。"

"小姐，这不是显而易见的事实吗？"对面的人在那头狂翻白眼，话里的无奈展现得淋漓尽致。

"可他以前从来没对我讲过啊！"周鲤也很冤枉，"况且他平时对我这么差，哪里有一点喜欢人的样子。"

"那是他装，自作自受。"

周鲤一时无话，对着空气沉默。那边又传来一阵细碎交谈声，接着突然响起卫修杰大剌剌的洪亮嗓音，掩不住地嘲笑："不是吧，周鲤，你现在才知道？陈砚显中学时就开始暗恋你了。"

沉默。周鲤此时除了沉默已经说不出别的话来，卫修杰依旧在继续："那会儿还有件事你记不记得，好像是高一前后吧，隔壁班有个体育生在追你，每天给你带吃的和你一起上下学，陈砚显气得半死，你倒好，没心没肺地和人家玩得开心，自那以后他对你态度就变了，老是嘴贱怼你，动不动冷暴力……啧啧啧，我就说你这脑子得打直球，婉转途径行不通的。"

周鲤想了一会儿，才记起那个体育生的事情。

好像是那段时间有个男生对她特别好，总喜欢过来找她玩，她还挺喜欢他的，有种亲切熟悉类似大哥哥的感觉。

只是后来他有天回家时突然想牵她的手，她觉得不舒服一把甩开了。第二天他在路上看到她就不理人了，她也正好不想同他说话，两人从此便泾渭分明，没再有过来往。

周鲤默然一会儿，艰难地反问："他那样子就是在追我吗？"

讲道理，从小到大周鲤的玩伴对她都是如此，小学时她就每天和同个大院里的一群小男生上下学，有什么好吃好玩的都是拿过来第一个和她分享。有时候就算她自己想去书店买书或者出去太远，周父周母没空带她去时，他们都会分配个人出来护送着她过去。

或许是各自家长的意思，也或许是出于对她年纪小的保护，在她的认知里面，这种程度的友好是属于朋友间正常范畴。

前提是，她也把对方当成很好的朋友，划入亲密圈的范围。

而阴错阳差下，这么多年的异性当中，也只有陈砚显一个人。

周鲤反思了一下自己，觉得可能是她太懒了，导致分不出心神去交其他新朋友。

当然，这也和陈砚显占据了她太多精力脱不了关系。

挂完电话，周鲤沉浸在自我思绪中许久难以脱离，也就忽视了这个时间点，为什么蒋布谷和卫修杰会在一块？

没等她想清楚这个问题，浴室水声止住，不一会儿，陈砚显出来，看到床上的人倏地抬起脑袋，眼睛发亮地看着他。

陈砚显擦头发的手慢慢顿住，试探出声："怎……么了吗？"

"陈砚显，原来你中学的时候就暗恋我了吗？"周鲤略显兴奋地问，毫不留情地单刀直入。

陈砚显脸色一点点僵住，连声音都僵硬了："你听谁说的？"

"刚刚给布谷打电话的时候卫修杰说的。"周鲤盯着他琢磨，歪了下头，有些困惑地打量着他，嘴里自顾自嘟囔，"我怎么一点都看不出来呢，那个时候你对我有什么特别的地方吗……他不会在骗我吧？"

陈砚显深呼吸了一口，平心静气。

"他就是骗你的。"陈砚显走到桌边，端起杯子喝水，稍显紧张的心情被缓解，发干的口中得到滋润。

"是吗？原来这样……"周鲤嘀咕，似乎接受了这个解释。

谁料，她下一秒又立刻问。

"那你是什么时候喜欢上我的呢？"

陈砚显不着痕迹地定在那儿，须臾，才面不改色地走到插座旁，拿起吹风机，在轰隆声响起前一刻，回答淡淡传来：

"记不清了。"

周鲤还是很开心的。

被人喜欢尤其那个人还是陈砚显，这似乎是一件她想起来就会美滋滋的事情。

早上下山，停车场离度假村有一小段距离，沿途是翠竹林和石板路，老板特意开辟出来让游人欣赏，只可惜总有些不解风情的，刚准备离开还没跨出大门，周鲤就盯上了老板家那台载货用的小拖拉机，偷偷拉着陈砚显袖子对他窃窃私语。

"我们能不能坐车下去？"

"这上面没车。"陈砚显说。

来往车辆一律都是停在地下停车场，平日里度假村内供给全靠那台小拖拉机——想到这里，陈砚显目光一下顿住，顺着周鲤眼神望过去，定在不远处草坪边的红色拖拉机上。

"那不是可以坐——"

周鲤手指刚要指过去，话还没说完，就被陈砚显一把打断。

"不可以。"

"嗯？"周鲤眨眨眼。

陈砚显不想一世英名和形象被毁在今日，极度沉着冷静，阐述理由："那个车子是装货用的，不能载人，没有安全保障。"

"那开车的司机怎么办？岂不是很危险？"周鲤天真无比地问。

陈砚显一时卡住，竟找不出任何反驳的原因。

"就是，小兄弟，别看我们那拖拉机旧了点，开起来还是很安全的，平时大家出去采购也都是坐那个。"一旁带领他们下山的工作人员忍不住搭腔了，老大哥语重心长，话里满是诚恳。

周鲤不住附和点头，小脑袋点成了鸡啄米。

"就是就是，大哥说得在理，我也觉得车子不错。"

陈砚显语塞，那能叫作车吗？

"我们就坐那个吧，这样就不用走路了。"周鲤扯着他的袖子摇了摇，仰起脸睁大眼一眨不眨望着他央求。

原则性问题不能妥协，陈砚显十分坚决无情地拒绝了她的请求："不行，我还是不放心，我们和大家一起走路下去吧，很近的。"他讲着，不由分说就牵起她的手要往前走。

周鲤不肯配合了，两只脚跟生根一样扎在原地，死死不动。

"陈砚显，你不是喜欢我吗？"她突然发问，语气坦然又理所当然，小脸认真。

"难道这么一个小小的要求你都不肯满足我吗？"

陈砚显仿佛被她拿捏住了七寸，顿时什么话都说不出来，本能理亏，只能顺着她满足她的要求。

沉默过后，他有点生无可恋："一定要坐吗……"

回答他的是周鲤毫不迟疑地用力点头。

他在原地静立片刻，然后拉着周鲤往那台红漆斑驳的拖拉机走去，已经放弃了挣扎。

"好，那来吧。"

随着一声响亮的"轰隆"，拖拉机终于在万众瞩目中启程了。车身先是很明显地摇晃了一下，随后司机操控着长长的方向盘艰难掉转车头转移方向，一路晃晃悠悠往山下开去。

陈砚显和周鲤两人并肩坐在上面，高高俯视着底下，宛如御驾亲征的皇帝和皇后，供着一群人观望打量。

只是时不时的剧烈颠簸使得上头的人有几分狼狈，必须抓紧扶手才能稳住身子，偶尔整个人还会从座椅上弹跳而起，屁股离地。

季涂终于憋不住，看着陈砚显那张万念俱灰的脸，捧腹大笑。

哈哈哈哈哈，有生之年竟然可以看到陈砚显如此呆傻的模样，这次真是来得太值了。周鲤，不愧是你。

拖拉机抵达目的地，周鲤下车，还有些意犹未尽，这番体验对她来说十分有趣新奇，尤其是再加上沿途优美风景，更是平添了几分趣味。

相比她脸上美滋滋的，旁边陈砚显就显得越发阴郁，闷不吭声往前走着，都不想搭理她的样子。

周鲤眼珠子转了转，上前抱住他手臂撒娇："陈砚显，我刚才好开心啊，谢谢你。"

果不其然，他一听脸上阴云就散去大半，面色稍霁："你开心就好。"

"嘿嘿。"

两人回到家中，已经是午饭时间，周鲤肚子饿了，想吃炸鸡翅。

她躺在沙发上滑着手机准备叫外卖，陈砚显端着杯子出来喝水，被他看到制止了。

"外面油炸食品不健康，别点，我待会儿做饭。"

"可是我就想吃炸鸡翅。"周鲤放下手机，望着他无辜地说。

"我可以给你做红烧鸡翅。"他想了想，提议。

周鲤灵机一动："那你可以给我做炸鸡翅吗？"

陈砚显呼吸停顿了下，才耐着性子："周鲤，油炸食品不健康……"

"你不是喜欢我吗？"周鲤对这句话信手拈来，像是法宝，"连我这么小的一个愿望都不愿意满足吗？"

陈砚显沉默，本能地在脑子里回想了一遍不知在哪看过的炸鸡翅步骤流程，好像挺简单的，裹个面粉炸几次就好。

他面无表情，还是点了下头。

"那好吧。我满足你。"

之后的大半个下午，仿佛成了周鲤肆无忌惮的快乐时光。

陈砚显任由她差使，做什么都愿意，几乎满足了她所有要求。一旦有什么比较过分的他不想同意，她就会祭出那句撒手锏，然后他偃旗息鼓。

于是，大多数时候就会听见周鲤在叽叽喳喳讲着话。

"陈砚显，这个虾帮我剥一下可以吗？谢谢。"

"陈砚显，我想喝杯果汁，要橙子加胡萝卜，鲜榨的。"

"陈砚显，这个游戏等级我一直上不去，你能不能帮我打一下，刷到最高白金段位……"

"陈砚显……"

临睡前，耳边终于安静了下来，昏黄灯光，房间温暖宁静，陈砚显拖着疲惫的身体躺到床上。

他的另一边，周鲤正躺在被子里看着自己满级号的游戏页面，喜不自胜，手指在上面飞快点着。

她刚和蒋布谷炫耀完，兴奋情绪还未消减，看到旁边闭着眼休息的陈砚显，忍不住扑过去趴在他身上。

"陈砚显、陈砚显，你要睡觉了吗？"她扯扯他耳朵，左右晃着，声音脆脆甜甜顺着耳根爬上来。

陈砚显不由得睁开眼睛，定定注视着她。

"嗯？怎么了？"男人嗓音有些低哑，夹着浅浅一层疲懒，眼皮半耷拉着，手随意放到她腰间，若有似无地将她环住。

周鲤突然有点口干舌燥，不禁吞咽两下，脑子一时没转过弯来，话一出口就变成了——

"我有点渴，你能去帮我倒杯水吗？"

陈砚显顿时面无表情："周鲤，我觉得你可以自力更生一下了。"

"你不是喜欢我——"

周鲤又想要脱口而出，只不过这次陈砚显径直打断了她，语气淡淡的，极其自然。

"现在不喜欢了。"

周鲤是万万没有想到，陈砚显的喜欢如此短暂，就如同昨夜的烟火，昙花一现就没了。

她顿时收起了那副有恃无恐的模样，悻悻地从他身上爬下来，不说话了。

陈砚显等了会儿，见她半天没动静，不由得扭头一看。

周鲤正蒙在被子里玩手机，神情严肃，一张绷紧的小脸被屏幕荧光映得白亮白亮。

他不禁好奇地凑过去一看，瞥见了周鲤手机上的订票页面，他当即心头一梗。

"你在做什么？"陈砚显不由分说，一把将她手机抢过，呵斥道。

"既然你都不喜欢我了，我留在这里也没什么意义。"周鲤索性双手双脚摊开，做破罐破摔状。

陈砚显第一次体会到拿起石头砸自己脚的感觉，他胸口堵塞几秒，准备以理服人："那你回去做什么呢？大好的青春，就白白浪费在小地方，难道不想在大城市里努力拼搏一番，实现自我价值吗？"

周鲤诚实地摇头，语气真诚："我不想。"

陈砚显无语。

"光是前面努力拼搏四个字，就让我痛苦不堪了。"

"好。"陈砚显深吸一口气，"是我表述有误。"

他立刻换了种说法："你难道不想在更好、更大的平台，实现自己想要的生活吗？"

说实话，挺想的。

于是周鲤诚恳地问："更好、更大的平台在哪里呢？"

"我们公司。"

陈砚显望着她认真地重复了一遍："周鲤，来我们公司上班，我们刚好缺一个财务助理。提供食宿，工作内容自由，时间弹性制，每天早晚专车接送，还有男朋友二十四小时服务，怎么样？周鲤，考虑一下。"

他循循善诱，抛出来一系列动人条件企图打动周鲤。

果不其然，面前的人似乎陷入了艰难抉择中，终于，在片刻后，她疑惑地问："可是，你们公司只是一个才不到五十人的初始创业公司而已，哪里更好、更大了呢？"

讲实话，她一个堂堂名校毕业生，专业资格证书齐全，凭借着这般条件，在宁市随随便便找个专业对口的会计类工作都比陈砚显他们公司好上数倍，只不过不是她找不到，而是不愿意找而已。

想到这里，周鲤不可避免地对陈砚显这个条件心动了。因为这是第一次，她没有对工作这件事情产生排斥，反而还涌起了些许期待。

在那样的地方上班，和他一起工作，似乎是一件会让人有期待感的事情。

周鲤努力按捺住心底的涌动，佯装镇定。

果不其然，陈砚显早已准备了充足的理由来说服她，闻言露出了特属于少年人的自信和骄傲，眉眼中充斥着意气风发。

"现在只是暂时的，两年，我保证它一定会成为业内崭露头角的公司，并且以后还有无限可能。"他低下头来看她，模样在这个时刻有种别样的温柔。

"周鲤，这将会成为你未来最大、最好的平台。让你稳赚不赔的投资。"

"那好吧。"周鲤假装勉强，不甘不愿地答应了下来。

第二天，周鲤去面试。

她的简历是通过季涂塞给人事的。

以周鲤的履历，通过是必然，没多久就接到了面试邀请的电话。

约好的时间是下午两点。

陈砚显那时的意思是叫她直接和他一起去上班，不用走这些烦琐的程序。

周鲤摇摇头拒绝了。

她对那次洗手间八卦事件记忆犹新，转换一下立场，她也不想成为在公司里被员工议论纷纷的人。因此，她还和陈砚显约法三章，不准在公司暴露两人的关系，除了下班时间，最好不要有其他来往。

周鲤是真的想去好好工作的，把自己当成一个普通员工，和周围的人正常相处。

面试周鲤的是一位很干练的女性，三十岁上下的模样，目前由她负责公司所有财务事宜。对了，因为目前规模不大，整个公司里只有两位财务人员，最近各项业务渐渐走上正轨，事情繁杂起来，才需要另外招聘一位助理。

换句话说，这也将会是周鲤以后的顶头上司。

人事招聘的小姑娘年纪不大，感觉没毕业多久，性格比较活泼好相处，这道面试很快过关，让周鲤做了一份试卷，问了几个基本问题便笑眯眯地让她稍等，拿着她简历去找了用人部门。

很快，换成另外一个人推门进来，周鲤几乎是立刻挺直了肩背，正襟危坐。

"周鲤？"她推了下脸上眼镜，淡声问了句。

"是。"周鲤打起十二分精神回道。

接下来的面试要紧张很多，对方问的都是一些专业方面的问题，有关于她在校的知识，还有最近那份实习工作的内容。看得出来，对方也是专业技能储存十分丰富的人，从交谈中还得知对方有 CPA 注册会计师资格证。

这个证件含金量很高，十分难考，至少周鲤就很有自知之明地知难而退了。

一般拥有资格证的这类人就业方向都会在会计事务所或者金融机构投行国企，来陈砚显这个小公司，似乎有些屈才了。

面试进行了将近两个小时，对方对周鲤似乎也较为满意。周鲤虽然学习不算上心，基本的课程和业务能力都是合格的，再加上她 A 大毕业的背景，那三个月实习所积累的经验，完全符合这个助理岗位所有要求。

唯一让人觉得不放心的，就是她的就业动机。

临结束前，对方询问了她一个问题。

"以你的条件，完全可以找到更好的发展平台，为什么要来我们这个目前来说规模不怎么大的公司呢？"

周鲤偏头认真想了想，谨慎回答："对我而言，我个人可能更看重工作氛围和未来成长空间，实习期不愉快的体验让我觉得有些公司外表看起来光鲜亮丽，内里其实并没有那么美好。"

她听完点点头，整理好周鲤的简历，脸色比起刚开始似乎多了点笑容。

"好了，我的面试结束了，不出意外今天应该会通知你结果。"

陈砚显这天提前下班回家，看到的是一个捧着盘子在厨房和餐厅间奔波兴高采烈的周鲤，她听到响动抬起头，眉眼生动。

"你回来了，我今天做了好多菜。快，去洗手吃饭。"

"今天有什么好事吗？"他微挑起眉，有些诧异，还是依言换好鞋走到厨房。

"天大的好事。"

"嗯？"他被挑起十足好奇心，洗耳恭听。

只见周鲤兴奋睁圆眼，两手一挥，用宣布大事件一样激情澎湃的语气大声公布。

"我找到工作啦！"

他还以为是什么大事。

"这有什么悬念吗？"

"你懂什么？"周鲤瞪大眼睛凶他，"这是对我能力的肯定。"

"明天我周小姐将要重回职场！"

"好的。"陈砚显附和地点头，"都市丽人周小姐，我们能开饭了吗？"

"吃吃吃，一天到晚就知道吃！"周鲤把手里盘子放到桌上，底部磕在桌面发出一道清脆声响。

陈砚显一顿，面前的人和方才进门热情招呼他吃饭的周鲤显然判若两人。

女人心果真海底针。

重回职场第一天。

周鲤早早就定了闹钟起床，陈砚显还在睡眼蒙眬之际，就听到洗手间传来的捣饬声。他过了会儿费力睁开眼抬头瞅了下，周鲤正坐在梳妆台前画着眼线，面目略显狰狞。

他揽着被子翻了个身，嘴里嘟囔："周鲤，你别化妆了。"

"干吗？要你管。"她不乐意。

陈砚显实话实说："你化妆没有素颜好看。"

周鲤没搭话。

"脸上像是涂了颜料，浓妆艳抹的，一点都不高级，还显老。"

空气倏忽安静下来，陈砚显等了会儿，没听到动静，正准备睁开眼看看情况时，一块冰凉湿润的毛巾从天而降盖在他脸上。

陈砚显一个激灵脑子瞬间从里到外彻底清醒。

"还不快起床，待会儿上班要迟到了！"周鲤站在床边对他怒目而视，脸上的妆已经卸得一干二净。

就知道这个男人嘴里说不出什么好话。

果然前几天的样子都是假象，假的！

家里到公司十几分钟的车程。

早餐在路上解决。

今天天气尤其好，阳光稀薄，夏日炎热褪去，空气中夹杂着清晨特有的凉意。

两人一前一后进的公司，周鲤办完入职手续领了工牌和文具，由那位人事小姑娘带领着往办公室工位走去。

财务部设立在偏角，窗边开阔的格子间，周鲤和另一位助理赵乐比邻，昨天面试她的那位方清冉在后面独立的办公室内。周鲤放下东西刚收拾好，就被人事引领着去和公司每个人介绍互相认识。

小到一位清洁阿姨，大到创始人陈砚显，周鲤脸颊笑得都快僵了。

公司年轻人居多，大都是九〇后，热情积极，开起玩笑来让她招架不住。来自陌生人间不带任何恶意的调侃让周鲤在赧然之余，又觉得心情愉悦，即将面临工作的紧张感被轻松冲淡。

周鲤正在心里默记每张人脸和对应人名，就被前头人事引领着来到一间熟悉的办公室。她抬手谨慎地敲了敲门，紧接着，里头传来一道烂熟于心的声音。

"进来。"

"陈总，这是今天财务部新来的同事，周鲤。"人事礼貌地介绍着，然后转身看向周鲤，对她示意办公桌后面西装革履、人模人样的陈砚显。

"周鲤，这是我们陈总。"

周鲤抬头，看向坐在那儿似笑非笑望着她的陈砚显，生无可恋地打招呼："陈总好。"

那人没搭腔，手里夹着一支黑色钢笔，在修长指间随意转着，视线定定凝在周鲤身上，好一会儿，才意味深长地出声：

"新同事长得挺不错，没化妆也这么好看。"

旁边的人事小姑娘直到出了办公室还是一脸恍惚，陷进不知名状的安静中，一路沉默。

直到快到周鲤座位上，她才反应了过来，一言难尽地看着周鲤，好半天挤出一句话："小周啊，平时我们陈总不是这样子的……"

"我知道。"周鲤诚恳地点头。

她原本还想再解释几句，闻言打量周鲤两秒，见对方神情不似作伪才放下心，如释重负地走了。

此时九点半，周鲤终于得以在自己座位上坐下，耳边安静下来，她刚打开电脑要熟悉一下公司状况，桌上座机响起，不算陌生的清冷女声传来。

"周鲤，你进来一下。"

方清冉工作时的模样很干练，她只言简意赅地给周鲤分配了两项工作，整理这个月的报销单并统计一份表格给她，顺便交代周鲤，有什么问题可以尽管询问她和赵乐。

周鲤拿着单据出来，赵乐正在座位上喝水，她看起来和周鲤年纪差不多大，天生一张笑脸，很容易亲近的感觉。

果不其然，赵乐一见到周鲤出来，就立刻放下杯子热情地同她打招呼："方姐找你做什么呢？"

"哦……她让我把这个整理一下……"周鲤同赵乐说完，赵乐马上挪着椅子移到周鲤工位前，和周鲤简单说了以往流程，顺便教她公司办公系统如何使用，基本上算是手把手带她，整个过程相处舒服没有任何不适感。

十一点，周鲤把这两项工作做完，交给方清冉后得到了对方不轻不重的肯定。她浑身轻松地去茶水间倒了杯咖啡，旁边就是一个小阳台，种着许多绿植，几张小沙发放在角落，平日供员工休息。

阳台是露天的，站在上面可以俯瞰整个城市最繁华中央商业区，高矮不一的大楼错落林立，天空广袤，在遥远处隐隐还可以看到一角海平面。

宁市临海，四处可见碧海蓝天，空气永远清新湿润。

周鲤深呼吸了两口，神清气爽，又打起了十分精神重新去工作。

来公司几天，时间一转眼过去。

周鲤对这边的人和事基本熟悉起来。

和大的企业不同，因为是创业公司和做设计开发的原因，大家平时上班氛围都很随意。

不限制加班，工作时间自由，只要完成手上事情，偶尔摸鱼闲聊也没人会管你。

行政部门充满人性化，下午茶给每个人发各种小点心水果，晚上加班还会准备夜宵，不定时举办各种聚会和生日活动，整体凝聚力和员工关系处理得很好。

公司架构简单，陈砚显是总负责人，最有权威和威慑力，季涂虽然挂了个副总名号，但基本和底下人打成一片，没有丝毫领导样子，他主攻技术和市场，经常需要和客户对接，因此待在公司时候也不多，常常出差。

此外最重要的就是技术研发部门，这归陈砚显直接管辖，他自己是最核心的设计人员也是部门主管，在他底下还有位小组长，听说是高薪从大公司挖角出来的，在国内水平可排到前列。

这样的人为什么愿意屈就陈砚显之下，周鲤特意打听过，技术部一位戴眼镜胖胖的男生告诉她的，他似乎是陈砚显忠实粉丝和拥趸，提及陈砚显的言语间都是崇拜，滔滔不绝。

"老大可拽了我跟你说，黑子哥上来那天就点名要和他单挑，两人当场比试，在电脑前不见硝烟地厮杀了一番，结果你猜怎么着？"他还故意卖了个关子，只是表情已经把他全部出卖。

周鲤还是很捧场假装好奇地追问："怎么了呢？"

"我们老大大获全胜。"他与有荣焉，胖胖的脸上浮起微笑，冲她比了一个标准的大拇指，"从此黑子哥心服口服。"

"原来如此。"周鲤故作崇拜。

那人很受用，在她肩上拍了拍，一副语重心长的模样："所以说，小姑娘好好干，跟着我们老大以后有肉吃。"

"好的。"

今天周四，下午茶时间相比从前热闹许多，原因是技术部有位同事家里前段时间拆迁了，下周乔迁新居，准备了请帖发给大家。

一群人拿他取乐，一夜之间升级为富豪，采访他的感想并且怂恿着他请客。

那人是个年纪不大的男生，脸皮薄，当场就被公司里几个大胆活跃的姑娘讹了一顿海鲜，准备今晚下班就去聚餐。

行政那边煞有其事地开始拿了小本本统计人数，见者有份，于是整个办公室纷纷举手起哄，踊跃报名。正闹得厉害时，陈砚显从外头进来了，手里拿着一个刚洗干净的杯子，上头水滴未干。

沸腾人声瞬间像是被人按了暂停键，大家顿时不敢放肆，面面相觑全部噤声。

"怎么了？"他明显看到了方才那幕，视线从一干人身上扫过，在周鲤那儿微不可察地停顿两秒，接着看向了那个负责行政的女孩。

"哦，蒋方他家里拆迁了，一夜暴富，所以我们刚刚都在叫他请客呢。"她反应很快地回答，条理清晰又不失幽默，气氛轻松起来。

那个叫蒋方的男孩子飞快出声，对他发出邀约："老大，你要不要一起？"

"你们多少人去？"陈砚显没答，只带了几分笑，眼神扫了圈在场的人，见到他模样随和，众人明显更为大胆。

"当然是全都去啊！"

"就是，不吃白不吃！"

"难得讹方子一回。"

蒋方一听脸又涨红了，全公司上下几十人，加起来估计是笔不小的开支。

陈砚显笑着敲了敲桌面："好了，你们别欺负人家了，这顿我请，就当是祝你乔迁之喜。"

男生一下激动，眼角都红了，连忙拒绝："不……不用了，老大。"

陈砚显没说话，只走过去拍了拍他的肩膀，目光温和，对他扬扬嘴角。

男生顿在了原地，久久凝望着他的背影，倒是旁边几个女孩当即忍不住在那儿窃窃私语。

"帅气啊我们陈总。"

"少女心狙击。"

"啊啊啊，把持不住了。"

"对了，怎么不问问陈总去不去？"这是才来不久的一位业务部门同事，脸上藏着跃跃欲试，有老员工打破她幻想。

"别想了，老大他一向不参加这些私底下聚会的。"

"为什么？"

"听说是要回家陪女朋友……"

"啊！"一声惨叫。

"我的爱情结束了。"

周鲤默默在旁边当了许久隐形人，终于被记起，赵乐推了推她胳膊："鲤鲤，你晚上去吗？我们到时一起打车过去。"

"我……"周鲤刚要出声，放在外套口袋的手机嗡地振动，她拿起一看，上面显示着陈砚显的消息，短短一行字。

"今晚一起回家，我想吃玉子豆腐和苦瓜排骨。"

周鲤面无表情地收起手机，回复赵乐，勉强一笑。

"我就不去了，家里有点事。"她不想吃什么玉子豆腐、苦瓜排骨，她就想吃海鲜！

六点下班，周鲤打完卡坐电梯到停车场，陈砚显已经在车里，她打开副驾驶门爬上去，闷闷不乐的。

"怎么了？"他点火挂挡，瞥她一眼。

"我想吃海鲜。"周鲤悠悠地说。

陈砚显动作一顿，不由得转头注视她："我比不上一顿海鲜？"

周鲤沉默。

"和我一起回家吃饭比不上跟他们一起吃海鲜？"

周鲤抱紧自己的包包不说话了，动作规矩、乖巧。

陈砚显见状，呵笑了一声。

"你干吗这样阴阳怪气的？"她听到皱眉看他，明显不满。今晚她明明做出了巨大牺牲，为了他放弃海鲜大餐，他还呵呵她？

"我有吗？"他回道，更加怪模怪样。

周鲤被气个半死，顿时扭过头望向窗外不想和他交流了。

因为这番小争吵，晚上的菜十分简陋，偌大餐桌上就摆了两个盘子，盛着陈砚显心心念念的玉子豆腐、苦瓜排骨。

群里在疯狂刷屏，龙虾、螃蟹、小鲍鱼，色相诱人到犯规，周鲤盯着图片，嘴里米饭越发没滋没味。

她没吃两口就郁郁放下筷子，去房间里自闭了。

别人都可以吃到陈砚显请客的海鲜大餐。

唯有她这个正牌女朋友，没、有、资、格。

第二天，两人早上起来去上班，周鲤因为前一晚的事情，胸口堵着一口气，全程没怎么搭理陈砚显。

一到公司，她拎着包就下车了，连句告别的话都没说，简直把他当成司机一样，到达目的地就走人。

陈砚显坐在驾驶座上，也当即气不顺。

中午周鲤和赵乐她们去食堂吃饭，大厦四楼设立了餐饮区，有各种中西料理，南北口味，平时写字楼上班的白领基本都是在这边解决。

几人打完菜，端着餐盘搜寻着座位，靠窗那边有个六人座，赵乐眼睛一亮，招呼着她们过去。

公司男性比女性多，除去已婚总是自己带饭的女员工，经常来食堂吃的又只剩几个了。赵乐同市场采购部的助理比较熟悉，每次吃饭基本就是叫上她们，加上周鲤一共五个人。

她坐在赵乐旁边，对面是个空位。周鲤听她们在说着昨晚聚餐的事情，默默心酸着，刚抬头准备追问一番时，眼角突然掠过一道熟悉身影。

陈砚显不知何时出现在了入口处，手里端了餐盘，视线在张望。

然后下一秒，他同她对上，提步不急不缓地走来。

周鲤拿筷子的手微微僵住，耳边说话声早已停止，赵乐她们已经纷纷抬起了头，有些难以置信地看着陈砚显。

他直接走了过来，像是宣判一般，手里餐盘轻轻搁到桌面，人在周鲤面前坐下了。

"陈……陈总？"赵乐颤声，不敢相信地叫道。

"嗯，吃饭呢。"陈砚显倒是落落大方，姿态从容，目光从她们餐盘上扫过，还微微一笑，"菜好像都挺不错。"

气氛明显拘谨。

"食堂伙食还不错。"

"味道过得去。"

大家顿时不知道说什么了，只顺着他的话题聊起了食堂饭菜，方才热闹随意的说笑仿佛被无形的手硬生生掐断，连呼吸都拘束几分，不自觉想要埋头扒饭。

这样一来，周鲤恨不得把自己整个人钻进桌下的表现就一点都不奇怪了。

"你们昨天去聚餐吃得怎么样？"陈砚显想和人聊天的时候是游刃有余的，不过三两句话工夫，就消除了她们的紧张，场面再度变得活跃。

"昨天聚餐特别开心，海鲜都很新鲜，尤其是那个龙虾，绝了。"

"对啊，对啊，谢谢陈总请客。"

"感觉这一周都是元气满满的呢！"

"是吗？"陈砚显轻笑出声，看向了一直没说过话的周鲤，像是突然想起什么，"对了，昨天新同事好像没去是吧？"

周鲤一口气差点提不上来。

见她没说话，赵乐连忙在一旁给她解释："对啊，她昨天说家里有事就没去，好可惜呢。"

"啊，这样。"陈砚显仿佛带了点惋惜说，挺真情实感。

周鲤再也忍不下去，抬眼凶狠地瞪他。

陈砚显像丝毫没有觉察的模样，反而笑盈盈地把自己盘里那两个煮熟的红色虾子用筷子夹起，不紧不慢地放到她面前，一副体谅下属的语气："那这个就当补偿，勉强弥补一下你的海鲜大餐吧。"

周鲤无语。

"接下来的一周也要好好工作。"

第十章
你好，陈太太 /

陈砚显走后，周鲤久久回不了神，在心里细想，世界上怎么会有像他这样恶劣的人。

偏生赵乐几个还在那里感慨纷纷。

"天哪，陈总今天好平易近人。"

"做梦也没想到他会和我们在食堂一起吃饭。"

"而且还给周鲤夹菜……"

她们扭头，充满艳羡地盯着周鲤盘子里那两只虾，接着疑惑。

"咦，周鲤你怎么不吃呢？"

"我比较注重个人卫生。"周鲤面目端正，不动声色，"那只虾被他筷子碰过，上面可能残留细菌。"

正好放完盘子折返回来坐电梯的陈砚显。

很好，他不干净。

吃完饭上楼。

午休有一个半小时。

几人慢悠悠地散步回到公司，已经有不少人开始摊开午休椅抱着小枕头准备休息。

办公区顶灯陆陆续续关掉，光线暗淡下来，四周少有人走动。

周鲤还在和赵乐说着话，刚走进公司大门口，她手机振动一下，是陈砚显的信息。

"转身，右拐，我在楼梯间等你。"

这种类似地下情接头的信号是怎么回事？

周鲤无语，不太想搭理他："干吗？"

"你来就知道了。"他如是回道。

周鲤没有办法，只能出声同赵乐说："我去一下洗手间，你们先进去吧。"

"啊，好……"赵乐原本想说要不陪她一起去，见周鲤已经迫不及待转身离开，随即望着她背影，把话咽了回去。

公司在二十三楼，楼梯间又在偏僻拐角处，平时基本不见人影，过于安静，把厚重大门一关上，莫名幽闭，光影都昏暗。

周鲤有些怕，试探地推开门伸了伸头，正要叫他的名字："陈……"

一只手拽着她往里一拉，熟悉的面容出现在眼前，陈砚显嘴角半勾，漆黑双眸一动不动地注视着她。

周鲤被他吓了下，心猛地跳动又平复，气得伸手打他。

"你有病啊，突然吓人！"

"呵。"他极轻地发出一声笑，眼眸轻凝，"我还没找你算账！"

"算什么账……"周鲤本能地心虚，又很快底气十足，"我还没找你算账！"

"我筷子夹过的菜不干净？有细菌？"陈砚显不吃她这一套，凑近，两张脸隔着咫尺的距离，半明半暗光线中，她能清晰地看到他根根分明的睫毛。

周鲤深感压迫，脑子转得没有平时灵光，于是声音支吾："本、本来就是。"

"我哪里有细菌？口水吗？"陈砚显还是不依不饶地追问，随着一个个问句被抛出，整个人还朝她越来越近。

周鲤已经被他逼到墙角，终于，他摁住了她的手，扬起唇一笑，眼里的坏再也装不住。

"又不是没吃过。"

她耳根一热，还没反应过来，他就低下脸，重重压在了她唇上。

周鲤又慌又气，一边怕被人发现，一边又被他弄得头昏脑涨，手里徒劳地推搡着他，心里把他骂了一百次。

他亲着还要在她唇边说话，细碎含糊的声音透出来，偶尔断续，却让她一字不漏地听见。

"还脏吗？现在不只是虾被我碰过了……"他稍稍退开点，喉咙里滚出了笑。

"你也是。"

他又再度覆了上来，像是要证明刚才的话。

周鲤的眼角不自觉泛起了潮红。

周鲤抓紧陈砚显身上的衬衫，布料在她手中被揉成皱巴巴，空气中的尘埃上下飘浮，紧紧纠缠的两人像是电影里的无声镜头，午后阳光透过窗户缝隙流泻一地。

"哐当！"

突兀响起的动静打破这幅画面，周鲤刚睁开眼睫毛颤了颤，还没彻底回神，耳边就听到了赵乐的声音。

"鲤鲤？鲤鲤？"

周鲤陡然一个激灵，立刻猛地推开陈砚显，把他推到角落，自己慌慌张张往门口走去。

果不其然，赵乐正站在走廊上，见到她面露疑惑。

"我刚刚去上洗手间了，没看到你……"

"我在里面打了个电话。"周鲤略带不自然地解释，神情慌乱。

赵乐本来觉得没什么，洗手间就在附近，她原本也是上完没见到周鲤人，担心她对这边不熟悉所以顺便找一下……

赵乐目光往周鲤身后探了探，那扇门紧掩着，她没说什么，只如常道："快点回去休息吧，待会儿午休时间就要过了。"

"哦，好好。"

两人说着话走远了。

过了会儿，陈砚显才从里头出来，神情无奈，略带懊恼地用指节蹭了蹭额头。

突然有点后悔答应她了。

宁市漫长的夏天终于过去，前天下了一场暴雨，温度终于有了秋意，周鲤早上出门时加了件小外套，粉色帽衫，上面还有两只软软的猫耳朵。

整个人粉嫩嫩的。

陈砚显今天有正式会客，穿得很严肃成熟，深灰色的西装和领带，头发特意打理过，露出光洁的额头，英气俊朗，精英青年气质展露无遗。

他同周鲤走在一起时，不经意从落地玻璃前看到了两人身影，一高一矮，诡异违和，旁边的女孩像十八岁，他像二十八岁。

陈砚显胸口瞬间堵塞，忍不住拎起周鲤衣服上的猫耳朵，拧眉找碴儿："周鲤，你上班为什么穿成这样？"

"我这样怎样了？"她仿佛在说着绕口令，挺直胸膛倒是理直气壮，"公司本来就没有着装规定，再退一万步讲，我这件外套平平无奇，怎么就碍着你陈总的眼了？"

陈砚显被她的牙尖嘴利怼到无言，随即悻悻作罢，只强撑着丢下一句："下次不准这么穿！"

"我就要就要！"

"你想气死我？"

"嗯哼。"

　　两人斗着嘴不知不觉就到了公司，往办公间走，把距离拉开了。陈砚显脚步大很快走到了前面，周鲤落后不少，经过设计部旁边时，恰好坐边上那位男生抬起了头来，见到她眼睛一亮，推了推脸上眼镜。

　　"周鲤，你今天怎么有点不一样？"

　　"哪里不一样？"周鲤停住脚步，好奇地问他。

　　他目光假装打量过她，随后装出一副恍然大悟的样子，说："特别不一样的可爱。"

　　没有女孩子不喜欢被夸赞。

　　周鲤瞬间心情愉悦，发出清脆的笑声。

　　"不是我，是衣服可爱。"她很有自知之明地拿起了身后帽子，往头上戴了戴，示意，"你看，它有两个耳朵。"

　　"衣服可爱，人也可爱。"男生平时看到她经常打招呼，偶尔还和周鲤她们一起在食堂吃饭，关系算熟络。他说着用手去碰了碰周鲤帽子上的猫耳朵，夸道。

　　周鲤这下是真的不好意思了，摆摆手迫不及待想结束这场对话："没有啦，没有啦。"

　　她拎着包溜回了自己座位，飞快地打开电脑工作。

　　站在不远处被迫听完全程的陈砚显也终于再次提步，拧开办公室门把，须臾，又不禁冷冷一笑。

　　最近月尾，财务工作量较大，周鲤晚上要加一会儿班，她看了眼陈砚显的办公室，里头灯也仍旧亮着。

　　他大部分时候会回家办公，但周鲤需要加班时，两人基本都是一起回去。

　　赵乐在旁边对着电脑干活，脸色苍白，神情憔悴，像是被工作榨干了一般，双目无神，头顶粘着一个大大的必胜刘海贴，在噼里啪啦的键盘声中，不忘和她抱怨。

　　"鲤鲤，我要死了……昨晚凌晨三点钟睡的，再这样要猝死了。"

　　"你干吗？昨天好像没加班吧？"

　　"我追剧……"

　　"该。"周鲤说着，还是翻了翻自己桌面，"我这儿有咖啡，你要不要提提神？"

　　"好的，给我续一下命。"

　　"谁要泡咖啡，小鲤吗？"一同在加班的人听见了不由得叫道。

　　周鲤点头："还有谁要？"

　　顿时有两个人举手。

　　周鲤起身去拿了杯子到茶水间，不一会儿，空气中都飘荡着咖啡香。

几个人捧着热气腾腾的杯子，趁着这个短暂时间喘息，靠在椅子上聊天。

"这咖啡不错啊。"

"多谢我们周鲤了。"白天夸她可爱的那个男生说。

周鲤从电脑前抬起头对他笑了笑。

"果然还是女孩子会挑零食。"其他人在讲话，这句话音刚结束，周鲤正对着面前繁杂表格飞速筛选，然后画面卡住，死机了。

她不轻不重地嘟囔了一声："又卡了。"

"怎么了？我看看。"技术部那位男生放下手里杯子朝她走来。

周鲤将椅子往旁边移让开位置，他俯下身拿过鼠标查看，敲键盘。

"估计是系统太久没清理了，我帮你弄弄。"他随口说。

有人能帮忙简直再好不过，周鲤立刻道谢。

"真的吗？那谢谢你啊。"

"客气，这点小问题。"他有点赧然地抓了抓后脑勺，动作却是更加积极热情了起来。

两人正全神贯注盯着电脑屏幕，旁边突然横插进来一道声音。

"你们在做什么？"低沉微冷，带着本能的威严。

男生手里一顿，抬头看到不知何时站在不远处的陈砚显，冷白灯光笼罩下，似乎藏着不知名的凉意。

他立刻直起身子解释："老大，周鲤的电脑出了点问题，我帮她看看。"

"蒋世杰，你很闲吗？"陈砚显面上不苟言笑地说。

男生有点被吓到，迅速出声："没，我还有好几个项目没做完呢！今晚说不定要加到凌晨！"

"那还不赶紧去？"他拧眉吩咐。

男生有点犹豫，又看了眼周鲤，正在为难之际就见陈砚显朝两人走来，神态已经恢复如常。

"你去忙吧，这种小事情——"他不紧不慢地卷起袖子，"就让我来。"

满屋子的人惊呆了，就连周鲤都在那儿如坐针毡，唯有陈砚显气定神闲，淡淡扫过去，众人顿时讪讪收回视线，各自坐回座位上，该干吗干吗。

大概是周鲤眼神里杀气太重，陈砚显在一旁帮她弄了几下电脑，察觉到脸上不容忽视的炙热目光，垂眸看她一眼，接着收回了手。

"好了。"他居高临下地站着，没什么表情，和方才一比瞬间冷淡，"暂时能用了，明天叫网管来帮你修修。"

"谢谢陈总……"周鲤道谢。

陈砚显一言不发，背着手离开了。

他平时不是没有干过帮忙的事情，虽然陈砚显属于领导中最有威严的，但公司小，人不多，私底下跟员工在一起没有这么大的架子，尤其是技术部，陈砚显经常会帮他们鼓捣一些东西。

今晚他们只当陈砚显心血来潮照顾新员工，忽略了心底那一丝微不足道的怪异。毕竟陈砚显有女朋友这件事情，众所周知。

有人没想多，有的人却把这一切都看在眼里。

中午食堂，周鲤仍旧和赵乐一吃饭，同行的还有市场部助理庆庆和采购部文芳，她们都是资深员工，公司才成立没多久时就入职的。

几人放下盘子落座，四人座的小桌子，周鲤同赵乐并排，另外两人坐在对面，还没开始吃就状似不经意地开口闲聊了。

"明天周六，你们要加班吗？"

"我不加，鲤鲤要。"赵乐状似同情地指了下周鲤，其实眼底的暗喜都要呼之欲出了。她周末和人约了一起出去玩，幸好加班的事情分给了周鲤。

"嗯，我得加班，你们呢？"周鲤生无可恋地点点头，询问她们。

"我也要……"文芳哀号一声。

庆庆轻笑："我们公司加班还是挺多的，就连陈总也不例外，不过——"她话音停顿了下，像是故意引起旁人好奇心。

"不过什么？"果不其然，赵乐立刻八卦地追问。

庆庆视线微不可察地扫过周鲤，她将头凑近，压低了声音说："不过他最近几个月都在家里办公了，听说是为了陪女朋友。之前啊，他女朋友好像因为他工作忙闹过分手……"

赵乐一脸不可思议："不是吧，就陈总这样的还有女人舍得甩他？"

"可不是，说不定对方也很优秀呢。"庆庆状似自然地直起身子，语气随意地说。

旁边两人顿时满脸附和连连点头，唯有周鲤，心虚掩饰般地埋头吃饭。

庆庆见状，神情越发复杂，干脆把话说得更为直白。

"我们公司之前来过不少女孩子都对陈总动过心思，这也正常，毕竟这么一个男人放在面前谁都会动心，不过她们最后不是离职就是铩羽而归，我也是那次出差不小心听季涂说起的——

"陈总和他女朋友是青梅竹马还是十年同学，感情非一般人能比，千万不要抱着几分侥幸心思以为自己是不一样的烟火，早点认清现实安安心心工作才是正道。"

周鲤被这一番绵里藏针的话语弄得微微尴尬，她不傻，听得出来对方好像是在旁侧敲击她，可是……

她握着筷子张了张嘴，却什么也说不出来，一旁赵乐早已忍不住，皱起眉直接发问了："庆庆，你这话什么意思？"

"我没什么意思啊。"她挑着碗里饭菜，漫不经心，"就是随口闲聊而已。"

"你——"赵乐正欲同庆庆争辩，被周鲤飞快地扯了扯袖子，周鲤轻微地摇摇头。

赵乐这才偃旗息鼓，恶狠狠地戳着米饭，不甘不愿地瞪向对面。

这天吃完，几人没有像往常一般说说笑笑回公司，赵乐先拉着周鲤到一边同她们出声告别："你们先走吧，我和鲤鲤去下面散散步。"

庆庆看了眼周鲤，没说什么，只是有几分了然地点头："行，那我们先走了。"

公司楼下有个星巴克，旁边是林荫道，在阳光中安静地投下树影。

赵乐手里捧着杯咖啡，还有些愤愤："鲤鲤，你别理她们，女人就是事多，要我说你和陈总……"

她正想说什么都没有，立即又联想起前面几次为数不多的接触，鲤鲤和陈总之间，比起普通员工好像是多了点说不清道不明的东西……

赵乐咽了咽口水，转头看向她，睁大眼。

周鲤拍拍赵乐的肩膀，安慰："放心吧，你们担心的事情不会发生的。"

毕竟，她就是他正牌女朋友不是？

经过这件事，周鲤更加有心避嫌，在公司基本不和陈砚显接触，有时候迎面看到他走来，还故意假装没看到他一样，目不斜视地从他身旁擦肩而过。

陈砚显面上看起来没有任何异常，像是不在意的模样，一下班，就狠狠在她身上讨了回来。

正是血气方刚的少年人，稍一撩拨就起了火，周鲤苦不堪言，好几次上班时都坐在电脑前偷偷揉着腰。为此，赵乐还特意送了她一个按摩仪，打折时买的老年款。

临近年底时，公司发生了件不大不小的事情。

陈砚显他们下半年的重心放在一款游戏软件研发上，原始创意是由他提出来的，以田园绿色为主题，一款森系日常旅行冒险的多人游戏，里头囊括了当下年轻人喜欢的所有热元素。

可爱，小清新，田园日常，旅行冒险，还有交友。

符合不同的口味和爱好，有多种玩法，无论男女年龄，在里面都能找到属于自己的一份乐趣。

游戏正式发布上线那天，陈砚显和整个设计团队几乎一晚没睡，盯着后台数据，从零一路渐渐飙升，最后用户量突破上万。

前期宣传内测做了很多工作，章荣人脉宽广，在营销方面深有经验，找了几个网上流量博主发布相关试玩宣传，早早就引发了目标用户的关注和好奇，游戏一正式上线，立刻上了当日下载量排行榜。

这款游戏名字叫作森之物语，是偶然间周鲤拉着陈砚显看了部影片，他脑中乍然冒出来的灵感。

就是这样一个带着点文艺小清新的名字，在不久后火遍了全网，日常打开微博就能看到相关话题：

"你今天种菜了吗？"

"种了点莴笋。"

"昨天下雨了去林子里采到一篮子蘑菇，把院里养的鸡拎了只出来炖汤，味道可美，今日份治愈。"

"我家胡萝卜今天大丰收，卖了不少钱去买了条超好看小裙子，嘻嘻。"配图。

……

诸如此类内容数不胜数，刚开始有不知道的粉丝纷纷不明所以，在评论科普下也立刻去下了游戏试玩，然后一发不可收拾。

有网友还专门做了个表情包。

热情地聚在一起聊天的一群人，单独站在角落满脸迷茫的小人头，上面分别写着：拥有森之物语的朋友，我。

游戏的火爆让这家名为"星动"的公司也进入大众视线，有厉害网友的去查了背景，发现这是一家非常年轻的公司，而且他们还有一款办公软件，竟然是现在不少大企业日常必备的系统，这么严肃的业务同他们的游戏内容似乎十分违和。

网友不可思议的同时，莫名升腾起了钦佩，唯有一群具有创造力和出色才能的主创团队，才会在短短时间内异军突起，产品的优秀和受到喜爱程度更加可以证明，这是一群蓬勃向上又不拘于现状、耀眼的年轻人。

11月，陈砚显公司已经开始了A轮融资。

这段时间公司上下都加班加点地忙，但每个人脸上都洋溢着积极和热情，在这个年纪身体里充满了拼搏的干劲，他们还有梦想，在追逐着自己想要的目标，时间燃烧在有意义的事情上，似乎才是有价值的。

夜里十点，窗外城市亮起点点灯光，在夜色下连成了一条璀璨星河。

周鲤喝了口杯子里的咖啡，揉了揉发酸的脖子，不自觉抬头一看，陈砚显办公室依旧亮着灯，透过百叶窗帘，隐约可以看到后头的身影。

周鲤突然懂了往常沉浸在工作中的陈砚显。这一刻，在这安静又灯火通明的夜晚，感受到了一种并肩作战的默契和亲近。

她再度充满精神，握拳伸了下懒腰，继续投入到无尽的数据和报表中。

这一忙，就从年头走到了年尾，今年公司年终奖十分丰厚，就连才入职半年的周鲤都得到了一笔不小的薪酬。

红包是由每个主管发放的，周鲤的却是由陈砚显亲手交给她。

新年将至，行政小姑娘少女心十足，公司四处挂着红色小灯笼和剪纸画，还不忘给每人送了套贴纸，中式的红色小福娃，放眼一看，座位上都是一片红红火火。

下午茶休息时间，大厦楼下来了没什么知名度的小歌手，在举办着个人活动，大部分人都跑去看热闹，整个办公区空了。

周鲤在赶着一份表格，正埋头干活之际，旁边桌面被人叩了叩，她抬起脸，看到站在身侧的陈砚显。

"工作这么认真？"他微扬起眉，笑她。

周鲤干脆应道："对啊，陈总对员工小周的表现还满意吗？年度考评能不能给个优？"

"这个我可决定不了，由你们领导填写的，不过……"他又卖了个关子，周鲤眼里浮起期待，只见他从口袋不紧不慢拿出一个红包，然后给她。

"这是奖励。"

"哇，什么？年终奖吗？"周鲤早就听到了风声，连忙接过来打开一看，里头厚厚一沓现金，很抢眼，很土豪。

周鲤把红包紧紧收在胸前，掩不住地激动："谢谢老板，老板真好。"

"出息。"陈砚显嘲笑一声，接着又从口袋摸出另一个红包，递给她，脸上是故作不在意的懒散。

"这个是我私人给你的红包，回去再拆。"

周鲤摸了摸，红包不薄不厚，手感分辨不出来，像是什么小物件被包好在里面。

她望着陈砚显背影犹豫一会儿，还是收好放进了包里，准备回去再拆。

到家已经是晚上十点。

周鲤趁着陈砚显在洗澡的工夫，坐在客厅沙发上偷偷拿出了红包拆开，里面还有一层包装。

她迫不及待，手上不自觉加快动作，忽地，从袋口掉出来一枚金属似的物件，亮光闪过，哐当一下掉到了地板上。她俯身捡起，发现那是一把钥匙。

崭新的钥匙，静静躺在她手里。

周鲤才看到外面那层包装纸上是一个地址，具体到了门牌号，距离他们公司只有几百米远。

她听说过那个楼盘的名字，宁市这两年最热门的片区，寸土寸金，价格令人望而生畏，即便是周父周母拿出这么多年来的全部积蓄，也仅仅只够首付。

周鲤正在发呆之际，浴室的人出来了。

听到脚步声时，她已经被从后头拥入怀中，陈砚显头靠过来放在她肩上，话语低沉动听。

"新年礼物。"

"这是我们的家。"

曾经年少时，周鲤听陈砚显夸下过海口，她没放在心上，只当是一句玩笑话。

而如今，他把一切亲自呈到她面前。

年后，两人搬了新家，搬离了这个温暖的小房子，换成了一个真正可以称之为家的地方。

宽敞的三室两厅，坐北朝南，装修都是周鲤喜欢的，原木风家具、地板、白色亚麻纱窗帘，阳台上种着许多花草。

后来周鲤才知道，房子写的是她的名字。

"想写就写了，又不是什么大事。"陈砚显用一种非常漫不经心的语气回答。

"只是想在未来的生活中，让你能更加有安全感一点。至少在吵架时，可以理直气壮指着大门赶我出去，这是你的房子，让我滚。"他说到后面，睨着她笑得一脸不正经。

周鲤原本沉浸在感动中的心立刻收回，本能地反驳："才怪，到那时你肯定会说——房子是我买的，要走也是你走！"

"不会。"陈砚显声音突然轻了下来，眉眼变得莫名认真，"我这辈子都不会说出这样的话。"

公司去年一年利润可观，周年庆时，特意组织了全体旅游。

原本计划的是国外，不过因为最近正是业务繁忙期，每个部门都排不出空期，最后改成了周边海岛度假两日游。

虽然失望哀号的人很多，但基本号完就立刻转身去网上下单，开始买防晒霜、小裙子、海边必备大草帽。

中午吃饭时周鲤还听女同事们在兴致勃勃讨论着晚上要一起去酒吧艳遇，想一想，夜晚海景，身穿吊带长裙露出漂亮锁骨，摇晃着杯子，多么美妙愉快的假期啊。

赵乐憧憬，文芳附议，双手捧着脸庞："我的心已经飞走了，飞到了帅哥的怀抱。"

"我倒是听说那边酒店温泉还不错,对了,你们买泳衣了吗?"庆庆问。

几人摇头。

赵乐说:"我都八百年没去游过泳了,泳衣估计早在搬家的时候被扔了吧。"

"我最近胖了,之前泳衣穿不了了。"文芳捏捏身上的肉。

庆庆提议趁着明天放假大家去附近商场逛逛,另外两人赞同,唯有周鲤面露犹豫迟迟没吭声。

庆庆看向她,顿了顿还是问:"周鲤,你要去吗?"

两人关系一直有点不尴不尬的,但公司就那么几个人,赵乐又一直和她们俩走得近,毕竟在周鲤还没入职时,她们就是很熟悉的同事朋友。

因此去食堂吃饭时总不可避免会碰到一起,时间长了也保持着友好的交往,只不过估计对方对她还是不喜欢,看在赵乐的面子上才勉强同她维持着联系。

周鲤是在考虑周末陈砚显会不会有安排,他之前似乎提过有部新出的电影想看,迟疑过后她还是拒绝了:"我就不去了,有个朋友可能会约我。"

"好。"庆庆也不挽留,应声道。

倒是赵乐追问了两句,被周鲤搪塞回去了。

这次旅游目的地是一座小城市,沿海偏僻,以美食扬名,他们去的海岛近两年才开发,平时游客不多,还保持着少见的原生态。

早上七点在公司楼下集合,由大巴车统一接送。五十座的大客车基本坐满,陈砚显和周鲤是一起来的,却分开上车,她同赵乐坐在后排,陈砚显和季淦并排坐在最前面。

七点半,行政小姑娘拿着名单点完名,人齐了,司机大叔开车出发。

车子动了起来,沿途风景渐渐后退,车身晃悠,打开窗户晨风拂面,一轮朝阳从城市边缘升起。

车里很热闹,这种旅游车里面都带了话筒和音响,行政部自带活跃气氛功能,站在最前面组织着大家玩游戏唱歌,一路欢声笑语。

一直持续到路程过半,车内开始安静下来,大家闭目休息,还有一个小时就抵达目的地。

刚好中午,用过餐在酒店稍作休息,下午去漂流。

来回坐车加上等待换衣服的时间,结束时将近傍晚,刚才运动量挺大,不少人已经开始腹中饥饿,在休息区等待着司机来接他们时,拿出了早已准备好的零食充饥。

出发前行政发邮件提醒过,因为游玩景点安排的原因,三餐可能出现不规律，最好自己准备些吃的。

为此，周鲤不禁佩服自己的未雨绸缪，在赵乐饿得肚子咕噜叫目光四处搜寻时，她从包里拿出自己的便当盒。

里面是她昨晚做的寿司和甜点。

果不其然，盖子一打开，赵乐就立即被吸引，黏过来朝周鲤一个劲拍着马屁："鲤鲤，你怎么这么温柔贤惠、贴心可人呢？"

"吃吧，不必多嘴。"周鲤拿着一个寿司塞过去。

赵乐胡乱嚼着，朝她比赞。

周围的人目光也不由自主被吸引，望过来，周鲤正大方地要分给他们，不远处突然传来一道不可思议的轻呼，像是发现了什么新奇事。

"咦，周鲤，你和陈总的便当怎么长得差不多？"

吵吵闹闹的空气仿佛一瞬间被按下了暂停键。

周鲤和陈砚显隔着两张桌子对望，视线落在各自面前的餐盒上，不约而同沉默。

盒子是超市买的打折款，一个粉色、一个蓝色，款式相同，里面装着的东西也几乎一样。

外表平平无奇的寿司和两个菠萝包。

唯一不同的是，陈砚显的餐盒里多了几块水果，苹果和梨，周鲤不喜欢吃。

几十双眼睛紧盯着两人，就连一旁赵乐也张着唇里头的寿司嚼到一半，忘记咽下去。

周鲤手脚僵硬，脑子空白，心脏怦怦直跳，正要胡乱编个蹩脚借口时，陈砚显不慌不忙地夹起个寿司放到嘴里，神情自然无比。

"这是我女朋友给我做的。"

顿时成为众人关注焦点的周鲤，愣神两秒，话脱口而出：

"这是我自己做的！"

场面有很短时刻的静止，也不知是谁先反应了过来，缓解尴尬似的笑了两声，道："看来周鲤和陈总女朋友手艺都差不多啊……"

"可不是，连审美都不相上下？"那个貌似超市大甩卖同款饭盒，也是巧了。

"周鲤，你这个饭盒在哪儿买的？陈总同款我也想拥有。"已经有人开始打趣她了。

周鲤一脸尴尬，极迅速地把饭盒一盖往身前拥住，干巴巴地说："超市随便买的。"说着，她还欲盖弥彰地诚恳补充，"就是平时促销那里，都摆了很多这样的。"

众目睽睽，周鲤也吃不下去了。好在没多久大巴车就过来接人，她提着包上车，觉得自己有惊无险渡过一劫，坐在椅子上身心疲惫。

这时，手机振动，周鲤大概猜到了是陈砚显，特意避开赵乐查看，果不其然，上面只有两个字，透着一股浓浓的嘲讽：

"出息。"

她正磨着牙想要打人，前面的人突然扭过头传来一袋零食，牌子熟悉的小面包和果脯肉干："陈总的，拿完往下传。"

周鲤愣了下，随后从里头抓出两包她平时喜欢的口味。赵乐在一旁边拿边称赞："陈总好贴心啊，竟然还有小零食。"

她们拿完传到后面，大家都有些惊喜，这种细致的小事情和他往日形象反差有点大，因此很快有人感慨："肯定又是陈总女朋友准备的，想都不用想，他一个大男人怎么可能去买这些。"

其他人附和点头。

周鲤再度心虚，这些零食是她出门前因为包里塞不下所以强迫陈砚显给她带的，没想到，他用这种方式给她了。

周鲤刚才因为那起翻车事件，没来得及吃东西，现在正饿着，她咬着嘴里的面包，给他回了一个握拳威胁的表情，上头小人满脸凶狠。

她往前看了看，陈砚显靠在椅背上，露出半边侧脸，此时正盯着手机嘴角上扬。

还笑。

周鲤心里念叨着骂他，却是也忍不住弯起唇。

晚上用完餐，入住的是海景房。

酒店把一大片海滩囊括在内，从大堂后门出去直达休闲区，天然的海滨浴场，沙滩细白柔软，海水碧蓝通透，远处还有大块礁石，在海浪拍打下，溅起水花。

最妙的是上面游人稀少，并不像其他景点下饺子那般拥挤，私人沙滩的好处在这里尽数展现。

总结起来还是感谢公司土豪，订了这家价格就让很多人退却的五星级度假酒店。

不少人已经不顾旅途劳累，在房间稍作休息就直接换上泳衣出门。赵乐一进来打开行李箱，堪称翻箱倒柜地找衣服，试了几套，最后选了一条白色露背纱裙，美滋滋地准备出发。

"鲤鲤，你真的不去吗？"临走前，她再次同周鲤确认。

周鲤正躺在床上恢复精力，闻言不假思索地冲她摆摆手："不去了，你们玩吧。"

"那你待会儿还出门吗？我可能会晚点回来，你有什么东西要带的就给我发消息。"

"我看情况，应该不出了吧。"周鲤想了想，"也没什么要带的，到时候自己可以下去买。"

"那行，我走了。"

门合上，房间骤然安静下来，周鲤躺了许久还是爬起来准备洗个澡，彻底放松休息。

她吹干头发，再度回到床边，手机放在柜子上充电。

周鲤刚要拿起手机查看，房门被敲响。

"谁啊？"她动作顿住。

很快，门外传来熟悉的声音："我。"

陈砚显。

周鲤放松警惕，直接穿着浴袍去开门，一边走过去，一边问："你来干吗？"

"打你电话不接，发消息也不回。"门开了，陈砚显目光落在周鲤身上，微不可察地停留打量两秒，移开。

"我刚刚在洗澡。"

"嗯。"他自然越过她往里走。

周鲤愣了两秒，在他身后关上门："你怎么直接过来了，就不怕被人看到——"

"刚才下楼看到赵乐她们出去了。"

周鲤无话，一时站在那儿，看着他坐在自己床上。

"你不换衣服？"他扬了扬下巴，示意。

"换衣服干吗？"她无语，"我刚准备休息了。"

陈砚显没理她，径直吩咐："去，赶紧的。"

他浅浅皱起眉心："好不容易来一趟，你总要和我一起出去逛逛吧。"

不然明天晚上就要回去了。

这一天两人基本都是分开的。

想到这里，陈砚显头痛地揉额，不明白自己怎么会走到这一步。

两人出门时分，夜色已经上来了，夕阳不见一点踪迹，天空蓝得发暗，海边城市空气尤为清新，风里有海水腥咸味，湿湿的泛着潮，很好闻。

周鲤换了身衣服，简单的T恤衫和短裤，脚上是夹板拖，被陈砚显牵着手穿过酒店前那条马路，往海边走去。

原本是想去那个私人海滩的，但恐怕此刻公司员工都在那里，害怕会撞见熟人，陈砚显搜索了附近一处比较有名的景点，领着她过去。

酒店地段很好，两地相隔不过几百米，原本周鲤还有点担心，到那里看到来往游人时稍稍放下，天色暗人又多，他们混在其中很不起眼。

这边被开发得比较完善，修有海边栈道和广场雕塑，中心区人比较多，都挤在渔女雕塑前拍照，沿路还有人骑着自行车吹风，卖小零食纪念品的摊贩也占据空间不少。

周鲤对这种商业化气息浓郁的地方没什么太大感触，陈砚显则喜静，两人沿着海边木栈道散步，往人少的方向走，渐渐地，把热闹繁华抛在身后。

周围安静下来，只剩海水拍打的声音，天幕辽阔，和海平面相接，沙滩被浪冲刷得光洁湿润，脚踩上去有两个印子，周鲤还在里头翻到几个贝壳。

他们走到了一片礁石地，灰黑色高大嶙峋的石头，形状各异，屹立在沙滩上、海水里，像是高矮不一的小山，单调的景色顿时变得生动。

周鲤忍不住爬上去，礁石高高的，站在顶上可以看到远处小小的岛屿。

石头表面凹凸不平，陈砚显担心她摔倒，在一旁不放心地扶着她的手。

周鲤看得差不多了准备下来，望着他的面容突然玩笑心起。

"陈砚显，我跳下来你接住我好不好？"她还记得那次学校爬围墙的体验，蠢蠢欲动。

陈砚显顿时无奈，还是依言张开手，对她敞开怀抱："跳吧。"

石头半人高，周鲤站在上头俯视着陈砚显，他此刻的样子尤为清晰，心跳像是耳边的海水，哗啦，哗啦，有节奏性地一下下拍打，她鼓起勇气往下跳。

短暂的失重感，强风拂面。

周鲤被陈砚显接了个满怀，两人紧紧抱在一起，她笑得开心。

方才的刺激还没过，此刻安稳的怀抱显得无比动人。

周鲤仰起脑袋刚要说话，突然听到身后惊恐的声音，强烈注视如芒在背。

"周鲤——陈总，你们……"

两人纷纷扭过头。

不知何时旁边那块空空的海滩上已经多了一群人，十来个，全部是熟面孔，有技术部蒋世杰、采购部文芳、市场部助理庆庆……还有已经失去表情管理目瞪口呆的赵乐。

周鲤如同触电般飞快收回手，还很生硬地后退了两步，掩耳盗铃似的同陈砚显拉开距离，然后仓皇睁大眼望着他们咽口水。

她这个样子真像是被一群老鹰盯上瑟瑟发抖的可怜小鸡崽，整个人都害怕得不知道该怎么办才好，连肩膀都微微发颤。

陈砚显垂下眼又飞快抬起，在心里低低叹了口气，不动声色地走到周鲤的身旁，牵住她的手。

"宣布一下，这是我的女朋友。"他目光扫过周围一圈，咬字缓慢地补充，"从开始到现在，在一起近五年的女朋友。"

当晚，公司群炸了。

这是一个唯独没有周鲤和陈砚显，以最快时间火速建立起的公司小群。

匿名1："我疯了，我炸了，此刻满脑子一地绚烂烟花。"

匿名2："这是什么神仙狗血剧情被我们碰上了。惊！公司不起眼小财务竟是老板相恋多年女友？"

匿名3："后怕不已，幸好没在周鲤面前说过陈总坏话……"

"哈哈哈，够了！不过大家是瞎吗？这么一段明显的奸情都快一年了竟然没一个人发现？我们的眼睛是不是都被工作填满，失去了原本的视觉？"

"说起来我现在一回想真的很不对劲，有次我熬夜打游戏没睡直接到公司，好像是早上七点，在电梯遇见陈总和周鲤，那会儿里面就我们三个人，气氛总觉得哪里怪怪的？现在可算是明白了，我破坏了他们的二人世界！"

"我也有，我也有！我记得有个周六我加班，那天中午没事看到陈总在那儿给花浇水，当时还想陈总挺有闲情逸致，后来才发现，那盆花是周鲤的。"

……

后来群里风向就变成了陈砚显和周鲤的讨论大会，不聊不知道，一聊吓一跳，生活处处都是蛛丝马迹，他们却选择性闭上双眼，以至于到现在才被当面戳破。

可谁又能料想到，传说中陈砚显相恋多年优雅知性的女朋友，其实是周鲤这样的？

是人都不会把他们联想到一块。

也不是周鲤不好，只是陈砚显这种年少有为、沉稳睿智的性子，总觉得应该是和他差不多或者至少稍微成熟点的女性，像周鲤这种没有攻击力的小可爱……

众人不约而同地回想起夜色下海滩上的那一幕。

一高一矮的两道身影相拥，脸上笑意生动，流露的是一种让人不自觉感到温馨美好的东西。

嗯……其实好像也挺配的。

周鲤第二天是蒙着脸出去的，她戴了个口罩，从上到下严严实实捂住自己的脸。

出发点一到，她立刻一溜烟做贼似的跑上车，全程缩在角落一句话不敢说。

陈砚显想起她那句没脸见人了，想笑又想叹气，径直从车头走到车尾，在她旁边坐下，替她挡住周围一众窥伺目光。

"好了，没人看你。"他稍稍倾身，彼此间离得很近，说话时是浅浅气音。

"才怪。"周鲤声音闷闷从口罩后头传出来，神情郁闷。

陈砚显一只手扶住她肩膀，另一只手动作很轻地去摘她脸上的口罩。

修长手指钩着耳上那根绳，在周鲤没反应前就解了下来，他把口罩捏在手里，目光和嗓音都透着平静的温和。

"我们谈恋爱光明正大，没什么见不得人的，你只管坦坦荡荡做你自己，天塌下来有我顶着。"

人和人之间真的会相互影响。

在陈砚显"泰山崩于前而色不变"的厚脸皮作用下，周鲤也索性破罐破摔，假装不懂那些目光深意。

周一，正式去公司上班。

因为前一天到家很晚，两人破天荒没有早起。公司已经来了不少人，周鲤和陈砚显是一起进来的，迎面走来的同事一愣，随后立即出声打着招呼，神色略带慌乱。

"陈总早，周……周鲤早。"

"早。"

忽略这个小插曲，周鲤一上午都窝在自己的座位里，忙着工作时间流逝，和往常一样没有太大差别。

除了赵乐过于安静，以及每日摸鱼上网的活动取消，对着电脑屏幕格外认真，力图要拿下本月最佳员工奖的架势之外。

其他都很正常。

时钟指向十二点，大家陆陆续续关上电脑起身，周鲤揉了揉肩膀，瞥向旁边还在状似一脸认真干活的人，无奈地抿唇："够了朋友，你都演一上午了，累不累？"

"我可没有演，发自内心地热爱工作。"赵乐想起自己以前整天吐槽公司和偷偷传授给周鲤的那些上班摸鱼小技巧，就悔恨交加。

"得了吧，你哪次不是一到下班点就往食堂跑。"周鲤过去拉着她的手往外走。

"从前种种，譬如昨日死；从后种种，譬如今日生。"赵乐满怀深沉道。

周鲤扶额："我错了，我再次为我当初的隐瞒道歉。"

虽然在事发当晚周鲤就已经和赵乐解释过一遍，当时赵乐是一副惊吓到极致的痴呆状，周鲤也不知道赵乐有没有听进去，但看对方现在冷静下来的表现，估计是压根儿没把她话放在心上。

周鲤再度郑重道："我是我，陈砚显是陈砚显，在公司里我们只是正常上下级关系，下了班也不会有任何公事上的交集。所以，就和从前一样把我当作普通同事看待就可以了。"

"你看，你现在都敢直接叫陈总名字了。"

两人走到食堂，正迎面撞上庆庆和文芳端着盘子出来，周鲤和她们四目相接，空气微微尴尬了一下，紧接着，听到赵乐随意出声："哎，找座位啊，等等我们。"

仍旧是她们几个饭搭子坐一块，庆庆闷头吃饭，不复往日谈笑风生，文芳小心翼翼地看看这个，又看看那个，最后握着筷子小口挑着碗里米饭。

周鲤顿了下，还是先开口："对不起，我不是故意没告诉你们的，因为在一个公司上班不想引起更多关注，所以就……"

"没关系，你不用跟我们道歉。"庆庆突然打断她，语气生硬，"这是你的自由。"

"哦。"周鲤安静几秒，应声，然后像是自言自语，"你说得对。"

"我吃饱了，你们慢用。"庆庆再也坐不下去，一下站起来，端着那盘没怎么动过的饭菜走向餐盘回收处。

文芳望着庆庆的背影咽咽喉咙，收回视线。

"周鲤，你不要介意啊，她主要就是……估计觉得有点丢脸吧？"文芳小声同她解释。

周鲤笑了笑表示不在意，赵乐在一旁嘀咕："没想到事情都过去这么久了她还记得，女人真是惹不得。"

下午六点，陆陆续续有人准备下班。

陈砚显是直接从办公室出来走到周鲤座位前的，极其自然："一起回去？"

旁边还有几个人没走，闻言立刻动作放慢，用八卦的目光望了过来。

周鲤马上以最快速度收拾好东西，拎起包走人。

"我还是有点不习惯。"

车里，两人安静坐着，陈砚显余光打量着后视镜，分神回她："久了就习惯了。"

"不然你打算怎么办？"他脸转过来，"隐瞒一辈子？偷偷摸摸？总有这么一天的，你要学会面对。"

"唔。"周鲤苦恼地皱起眉。一旦遇到什么想不明白的事情时，她就是这副样子。

　　思索片刻后还是无果，周鲤叹气，脸趴到车窗玻璃上望着外面："我太难了。"

　　关系公开后的生活有好也有坏，好处是再也不用像以前做贼一样提心吊胆，谨小慎微，刻意地去做一些不必要的掩饰。

　　比如分开上班，故意避开相同下班时间，在公司撞见假装不认识诸如此类没意义又愚蠢的事情。

　　而坏处，就取决于周鲤本人心理素质，至少她待在公司时的感觉是再也回不到从前。就算大家还是那样笑笑闹闹一团和气，但在潜意识里，周鲤仍旧被摆在了一个不同的位置，这样一点微小的细节，经常在相同情境内，造成令人尴尬的场面。

　　比如周鲤今天去饮水机前排队，明明前面有两个人，一看到她，对方本能地让开位置，谦逊道："你先，你先来。"

　　她当即整个人定在原地，木着脸，耳边仿佛出现幻听，他说的是"您先，您先来"。

　　周鲤勉强笑了笑，假装自己要去洗手间，放下杯子赶紧走了。

　　如此挨了两个月，上班这件事情对周鲤来说开始失去原本的吸引力。

　　周鲤对工作本身其实一直没太大感觉，能在这里待这么久很大一部分原因是公司氛围。

　　同事间轻松友好，领导也很和善，再加上还有陈砚显，每天基本没有太大烦恼就过去了。

　　可现在，她觉得自己处处是烦恼，还没有自己周末在家里做点甜品开心。

　　周鲤走在路边发呆，今天下午她外出跑税务局，现在正是四点钟，阳光充沛温和，街道热闹，处处充满着自由轻松的气息。

　　她目光突然被边上一家色彩清新甜美的店面吸引，视线定住。

　　这似乎是家甜品店，招牌上画着粉绿色的糖果，门口支出红白条纹相间的蓬蓬顶，橱窗漂亮，里头盛着各式各样造型的甜点。

　　周鲤趴在上头，嘴里津液不自觉分泌。

　　回到公司刚好下午茶时间，周鲤出去一趟，提了一堆的蛋糕点心回来。

　　大家正工作疲惫有些饥饿，顿时高兴坏了，从她手里接过东西连连道谢，有些平时比较熟胆大的人更是直接喊："周鲤果然和陈总一样，知道体谅我们员工啊。"

　　周鲤当即便要抢回他手里的袋子。

　　那人敏捷一躲，得意地跳远了。

今年温度迟迟不降，大概受全球变暖的影响，宁市夏季尤为绵长，十月份仍旧能感受到夏天余韵，日光炽烈。

月底是周鲤二十二岁的生日，她向来没什么仪式感，也犯懒，去年就和陈砚显两人在家一起做饭吃了个蛋糕，平平淡淡便过去了。

不过他那时倒是给周鲤准备了份生日礼物，是周鲤早就种草心心念念的游戏机，因为价格肉痛所以迟迟没下手。抱着崭新游戏机盒子的那一刻，她顿时觉得自己的生日圆满了。

"你今年生日打算怎么过？在家里吗？"临睡前，两人躺在床上放空时间，陈砚显问她。

周鲤双手摊开平躺着在那儿看天花板，房里灯关了，外面有朦胧光线透进来，勉强能看清彼此面容。

夜里比白天凉爽，阳台有风，安静的夜晚很舒适。

"就和平时一样过就行了，生日有什么好过的。"她不在意地说，而后想起什么，突然扭头盯着陈砚显，嘿嘿一笑，"不过你礼物不能忘了。"

"我最近有点想要台无人机。"周鲤不要脸地明示。

"你又不会玩，要那东西做什么？"陈砚显无语。

"我买来就会了嘛！你不觉得飞机很好玩吗？"

"不觉得。"他不忘吐槽，"只有小孩子才喜欢玩飞机，大人都做成熟的事情了。"

周鲤气得牙痒痒，恨不得一脚把他踢下床。

"你滚蛋。"

周鲤生日那天是周五，白天还要在公司，临下班前，突然收到了陈砚显的消息。

"我下午出来了，忙完就从那边直接回家，你待会儿下班自己打车回来。"

"好的。"周鲤给他回了个好的手势。

陈砚显偶尔会外出，这种情况一般都是她自己回去。

到点，周鲤收拾东西下楼。

公司底下就是大马路，打车很方便，她到家还不到半小时，她拿出钥匙开门，以为陈砚显会在家里等她，结果一进玄关，四处静悄悄的。

周鲤换鞋，一边撑着墙壁，一边朝里叫他："陈砚显？"

喊了两声没听到回应，周鲤嘀咕着："人呢？"

她往里走，耳边突然响起一阵嗡嗡轰鸣声，眼前骤然出现一团异物朝她飞来，她定睛一看，发现是台她梦寐以求的无人机。

白色流畅机身，四脚支架，旋转翼呼呼转动，漂亮炫酷到没朋友。

周鲤惊喜，欢呼声刚要脱口而出，才看到无人机底下系着的那个晃晃悠悠的小盒子，在空中一荡一荡的，朝她逼近，最后停在了她面前。

陈砚显不知何时出现在了前方，手里拿着操纵器倚在门框处，撞见周鲤目光，冲她动了动下巴示意。

"拿着，那才是真正给你的生日礼物。"

盒子是平平无奇的盒子。

深蓝色的盒子，松松地挂在无人机底下，周鲤手一够就拿了下来。这几秒她的心情还很平静，直到打开盖子，黑色绒布里，静静镶嵌着一枚银色钻戒，在灯下流光溢彩，分外耀眼。

周鲤有片刻恍惚，处在一种现实和虚幻交错中。看到作为一个女孩子，当然会对钻戒有种特别情结，但陈砚显就这样寻常无比地把东西直接扔到她面前时，又给了她一种好像只是拿到了一件普通玩意儿的错觉。

直至他走过来，在她身前单膝跪下。

他微抬的面容已经不复先前的随意，难以得见的郑重，眼眸专注地盯着她，漆黑瞳孔里此时此刻仿佛只装得下她一个人的身影。

"周鲤，嫁给我。"

当晚，周鲤的无名指上就多了一枚崭新闪耀的钻戒。

陈砚显单膝跪在她面前执起她的手缓缓将那枚戒指推到指根时，那几秒尤为漫长，她能清晰感知到冰冷戒圈划过皮肤的触感，以及，陈砚显虔诚的眉眼。

听到那句"嫁给我"，周鲤其实好像没有太大惊讶，和陈砚显结婚互相陪伴下去似乎是件顺理成章的事情。但那一幕真正出现在眼前，幸福感和触动依旧来得汹涌猛烈，她不禁捂唇掩住了过分上扬的弧度，眼里笑意还是难以收敛地跑了出来，片刻后，点了点头，只应出了一个字：

"好。"

这种感觉是新奇的。

第二天出门时，周鲤总不自觉摩挲着指上那枚戒指，紧接着，拿眼觑陈砚显。

他正在开车，骨节分明的手指扶在方向盘上，清隽的侧脸写着游刃有余。可这人，昨天在求婚结束、她应下那个好字后，站起身来抱着她，嗓音在抖："虽然知道不太可能……"声音又是带着笑的，难掩起伏，"但我还是害怕你会拒绝我。"

"好在你答应了。"他头动了动，埋入她脖颈中，话语被捂得沉闷，"谢谢你……"

周鲤后面才知道，他还准备了大束的玫瑰花。漂亮的翻糖蛋糕，桌子最前面摆着一对半米高的小熊玩偶，可爱极了，仪式感做得足足的。

只想让别人在这特殊时刻拥有的东西她也要有。

晚上周鲤问陈砚显，为什么要选在这一天求婚？

陈砚显那会儿正躺在她身侧，手里紧攥着她的手，指腹无意识地捏着她无名指，来来回回抚过上面的银圈。

先前的冰凉早已染上了彼此的体温。

"时间差不多了。

"你二十二岁了，我想彻底把你拐回家。"

"二十二岁还是很小。"周鲤转身侧卧着，凝视着他的面容不禁笑出来，"你才大我一岁，岂不是英年早婚。陈总正年轻有为，这让别人知道了，不知道外面多少妹妹会芳心破碎。"她打趣他。

这两年周鲤见得多也习惯了陈砚显公司内外极好的异性缘，明面上的有，暗送秋波的也层出不穷。

周鲤为此还小小拈酸吃醋了一番，陈砚显高兴坏了，面上从容平静地同她解释，嘴角笑意却怎么也掩盖不住。

末了，他还要拿话堵她，谁叫你不肯亮出自己正牌女友身份。

后来周鲤就看开了，其实旁人都不重要，关键在于当事人。

"外面的都和我没有关系。"陈砚显哼笑一声，张扬轻傲，"我只管一个人就行了。"

抵达公司，正是早高峰。

周鲤和陈砚显一前一后走进去，这一幕大家已经习以为常，开始并没人在意，直到行政部恰好有份文件让陈砚显签字，经过座位时女生站起来，极快地把手里报表递给他。

陈砚显驻足停在那儿，接过她手里的文件夹，低头握着笔飞快地落下自己名字。

小姑娘目光不自觉地随着他动作落在他手上，眼睛突然一亮，在他无名指上看到了一枚戒指！

她当即便不假思索出声："陈总你结婚了啊？"

整个公司顿时鸦雀无声，静得吓人，在短暂沉默一两秒后，像是油里滴进去一滴水，瞬间炸开了锅。

"什么？真的假的？"

"我们陈总？悄无声息就盖上印章了？"

"不够意思啊，这么大的事情都没听见一点风声，怎么也要请客吃饭宴请一下大家吧！"

　　有人说完这么一句，直接看向了周鲤，不敢在陈砚显头上放肆，柿子选着软的捏。

　　"你说是不是！周鲤！"

　　周鲤刚到座位上正要放下包，闻言大窘，在投过来的一众目光下做贼心虚到极致，第一反应是先捂住了自己左手，紧紧盖住上面耀眼的那枚大钻戒。

　　"还没结婚，只是求了个婚而已。"这时，陈砚显从容不迫地开口了，把手里文件还给面前的行政小姑娘，不动声色地睨她一眼。

　　她立即心虚，闯了祸一般坐回去，缩着脑袋半天不敢抬。

　　"正式举办婚礼那天一定请大家喝喜酒。"他视线扫过，落落大方地朗声道。两句话连起来透出的信息量巨大，场面当即闹腾，每个人脸上都不淹兴奋，说得最多的还是"恭喜"。

　　有幸见证一对男女从情侣走到婚姻，原本就是一件令人觉得美好的事。

　　这世界相爱太难，年轻人愿意结婚的反而越来越少，能令人心甘情愿踏入围城，想必是真正遇到了对的人。

　　彼此喜欢，找到了那个唯一，真是惹旁人艳羡又嫉妒。

　　周鲤中午去茶水间洗水果时，撞见了几个迎面而来的同事，大家都很熟悉了，开玩笑也丝毫不顾忌，挤眼揶揄。

　　"哟，小周鲤，这下是真的该叫老板娘了吧？"

　　周鲤分外不适，只想立刻原地消失。

　　她对着他们干干笑了两声，拿着苹果飞快遁走。

　　公司顶楼有个天台，虽然是开放的但四周都严严密密装了防护网，像是随时防备着有人因工作不顺一下想不开在这里冲动轻生。

　　周鲤站在天台边，双手抓着上面的铁丝网，喘不过气一般把脸凑过去，从缝隙中看着底下广阔渺小的车水马龙，城市缩影。

　　上面风很大，空气透着敞亮的自由，卷起她的头发，打在脸上。

　　周鲤闭上眼，在心里静静做了一个决定。

　　周六休息，两人难得无所事事闲在家。

　　早上吃完饭，陈砚显坐在沙发上拿着平板电脑浏览着每日股票讯息，手边端着一杯牛奶，不紧不慢喝着。

　　周鲤在厨房鼓捣着什么，一会儿走出来拿东西进去，一会儿又蹲在柜子前翻翻找找。陈砚显从平板电脑上移开视线，抽空看她一眼，不由得问："周鲤，你在做什么呢？"

"我做点吃的。"她在打着奶油，头也不抬地回他。

周鲤平时没事确实会在厨房鼓捣，虽然在厨艺方面一般，做各种各样小玩意儿却出乎意料地有天赋，陈砚显已经吃过不少稀奇古怪的甜点零食了。

他没在意，"哦"了声，随即继续研究他的金融数据。

大概快中午的时候，厨房里有香味开始传了出来，香浓的巧克力混杂着一股甜腻酒香，还有蛋糕特有的烘焙奶香味，组合在一起，让他有点隐隐饥饿的胃不自觉生出食欲。

陈砚显不禁抬头，望向里面："你做了什么，好香？"

"黑森林，要吃吗？"周鲤最后铺好樱桃酱，把蛋糕端了出来。

四方的小蛋糕，上头是一层厚厚巧克力碎末，点缀着新鲜樱桃，用刀一切开，里面有六层，蓬松糕体中间夹着果酱奶油，卖相十足。

没等周鲤开口，陈砚显拿起勺子挖了一口送到嘴里，浓郁巧克力味在舌尖铺开，同时裹挟着樱桃酒的香浓，微酸苦涩冲淡厚重甜味，层次感分明。

"好吃吗？"她在一旁问。

陈砚显不自觉地点头，又挖了一勺，毫不掩饰地夸赞："好吃。你今天这个蛋糕做得不错。"

他不太爱吃甜食，但还是很快吃掉了三分之一，终于有点腻了，端着杯子喝了口水冲淡嘴中残留味道，又略带几分回味。

"下次可以多做做。"

"做这个蛋糕工序挺复杂的。"周鲤说，"光里面的樱桃就要提前去核煮熟，再加上朗姆酒放到冰箱冷藏一晚，可可粉要用油加热筛入低粉、牛奶、蛋黄搅拌均匀，最后巧克力还得切成小块融化……"

陈砚显只听着都有点头痛了，闻言停顿后，出声："那以后还是不要经常做了。"

"不过——"她又话头转折，"我还挺喜欢做这些琐碎小事的，在制作的过程中整个人很轻松平静。"她歪了点头，脸上是少许的迷茫和深思，"或许我应该去试试做自己喜欢的事情。"

"嗯？"陈砚显等待着她的下文。

周鲤却眨眨眼，没再继续，起身端着吃剩的蛋糕放到冰箱。

进入11月，转瞬便来到了年底，这次回去荔城两人携带着任务，要把双方家长见面的事情敲定。

过年前几天，陈砚显先上门正式拜访了周父周母。两人谈恋爱这件事也不知是周鲤平时表现得太不在意，还是周父周母完全没想到她会这么早开始交往，双方都没有刻意聊过这个话题，因此在周鲤大学毕业直到和陈砚显住到一起时，两人恋情才真正曝光。

好在陈砚显在周父周母心中路人缘很好，又是多年同学知根知底，家还离得近，没多久某次回到荔城，陈砚显到周家吃了顿饭后就被彻底接纳。

大抵是他在外人面前伪装得极好，自身条件又几乎全中了为人父母的择婿标准。

一表人才，知识涵养不错，待人处事彬彬有礼，还有自己的事业，年轻有为，最重要还是一起长大的同学。

这是哪里来的绝佳好女婿，简直行大运了，周鲤真是上辈子积褔这世才会这样顺风顺水，人生几乎没有坎坷。

周鲤无语。

陈砚显这次登门依旧受到了热情对待，周父周母现在对他就跟亲儿子一样，隐隐有种分走周鲤宠爱的架势。就连家里炒的菜都开始偏着他来，周母时不时还会嫌弃似的唠叨周鲤几声。

就好像有了对比参照物，周鲤就开始一无是处起来。

周鲤躺在沙发上看着电视，看着陈砚显殷勤地帮父亲换灯泡，帮母亲修水龙头，在心里不轻不重冷哼了一声。

就会装。

平时在家丁点的事情都是直接叫物业上门，周鲤有时候看不过去说他几句，某人还一本正经振振有词的。

"既然花了钱就该享受应有的服务，不然我把这些事情都做了他们就得失业。"

周鲤以为天底下的家长都和周父周母一样，在见到子女另一半时即便没有与生俱来的血缘亲情，也该是热情亲切的，毕竟这是一种基本礼貌。

直到年三十那天，她见到了陈砚显父母。

冬天温度极低，天阴沉沉的，风寒冽干冷，陈砚显订的是一家市中心的大酒楼，独立包厢，中规中矩挑不出任何毛病。

周鲤是第一次见他父母，说起来也不奇怪，她一直知道陈砚显和家里关系不是特别好，他的爸妈似乎对他很疏忽。就像那次陈砚显高烧，他拉着她叫着不要走，而后苍白唇中喃喃的，说着两个字。

从他口型中依稀可以辨别，是爸妈。

周鲤临出发前还有点紧张，在进门时一遍遍检查自己的着装。

陈砚显垂眸看她，然后牵过了她的手。

"不用在意，也不必理会他们的看法。"

"怎么能不在意，他们毕竟是你爸妈……"她嘟囔。

陈砚显没说话，只不动声色地推开门，拉着她进去。

　　房间不大，窗户紧闭着显得有几分压抑，里面正坐着两个人，红木圆形大桌，宽敞得不近人情，他们坐在正首位，见到陈砚显带着周鲤进来，女人脸上明显出现几丝欣喜，起身相迎。

　　"砚显，这位是……周鲤吧？"

　　"阿姨您好。"周鲤立刻乖巧地叫人，目光挪到一旁时，却不自觉顿了顿。

　　男人和陈砚显眉眼不大相似，从抿唇不语的表情中又隐约能窥见两分影子。他沉着脸，眼里没有任何笑意，有些不善地打量着周鲤，似乎极为不喜。

　　周鲤停住了，那句叔叔没能叫出口，就被陈砚显拉着在旁边坐下。他动作随意地拿起桌上菜单，淡淡道："点菜了吗？"

　　"还没有，等着你们呢。"谢玲笑说。

　　陈砚显颔首："待会儿周鲤爸妈也要过来，我就先点了。"

　　两家人约好一起吃饭，周父周母临时有点事，因此周鲤和陈砚显提前过来，正好同他爸妈正式见一面熟悉。

　　只不过，周鲤感受着此刻低沉的气氛，莫名有点如坐针毡，她后悔了。

　　"来，先喝点水。"他妈妈倒是和善地说，打开话头。

　　周鲤连忙接过道谢，刚小小地抿了口，就听到上头男人沉声发问："听说你爸妈都是普通的工薪阶层？"

　　周鲤动作一顿，略带几分僵硬地眨眨眼，有些不明所以地看向陈砚显。

　　"这和你有什么关系吗？"陈砚显不耐烦地蹙着眉，目光投过去望着上头的人，言语间都是冷意。

　　"你这是和长辈说话的态度？"果然下一秒男人掩不住怒意，伸手拍桌，"我是你爸！"

　　气氛剑拔弩张，仿佛一触即发，周鲤紧张忐忑地盯着陈砚显，却见他很快稳定下来，平静地说："周鲤是我的女朋友，以后也会是我的妻子，她是嫁给我这个人，不是陈家，也不是你们。所以请不要拿你从前那一套来评判别人，在我这里行不通，也没资格去要求她。"

　　他说着，主动倒了一杯茶，手指抵着杯身从桌上推到谢玲面前，冷淡从容地说："今天是个重要的日子，我不想搞砸，在还能好好说话之前，希望你们能平平静静地吃完这顿饭。"

　　他用的是"平静"这个词。

　　不是和气，也不是融洽。

　　周鲤曾远远见过陈砚显和他爸妈几次，大部分是在校门口，停着的高档车辆旁边，他和跟前的人面对面站着，头低垂，神情遥遥看着尤为冷漠。

纵然知道他的家庭没有寻常人的温馨亲和，周鲤也没料到会差到连几句话的交谈都无法做到。

强制专横的中年男人丝毫不允许别人挑衅他的权威，更遑论那还是他从骨子里觉得生来应该低头驯服的儿子，陈砚显的毫不相让令他恼怒的同时又格外耻辱，因此只能靠愤怒发泄，场面每每都以不堪收场。

男人听到这一番裹挟着锋芒的话，正欲发作，谢玲已经飞快地伸手拉住他，脸色几近苍白。

"老陈，儿子说得没错，今天是个重要日子，你就不要和他吵了。"

"是我和他吵吗？是他要和我吵！"陈父闻言，提起的气势勉强收回，端起杯子喝了一口重重地放到桌上。

几人静坐着，却是罕见平和，虽然仍旧煎熬。周鲤略微坐立不安，正想偷偷拿手机问一下父母到哪儿了时，陈砚显凑过来低声同她说话："要不要出去等？"

"不用，不用了！"周鲤连忙拒绝，一脸诚惶诚恐。

陈砚显顿了下，也没勉强。

大概是见到他们两个说话了，谢玲开始找周鲤攀谈起来，问的都是一些无关痛痒的事情，尽管生疏客套，但好歹也没有之前那样难熬。

没持续多久，周父周母总算推门进来，两方长辈相见，气氛终于步入正轨。

虽然陈宗久依旧一副不好相与的样子，但也没有出言刁难，由着谢玲同周父周母攀谈商量各方面事宜。

礼金、嫁妆、婚礼、酒席流程一样不少。

周鲤听得云里雾里，明明只是一次简单的家长见面，为什么突然推进得这么快，就好像明天她和陈砚显就要结婚了。

她不由得转头看向身旁的人，他似乎早就料到了这一幕，泰然自若，不紧不慢地给周父周母面前续上茶水。

相谈不算热络，但总体来说彼此都十足客气，陈家对周家这边提出的要求几乎没有任何异议，满口应下，所有配置都按照最高规格的来，话里话外都是暴发户的豪气。

趁着出门去洗手间的工夫，周母不禁和周鲤悄声嘀咕："没想到小陈家里竟然这么殷实，你嫁过去不会受委屈吧……"

她有些担忧地看着周鲤，其实以自家姑娘的性子到平平常常人家最好，为人父母不求大富大贵，只求安稳顺遂。

周鲤明白妈妈的顾虑，当即宽慰："妈，你就放心吧，他不会让我受委屈的。"

这一点，周鲤对陈砚显深信不疑。

见面的整个过程很顺利，各处细节敲定完毕，不出两个小时，两方人便互相寒暄送到酒店门口，准备分别。

陈砚显径直出声："我送你们回去。"

他朝周鲤和她爸妈走来，手里拿出车钥匙。两个家长推辞了一番最后拗不过，还是让这个准女婿送他们回家。

看着他们上了车坐好，陈砚显才合上车门转身。谢玲和陈宗久一前一后站在不远处，他停了下，像是不经意走过，在她身旁低声说了句谢谢。

目送车子走出好远消失，谢玲还站在原处不动，陈宗久拧着眉嘴里发牢骚，叫着她赶紧回家。

女人突然低下头，伸手抹了抹眼泪。

陈砚显把他们送到家楼下，又是寒暄话别几句，周父周母终于准备要进去，却看着周鲤在那儿没动，刚要出声。

"爸妈，你们先进去。"她说。

两人愣了愣，之后表示理解，再次朝陈砚显点头示意，身影渐渐隐没在楼道中。

等他们走后，周围安静下来，小区景色平常，冬日萧索中夹杂着几丛绿，不远处的彩色滑滑梯无人问津。

陈砚显垂眸看着周鲤，眼睫覆下来，显得几分温和："你要和我说什么？"

他以为今天的事情会令周鲤有点不开心，周鲤看起来神情低落，一路上几乎没怎么说话，不见往日神采。

陈砚显正想解释安抚她几句，却不料面前的人突然过来抱住了他，手紧紧圈住了他的腰。

"我不想说什么，"她脸埋在他胸前，声音闷闷的，"就抱你一下。"

从她身上传来的温度很暖，她的手收得紧紧的，像是要不留余力地把他抱紧，从而传递给他一些足以支撑慰藉的东西。

陈砚显失笑，嘴角扬起，嗓音轻快许多："怎么，吓到了？"

她没说话，陈砚显自顾自继续，开解着她："没关系，反正你和他们一年也见不了两次面。我早就说过，不用在意他们的感受，你嫁给的人是我……"

他话说到一半，被堵住了。周鲤仰头亲着他的唇，贴在上面好几秒才分开。

"以后有我在呢。"小姑娘睁圆了眼睛信誓旦旦，瞳孔大而黑，干净漂亮，像猫眼一样可爱娇憨，一如当年初见时的样子。

"我们加起来，就是一个新的家。我会一直陪着你。"

我的爸爸妈妈也可以分给你，让他们对你更好一点。

我可以把我拥有的都和你分享啊，所以陈砚显，希望阳光能照遍你生活的每一个角落。

　　两人这个春节都待在荔城，年假一结束，还在正月，赶着民政局上班第一天，周鲤和陈砚显就去领证了。

　　大衣里是提前换好的白衬衫，头发特意打理整齐，周鲤对着镜子照了照，终于在摄影师催促下同陈砚显站在了相机前。

　　镜头里，两人肩并肩，年轻干净的脸庞靠在一起，唇边不自觉上扬，露出一个发自内心的灿烂笑容。

　　"咔嚓"一声，时间再次定格。

　　小小的一张红底两寸证件照，里面的人穿着一模一样的白衬衫，五官端正出众，唇红齿白，笑得有些过分了，露出一排整洁的牙齿，两人弧度似是分毫不差的，扑面而来的般配。

　　这是他们的第四张正式合照。

　　初中，高中，大学，结婚。

　　人生中最重要的四个阶段，身边陪伴着的人依然如初。

　　只愿年迈迟暮，白发苍苍，我们仍旧可以携手共度余生。

　　你好啊，陈先生。

　　你好，陈太太。

　　以后请多多指教啦。

番外一
我们的初恋 /

正式领证之后，周鲤就从公司辞了职。

平时相处的同事们纷纷一副依依不舍悲伤难过的模样同周鲤惜别，周鲤同他们一一拥抱过后，抱着自己的东西开心地离开了。

伤感肯定有的，失落也不少，但都比不上对新生活的激情和期待。

周鲤从来没有开过店，她报了个甜品进修班，打算先正式系统学习。白天上课，下午和晚上空闲时间用来研究一些成功网红店的特色。

包装是首要，其次是味道。她周末闲暇之余，拉着陈砚显去各处试吃，那段时间他一看到甜的就想吐。

有些产品做得很好，令人眼前一亮，有些连陈砚显都懒得掩饰，咬一口便丢掉，并且表示："还没你随便做的好吃。"

为此，周鲤又是欣慰又是失落。

原来她随便做做在某人眼里也就比这个味道好上一点。

小同志仍需努力。

三个月后，周鲤的甜品店正式开张。

店面是陈砚显帮忙选址的，在离他们家不远的一片商区内，虽然不是最繁华的那几条街道，但人流量也不错，胜在周围环境好和安静，并且房租上几乎少了一半，正好在她如今承受范围之内。

这条街名为小罗马，街道干净整洁，马路不宽不窄，两旁建筑都是复古文艺的罗马风，整体色调灰白偏单一，周鲤这家彩色甜品店在其中十分显眼。

店的名字叫作糖果。

大大的招牌上还有个小标志，是蒋布谷给她设计的小鲤鱼图案，一条红色小鱼尾巴翘起，身体圈成圆圆弧度，胖乎乎，圆润可爱。

　　周鲤一眼就喜欢上了，并且做成了纪念品贴纸，同时把这个标志应用到了菜单宣传册等店内各处。

　　甜品店是个不大的小店，里面的每道甜品却都是周鲤亲手制作，由周围一干朋友品尝后挑选出的最佳作品。

　　大大小小每一处她都亲自参与设计。

　　店内除了她还有两位员工，一个服务生，一个是甜品师。

　　周鲤每天早上八点骑着自行车过来上班，晚上看情况，如果陈砚显加班很晚，她就待在店里研究新品，偶尔招待客人。

　　小店的营业额还不错，每天做出来的甜点基本都能卖完，除去各项开支，勉强比她以前上班时工资高上那么一点。

　　但周鲤很开心。

　　店里气氛很融洽和睦，服务生小薇是个二十来岁的可爱女孩子，为了照顾行动不便的婆婆所以就近在家周围找了个工作，她声音甜美，笑容灿烂，来过的客人都很喜欢她。

　　甜品师方方是个年纪不大的男孩，他和周鲤一样都是负责甜点制作，两人会定期研究推出一些新品，互相学习切磋。

　　偶尔工作日的下午没客人时，三人就煮上一壶咖啡，坐在落地窗旁的座位上晒着太阳撸猫。对了，店里还养了一只圆滚滚的短腿猫，名字叫奶糖，每天都会被爱猫的客人揉上几把，然后望着它的主人睁着大大的眼露出可怜巴巴的表情。

　　只可惜周鲤是顾客便是上帝的老板，对它的卖萌视若无睹。

　　猫猫哭泣。

　　傍晚，橘红色的夕阳格外稠浓，砖墙被映成了油画质感，周鲤站在柜台前整理着小票账单。门口传来清脆铃响，她闻声抬起头，看到了推门而入的陈砚显。

　　"你怎么过来了？"她露出笑意，开口问。

　　陈砚显的西装挂在臂弯中，只着一件蓝色衬衫，声音不紧不慢："接你回家。"

　　"今天下班这么早？"周鲤说着，却是开始准备收拾东西回去。

　　"嗯，出去见了个客户，就直接过来了。"

　　他隔着柜台站在周鲤跟前，她埋头忙碌，话语传来："那你要等一下，我还要一会儿。"

"好。"陈砚显环顾四周，熟门熟路地在角落找了张桌子坐下。

旁边窗台放着一排多肉，看得出被人每天料理得很好，翠绿剔透，叶瓣肉嘟嘟。

他不禁伸出手去拨弄，小薇端着杯咖啡送到他面前："小老板，这是老板吩咐给您的咖啡。"

陈砚显微挑眉，倾身过去端起杯子闻了下，味道香醇独特："你们店里的新品吗？"

"是的，今天早上刚上的。"

"有人买吗？"陈砚显喝了口。

周鲤最近越来越喜欢鼓捣这些稀奇古怪的东西，咖啡上面堆着一层厚重奶盖，不知道什么材质，一股香浓的巧克力和牛奶味道，口感偏甜，却奇异地有点好喝。

"还可以？"小薇偏头想了下，回答，"大概是名字取得很特别，所以今天买的人还挺多的。"

"什么名字？"

"叫'少女的初恋'。"

不仅稀奇古怪，还花里胡哨。陈砚显抬手把咖啡无意识地送到唇边再度喝了口，突然觉得这个名字奇异地贴切。

确实很像少女的初恋。

甜蜜清香，又含着微微苦涩。

陈砚显没有开车，两人是骑着周鲤那辆粉色自行车回去的。

晚风徐徐，余晖变得薄弱温柔，街道行人不多，陈砚显骑着车，周鲤侧坐在后座，双手捏着他的衣角，腿时不时随着车子节奏荡在空中。

他每次来接她基本都是骑车载着她回去的，都是夕阳余韵残存的傍晚。在这短短十几分钟里，每天的疲惫和烦恼似乎都被清洗一空，只剩下对生活的细细感受和说不清的期待。

前面有一段下坡路，车速变快，周鲤由拉着他衣角变成一手环住他腰间，脸藏到他背后抵御迎面而来的凉风。

"我们今天晚上吃什么啊？"每天必聊话题，陈砚显思索几秒，抛给她几个选择。

"家里还有虾、排骨、鸡腿。"

"想吃虾仁滑蛋。"周鲤很快给出选择，不忘提出要求，"待会儿在楼下水果店买点山竹回家，我昨天看到老板娘发的朋友圈很新鲜呢。"

"好好好。"

话语声渐渐消失在迎面而来的风里，两人身影被夕阳越拉越长，最后只剩下一道亲密依偎的剪影，密不可分。

晚霞依旧，只不过是漫长时光中平凡的一天。

番外二
一如从前 /

小罗马街上那家叫作糖果的甜品店今天照例在清晨阳光刚展露时就拉开了店门。

干净整洁的道路尽头，走来一大一小的身影。

穿着白裙子的女人手里牵着一个小女孩，女人看起来很年轻，乌黑长发柔柔披在肩头，脸庞还散发着少女的青春和美丽。

路人正在揣测着她年龄时，听到她旁边的小女孩仰起头，声音稚嫩清脆地叫了声："妈妈。"

路人心头不由自主地涌起惋惜，没想到对方年纪轻轻就已经结婚成家。

终究只是擦肩而过的过客，一转眼的工夫就各自往相反方向走去。

晨间的街道安静，隐约蒙了层薄薄雾气，两旁店面不少还在歇业沉睡中，行人也只三两。

今天周六，陈星星幼儿园放假，陈砚显公司刚好要加班，周鲤只好把她带到店里，好方便照看。

画着各种可爱小甜品的玻璃门被一双小胖手推开，陈星星熟门熟路地蹦蹦跳跳进去，见到柜台后忙碌的小薇，立刻甜甜叫着人："小薇姐姐。"

"星星，今天又和你妈妈过来啦。"小薇放下手里抹布，笑眯眯地同她讲话。

扎着两个丸子头的小女孩弯起了眼睛，头不自觉地歪向一旁，软乎乎的脸颊荡开笑波。

"是呀，爸爸要加班。他可真是一天忙到晚，都不知道休息。"她语重心长奶声奶气地说，逗笑一屋人。

新来的服务生小舟逗她："爸爸是在忙着给你挣钱买玩具呀。"

"才不是。"小朋友站在那里背着手，幼稚的嗓音努力郑重，"他是为了自己的事业，他是个工作狂魔。"

"噗！"一众哄笑，就连原本在后厨忙碌的甜点师方方都走了出来，打趣地望着她。

这个小朋友不知道像了谁，表演欲十足，在幼儿园的时候就积极踊跃地参加各种文娱项目，见人也不怕生，和谁都能聊上几句。

看大家都看着她，陈星星越发来劲，正想继续添油加醋吐槽自己老父亲时，周鲤看不下去了，扶着桌把她牵到角落，安置在了落地窗旁的小桌椅上。

"你乖乖坐在这里，待会儿小薇姐姐给你拿马卡龙吃。"

"噢。"小女孩眨巴着那双黑葡萄似的大眼睛，乖声应道。

她五官像极了陈砚显，眉眼处宛如复制下来的一般，在男人脸上是俊朗秀气，放到她的身上，则格外精致漂亮，因为年纪小没有长开的缘故，又更多是满满婴儿肥的可爱。

周鲤每次看着她胸口处就会莫名下陷，变得柔软温热，爱意不可控制地绵延而出。

周鲤声音放柔，从小朋友一直背着的皮卡丘黄色小书包里拿出平板电脑，摸了摸她毛茸茸的脑袋："你先看看动画片，等妈妈忙完就来陪你。"

"好的。"小女孩把手乖乖揣在身前，仰起圆乎乎的小脸点着脑袋，"妈妈你去忙吧！"

周鲤让小薇照看她，自己扎起头发进了后厨。今天有几个生日蛋糕的预订，方方一个人忙不过来，周鲤一边烤着糕底，一边低头打奶油。

忙忙碌碌中时间过得飞快，等周鲤手上的事情告一段落，墙上时钟不知不觉指向了十一点。她想起外头的人，解开围裙洗干净手，掀开帘子出去。

先前还安静闲适的店内此时略显吵闹喧哗，响动主要是从一个方向传来的，周鲤盯着那一处，脸上染上无奈。

角落那张桌椅旁现在多了好几个人，家长带着孩子，自然地围成了个圈，饶有趣味地盯着某人。

中间那位小女孩坐在那儿，背着手昂首挺胸，绘声绘色地在讲着话。周鲤不用听都知道，一定又是在说她讲了八百遍的"三只小猪和大灰狼"，偏生大家都买账，一脸兴趣的样子让她越发来劲，连声音都比平时大了几分贝。

周鲤走近，只听到她抑扬顿挫的话语，饱含感情："在三只小猪住的山后面住着一只大灰狼，它听说来了三只小猪，哈哈大笑着说……"

"三只小猪来得好，正好让我吃个饱！"

"陈星星。"周鲤无奈地叫她。

女孩的声音戛然而止，兴奋地喊道："妈妈！"

小短腿从椅子上一跃而下，噔噔噔冲她跑来，撒娇地抱住了她的大腿。

"讲了这么久口渴了没有？"周鲤揉她头发。

女孩一个劲点头。

"那待会儿给你泡一杯牛奶。"

"我可以喝咖啡吗？"小女孩眼巴巴地问，水润的眸子像玻璃球，透着晶亮的光。

周鲤气笑了，却还是端正着表情严肃地答："不可以。小孩子喝咖啡会长不高。"

"好吧。"陈星星努嘴，对她这种骗小孩的行为十分不满，但也没有拆穿，只是松开手又坐回到了椅子上，扭了两下身子。

"刚才我们讲到哪里啦？"

"讲到大灰狼要吃小猪了。"人群中有位家长配合地说道。

小女孩再度来了劲，又开始声情并茂地讲了起来。

周鲤摇摇头，到厨房给她冲了杯牛奶润喉。

孩童的精力有限，下午陈砚显过来时她已经窝在椅子上睡着了，身上盖着小毛毯，软乎乎的小脸上晕着两团红润，微张着唇，无比酣甜。

陈砚显西装外套搭在臂间，轻手轻脚地走进来，对着周鲤无声地做口型示意："睡了？"

"嗯。"周鲤点头，眉宇间有几分无奈，"在那儿和别人讲了一上午故事，累了。"

陈砚显闻言也不禁低眸一笑，这些年越发沉稳无波的面容显露出无端宠溺，连嗓音都裹挟着温情，满是纵容："随她吧，这个性子估计也是随了你，一天到晚说个不停。"

"别，你这是在诋毁我。"周鲤当然不能背下这个黑锅，又想到陈砚显那一家子人沉默寡言的脾气，找不出其他反驳话语，于是狡辩，"她大概是自成一脉。"

"啧，有你这样说自己女儿的吗？"陈砚显不满，哼笑一声，端起桌上周鲤喝了一半的柠檬水灌入喉咙，修长脖颈间喉结上下滚动。

"我这是在陈述事实。"周鲤收拾柜台，整理着东西，"你是现在接她走，还是待会儿？"

"等她睡醒，不然又要闹了。"陈砚显轻车熟路地走到每次过来的座位旁，打开笔记本电脑坐到陈星星对面，开始处理公事。

他这两年视力有些下降，看电脑时会习惯性戴上一副银框眼镜，锐利减少几分，沉淀成了儒雅内敛，白皙的侧脸被玻璃后灿亮的光影投映得俊美异常，岁月带给他的只有精雕细琢。

周鲤亲手给他做了杯现磨黑咖啡。

陈砚显如今口味越来越单一，不太喜欢杂乱的配料，久而久之，一杯黑咖啡成了他每次过来的标配。

周末店里人流比起平时更多一点，小薇外出送货，周鲤在柜台后点单，前面排了两三个客人。

出门时陈星星闹着要和她穿一样的衣服，周鲤只好把两人之前买的亲子装拿出来，是点缀着蕾丝花边的白裙子，大大的木耳边圆领。

陈星星穿着十分甜美可爱，以周鲤这个年纪穿有点装嫩的嫌疑了，但好在她天生显小，纯净的气质和娇俏的瓜子脸让她看起来根本不像是一个孩子的母亲。

环境优雅清新的甜品店，天花板上垂着六角装饰灯，绿植青翠，空气中飘荡着舒适的钢琴曲。

周鲤低眸点单，乌黑长发从肩头倾泻而下，在尾部自然地打着卷，发间系着一根米白发带，站在那里的人更像二十出头气质文艺的画中少女。

头顶传来一道略显紧张结巴的声音："你……你好，我要一份栗子蛋糕。"

"好的，还需要其他的吗？"周鲤抬起头来冲他笑，唇边习惯性露出甜美的弧度。

面前男生脸红了一瞬，接着仿佛无意识脱口而出："可以再要一个你的联系方式吗？"

男生声音不大不小，刚好让整个店内都能听到。

周鲤怔愣两秒，极快反应过来，冲他自然得体地摇摇头："不可以。"

男生反应了过来，脸上显出尴尬，避开视线不敢看她的眼睛，伸手挠了挠头，语速羞窘极快："不好意思，是我唐突了。"

周鲤维持着礼貌笑意没有说话，只是手里迅速地给他把要的东西打包好了。

门口铃声发出脆响，男生身影消失在店内，小薇不一会儿匆匆忙忙进来，把空空的外卖盒放下。

陈星星从睡梦中醒了，看到对面的陈砚显眼睛一亮，兴奋地冲他跑过去，手脚并用地爬上他膝头，抱着他脖子开心地叫着爸爸。

周鲤准备回家，男人收好笔记本电脑抱着怀里的女儿，两人聊着今天发生的事情，大部分是小朋友在叽叽喳喳，偶尔前言不搭后语，他耐心地听着，替她把揉皱的裙摆拉平抚顺。

黄昏时分，夕阳拉长一地，三人肩并肩出门，中间牵着一个小女孩，慢慢往前走去。

6月，街边的蔷薇开了，大朵大朵盛开在绿色藤蔓间，微风藏着花香而来，顺便吹来了男人的清朗嗓音。

　　"刚刚那个男生是不是又问你要联系方式，这个月第几个了？"

　　"哪有，你听错了。"

　　"哦，我被迫幻听。"

　　"爸爸，幻听是什么意思？"

　　"是你妈妈睁眼说瞎话的意思。"

　　余晖染红天边。

　　这是他们婚后的第八年。

　　小女儿五岁，活泼可爱。

　　周鲤和陈砚显仍旧一如从前，像他们十八岁的模样。